U0030069

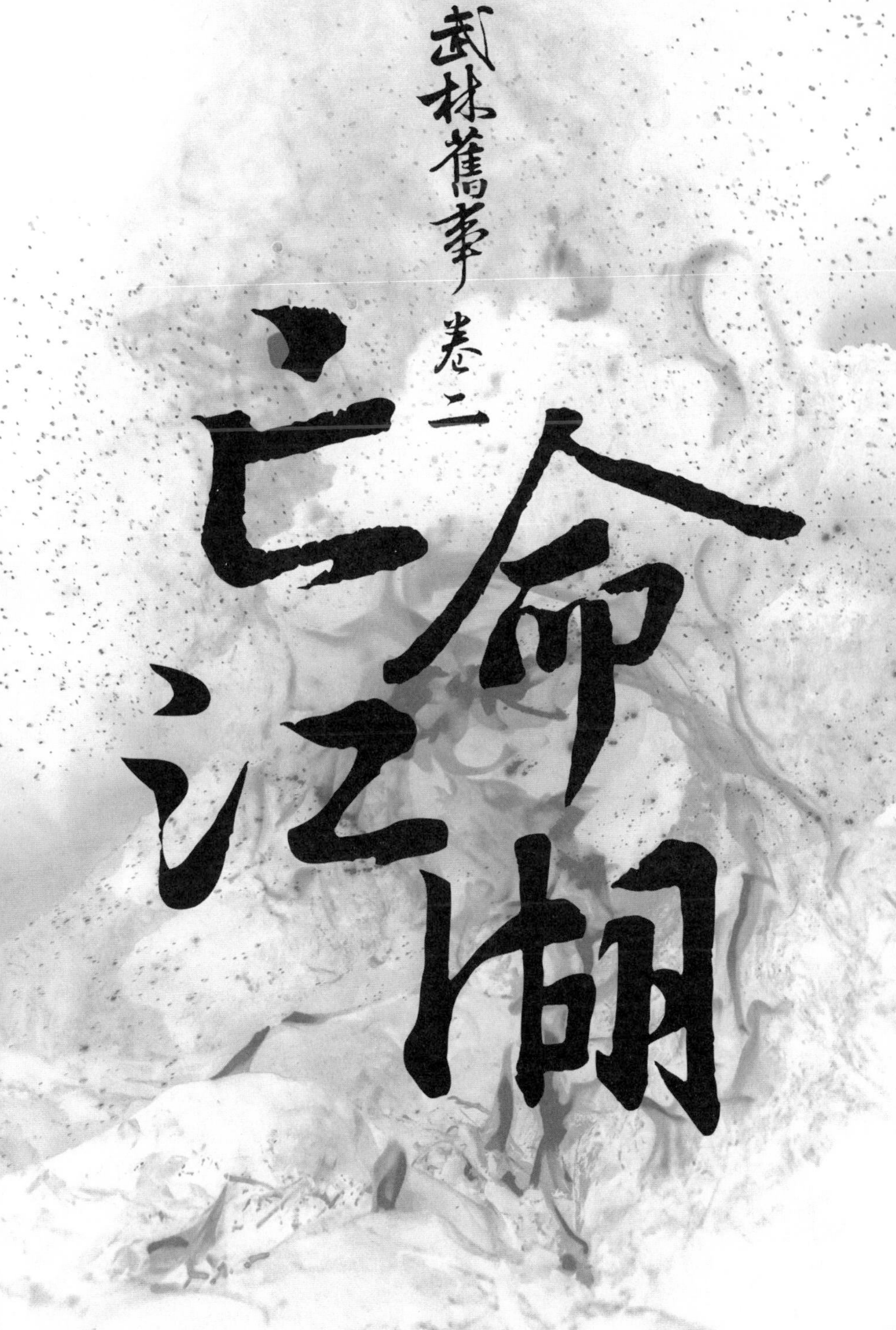
武林舊事 卷二
亡命江湖

目次

第十章 大佛

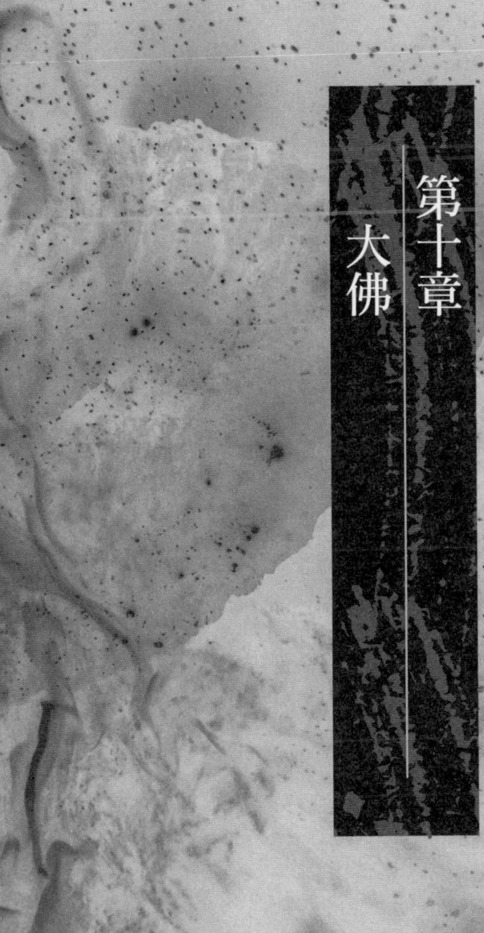

散會之後，數千名殘丐一哄而散。這些人從四川的各角落來到偏西的成都城，回去時，自然是往東的人最多，往西的人最少，但古劍、程漱玉二人都不挑，偏向南行去，讓人猜不著。

兩人沿著錦江往南急行，直到天色漸暗才發現一葉扁舟，未見舟子。這小舟頗為腐舊，不知還能不能用？程漱玉叫古劍將船底往上翻，抬起一邊，鑽下去藉月色檢查船底，發現有三處小縫。這難不倒她，叫古劍將船平放回去，用匕首拆下船舷上一片無關緊要的木板，準備修補。這時卻見上游有條小舟，順著水流緩緩划行，立刻喊來。

小船划近，那舟子見叫船的是兩名衣衫襤褸的壯年殘丐，眉頭深鎖，掉頭想走，程漱玉趕緊將一錠銀子扔到船上，那舟子才擺出笑臉，前來接人。

程漱玉跳上小舟，問道：「敢問老伯貴姓大名？」

那舟子年約五旬，想是船夫做得夠久，送往迎來，生離死別的事瞧多了，自有一種飽經世故的滄桑之感，說道：「老朽陳漢，不知兩位要去哪？我的船小，頂多只能在岷江上走，二位若要到長江，勞煩在宜賓換大船。」

程漱玉道：「我們走一步算一步，這裡往南會經過哪些地方？」

陳漢道：「若晝行夜宿約莫一天半可到嘉定，三天可達宜賓。」

程漱玉拿出一只元寶道：「明日此時，若能趕到嘉定，這就是你的。」

「我盡力就是！」別說殘丐，就是一般人也少有出手如此豪爽，船夫知道這兩人不是普通人物，不敢多問，提起精神賣力划行。

這時天清氣朗，春風徐來，月色皎潔，程漱玉卻不肯太早入睡，一會兒說花香正濃，唱起兒歌；一會兒說星光燦爛，數起星星。她睡不著，古劍也別想休息，一下子催著他說故事，一下子纏著他講笑話，若不就範，決不放他睡覺。

古劍哪是此道高手？被逼得沒辦法，只好說說少林達摩祖師一葦渡江和武當張三丰悟創「太極劍法」的事蹟，但這些她早聽熟了。古劍忽然想起以前徐宏珉作的一首「反詩」，頗為有趣，便道：「我有一個結義兄弟……」

程漱玉跳起來驚道：「什麼？有人肯跟你這種人結拜？」

古劍道：「他和我同為青城派裡學藝最不精的兩名徒生，彼此惺惺相惜。」

程漱玉笑道：「那就難怪！」

古劍道：「當時我常被師長責罰、師兄嘲弄，總覺得普天之下，我最悲慘！他就作了一堆歪詩、反詩，說我還不夠格稱作悲慘。」

程漱玉笑道：「唸一首聽聽。」

古劍吟道：「七個爹爹八個娘，丈夫之中我最忙，百萬將軍一個兵，齊心侍奉狗大王。」

程漱玉覺得有趣，問道：「第二句是什麼意思？」

古劍解釋：「這人好不容易娶了一房媳婦，這媳婦卻同時有好幾個丈夫，有的負責賺錢，有的負責育嬰，有的負責家事，有的負責遊樂……。這個慘人是其中勞務最重，工作最忙的一個，只因他最不受寵。」

程漱玉樂了，開懷笑道：「真是好詩，但第一句也怪，爹娘多了有何不好？」「那有什麼好？」古劍道：「有的要他用功讀書，有的要他認真習武，有的要他賣力耕作，有的要他努力經商……十五個爹娘管十五樣，不把人煩死才怪！」

程漱玉本來笑得合不攏嘴，忽然間不知想到什麼傷心事，緩緩斂起笑容，過不多時，眼淚竟撲簌簌落了下來。

古劍溫言問道：「怎麼啦？」程漱玉未答，開始抽抽搭搭起來。過了一會，見她哭泣漸緩，古劍才道：「是不是想家了？妳故鄉在哪？若有機會，也可以陪妳回去瞧瞧。」

程漱玉凝視古劍，忽然貼在他胸口號啕大哭起來，過了半晌，才推開他，抽抽噎噎的說：「我有三對爹娘，生父、生母自小離散……養父、養母不知去向……而義父、義母和義兄……不知還歡不歡迎我回去……」

古劍看著她淚痕未乾的臉，思道：「程姑娘看來不過十七、八歲，卻也有一段坎坷的經歷。但她想笑便笑，想哭便哭，活得暢快多了！」

程漱玉哭夠了便躺在船上，又逼著他再講幾個笑話，古劍只好講幾個徐宏珉說過的笑話，這些笑話在徐宏珉的生花妙嘴下說出來，聞者無不捧腹大笑；但經由古劍轉述，便似炒菜忘了放油，煮湯忘了加鹽，平淡又無趣，說沒兩則，程漱玉已沉沉入睡。

這次換古劍睡不著，脫下外衣，輕輕覆在她身上，望著滿天星斗，瞧著程漱玉，不知怎麼又想起了郭綺雲，就這麼胡思亂想起來，始終難以成眠，索性起身，看著船頭的陳漢問道：「老伯您划了這麼久，不累嗎？」

那陳漢道：「累死人啦！但不努力划怎能按時趕到嘉定，賺到姑娘的賞銀？」

古劍道：「您不妨先睡一會，由我來划一段。」

那陳漢道：「這可是你自願的，那賞銀？」

古劍道：「賞銀自然是您的。」

陳漢點頭交出船槳，倒下便睡。古劍運起雙槳，划了幾下，時而朝東，時而轉西，水花四濺，船身搖晃不已，那陳漢終於受不了，起身要回船槳道：「別小看河裡的水，看似柔軟其實力道大且變化多，要順勢而為，別用蠻力！」只見他雙手不停搖著木槳，配合著水流急緩，快慢有節，平穩流暢的在河道中順流而行，示範了好一陣子，再將木槳交給古劍。

古劍若有所悟，用心體會陳漢的手勁，當年他從至陽至剛的少林寺出來，轉往崇陰尚柔的武當學藝，小小年紀只知力強勁猛才是克敵之道，怎麼也想不通柔能克剛、圓轉如意的武學真義，但這番似乎開了竅，從一拉、一拖、一翻、一壓中感受河水流動的變幻莫測，宜引導而非對抗，領會得愈深，扁舟便愈行愈快，愈划愈不覺累，直到子夜過後，陳漢才醒來替他。

次晨醒來，古劍發現船上擺了不少酒菜，原來程漱玉又起了饞，一早便催陳漢至附近市集沽酒買菜。

時當春盛，湖面上波光瀲灩，夾岸竹柳爭秀，萬花爭芳，一陣春風徐徐吹來，暖融融香馥馥令人舒歡。程漱玉洗淨了臉，又恢復原先美美的容貌，嫣然笑道：「請用膳，木大俠。」說著遞來一碗瘦肉粥。

古劍感到一陣溫馨，正待要扒，忽然想起一事，說道：「上了岸之後，妳可不能再叫我『木一竹』，否則再碰到識字的人，又會被識破。」

程漱玉笑道：「不能叫『古劍』，又不能叫『木一竹』，那乾脆把兩個名字合在一起，就叫『古木』如何？」

這名字也頗怪異，卻又說不出哪裡不對，古劍扒了幾口飯菜，看著程漱玉狡黠的眼神，才轟然想到：「這『古木』兩字直寫下來，不也是『十呆』嗎？不知不覺，又被拐了一次！」放下碗筷，做出一副正經八百的神情道：「我真有那麼呆嗎？」

程漱玉再也憋忍不住，把嘴裡的飯菜全給噴到江中，抱著船舷，笑得前仰後合，小船搖晃不止，過了良久，才正起腰桿說：「好吧！就叫你『古勝』好了。祝你參加試劍大會時，百戰百勝！」

古劍在船舨上將這兩個字左右調換，上下顛倒的拆解幾次，確定沒有問題，才點頭接受。

兩個人邊吃邊聊，這頓飯吃了半個時辰才完，古劍再接下搖槳划行，程漱玉喚陳漢來吃，陪著他說話解悶。這個舟子見識頗廣，似乎對武林中的事也略知一二，一眼便知兩人絕非真的殘丐，卻也不說破。

聊到一半，程漱玉忽問：「這岷江也不算小河，怎麼咱們走了半天，也沒見到別的船？」

陳漢放下碗筷道：「兩位不知嗎？聽說成都百花莊、重慶縉雲山莊和自貢白晶堡三家劍缽，聯手挑戰峨嵋三少，相約在嘉定大佛的手背上比劍。據說兩邊都是一等一的年輕好手，為了看這場熱鬧，附近方圓數百里內所有大小船隻都被租走了。要不是昨天我家裡有事，恐怕也早被人高價僱走。」

程漱玉眼睛睜得老大，急道：「什麼時候開始？比多久？」

陳漢道：「昨天下午就開始了。聽說三個劍門希望能分別比鬥峨嵋三少，這樣就要一連比上三天九場，但峨嵋派只想比試三場，一天結束。」

程漱玉失望的道：「那就完了，峨嵋派不想多比，你能逼他嗎？」

陳漢道：「那可不一定，如果第一天三個劍門贏了兩場以上，峨嵋派為了討回顏面，自會答應再比兩天，咱們現在還沒見到半艘船回頭，恐怕比試還沒完。」

程漱玉又精神起來，轉身對古劍道：「划快一點！說不定還趕得上一兩場……」

小舟飛快的順流而行，古劍和陳漢兩人交替划船，申時過半，已遠遠看到嘉定大佛。程漱玉鑽進船艙，從包袱裡取出一件華麗女衫，正是蕭乘龍曾逼古劍穿過的那一件，她嗅了一下，似乎還留有一點餘味，暗地裡淺淺一笑，還是換了上去。換裝後現身，笑著對古劍說：「你的衣服給我穿了，怎麼辦？」

衣衫華美，由她穿起來，更添秀色。古劍顏面微紅，不敢直視，一時也不知該說什麼；卻見陳漢蹲進艙內，從一個木箱子裡取出一件男衫道：「換上這件吧！千金大小姐跟乞丐在一塊，人家會怎麼想？」他拿出來的衣服，也是極平常的工服，古劍換好裝出來一瞧，配上他臉上化的老妝，看來就像程漱玉身邊的奴僕。

程漱玉笑吟吟道：「阿勝，本小姐要你買的胭脂水粉買齊了沒？少了一樣，回去剝你的皮……」

兩人並肩立在船尾，玄鐵鍊被長衫包裹在裡面，只要不亂動，倒也不易露出馬腳。

大佛安坐在岷江東岸，頭齊凌雲山頂，腳踏江邊，依岩端坐，俯視三江。離大佛不遠的江心上，布滿大大小小船隻不下兩三、百艘，有只立著一、兩個人的小舟，也有擠上了二、三十人的大船。

這尊佛像大得驚人，高二十四丈，光是腳板的厚度就超過人的身長，雙掌緊貼膝蓋，左手背上站著雙方的親友師長，右手背才是鬥劍的平臺，離腳底約莫有八、九丈高。除了山頂的一小片空間、大佛肩膀及佛像旁的九曲棧道外，陸地上已無任何視角可清楚觀看到鬥劍的情況，難怪大家都要租船觀戰。這時第三場鬥劍已經開始，人人忙著引頸觀望，也沒人注意到古劍這條微不起眼的小舟。

即使有船也未必能有好位置，離岸太遠瞧不清楚，離岸太近則仰角太高，就算看得到，也會把脖子給弄酸。最恰當的距離約莫是離岸二十丈左右，這種好位子卻泊了三艘精美的畫舫，用鐵鍊鎖成一排，從上游開始看來，第一艘畫舫漆成淺藍，舫頂雕出一片片的細雲圖案，刻著「縉雲舫」三字；第二艘畫舫繽紛華麗，布滿各式各樣的鮮花，刻著「百花舫」三個字；第三艘畫舫則雪白晶亮，舫頂橫木上刻著「白晶舫」三個字。原來這是三家劍門的座船。

正在大佛右臂上比劍之人，分別為白晶堡的閭丘允照與峨嵋派孫少真。這次白晶堡只來兩個人，另一人是閭丘允照的父親閭丘項山，站在佛像左手背上就近觀戰，所以白晶舫上空無一人。縉雲山莊的楊放剛剛輸了一場，被帶到佛像上方的凌雲寺內檢討，只剩下幾名門徒留在船上。唯獨中間的百花莊畫舫上高朋滿座，洪子揚在下午的第一場劍戰中，打敗了顧少白的「封雪劍法」，洪承泰滿臉歡笑和船上的仕紳官吏武客們喝酒聊天。

陳漢的小舟想從前方插進去，無奈前排擠滿了大小船隻，一艘緊靠著一艘，誰也不肯讓開。程漱玉這身打扮也不宜亂來，正自無計，忽聞後方有人喊道：「知府大人來了！知府大人來了！大家請讓讓！」

往後一看，果然有一位頭戴烏紗帽之人和一位捕頭，正搭著一葉小舟往此處漂來，此人乃是成都知府蔡開，大官要過，擋道的船隻自動往兩旁靠去，很快讓出一條水路。程漱玉叫陳漢緊跟在他們後面走，不明就裡的人以為他們也是蔡開的跟班，不敢多話。

這艘船便狐假虎威的來到百花莊畫舫前方，正是最好的船位，站在此處，一招一式都能瞧得清清楚楚。古劍凝神觀戰，但見雙方劍光霍霍，鬥得正是精彩！

這佛像的手背，長寬均有數丈，但既不圓也不方，更不像一般擂臺一片平坦，而手指處往下急斜，一個不慎，便可能摔得粉身碎骨。在上面鬥劍之人，一招一式、一進一退都得小心謹慎，兩人數次分合，每次交手都短短幾招便即分開，顯然還在相互試探。

程漱玉可就沒法子清靜的看，正後方的畫舫上充斥著江湖門外漢，不懂得專心欣賞鬥劍，一句接著一句的外行話鑽進她的耳朵，想不聽也不行。

蔡開一爬上畫舫，眾人無不起身相迎，主人洪承泰拱手笑道：「知府大人您來晚了，九場劍賽比了五場半才到，可真不給我洪某人面子。來！先罰五杯五糧液再說。」說著親切的將蔡開拉至主客位置坐下，眾人才敢依序就坐。

蔡開也搖手笑道：「我蔡開酒量是出了名的差，這五杯烈酒下肚，恐怕得醉到後天才醒，那後面這三場半的好戲，可不都落了空？」說完眾人都笑了。

身旁的捕頭張飆道：「這可不能怪咱大人，昨天殘幫在望江樓前聚會，數千多名殘丐湧進成都城，誰曉得會發生什麼事？自然得派出全城捕快官兵嚴加戒備。直到他們鬧哄完了，才敢離開省城，驅車趕來。」

洪承泰另一邊的嘉定知州俞顯卿反應奇快，起身道：「知府大人負責盡職，連乞丐、殘丐這些賤民都肯關心照顧，著實令屬下等人感到汗顏！不愧是為官的榜樣。」說完其餘的知縣官紳都趕緊附和，直誇知府大人仁民愛物。

蔡開喜逐顏開，不知不覺喝了一杯酒道：「這些殘丐的命雖不值錢，數千名殘丐，咱們洪莊主一根指頭就可以買了下來……」說到這裡眾人又笑。蔡開續道：「大家該知道殘幫和丐幫的過節，咱們做父母官的，總不希望在境內發生事端，自然是非管不可。」眾人點頭稱是。

洪維周忽問道：「聽說殘幫這次的聚會是要選出新的幫主和劍缽，不知結果如何？」

張飆道：「劍缽是一位女瞎丐，幫主便給了她爹郭世域，說也奇怪，本來三派講好要比武奪帥，但那女瞎丐根本沒出手，他們卻全哭成一團，就這麼把劍缽和幫主給定了下來。」

洪承泰道：「這可真令人意外！據說前幾天一個少年聾丐與李奇鋒比劍，結果雙方不分上下。此事震驚巴蜀武林，大家以為這少年必是殘幫內定的劍缽，沒想到全猜錯！莫非這女瞎丐真有三頭六臂？武功竟高過丐幫舵主？」

張飆搖頭道：「我特別問了李奇鋒，他說那兩個殘丐是冒牌貨。」

程漱玉聽到這些，不由自主的晃了一下，把注意力全轉到耳朵上，卻聽洪承泰笑道：「張總鏢頭真愛說笑，好好的人幹嘛冒充殘丐，貪玩嗎？」

張颿忽然壓低嗓音，咕咕噥噥的說了一大串，程漱玉用心傾聽，也只能聽到零星幾個字，卻給她拼湊出大概。

本來錦衣衛辦案不喜歡地方官吏插手，但這次精銳齊出卻處處吃癟，不禁都急了！於是蕭乘龍等人先後找上了成都知府，要他協助暗查。四大統領交代下來，蔡開哪敢不賣力？責成張颿查察了三天三夜，仍一無所獲。

洪承泰富甲一方，交遊廣闊，若肯幫點忙，找起人來便多一分把握。所以張颿把古、程二人的特徵習性都說了出來，希望他能幫上忙。洪承泰問道：「聽說成都城這陣子來了不少錦衣衛高官，有朋友還說他曾看過王遂野和金克成兩位統領，不知這兩個人犯了什麼重罪？怎麼會驚動錦衣衛四大……？」

蔡開趕緊對著他比出一個噤聲的手勢，並道：「這是宮廷祕事，咱們還是別知道的好。四位統領大人都不愛張揚，就算當面看到，也別公開認人。」

張颿道：「要犯的武功非同小可，諸位若有發現身上互綁麻繩的可疑殘丐，只要祕密知會在下即有重賞，可別親自動手逮人。」

這時佛手上的鬥劍愈見激烈，眾人的目光都被吸引過去，雙方各試了百餘招後才開始各施絕學，在圓滑的平臺上纏鬥不休。孫少真搶到面向江面的方位，「點燈劍法」使將開來，氣勢大盛。

峨嵋派是著名劍派，歷代高人不斷創思傳承，至今已留下十七套劍法。其中以「出雲劍法」、「封雪劍法」及「點燈劍法」最具盛名，並稱峨嵋三絕劍。峨嵋山有五大奇景，分別為日出、雲海、雪山、佛光、燈影，這三絕劍的創悟便與其中的雲海、雪山、燈影有關。

「點燈劍法」善攻、「封雪劍法」善守、「出雲劍法」則迷離繁複，三套劍法各有優點，卻也都不易修習，數百年來，從沒聽過有人能全部精通。決定授劍時，通常是依該門徒的個性來選擇他該學哪一套劍法；如積極奮進、豪縱剛強之人，宜修習「點燈劍法」；溫文質樸、冷靜平和之人，宜修習「封雪劍法」；而心思慎密、膽大心細者，適合練的則是「出雲劍法」。

古劍在峨嵋派學劍時，峨嵋三少就是風雲人物，雖然彼此年紀相近，但因本事相差懸殊，雖識不熟。只記得孫少真桀驁不馴，頗有傲氣，倒是挺適合修習這套善攻強擊的「點燈劍法」。

峨嵋山捨身岩前的沼氣或磷，每遇夜風就到處飛揚，發出螢光，這就是燈影。出現之時，虛空中有無數燈光，在岩下閃耀明滅，忽升忽降，有時群起而撲來，有時落在岩邊不見。

修習「點燈劍法」的門徒，每當燈影出現時，即使在睡夢中也得起身，帶到捨身岩上。此時千萬燈光明滅起落，交替流動，習劍之人便將這稍縱即逝的燈光，想像成對手的諸般要害，對著燈影猛刺。久而久之，刺出來的每一劍自然快捷無倫，飄忽難防。

「點燈劍法」十劍九刺，幾乎全是進手招式。孫少真側身向著對手，右足在前，左足在後，重心略微前傾，每刺一劍便往前移一碎步，速度加快，勁道更猛。閭丘允照長劍不斷橫削，雙劍相交，發出連綿不絕的脆響，雖然都擋住了，但「點燈劍法」一陣疾刺，卻令他不由自主的往後退卻。

一進一退之間，兩人自佛像手腕處打到手背，再到中指。大佛的手指處往下急斜，愈靠近末端，坡度愈陡，兩人相距四尺，高度也差了四尺，閭丘允照的頭恰好與孫少真的膝等高。於是一人彎腰往下疾刺，一人仰首橫削。

這種地方一般人根本無法站立，但這兩人下盤極穩，一步一步踩得踏實，手上的劍招卻絲毫未見減緩。有人忍不住輕聲喝彩起來，卻慘遭白眼，還沒打完，你窮樂什麼？別壞大家興致！

閭丘允照一直退到中指的第二指節處，再讓一步便難站得穩。此處離地八丈，眾人的心都懸在半空，開始議論紛紛，江上有人忍不住大聲喊道：「認輸了吧！掉下去可不好玩！」

此時卻見閭丘允照斜削正架，妙招迭生，身子左閃右跳，就是不肯再退半步，竟及時穩住了劣勢。之前閭丘允照不斷的往後，是因為他還有後路可退，直到他被退到絕境時，才不得不將自身潛力全逼了出來，將「輕猿劍法」輕盈靈動的特長發揮得淋漓盡致。

白晶堡的「輕猿劍法」也是武林一絕，講究的是步履輕盈，劍法靈動，要使得好，輕功絕不能忽略。自貢以產井鹽聞名，閻丘家是自貢最大的鹽商，「輕猿劍法」便是在鹽堆鹽田上練出來的。

赤足在鹽田上跑跳，不用說一定是劇痛難忍，練劍者為了減少痛楚，便會自然而然的不斷提氣運功，設法將腳步弄輕，久而久之，輕功自然進步神速。是以儘管地勢如此絕險，閻丘允照仍能騰跳自如，毫無所懼。雙方轉瞬交換了二十來招，孫少真卻未能再進半步，眾人見他穩了下來，漸漸停止議論，凝神觀戰。最不識相的蔡開卻在此時朗聲問道：「比劍就比劍，怎麼不好好搭個擂臺？挑這種地方打，不嫌太過驚險嗎？」

知府大人開了金口，可不能不回話。洪承泰笑著說道：「知府大人，咱們這『熱劍』的目的，就是要劍缽習慣危險，適應緊張。」

蔡開問道：「什麼叫『熱劍』？用火烤還是曬太陽？」說得眾人都笑了。

洪承泰笑道：「知府大人不知還記不記得您第一次赴京趕考，當時是何心情？」

蔡開道：「那怎麼能忘？當年父親帶著我提早半個月就到達京城，從那天起就覺得有塊重錘壓在胸口，幾乎天天睡不好覺。考試那天，試卷發下來的前半個時辰腦袋空空，看到監官就莫名其妙的直冒冷汗，平常背得滾瓜爛熟的詩詞文章，都不知藏到何處？自然名落孫山，足足被我爹叨念了三年！」

洪承泰道：「京試不好，三年之後還可以捲土重來，但我們百劍門的劍缽若輸了一招，卻是一輩子的羞辱與遺憾！文人筆試寫得不好，只有幾個閱卷的主考官知道，但試劍大會至少有萬餘名江湖好漢在場，好像一萬多名監官正盯著你瞧，一般人在這個時候別手足發軟、頭暈目眩就已是萬幸，手上的功夫能發揮幾成？」

這時卻有另一人接口說道：「所以熱劍的目的，主要倒不在於練劍，而在於練心、練膽、練經驗！這可不是自己人陪著玩玩就練得出來的。熱劍之時，場面弄得愈大愈好！對手武功愈接近愈好！情境弄得愈危殆愈好！劍缽通過了種種考驗，才能在試劍大會中表現正常。知府大人，我猜閭丘允照可以打贏這場熱劍，要不要賭個五千兩？」程漱玉嚇了一跳，回頭瞄一眼說話的人，此人年約五旬，身形瘦小，眼細、鼻尖、額窄、唇薄、下巴瘦，面相上沒半丁點兒財運，莫非是京城大大有名的賭鬼劍客胡遠清？她想起韓翠的警告，說這傢伙一直想抓她和古劍，好高價沽給錦衣衛，償還賭債。

蔡開見孫少真明顯占了上風，很快就應承賭局。反正輸了自有洪承泰會代賠？蔡開回答得乾脆，又問道：「若這劍缽通不過考驗，有個三長兩短怎麼辦？」

過了半晌，才聽洪承泰道：「萬一發生意外，只能怪他自己不小心，趕緊找個後補劍缽，重新熱劍……」他話還沒說完，忽聞一片驚呼之聲……

原來孫少真久戰不下，暗暗叫苦。同樣站在陡斜的佛指上，但他面對的是滔滔大江與險惡斷崖，居高臨下，其實是吃了大虧。再加上他輕功不如對手，所耗的心力實遠高於閭丘允照。既然在此占不到便宜，就該緩緩退到平坦的手腕處；然而他專善強攻，卻不善守禦，更別提要在這絕險的陡坡往後退卻。

孫少真心中漸次焦躁，突然往前躍起，在空中一記翻轉，下墜時長劍刺向閭丘允照背後，這是「點燈劍法」中的一記絕招，少有失手。依他估量，這一劍輕輕削中對手之後，趕緊拋下長劍，掉下來時剛好可以抱住中指的指尖。這一招出乎所有人的意料之外，誰能料到他甘冒奇險，只為求得一勝？

然閭丘允照雖驚不慌，反應奇快，雙足不動，扭腰轉身，迴劍橫削，雙劍「噹」的一聲，扎扎實實在空中交碰，孫少真往後橫飛數尺，劍是拋下了，可再也抱不到任何東西，此時不管離地還是離江水尚有七、八丈之遙，摔下去非死即傷……

就在眾人驚呼聲中，閭丘允照也拋下長劍，雙腳一蹬，往孫少真身上撲去。兩人在半空中互對了雙掌，藉著彼此的推力，各自向兩邊橫飛數丈。只聽「噗」的一聲，孫少真落入江中，閭丘允照卻攀住了長在佛像腳脛上的一根樹幹。

岸邊江上響起一連串鼓掌歡呼聲，久久不息，眾人欣賞孫少真的膽識，更佩服閭丘允照臨危不亂的反應與急智。

此時夕陽斜照，今日的三場熱劍，至此已全部結束，還有許多人捨不得立刻離去，留在船上繼續談論，都說不虛此行，這兩天的六場鬥劍，場場緊張而精彩，習武之人尤其興奮，都說這次試劍大會，四川武人必能大大露臉，同沾殊榮。

四川號稱天府之國，地廣人稠，但歷年擠進百劍門者最多不超過八家，上次試劍大會，名次最高的縉雲山莊也不過拿下第一十七名，常為武林同道所輕嘲，說巴蜀武林，除了峨嵋、青城兩派之外，沒什麼了不起的人物。

然這次三家劍門挑戰峨嵋三少，前面六場取得四勝二負的絕對優勢，顯然這三位劍缽都有搶進前十名的機會，再加上神祕的殘幫盲女，眾所矚目的青城魏宏風，此次的試劍大會，四川劍客必能大顯威風。

百花畫舫裡的高官豪客被接駁上岸，到鎮上飲酒作樂。程湫玉也想去嘉定城吃頓晚飯，又怕被城裡的官兵或胡遠清發現，只好將小舟停泊在岸邊，請陳漢上岸採買飯菜。她把剛剛聽到的消息告訴古劍，明天下午的三場熱劍，看來是不宜再觀！今晚飽飯，先好好睡上一覺，明早天亮之前，便得啟程離去。

過了半個時辰，陳漢兩手空空的回來，說嘉定城裡能吃的東西，都被這些觀戰的群眾買光了。這時卻聽後方有人說道：「三位若買不到飯菜，何不跟在下上白晶舫？我們買了十斤重的土雞，兩個人也吃不完。」說話的人是閭丘允照，他身形高瘦，面如冠玉，手上抓著一隻白斬土雞，與父親閭丘項山並肩站在陳漢身後。陳漢面露驚嚇之色，這兩人走路好輕，不知跟在後面多久了，竟然都沒發現！

程湫玉當然想吃，但玄鐵鍊不答應，只好含笑回道：「多謝兩位，我們不餓。」誰都看得出來她言不由衷，但閭丘父子也不勉強，拱手道別後，踩過幾艘空船，躍上白晶舫。

程湫玉靜靜斜躺在船尾，從畫舫飄來的陣陣肉香，熏得她口水直往肚裡吞，哪能入睡？古劍坐在她腳邊閉目冥思，雙手微動，似在回想下午那場熱劍中的幾記妙招。一輪明月緩緩升起，古劍掬了一口溪水喝了，卻不慎把下巴上的妝給弄糊，程漱玉輕踢一腳，輕聲道：「我看你也把妝洗了吧！像這樣半真半假，反而招搖。」原來她早將妝洗了，還一個白淨的俏臉。

古劍貼近江面一照，端詳著自己映在水面上的尊容，仔細一瞧，確實有些怪異。他捧起水又放下，道：「還是明早再洗吧，萬一又有人回來，看到我突然年輕了二十歲，豈不奇怪？」說著稍稍再修抹了幾下。

程漱玉道：「隨你吧！」又嘆氣道：「如果我的易容術能有蕭乘龍的一半功夫，那咱們就輕鬆多了！」

古劍道：「可惜他不肯教妳。」

「我才不跟他學呢！」程漱玉道：「跟天下第二學功夫，再行也不過是天下第三。」

古劍奇道：「世間難道還有人易容術高過蕭乘龍？」

程漱玉道：「你真是孤陋寡聞，聽過糊塗神醫侯藏象沒？他的易容術才是絕妙無雙，聽說蕭乘龍也是經他指點，才有如此神技。」

古劍皺著眉道：「好像小時候聽過，據說此人武功奇高，醫術也很好，但怎麼又糊塗了呢？」

程漱玉道：「此人讀遍古今醫書，無論是病理、藥典、經絡、氣脈和針灸，都鑽研得十分透徹。他替一般人治病，全憑一片熱心，無論大小病症，均不收錢，你若有病不讓他醫，還會罵你不識好歹！生起氣來，乾脆把你抓來毒打一頓，再開始醫病。」

古劍道：「真是古道熱腸，令人景仰，這些年來想必救人無數。」

「你先聽我說完。」程漱玉笑道：「此人醫術自然沒話說，但問題就出在『糊塗』兩字……」說到這裡，船身忽然搖晃了一下，程漱玉回頭一看，原來是睡在船頭的船夫陳漢，在這個時候翻了一個身，續道：「太原府的張員外長了痔瘡，侯藏象給他的藥方上寫錯了一個字，雖然吃完藥不到兩天痔瘡就消失，卻感到身子無比虛冷，足足吃了三年的補藥才恢復元氣。神鏢手李升一早起來一隻眼睛就不太舒服，剛巧碰上了這位『神醫』，問明症狀後也不囉嗦，一晃眼便在他右臉上扎了一十七針，扎完才想起一事，問道：『您是哪隻眼睛不舒服？』……後來神鏢手李升只好改名『飛鏢手』李升。」

她明知古劍聽話不靠聲音，說到忘形處，仍不知不覺把嗓音放大，終於把陳漢給弄醒，臉色不甚好看。程漱玉忙道：「陳伯，真對不住！我說得忘形，把您給吵醒啦！」

陳漢擠笑朗聲道：「不打緊！你們繼續聊，反正我睡不著！」乾脆坐起來靜聽。

古劍繼續問道：「為什麼要更改外號？」

程漱玉笑道：「人家疼的是左眼，他卻給人針灸右眼，當然扎出了問題。練暗器的人眼力要非常好，那李升的右眼給他無緣無故的整治一番後，看起東西都會跑出兩個影子來，出鏢的準度自然大不如前，怎敢再自稱『神鏢手』？」

這時月色更明，烤雞的香味也愈來愈濃，程漱玉舔了一下舌頭，續道：「諸如此事層出不窮，罄竹難書，久而久之，人們無不聞風喪膽；只要遠遠看到這瘟神走來，無不爭相走告，避而遠之。」

古劍道：「難怪百花宴那一天，一聽說他要來，大家跑得比什麼都快！」

程漱玉笑道：「武林中人餐風宿露，刀口舔血的日子過多了，誰敢說他沒有一點小病痛？也許昨夜睡得不好，今天氣色差了點，就被他瞧上眼也不一定。偏偏侯藏象最愛醫治江湖人物，練武之人體健骨強，就算醫治時有什麼小差錯也多半死不了，江湖人物卻最怕給他強迫醫病，醫不好就算了，萬一弄得手廢腳殘功損氣傷，豈不遺憾終生！」

「你們沒吃到這麼香的叫化雞，才是終生遺憾呢？」程漱玉見有人來訪，立即移位與古劍並肩而坐，將鐵鍊藏在衣裙之下。只見閭丘允照右手提著一壺酒，左手捧著一個大瓷盤，瓷盤上有半隻雞、四只酒杯，連躍幾艘空船，輕輕著落在小舟上。他托著瓷盤，分別請三人夾起酒杯，這酒杯已先倒滿了水酒，竟無一滴溢流！先舉杯敬道：「在下閭丘允照，不知三位怎麼稱呼？」

三人跟著乾了酒，程漱玉笑道：「這位是艄公陳伯，他叫阿勝，我是喬小七。您的大名我早知道啦，下午那一戰，贏得可真漂亮！」

閭丘允照見程漱玉頗有貴氣，言談不俗，月色照映下膚若凝脂，笑靨如花，不禁有些痴了！笑道：「謝謝！昨天那一場太過緊張，結果輸給顧少白的『封雪劍法』，還好今天贏了，總算有點交代。」說著把肉撕成四塊，自己留下最小塊的雞胸，將唯一的腿肉送給程漱玉，另外兩塊肉分別遞給古劍、陳漢。

這叫化雞吃起來皮潤肉嫩，香滑軟口，程漱玉道：「這叫化雞可真好吃！讓我想起了幾天前的百花宴，那天巴蜀各大劍門都到，怎麼不見你們父子？」

閭丘允照笑道：「我們去了，但我們還不是百劍門，不便坐首桌。」

程漱玉奇道：「你們閭丘家的『輕猿劍法』那麼高明，怎麼擠不上百劍門？」

閭丘允照笑道：「白晶堡經營自貢井鹽的開採販賣已有好幾代，我們閭丘家族較為保守，雖然代代練劍，卻總認為武林恩怨，紛紛擾擾，一旦介入，很難平靜本分的再當個殷實商人；所以儘管每次試劍大會都接到邀請函，卻始終沒參加。」

程漱玉給他斟上酒，敬道：「恭喜！這次你爹終於想通了，要派你去光耀門楣。」

閭丘允照一飲而盡，卻道：「若不是為了要保住那些鹽井，恐怕爹也不會讓我去試劍。」

程漱玉放下酒杯，酡顏如醉，更增麗色，道：「為什麼？」

閭丘允照看得有些痴了，愣了一會才娓娓道來：「做鹽的生意，其實利潤頗豐，閭丘家族一百多年來兢兢業業的經營，也累積了不少產業，到目前為止，已擁有大小鹽井五十三座。」

程漱玉咋舌道：「你們該比百花莊還闊綽囉！」

閭丘允照道：「本來是該如此。但從十多年前開始，朝廷突然調高鹽稅，派出大批稅監、稅官向我們橫徵暴斂。這些人貪得無厭，胃口愈來愈大，從剛開始的產十抽三，增加到近幾年的產十抽七，產得愈多，賠得愈多，但若就此封井，數千名鹽工鹽販怎麼過活？」

這些事情，古劍初入世道，聽來頗感驚異，程、陳二人倒覺得十分平常，而程漱玉待過宮中，更曉得一些內情。

神宗皇帝早年還算是個明君，中年以後卻變得怠於朝政，幾乎不理政事，卻偏偏嗜財如命，對於聚斂財富之類的事極感興趣。他派出大批的稅監，向商人、百姓增收稅賦，這群負責監督徵稅的太監們恣意妄行，逼著地方官吏橫徵強斂，卻善於中飽私囊，收十繳一，搞得民怨四起，國庫卻無明顯充裕，然而神宗仍樂此不疲。

程漱玉道：「所以你們討厭當官的，洪莊主帶他們去城裡吃喝玩樂，睡客棧，你們偏不跟，寧願回船上吹風。」

閭丘允照點頭道：「我們白晶堡向來不結交官吏，避免與江湖中人往來，的確少了許多麻煩；但真的需要幫忙時，才曉得孤立無援之苦。如果我們現在是百劍門之一，就憑掛在門口的『仗劍行俠』四字匾額，那些仗勢欺人的稅官，就得自動減收一成稅賦。」

程漱玉道：「以你的武功，閉著眼睛也搶得到『百劍』。」

閭丘允照被誇得飄飄然，笑道：「當然是名次愈高愈好！若能僥倖擠進前二十名，或能再少一成鹽稅；若爭得到四大劍門，什麼東廠太監、錦衣衛都怕你三分，哪還敢多徵稅賦？不過我爹說這種情況，絕不可能發生。」

程漱玉道：「您太謙虛了！我有個朋友，功夫比你差得多，卻整天作夢想搶『金劍』呢？」她似笑非笑的瞧著古劍，古劍心道：「妳在說我嗎？我哪敢？」

兩人相談甚歡，直到月色已深，閭丘允照明日還有一場熱劍，不得不向三人拱手道別，帶著微醺回到畫舫。扁舟上的三人也都略有醉意，沒多久便進入夢鄉。

睡到半夜，白晶畫舫上忽傳來一聲慘叫！接著雙劍交碰之聲綿綿不絕……

程漱玉把古劍搖醒，只見閭丘允照縱橫穿梭，在夜色中狂舞著『輕猿劍法』，招招刺向一個身材瘦小的黑衣蒙面客身上，口中喝道：「你是什麼人？為何暗刺我爹？」

蒙面人不答，見招拆招，將對手瘋狂的攻勢一一化解，閭丘允照心情激盪之下，出招略顯散亂，反而差點被蒙面人所傷。閭丘項山斜靠船舷，雙手捧著肚子，氣息微弱的道：「允照……爹死不了……你別想太多！快些冷靜下來……全心抗敵……否則……」

閭丘允照登時醒悟，思道：「爹說得沒錯，此人武功不凡，我如此胡刺亂削，反倒讓他有可乘之機，在此性命交關之際，可不容有一招疏失！更應沉著應對才是。」他頗有大將之風，很快冷靜下來，出招卻不鬆懈，將「輕猿劍法」使得急而不慌，快而不亂，立時搶占上風。

程漱玉叫陳漢把扁舟慢慢划近畫舫。古劍漸漸瞧了出來，這蒙面人的功力和對戰經驗均遠勝閭丘允照，只是所使的劍招並不特別突出，似乎少了一分咄咄逼人的劍勢，才暫時被壓制住。兩人使了七十來招，蒙面客劍招忽變，換成另一套劍法，狠辣處更勝之前。

閭丘允照明顯覺得這套劍法比剛剛更強，逼得他再加把勁，全力施為，在畫舫上東遊西晃，招招犀利，兩人打得激烈，卻難分高下，雖險無傷。這套劍法使完，蒙面人再次換招，第三套劍法迅捷剽悍，又比前一套高明許多。

閭丘允照也知厲害，忽然一聲清嘯，身子在左右兩舷之間騰跳飛躍。他足不著地，無論是橫樑直柱、細欄粗杆，一點即射，在蒙面客前後左右飛來竄去，劍影綽綽。面對深不可測的敵人，父子倆身處奇險之境，不知不覺已將輕功與劍招的精妙處又往上提升一層。

修習「輕猿劍法」，重視輕功更甚於劍招，到了後來，練武場由鹽場轉至樹林，要求雙腳能在樹梢間靈活跳躍，劍法仍不紊亂。閭丘允照平常練習時，總是難以手腳兼顧，但這次突臨大敵，竟讓他達到了腳步靈活，劍招穩健的境地；只是借力跳躍之際，畫舫搖晃不止，那是他功力還不夠精純，不可強求；其實以一個二十出頭的年輕劍手，能將輕功練到如此地步，已十分駭人。

然而蒙面人更加可怕，對手凌厲劍招從四面八方刺來，他卻始終雙腳不移，時而扭腰，時而迴劍，時而倒仰，時而斜晃，總能及時化解。過了百來招，劍法又變，這套劍招剛猛凌厲，閭丘允照立即感到劍勢迫人，遠非自己本事所能企及！

雖只是一餐之緣，但既已成了朋友，無論如何不能坐視不管！古、程二人互對一眼，一齊躍上畫舫，古劍長劍直指蒙面客眉心，正是對手必救之處。

這次出手不俗，一招就把此人逼得雙腳移位，蒙面人「咦」了一聲，正想讚許兩句，忽見古、程二人身上偽飾成麻繩的玄鐵鍊，叫道：「我還有兩套劍招沒給閭丘公子試呢？你們自身難保，幹嘛多管閒事？」

程漱玉心中一涼，驚道：「你是胡遠清？」

那蒙面人撕下臉上黑布，露出一張笑臉道：「算妳厲害！我賭妳就是程姑娘！……你們自個送上門來，哈哈！這筆橫財，我胡遠清想推也推不掉囉！」說畢，不再理會閭丘允照，提劍逕往古劍削去。

昔年青城派有貝遠遙、狐遠春（狐九敗）、黃遠凡、胡遠清四位青年高手，人稱「青城四劍」，四劍中以胡遠清最為年輕，悟性卻也最高，很早就學會極為難練的「尋龍劍法」，自此便任他自由闖蕩江湖。

在山裡待久了，首先便想到天下最繁華的北京城見識一番。他個性豪邁，很快便結交不少三教九流的朋友，某日被幾名朋友強拉至忘憂坊見識見識，一個不小心贏了幾把之後，把他骨子裡藏了二十幾年的賭蟲，全給勾引出來，再也不肯爬回去。

從此他成了賭坊的常客，愈陷愈深，不到一年，便輸掉上萬兩銀子，怎麼賠？還好那裡是京師，官多、富翁多、是非也多。幫人助拳，替人出氣，做臨時保鏢，短期護院，以他的身手，自是輕鬆如意。他本性不壞，剛開始還頗有原則，絕不做任何傷天害理的事。賭久了，總會不知不覺愈賭愈大，自然愈輸愈多，最後只好把腦筋動到錦衣衛身上，在四大統領及眾千戶身上留下不少借據。為了還債，只好幫著他們抓一些難纏的要犯。誰都知道，這些廠衛所抓的人，十之八九並非真的幹了什麼壞事，胡賭鬼偶爾午夜夢迴之際，也會略感不安；但一個賭徒為了籌措下一場的賭資，往往連老婆、兒子都肯賣，更何況是一些素不相干的陌生人？不安歸不安，做久了也成自然。

前些日子王遂野和劉易風吃了古劍悶虧之後，立刻想到此人，不約而同用飛鴿傳書請他助陣。胡遠清看到信上誘人的價碼，隨即騎著官馬日夜趕來，到了成都城，無意間又看到一間小賭坊，此時已經六日六夜未賭一局，體內的賭蟲早鬧得五臟六腑都不暢快，想也不想便鑽了進去。一夜下來，輸掉三千多兩銀子，拿什麼來賠？

成都畢竟不比北京，這家小賭場開張至今，從來沒碰過賭注下得這麼大的豪客，也沒有給陌生人欠三千兩銀子的經驗。幾個潑皮二話不說，奪了他的馬，當了他的劍，將他毒打一頓，剝去衣衫，綁掛在大街上示眾。圍觀的人愈聚愈多，對著他指指點點，胡遠清忽然開罵：「看什麼？老子賭輸了沒錢還，被綁個幾天算得了什麼？……哼！離鄉二十幾年，沒想到成都城還是這麼沒長進？區區三千兩銀子就受不了？……在京城，我胡遠清一天輸掉上萬兩也是常有的事！就沒聽說哪家賭坊，敢叫我當場清帳？」

這事傳到百花莊，洪承泰趕緊出錢幫忙還債贖劍，待之以上賓；因為胡遠清這個人，可是京城一帶最有名的「試劍師」。

話說胡遠清去年積欠北京城水月山莊莊主黃雲鵠的八千兩銀子到期，這水月山莊在百劍門中排名第三十六，黃雲鵠八面玲瓏，沒人敢惹也找不到仇家，根本用不到他手上的快劍，該如何償債？

黃雲鵠卻請胡遠清夜襲水月山莊，假扮惡盜給他兩個兒子熱劍。他假裝出門，其實躲在背後觀察，到底平常「冷月劍法」練得不分上下的長子和次子，誰能夠臨危不亂，見得了大場面？

這麼輕鬆就還清數千兩白銀，胡賭鬼豈有回絕之理？不但幫他挑出了劍缽，還點出「冷月劍法」的若干缺失。他所指出的劍法破綻，別說新任劍缽不知，就連浸淫「冷月劍法」三十餘載的黃雲鵠也從來沒想到過；原來一般人練劍，只知代代相傳的家傳劍法必是前人苦心鑽研的心血結晶，一招一式自有其道理，只顧孜孜苦練，極少懷疑這其中還有什麼可改進的空間。

而能在數十招內看出其劍法缺失的外人，除了本身劍術造詣極高之外，其見識要廣，悟性要強，更要夠大膽雞婆！否則你任意批評人家祖先傳下來的劍法有誤，若不能說得他心服口服，反倒惹來一身腥。胡遠清剛提點時，黃雲鵠本來還一臉不悅，他看在銀子的分上，耐心示範解說，黃雲鵠繃緊的臉逐漸緩和，從不以為然到半信半疑而喜逐顏開，終於是心悅誠服！立即再捧出一萬兩銀子，懇請胡遠清多留個三、五天，好好給他們傳授指正一番。

短短幾天工夫，水月山莊劍缽的劍法有如脫胎換骨一般的精進；此事傳揚開來，京師附近方圓八百里內的各劍門，只要出得起價錢的，紛紛重金禮聘胡遠清為「試劍師」。不到半年，他試過也指導過二十一個劍缽。此人悟性奇佳，又練過極為繁複艱深的「尋龍劍法」，對他來說，一般劍法都是雕蟲小技，竟在教學相長之中，不知不覺的學會了二十一套劍法！

胡遠清到達百花莊時，洪家正忙著準備佛手上的熱劍，當晚便給洪子揚一場震撼。次日洪承泰邀他一同前往嘉定，好在路途中給洪子揚指點技巧，他本來想先抓到古、程兩隻大肥羊再說，一聽說他們打算在畫舫上開個小賭局解悶，隨即改變主意。

熱劍自然是多多益善，到了嘉定，另兩家劍門的「劍主」，馬上捧著銀子，拜託他給自家的劍缽熱劍試招。看在數萬兩誠意的分上，熱劍可以，但進一步的指導，得等三天九場的鬥劍比完；因為胡遠清早跟百花畫舫上的眾賓客定下上萬兩銀子的賭約，只有他下注峨嵋派會贏。

他昨夜假扮大盜給楊放一場驚奇，今夜則喬裝刺客，先叫閻丘項山假裝被刺成重傷，讓閻丘允照陷入孤立無援、情勢危殆的境地，以逼出全身潛能。胡遠清準備了六套劍法，一套強過一套，打算試試這個劍缽的能耐，哪知第四套還沒使到一半，卻殺出了古劍這個程咬金……

閻丘允照見過胡遠清，卻沒人告訴過他試劍師這回事。他跳出劍圈，轉頭看看父親，閻丘項山雙手插腰，直挺挺立在舢邊，哪像一個身受重傷之人？他哈哈笑道：「兒子！我跟你介紹，這位胡前輩，可是中原最有名的試劍師呢！」

閻丘允照這才恍然大悟！指著古劍道：「原來如此，那這位……大叔，是怎麼回事？……你們怎麼像殘丐一樣，身上綁著一條麻繩？……胡前輩，您得先停手，他是個聾子，不曉得這是一場熱劍！」他本來以為古劍是喬小七帶來的奴僕，但奴僕不可能有如此劍法，而喬小七也非真名，一時倒不知該如何稱呼兩人。

卻聽胡遠清邊使劍邊笑道：「你還看不出來他們是逃犯嗎？胡某千里迢迢趕來，目的就是要抓此人歸案，正愁不知從何找起？沒想到他們卻為了要強出頭而自動送上門來。哈哈！這好比連抓了十把的至尊寶，贏到賭場關門大吉！看來我胡遠清走了二十幾年的華蓋運，從今天開始要出運啦……唉唷！這招漂亮！幸好勁道不足。」

他這第四套劍招對付閻丘允照綽綽有餘，碰到「無常劍法」卻稍嫌不足，閻丘父子的對話鑽進他耳朵裡，又忍不住不插嘴，得意忘形之際，一個失神，差點中招！而古劍的雙耳全聾，讓他在此時能不受干擾的施展劍法；但他對胡遠清有所顧忌，出招流於保守，不免錯失良機。胡遠清不再托大，提前換上第五套劍法，招招沉穩雄渾，不讓古劍占到先手。

閭丘允照難以接受，喃喃道：「怎麼會？……你先停手，這恐怕是……一場誤會！」他說得吞吞吐吐，顯然對自己所言，也不太有把握。

一直悶不吭氣的程漱玉終於開口道：「你們還是別管啦！明哲保身要緊。這些人……惹不起的。」她知道古劍絕不是胡遠清的對手，一直在苦思脫身之計，唯一想到的法子，便是激閭丘父子同時出手，三人聯合，或有機會打贏這個賭鬼。她愈說語調愈低，似乎有無盡苦處與委屈。

「這兩人為了幫我才身陷險境，無論他們是誰？都不能不管！」閭丘允照想到這裡，熱血一湧，挺劍就要上前助陣，卻被他爹強行拉住。

閭丘項山對胡遠清道：「胡師父，我再出二萬兩，您放了他們吧！」

胡遠清搖頭道：「你可知道他們值多少銀兩嗎？告訴你吧！王遂野出價八萬三千兩，劉易風出價八萬六千五百兩；等我抓到人之後，再叫蕭乘龍、金克成也來競標，至少可拉抬到十萬兩銀子。若你真想救人，我可以少拿一些，六萬兩算了。」

若在十年前，對內地最大的鹽商白晶堡而言，六萬兩銀子並不看在眼裡，但他們做了十幾年的虧本生意，如今勢道已大不如前。而閭丘家族還有許多叔伯兄弟，不是他閭丘項山一人點頭便可，實在無法應承這個數字。見父親遲遲未下決定，閭丘允照按捺不住，道：「爹！何必談那麼多？咱們父子上去幫忙，三人聯手，還怕這錢鬼嗎？」

閭丘項山道：「兒子，你可知王遂野、劉易風、蕭乘龍和金克成是誰？」

閭丘允照搖頭，他終日閉門練劍，對世事所知極為有限。

閭丘項山道：「他們是錦衣衛四大統領，個個武功精強，決不在為父之下，且權勢熏天，心狠手辣……」

閭丘允照插口道：「那又如何？」

卻聽胡遠清笑道：「又如何？廠衛要抓的人誰敢救？若隨便惹火了其中一人，搬來整隊的錦衣衛，包管把你們白晶堡殺個雞犬不留！」

白晶堡現在還不屬百劍門，家大業大，卻是勢單力孤，就連一般州官稅吏的騷擾也得忍氣吞聲，何況是惡名昭彰的錦衣衛統領？閭丘允照終於明白，思道：「這胡遠清武功極高，三人聯手頂多將之逼退，要殺他卻絕不可能！只要他不高興去告個狀，閭丘家一百二十七口，恐怕得為自己的一時義氣，賠上了性命。」這對父子不了解胡遠清，他賭運奇差，賭品倒是極佳，輸了就算，絕不可能扯東怨西，告官求償。

正自拿不定主意，卻見胡遠清劍法又變，劍招飄忽，專走偏鋒，看來又比前一套更加凌厲難防！但古劍仍是一套「無常劍法」，有攻有守，並未露出敗象。這「無常劍法」雖只九十七招，卻是古劍苦思數年，從一千餘招中精挑細選，濃縮組合而來，除了對付正常的劍法外，許多奇劍怪招也都有所設想。對手招式愈奇，反而更能發揮「無常劍法」奇變精絕的特長。

閭丘允照在心底暗讚道：「這套劍法若用在我身上，恐怕走不出三十招，此人卻能應付自如。此人若再年輕個十來歲，也參加試劍大會，倒是個勁敵。」忽又想到古劍話雖不多，語音雖怪，嗓音卻不怎麼蒼老？再仔細一瞧，他黏在臉上的一綹山羊鬍子，在激烈的鬥劍之下，震落得稀稀疏疏，這才發覺，這個陌生朋友，亦是個身負絕藝的年輕人！

再看看程漱玉，一雙美目眨也不眨的關心著古劍，閭丘允照心口一震：「這種身手，不會是人家的奴僕；這種年紀，也不會是她的長輩。那這一對男女，究竟是什麼關係？」他自小苦練劍法，極少出門，幾無外姓朋友。此番遠行，對程、古二人一見投緣，不知不覺便將許多心事，掏心挖肺說了出來，哪知這兩個人連真實姓名也沒講？

他怎知此二人有不能說的苦衷，只覺得彼此又變得生疏。思道：「大家只是萍水相逢的陌生人罷了！你何必來救我？我又何必……」或許是這種疏遠的感覺，或許是對古劍的一種莫名妒意，年少心熱的閭丘允照，忽然不想不顧一切的冒這個險，甚至內心底處隱隱期望，這個不知名的朋友，敗得愈慘愈好！他索性雙手抱胸，專心欣賞這場妙招層出不窮的精彩對陣。

雙方對了百來招，胡遠清始終占不到太大的便宜，閭丘項山忽道：「胡師父，我再加一萬兩，賭你百招之內制不住他，若您輸了，能否放人？」

胡遠清笑道：「一百招太多，贏了又有何意思？不如五十招吧，賭金加倍。」話剛說完，劍鋒又轉，疾如狂風掃葉，勁如巨浪拍舟，密如暴雨摧花，玄如迷霧漫林，竟是「尋龍劍法」！

古劍曾經見過這套劍法，當時使這套劍法的商廣寒，雖然慘敗於狐九敗，然這套劍法所顯現出來的霸氣與威勁，至今仍深印腦海。「這人是誰？怎麼會使『尋龍劍法』？莫非是……？」他想到胡遠清這個名字，心中一震！這套劍法深奧難學、威力無窮，而使劍的這個人，當年和貝師叔公、狐前輩等齊名，仰之彌高。

此時劍氣蕭蕭，畫舫猛搖不止，觀戰的幾個人被劍氣逼到角落，雙手緊抓著船舷；而古劍更為其劍勢所嚇，為其名聲所驚，不由自主的打從心底湧起一股聲音：「我怎麼打得過？我怎麼可能打得過他……」

以古劍目前的內力及修為，就算拚盡全力應付胡遠清的「尋龍劍法」，也很難撐過百招，而他卻偏挑這個時候心虛氣洩！「一招、兩招、三招……」程漱玉本來朗聲數著，不到十招，卻見他劍法漸亂，心知不妙，數招的聲音也逐漸轉細，到後來幾近無聲。不過是第二十六招，古劍手上的鈍劍被震落江中，眉心也被利劍抵住。

胡遠清笑道：「唉唷！本來還以為你能撐個四、五十招的，怎麼突然亂啦？」說著在古劍四肢連點幾手穴道，他雙手垂軟，緩緩坐了下去；嘴巴還能說話，卻見程漱玉搶著替他答道：「他被你胡遠清三個字唬住啦！否則會更好。」

胡遠清道：「那不管！無論本身有多少料？臨場時拿不出來就是失敗！」

程漱玉道：「至少可以看得出來他有潛力。」

胡遠清皺眉道：「妳想說什麼？」

程漱玉道：「有一場賭局，贏了賺二百萬兩，輸了頂多賠二萬兩，你敢不敢？」

胡遠清哈哈笑道：「妳想叫我放人，讓他去參加試劍大會，這小子在江湖上默默無聞，忘憂坊必定開出下一賠百的最高賠率，叫我押他兩萬兩，說不定這小子吃錯藥，大發神威奪下『金劍』，真讓我贏了！」

程漱玉笑道：「贏了這一把，你這二十幾年的倒楣債，不就可一次全拿回來？萬一輸了，反正你這二萬兩銀子賺得輕鬆，敗光也不可惜。」

胡遠清笑道：「聽起來挺誘人；可是我胡遠清什麼都賭，唯獨在兩種狀況下決不下注。」

程漱玉道：「什麼狀況？」

「穩贏的時候和鐵輸的時候。」胡遠清道：「明知會贏的還下注，那不是騙子嗎？明知會輸還下注，那不是呆子嗎？」

程漱玉道：「你這麼肯定他會贏？」說完眾人都笑了，古劍頗為尷尬，他知程漱玉想遊說胡遠清放人的意圖，但因此而把自己吹捧成足以爭搶金劍的熱門劍缽，實在太過離譜！

胡遠清笑道：「他連我的『尋龍劍法』都贏不了，憑什麼奪金劍？」

程漱玉笑道：「您是武林前輩，多了二十幾年的修為，學會『尋龍劍法』時，那些劍缽恐怕還沒出生呢，拿什麼跟您比？」

胡遠清正色道：「不！不！不！胡某這二十幾年以來『生活繁忙』，幾乎不再練劍。武學一藝不進則退，別說與死去的貝師兄相比望塵莫及，就連商廣寒也快要追上了我，如果姓魏的這小子真學會了『尋龍劍法』，說不定還要比我強一些！這小子連胡某都勝不了，要怎麼去贏魏宏風？更別提還有朱爾雅及裴問雪！」

程滶玉猶不認輸，續道：「現在離七月的試劍大會還有好幾個月，你怎知他不會變得更強？」

胡遠清道：「憑良心說，這小子劍法不俗，可惜有兩大弱處。其一是他的氣勢不足，碰到對手出劍凶強一點便自行洩了氣，此乃兵家大忌。」

古、程二人同時問道：「要如何改？」

胡遠清道：「每天告訴自己一百遍『我是最強的』，想法子建立信心。自信足夠，無論對手是誰，都能做到不驕不餒不憂不慌，才能將劍術發揮得淋漓盡致。」這番話有如當頭棒喝！古劍心思豁然清明，原來他劍法時好時壞，全是心魔作祟！

程滶玉道：「這該不難改善吧！」

胡遠清搖頭道：「有可能一覺醒來就悟了，也有可能一輩子改不掉。就算他辦到了，但其內息時強時弱，似乎打通一些經絡，卻又不夠順暢，以至於許多劍招無法使得更快更穩更有勁，錯失致勝良機；如果他能再苦修十年氣功，完全打通全身經脈，或許真有一點機會奪取金劍。然而內力的修習沒有一步登天的道理，哪有可能在短短幾個月內，增加十年功力？」

「誰說不可能？」

這聲音冷不防冒了出來，發話之人站在相鄰的百花舫畫舫上，竟是一直沒人留意的艄公陳漢！他沒被方才的惡鬥嚇跑已夠讓人吃驚，說完話一個輕躍，落下時雙足穩穩定在白晶舫的船舨上，更顯出一身上乘功夫。

胡遠清對著他端詳半晌，才道：「你是……侯……藏……象？」

陳漢微笑道：「久違了！胡賭鬼。」他果真是糊塗神醫─侯藏象！

一個多月以前，侯藏象到雲南玉龍山採集珍貴藥材。山上飄起大雪，整座山白雪皚皚，赫見一個身形高瘦之人在巨石上打坐，身上冒起騰騰熱氣，整顆巨石落雪即融。他一眼就瞧出此人誤食有毒野菜，正用他深厚的內力將毒逼出。

為了採藥，已經好幾天沒給人治病的侯藏象，天可憐見！竟讓他在這種地方發現病患自是興奮不已！無論此人武功多高明，為人多凶狠，都無法抑止他行醫濟世的欲望。說道：「我看你眉間一股綠氣，多半是吃了『半生葉』所致，這半生葉看起來就像普通野菜，其實毒性頗劇，一般人吃了不死也剩半條命。雖然你內力渾厚，不怕這點毒菜，但以氣逼毒也不是什麼舒服的事，何不讓我試試？」

這人根本不理他，侯藏象等不到回應，又說：「有半生葉的地方，附近一定有『折命草』，被取成這個名字，自然也不會是什麼好東西；但將半生葉和折命草混在一塊，搗爛後製成『生命丸』，倒是極佳的解藥補藥。剛巧我身上就有幾顆，你要不要？」

見他無動於衷，再道：「何必那麼辛苦？我不收醫金，只要一顆藥丸，保證藥到病除。」

「你現在一定十分痛苦，別再逞強！碰到我『神醫』侯藏象算你運氣，平常人家大排長龍，千求萬懇只求一診，我還未必願意呢！」

……

他叨念了半天，那人還是不動，只是臉色愈來愈顯陰沉，似乎滿腔怒火，就要爆發！偏偏侯藏象從不識相，躍上巨石，撿起那人身旁一把長劍，正要拔劍出鞘，那人暴喝一聲：「不要動！」

機不可失！一顆黑色藥丸，朝那人嘴裡彈去。那人盛怒之下，沒料到他敢趁這時候下手，那個「動」字說完時嘴巴合得稍晚些，藥丸直接飛進食道，想吐也來不及！他怒不可抑，身子突然暴起，一伸手便把長劍奪了回來。接著寒光一閃，長劍出鞘，追殺起侯藏象來！

侯藏象的武功絕對算是頂尖高手，這人身中奇毒，解毒又極耗功力，仍能殺氣騰騰施展其絕妙劍法，把侯藏象逼得東奔西竄，毫無還手之力！世間功夫恐怖到如此地步的，想來想去也只有一個人？他邊閃躲邊說道：「狐九敗！……您別生氣！……神醫我可是一片好意……別再狗咬呂洞賓……我可是侯藏象啊……你再孤僻，也該聽過我的大名……不信你摸摸肚子……是不是不痛……啊！……」

他如果不分心說話，或許可以多拖個幾招，偏偏他有話不吐不快，說到「痛」字時，果然肚子一陣刺痛，被劃了一劍，接著胸口被人抓住，狐九敗惡模惡樣的將他拉近眼前，凶狠狠道：「我正嘗試以毒練功，誰叫你多管閒事？害我前功盡棄！」他肚子果然不疼了，反倒令他更氣。

侯藏象恍然大悟，叫道：「啊！是有這個法子，你怎麼不早說？」

狐九敗怒道：「你看不出我正在緊要關頭嗎？」

侯藏象道：「那你該先立個告示呀！」

狐九敗左手用力使勁，抓得他胸口骨肉快要分家，臉上青筋暴起道：「在這種崇山峻嶺杳無人煙之地，立告示給誰看？誰會想到此時會出現一個冒失鬼？」他抬起右手，正想給他一劍，忽然肚子又疼了起來，程度比方才劇烈數倍，問道：「你給我吃什麼？怎麼現在又更痛！」

侯藏象道：「當然是生命丸！左邊口袋放生命丸，右邊口袋放聚效丹，我侯藏象是何許人也！哪有可能搞混？……咦！剛剛我是用哪隻手彈藥的？」

狐九敗冷然道：「右手！」

侯藏象臉上露出一絲愧色，一閃而逝，說道：「這不能怪我……你開口時間短暫……

我一急，就……」誤投丹藥對他而言算是家常便飯，他武功夠高，苦主們再有什麼慘事也只好自認倒楣；然而狐九敗可不是一般江湖混混，見其臉色陰晴不定，侯藏象寒毛直豎，不知該如何安撫？

狐九敗喝問道：「吃了會如何？」

侯藏象道：「『聚效丹』是一種萬用催引藥，無論吃的是毒藥、解藥還是補藥，再吃聚效丹之後，藥力增強數倍，毒上加毒，補上加補。你快躺下！現在雖然麻煩了些，但對『神醫』侯藏象來說，算不了什麼！」

「你總算將功贖罪。」狐九敗神色漸緩，面露微笑，侯藏象也跟著笑了起來，思道：「你知道我的好處了吧！要我治病，非放我不可。」就在他心情放鬆之際，狐九敗突然幾記重手，點他全身數十個穴道！接著回原位靜坐，運功驅毒。只見他臉上忽綠忽紫，身子時而冒汗、時而冷顫，全力與藥力相抗，這次可比先前凶險得多。滿頭霧水的侯藏象，雙手微舉，一臉詫異僵立原地，一時想不透是怎麼回事？

以內力驅毒本是一場極為刺激的挑戰，卻被這名不識相的傢伙搞得樂趣盡失，狐九敗惱恨之餘，本欲一劍將他了結。然當他發現身上的毒性更烈，反倒轉怒為喜！畢竟自己給自己下毒，就好像自己打自己，出手難免會輕一些，就算下的分量夠重，那也是自己贏自己，總沒那麼暢快！如今侯藏象投錯了藥，不但使毒性暴增，刺激加倍，更是他與天下最強的醫毒聖手之間的一場生死對決，可遇而不可求。侯藏象可萬萬沒料到，這次看似不可原諒的失手，反而救了自己一命！

雖已無敵意，但怕他再度搗亂，狐九敗連下幾次重手，所知的要穴全不放過，怕他囉嗦，幾個啞穴出手特重。侯藏象內功修為極高，又對經脈穴道瞭若指掌，若是平常點穴再多再重也很難將他定住太久；但時當嚴冬，在這一千七百丈高的玉龍山玉乳峰頂，朔風冷冽，寒氣迫人，被點了重穴之人，氣血循環不良，運盡所有剩餘功力來抗拒嚴寒尚嫌不足，哪還有餘力衝解穴道？事到如今，也只能靠狐九敗解完劇毒，再來救他。他行醫多年，第一次感受到性命懸於人手的恐懼！

此時的狐九敗雖不吭一聲，但眉頭深皺，顏面扭曲，正強忍著千般痛楚，隨著他臉色時而蒼白，時而烏黑，侯藏象的心也跟著一鬆一緊，雖氣他不識好歹，又怕他逼不出體內劇毒，自己跟著陪葬。他還有許多醫學上的疑難雜症還沒參研透徹，可不願就此一命嗚呼！

要擔心受怕，要忍受刺骨寒風，更難過的是滿腹牢騷，卻口不能言！侯藏象有生以來最難熬的一天，終於在六個時辰之後結束。狐九敗去盡體內毒質，起身幫他解穴時已是三更天。侯藏象忙著抖去身上殘雪，同時罵道：「你這瘋子！沒人陪你玩劍，就拿自己性命玩！那也用不著把我拖下水！」

卻見狐九敗道：「也不完全是為了好玩，我這麼做，主要還是想試試以毒練氣的法子，是否真有神效！」

侯藏象道：「以內力逼毒，也可說成用毒藥將全身潛在內力催引出來，久而久之，自會把全身經脈打通，當然有效。但若用藥不毒，效果有限；用藥夠毒，又太過凶險。就算你每次都化險為夷，在短期之內功力大進，卻也把腸胃搞壞，實在是天下第一笨的法子。」他實在氣夠了！竟在天下第一高手面前，笑對方的辦法天下第一笨。

狐九敗倒未生氣，問道：「還有什麼法子？可讓人在短期內功力大增？」這可問到癢處，侯藏象答道：「你可問對了人！辦法是有幾個，不過都有些麻煩。」

狐九敗道：「請講。」他忽然客氣起來，倒讓侯藏象不甚習慣，不小心多看了兩眼，渾身疙瘩都冒了起來，心想：「這個人還是凶一點比較自然！」

「好冷！」他打了一個誇張的冷顫，慢條斯理打開藥箱，取出一株通體赤紅，半似人參半似薑的東西，說道：「這是龍鬚根，去寒解毒最具奇效，要不要來一點？」狐九敗搖頭，神色間露出些許不耐。侯藏象喀哧咬了一小口，這龍鬚根十分堅韌，嚼了許久才爛，剛吞進腹內，見狐九敗還沒氣到抓狂，又再咬了一口！狐九敗把剩餘的全搶過來，丟進嘴裡，稍用內力，只聽喀哧喀哧喀哧，接連數聲巨響，已被他咬得稀爛，吞進腹內。

過不多時，狐九敗顏面潮紅，全身燥熱不已，在這極寒之地，竟熱汗猛出，將衣衫都溼透！侯藏象身子寒氣侵體，服食兩小口的龍鬚根恰好打平；然狐九敗體質燥熱，向來是怕熱不畏寒，一口吞進數倍分量的龍鬚根後，只覺得一股火辣之氣從腸胃升起，熱得好像全身都要燒起火來！這可不是內力逼得出來的毒，他苦不堪言，但深知只要開口要了半片清熱降火的草藥，這龜蛋必然更加得意忘形！只好強忍痛楚，不露半分苦臉，擠笑道：「現在可以說了吧！」

侯藏象這才娓娓道來：「首選是以藥補功，像千年何首烏、崑崙白靈芝、茅山養氣丹等等，或多或少都能增加幾年功力；但這些奇藥可遇而不可求，再說試劍大會即將來到，就算有誰找到什麼珍稀藥材，恐怕早被百劍門的劍主們搶購一空，拿去給他的劍缽進補去啦，如今想再尋藥，難上加難！其次是傳功灌氣，說來好像人人可行，其實裡頭的學問可大呢！」

他說到這裡，故意賣個關子，想等著狐九敗用懇切的語氣問道：「什麼學問？」等了半晌，這個不識相的傢伙偏偏不吭半句，只用一雙銳利的鷹眼，死盯著他瞧。侯藏象話既起頭，不讓他說完可真會憋死！只得若無其事接著講下去：「首先輸功的人與收功的人彼此氣功最好是同一路，差得愈遠，效果就愈差。像少林與武當所修習的氣功一陽一陰，完全不能相容，若叫少林老和尚給武當小道士傳功灌頂，輕則完全無效，中則互相抵消，重則走火入魔，不可不慎！」

這時狐九敗倒說話了，道：「不是同一門派，誰肯將自己辛苦修鍊的內力，輕易傳出。」

侯藏象道：「就算是同門同派，傳功的時辰不佳、方法不當、走的經脈不對，都可能影響功效。就算一切順利，進行得完美無缺，輸功者送出十年內力，受功者頂多增加五年的功力，這是氣能在傳輸過程中自然的損耗，不可避免。且接下來的七七四十九天，亦是保住真氣的關鍵期，受功者必須閉關苦修，設法將外來的內力完全溶入自身，多留一分算一分，但總有部分真氣會漸漸消散。傳功輸氣鐵定是賠本生意，經過四十九天之後，第一天所吸收到的功力，若能留住七成，已算非常成功。據我所知，百劍門中不少人嘗試過這法子，傳功的先輩耗損不少，卻也沒讓那些劍缽增加多少內力。

「除了上述三種辦法之外，還有一種是我神醫侯藏象翻爛一百一十八本古今醫書，試過二十六名死囚之後，所研創出來的針灸引氣法，可在短短六天之內，增加二、三十年功力。」狐九敗聽了頗感興趣，眼光登時柔和許多。

侯藏象續道：「人體除了任督二脈外，還有十二正經，所謂『針灸引氣』，便是用五種顏色不同、藥性迥異的針，分別刺激其中十條與陰陽五行有關的氣脈。前五天一日針一色，藥性發作時，會不由自主的將全身真氣導引至受灸的經脈，藉此將自身潛能激發出來。五日針完，至少可增加六、七年的功力；若還嫌不夠，第六天五針齊插，必然真氣亂竄，到後來連手厥陰心包經和手少陽三焦經這兩條心脈也能導通。至此十二經脈暢行無阻，威力更勝於打通任督二脈，至少多了二十年的功力。」狐九敗的眼神亮了起來，似有躍躍欲試之意。

侯藏象又說：「這針灸引氣之法不花錢、不傷功、功效極佳，可說是最好的法子，但也有它美中不足的地方。」

「什麼地方？」狐九敗終於開口相詢！

「痛！」侯藏象笑道：「這五色針隨便一插，都能叫人哭爹喊娘，痛不欲生！當年我在天牢抓死囚做試驗時，所挑盡是一些練過武功的精壯漢子，言明誰能忍住這五色針的折騰便放他一條生路。當時藥力最多只加到三分，卻沒有半個人受得了，甚至有不少人一見到我便嚇得屎尿齊泄，就怕我再抓他來試藥。

「後來我把這套絕活傳給了掌管死牢的錦衣衛統領王遂野，他用了十分的藥力，卻沒人能挨過幾針。唉！看來我這妙絕天下的練功法，終究找不到享用之人。」

卻聽狐九敗不以為然的說：「這些人未免也太無用，要練神功，受點痛苦算什麼！」

侯藏象等的就是這句話，隨即說道：「莫非你想試試？那太好了！除了狐九敗，還有誰有這本事忍呢？」

愈艱難愈危險的東西，愈能引起他的興趣，狐九敗確有此意，但見侯藏象主動提起，不禁又猶豫起來，心想：「我這『天下第一劍』的頭銜早令無數高手嫉恨在心，想必此人也不例外，讓他在我身上插滿金針，豈不自找死路？」笑道：「我現在已是天下第一，加不加二十年的功力，又有何差別？但我知道有個年輕人挺能吃苦耐疼，而且他劍法不俗，內力卻極為平常，為了能在試劍大會中有更好的表現，應該會欣然接受你的針灸引氣。」

這麼說倒非存心出賣古劍，他嘗試以毒練氣之法，本來就為了要幫古劍增加功力。

侯藏象興奮不已，忙道：「這人是誰？在什麼地方？」

狐九敗未答，先問道：「如果扎錯了針，會有什麼下場？」

侯藏象變色道：「你這什麼意思？我怎麼可能扎錯針？」

狐九敗道：「一次扦刺那麼多穴道，難保沒有個萬一……」

「絕對沒有萬一！我可是一代名醫呢！十條正經五百五十四點要穴，熟悉的程度就像女人逛廚房一樣，怎麼可能迷路？」侯藏象最恨人家說他糊塗，生起氣來，管他是狐九敗還是狗十敗，照樣不客氣！

狐九敗無奈的搖頭道：「你說曾把這門功夫傳給王遂野，如果是他扦錯了穴道呢？」

侯藏象這才恢復平靜，想了一會，道：「大概……多半……可能……或許不會怎樣吧！最嚴重也不過是走火入魔。不過你放心，我還沒教王遂野五色齊扎之術呢！」

侯藏象的醫術雖令人擔心，最多也不過一死而已，在狐九敗的觀念裡，如果一輩子出不了頭，還不如早點見閻王算了！他沒考慮多久，還是把古劍的情形說了出來。侯藏象藥也不採，即刻趕往川西，探尋此人下落。

數日之後侯藏象來到離成都不遠的簡陽鎮，在鎮上的一家小客棧遇到了舊識王遂野，他把底下的人都派出去打探消息，正獨自喝著悶酒。侯藏象第一眼就看見他浮腫的腳板，衝過去抱住他的小腿道：「哎呀！這是哪個蒙古大夫弄的？腫得真不像話！讓我重新敷藥包紮，七天之內，包管讓你活蹦亂跳！」

王遂野嚇得魂飛天外，打又打不贏他，急忙拍開他雙手，脫口罵道：「我傷成這樣，全拜你所賜！還敢來攪和？」

侯藏象一臉的莫名其妙，在一旁坐下問道：「你說清楚些，我們好幾個月沒見面，我什麼時候傷了你？」

王遂野道：「你曉不曉得扎完喪心病狂五色針後，內力會大增？」

侯藏象拿起酒壺往自己嘴裡倒，咕嚕咕嚕吞下半壺酒，含著酒道：「曉得。」

王遂野怒道：「那你為何不告訴我？」

侯藏象兩手一攤道：「那有什麼打緊？反正也沒人熬得過去。」說完又灌了兩口酒。

王遂野道：「還是有人忍得住，沒瘋也沒死，還武功大進……」

侯藏象把嘴裡的殘酒全噴了出來，急道：「是誰！是誰！快跟我說！」

王遂野把臉上的酒水擦乾，憤然道：「是一個叫古劍的無名小卒，我給他扎完五色針後，不知他體內起了變化，以為只要將他們套上了玄鐵鍊就跑不掉。哪知就這麼一點輕敵，竟挨了這一槍！」

侯藏象心道：「狐九敗沒吹牛，真有這麼一個人。嘿嘿！這還不是最厲害的呢！等我再去給他五色齊扎之後，你才會明白，什麼叫做脫胎換骨！」心裡雖在竊笑，表面卻不動聲色，裝出一副惋惜不已的樣子說：「真是可惜！讓您王大統領親自趕來，此人想必不是個普通罪犯。」

王遂野嘆道：「要不是這小子，恐怕我已在京城，等著升官加俸！」

侯藏象向著他深深鞠躬道：「您說得沒錯！真是我的不對。請您大人大量，給我個機會將功折罪！」才方說完，突然出手點向他身上要穴，兩人距離太近，王遂野又全無防備，根本來不及反抗便已中招，只聽一聲「不……」這聲慘叫拉得極長，卻戛然而止！原來侯藏象聽到這聲震耳哀鳴，才想到忘記點他啞穴，立刻補上一指，把叫聲截斷。

接著侯藏象熟練的拆去包裹在王遂野腳上的布，用酒洗去舊藥，打開藥箱，給他重新敷上新藥，再包紮起來。他手腳俐落，也不理人家疼不疼，不到一盞茶的工夫便處理完畢，解開王遂野穴道說：「你的腿不出三天便又能活蹦亂跳，現在我可不欠你啦！」說罷拍拍屁股，轉身離去。

王遂野突然覺得全身搔癢難忍，八成又上錯了藥！以怨毒的目光送他走出門口，心中暗暗立誓：「這個天殺的老頭！哪天若落在我手裡，一定叫你親自嘗嘗——喪—心—病—狂—五—色—針！」

接下來幾天，侯藏象留在成都附近打探消息，他曉得自己穿上郎中的衣裳會嚇壞人，大多易容改扮後才出門，碰到錦衣衛，便抓來逼問一番。被抓的親衛為了求他別治病，無不知無不言，言無不盡，沒兩天的工夫便探聽出事情的大概。壽宴那次，他也想去百花莊碰碰運氣，看看能否發現古劍蹤跡？無奈前一天洗完衣服忘了曬，只好穿著郎中衣裝前去，卻因此被人看穿身分，消息傳進席上，眾賓客嚇得四竄奔逃，什麼也沒能找到。

到了殘幫望江樓大會，他和錦衣衛四大統領都料到古、程二人可能會混在殘丐堆中，於是假扮聾丐，混進殘丐堆中尋找兩人。侯藏象雖沒見過二人，卻從程漱玉半真半假的妝上得到確認，同時也發現扮成殘丐的蕭乘龍，正賊頭賊腦的四處搜尋。他的易容術也是靠侯藏象指點才有如此功夫，自以為妝扮得天衣無縫，哪曉得師父就在左近？

侯藏象不想讓他找到人，若無其事的走到蕭乘龍身旁，神不知鬼不覺的在他身上灑一手「誘春粉」。過不多久，蕭乘龍周圍數丈之內，所有殘丐身上的跳蚤全被吸引過去，咬得他渾身麻癢，不得不匆匆離去。

大會開完，數千名殘丐一哄而散，只有他盯住了古、程二人，一直跟蹤他們到岷江畔，趁著程漱玉修船的時間，在上游處找到另一艘空舟，打扮成艄公，化名陳漢，過來接載二人。他默默觀察，如果古劍心術不正，恐怕也不宜貿然送他多年功力，否則弄出一個危害武林的絕頂高手，豈不有違他濟世救人的本願！再說錦衣衛布下的眼線極廣，現在還不算安全，必須先找個更遠更隱密的地方，才能給古劍施針。於是一直假扮成老實艄公陳漢。

初夜時聽到程漱玉在背後說他糊塗，氣得睡不著覺，但總覺此時現出真名稍嫌太早，直到方才時機成熟，想到一連串的點子，才挺身而出，報出真實身分。

第十一章 賭局

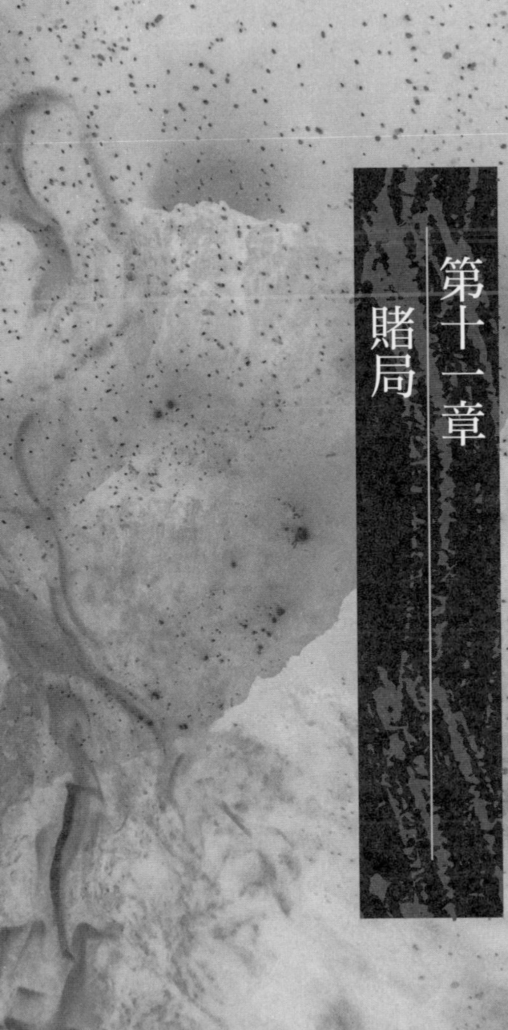

侯藏象面帶微笑，轉向閭丘允照的右手手腕瞧去，這對父子心裡發毛，閭丘項山顫聲道：「你……你想幹什麼！」

他朝著閭丘允照笑道：「你的手腕是不是骨折過？好像沒接正喔！」閭丘允照乍然變色，他右手手腕的確曾在三年前發生挫傷，也沒接續完妥。然而一來他早已習慣，二來這並不影響使劍的靈巧與威力，在這個時候，可千萬個不願意給這個「神醫」再玩一次。

閭丘項山道：「沒有！沒有！我們還有要事，先走一步！」說完拉著兒子的手，父子倆雙雙施展絕妙輕功，一溜煙消失無蹤。

接著侯藏象將目光轉往程漱玉身上看，程漱玉道：「看什麼！我又沒病！」

侯藏象笑道：「是啊！妳那玩意不能算病。」

程漱玉雙頰泛紅，啐道：「那就別瞧我，快說怎麼幫他增加內力。」

侯藏象正色道：「妳這女娃本來還挺討人喜歡，偏生口德不好，愛在背後編造是非，汙衊他人！若不好好賠罪，叫我怎生理會？」原來他還在為了稍早程漱玉說他糊塗誤醫之事，耿耿於懷！

程漱玉笑道：「那都是聽別人瞎說的，小女子未加查證便以訛傳訛，確有不對！如今有幸親睹本尊，見閣下目光銳利，心思慎密，三言兩語便讓人心服口服，方知市井傳言，與事實完全背道而馳。想必是那些庸醫妒忌先生妙手神技，故意編造一些莫須有的謊言，誹謗於您。」

這番話說得侯藏象心花怒放，舒坦許多，轉身對胡遠清道：「胡賭鬼，我說這小子到明日此時，至少可接下你兩百招，敢不敢再賭一把？輸了可得放人。」

胡遠清半信半疑，問道：「如果你輸了呢！拿什麼來賠？」

侯藏象從身上拿出一本書道：「我鑽研醫道多年，熟讀上百本古今醫書，愈讀愈是迷惘。有時明明同一種症狀，這本書說是因虛寒所致，那本卻說是燥熱引起；或是所有的書都說這帖藥專醫此病，照著書本指示開藥，卻連醫了幾個人都無效。諸如此類之事多不勝數，不禁令人感嘆醫理浩瀚，探索得愈深入，可疑與未知卻愈多。於是我苦參五年，用盡一切辦法，解開古今醫學三十九項謎團，揭露古今醫書九十二條謬誤，全記在這本《古今謎謬》裡頭。」

他所謂「苦參五年」，其實是花了兩年光景，掘了一百一十三座墳，剖了一百一十三具屍體，先將人體構造摸個仔細、參研透徹。然後再用三年的時間做療病的驗證。他各以一套絕活分別向四大統領換取三十名死囚，在東廠大牢內，用這一百二十名死囚做了數千次試驗，從此醫術大進，達到超古越今的境界。侯藏象並不覺得這樣做有何不對，反正死人不怕痛，死囚早晚都得死，這些人犧牲一點，造福後世無限，反倒是功德一件。但這些事若傳揚出去，人人將他視為魔頭，哪還敢給他治病？他雖糊塗，卻不笨。

胡遠清把書接下來，隨手晃了幾下，摸一摸也沒多厚，道：「這本破書有啥用？能賣幾個錢？」

侯藏象道：「你把這本書拿去抄印三百冊，賣給郎中、藥師都可，識貨的看到封皮上『侯藏象』三個字，出個三、四千兩也捨得。」說著得意揚揚指著書皮。

程漱玉也湊近來看，噗哧一笑，道：「這個字是這樣寫嗎？」侯、胡二人仔細一瞧，這封皮上兩行字分別寫著「古今謎謬」「神醫　侯藏象　著」、他連自己的姓氏都寫錯了！

侯藏象沾了幾滴口水，把「候」字左邊人字旁的一短豎暈淡，看起來比較像「侯」了，若無其事道：「當時毛筆沾上太多墨汁，沒留意多滴了兩點。」

胡遠清隨手翻閱幾面，幾乎每一頁都塗改得一團亂，他看不懂內容，仍可發現此書校改多次之後，還有連篇錯字。笑道：「你在書裡面拚命指正他人錯謬，內容卻處處疏誤，這種醫書誰敢買？」

侯藏象怒道：「看不懂別胡說！我的書怎麼可能有錯誤？」

胡遠清毫不猶豫的回嘴道：「你的糊塗人盡皆知，怎能怪我胡說？」

侯藏象漲紅了臉道：「氣死我了！我一直當你是朋友，沒想到和別人也沒什麼不同！」他雙手伸進衣袋，各掏出兩把金針，緊緊握著，顯然真生氣！胡遠清也不甘示弱，拔出長劍，兩人劍拔弩張，眼看一觸即發。程漱玉心中竊喜，暗道：「據說侯藏象武藝深不可測，這兩人打起來不知鹿死誰手？當然是愈激烈愈好，我趁機揹著古劍跳上小舟，逃命去也！」但見二人怒目相對，遲遲沒動手。

原來這兩人功夫雖強，卻都不是好武鬥狠之人，再加上彼此互有所忌，終在最後關頭，不約而同冷靜下來，思道：「也沒什麼深仇大恨，為何要拚個你死我活？」

二人不約而同大笑起來，胡遠清笑道：「我胡遠清喜歡賭錢，可不愛賭命。」

侯藏象笑道：「我侯藏象喜歡救人，可不愛殺人。」

胡遠清道：「那你為何非救這小子不可？」

侯藏象道：「我有說要救他嗎？只不過想試試看，將五色針一次插滿他身上五百五十四點穴道，是否真能將經脈全部打通？是否真能暴增二十年功力？扎完針之後，你不妨給他再試一次劍，如果這小子還是怕『尋龍劍法』，自然是任君處置。」

胡遠清道：「如果我奈何不了這小子呢？」

侯藏象雙手一攤道：「我倆不相幫，你也只好眼睜睜看著人家跑掉！」

胡遠清道：「果真如此，或許他真有一點機會搶到金劍，那就聽這小妞的話也無妨，拿這二萬兩銀子，去忘憂坊下個大注。」

這兩個人商量半天，始終沒問古劍願不願意。程漱玉雖有不平，但面對這兩個怪人，說破嘴也無濟於事，只好靜觀其變。

說完侯藏象躍回小舟，將放在艙裡的一口木箱背上畫舫，打開箱蓋，裡面全是藥罐、金針、白布等物，原來這是他的醫藥百寶箱。他先拿出四條彩帶，分別綁在古劍手腕及腳踝處，另一端則牢牢綁住畫舫左右兩根柱子的上下緣。這彩帶非絲非革，卻堅韌異常，將古劍吊掛在離地一尺六寸的半空中，面向船尾，雙臂雙腿向外斜伸，若從遠處看來，像是多了一個頭的叉叉，或一隻無殼長腳的烏龜，綁妥後才解開他全身穴道。

這時胡遠清拿來一支火把，侯藏象卻道：「不能點火，否則火脈會過盛，五行無法平衡。」說著將火把扔到水裡，又道：「別擔心！就算閉著眼睛，我侯藏象也能把人身五百五十四點五行穴道，刺得一分不差。」此話從他嘴裡說出，更加讓人憂心不已！程漱玉指著頭上的畫舫頂篷，胡遠清躍起來唰唰數劍數掌，已將整個舫頂拆了，踢下江中，溶溶月色毫無遮掩的灑下，登時清亮許多。

接著侯藏象拿出五瓶藥罐，分別裝著五種顏色的藥水，程漱玉卻覺得面熟，問道：「這不就是王遂野逼供用的藥嗎？」

侯藏象道：「正是。」

程漱玉驚道：「他一天扎一色，分五天扎完，差點沒被整死！而你打算一次就扎完五種顏色？會有多疼？」

侯藏象道：「不知道，了不起多五倍吧！」

程漱玉差點跳了起來：「那還有命？」

侯藏象道：「若不如此，要怎麼打通全身經脈以增功力？怎麼打贏這個胡賭鬼？怎麼帶妳逃命？」

程漱玉道：「我不逃了！你別拿人家的命來玩！」

古劍看在眼裡，心中一陣暖暖融融，豪氣狂湧道：「放膽試吧！我會挺住！」程漱玉眼眶微溼，看著古劍堅定的眼神，心知此時再說什麼也阻止不了！

接著侯藏象取出一大包金針，算完應有的數量，丟進青色藥罐。程漱玉檢查一遍，問道：「十二正經是不是一左一右，兩兩相對？」

侯藏象笑道：「當然！這是基本常識，妳怎麼不知？」

程漱玉道：「那你這藥罐裡，怎麼放一百一十七支金針？」

侯藏象道：「笑話！我明明放了一百一十六支，不信妳再算算。」

程漱玉拿給胡遠清道：「你算算看。」

胡遠清算完道：「一百一十七。」

侯藏象笑道：「你們別鬧了！」說著把藥罐拿來，再算一遍，果然多出一支，他轉過身子，偷偷抽走一支道：「我說沒多就沒多，不信你們再算！」

程漱玉把藥罐接來放下，也把整包金針搶過來道：「各放幾根？」

侯藏象道：「白色罐子六十二、黃色一百三十、紅色六十、黑色一百八十六支金針，可別算錯了！」

程漱玉拿到一旁，照他所說的數量仔細的分放，把所有的金針都浸入藥罐後，一抬頭叫了起來！古劍的衣衫，已全被脫去，只有在那話兒上綁著一塊白布！這個地方沒有穴位，但若非有個姑娘在場，恐怕連這道程序也都免了！

侯藏象道：「叫那麼大聲幹嘛！哪有人穿著衣服針灸的？不想看的話，可以轉過身去。」說著把五瓶藥罐依序掛在特製的腰帶上。

程漱玉漲紅著臉道：「看都看了，難道要把我眼珠子挖出來不成？」她本來用手掌把眼睛遮起來，聽他這麼一講，索性把手放下道：「我偏要看，誰曉得你會不會扎錯針？」

古劍的臉更紅！祈求老天爺行行好，這個時候，可千萬不能再有船隻出現！

侯藏象過來告訴他：「待會別亂動，盡可能挺住，將全身真氣引向手少陽三焦經和手厥陰心包經。」說罷，在雙眼處綁一條黑布，再掰開嘴巴塞入一塊溼布。緊接著一陣微刺……

侯藏象陡然上躍四尺，雙手從青色藥罐中各抓一把，反手一揚，兩手各有十根青色金針激射而出，在古劍的顱顏上左右兩邊各射入十根金針，分別射中足少陽膽經起始的瞳子髎、聽會、聽宮、頷厭、懸顱、曲鬢、率谷、懸釐、天衝、浮白十穴。一落地馬上又再射出二十針，將接下來的竅陰至肩井等十穴扦入青針，金針射出後人跳起，左足往橫樑一點，退到船尾，左右手各發九根金針，從腋窩處的淵腋穴至側腰處的環跳穴等九穴也都中針。接下來的十針從大腿側面的風市穴至腳脛上的懸鐘穴，最後則是腳背上的丘墟、臨泣、地五會、俠谿和足竅陰五穴。

他以發擲暗器的手法，雙手各翻揚五次，轉瞬間已將八十八根金針，扦入古劍左右兩條足少陽膽經全部穴道。緊接著繼續發針，射扎同為木脈的足厥陰肝經的二十八點穴道……只見他接連的揚手擲針，手法之快，認穴之準，旁觀的程漱玉自然撟舌不下，就連胡遠清也是駭然！思道：「此人暗器的功夫果然獨步武林，剛剛若跟他打起來，就算能傷他一劍兩劍，恐怕也難完全避開這漫天飛針。」

這種針法，世上也只有他才辦得到，因為五色齊插，一次衝破十二經絡，必須讓五種不同的藥性在同一時間內發作。若像一般針灸醫生一針一針的扎刺，這五百五十四點穴道，手法再快也得耗掉整炷香，藥性便不能均勻的發作，就算撐得過去，仍會癱瘓。

而侯藏象除了醫術與易容外，暗器的功夫也是一絕，他的武器就是一把金針，漫天飛雨的擲針手法從小就練得精熟，最多可雙手齊發，一次射中對手四十個穴道。只是打架的時候，就算有一、兩點穴道射歪也無大礙；但這次是醫病，自不容有半點偏差。他看到程漱玉虎視眈眈的雙眼，心知若有一針不慎，必遭一陣無情嘲罵，於是保守的打了對折，一次頂多射出二十支針。

這數百點穴道遍布全身，有的在前，有的在後，有的在頭頂，有的在腳底，只見侯藏象忽而奔到前面射幾手，忽而竄至後方撒幾針，時而躍高，時而伏低，快得令人目不暇給，全部扎畢時，程漱玉還喘不到幾口氣。侯藏象展眉道：「你們不妨仔細查查，看看有沒有扎錯的地方？」

古劍緊閉雙目，動也不動，剛扎完時還沒什麼感覺，過了一會，藥效才緩緩發作。

程漱玉靠近幾步，一針一穴詳細查對。她在宮中閒著沒事，曾向太醫請教醫術，看完整本的《黃帝內經》和半套的《備急千金藥方》，對人體經脈已略具概念，但畢竟涉獵未久，對十條正經上二百七十七對穴位尚未能完全熟記在心。古劍手背、腿背及身背上插了將近兩百針，然金針前端浸到藥水的部分，多已深入肉內，大致看完，也沒把握侯藏象是否每一穴位都沒偏，每一針都沒弄錯？而胡遠清懂得更少，將正面諸穴檢查完畢也沒說什麼。侯藏象一臉得意，說道：「愈難的針法愈有把握，否則怎敢叫『神醫』？你們想挑毛病，難上加難！」說著大搖大擺晃盪起來。

胡遠清耳尖，竟讓他聽到金針在瓷罐內的細微碰撞聲，遂走到侯藏象身前，從黑色藥罐中夾起兩根金針，道：「這是什麼？」

侯藏象笑容凍在臉上，裝作沒看到程漱玉瞪來的嗔怒目光，接下金針道：「少了兩針也沒什麼大不了，頂多效果差一點。不插錯就沒事！」說著走近查看足太陽膀胱經和足少陰腎經諸穴，找找看到底是遺漏哪個穴道？從頭到尾掃視兩遍，卻發現這一百八十六點水脈穴道，竟都插滿了針！顯然必有兩根針插錯了穴道，這才開始有些緊張。

程漱玉急道：「怎麼辦？要不要先拔出來？」侯藏象搖頭不語，面色轉趨凝重！這針一旦插上，不把十二經絡完全打通，必死無疑！他每次給人醫病時總是信心滿滿，一旦出了大紕漏卻又往往不知所措，腦袋一片空白惶惶不知所以！

隨著藥效逐漸加劇，古劍也忍不住的哦哦呻吟，這嗚聲被溼布壓住，聽來並不響亮，但在靜夜之中，卻有幾分慘怖！

同屬木脈的足少陽膽經與足厥陰肝經諸穴，似有千萬隻小蟲鑽動，弄得他奇癢無比；

金脈的手太陰肺經和手陽明大腸經諸穴，好似無數鋼鋸在上面刮鋸，疼痛不已；土脈的足陽明胃經、足太陰脾經諸穴，卻有如埋入千丈地底，極為悶燥；火脈的手少陰心經、手太陽小陽經諸穴，炙熱難當；水脈的足太陽膀胱經、足少陰腎經諸穴，則奇寒刺骨。這五種截然不同的極端痛楚，同時加諸在一個人身上，恐怕是天下最慘最難過的肉刑！要不是之前被王遂野折磨得夠久夠慘，對這些疼痛多少有些適應，恐怕早已暈死。

此時他全身真氣，也無須特別導引，自然而然在這十道經絡中來回鼓盪流竄，隨著藥力的增強，痛苦也更加猛烈，真氣的流動亦更快更強。然而這股真氣流到了足底湧泉穴時，卻遇到極大的阻礙。

湧泉穴位於足太陽膀胱經與足少陰腎經交會之處，兩經均屬水脈，故此穴乃水脈中心。照說扦入黑針之後，此穴應該感受到的寒氣最重，然古劍卻隱隱有灼熱之感。這個時候他神智尚清，猜想此穴可能被侯藏象誤扎火針；可是嘴巴被溼布封阻，只能哦哦啊啊的亂叫，卻吐不出半個字。

程漱玉心急如焚，也不理會什麼男女之防，逕跳至前頭一針一穴查對起來。此時的她心中毫無雜念，只有一個念頭反覆：「我不要他死！……我不要他死！……」

程漱玉依著侯藏象扎穴的順序，從足少陽膽經開始查起，她看得仔細，發現這條穴道在月色下，隱隱有一條青線浮起，這條青線從足少陽膽經的瞳子髎開始，一直到足厥陰肝經的期門穴，都沒有中斷；接到手太陰肺經的起穴中府穴，青線轉為白線，走完金脈的兩條經絡，到達足陽明胃經處轉為黃線，繼續尋查下去，一直到手太陽小腸經的紅線走完，都未發現異狀。此時古劍呻吟聲愈來愈密，身子也抖得厲害，她知古劍若非痛到極處，絕不至如此。忽然間，她覺得難受得緊，淚水就要奪眶而出！

這個時候還不能哭，否則更加瞧不清楚！她忍著繼續追查下去，沿著足太陽膀胱經這條黑線，從頭頂查到腳底。天可憐見！終於讓她在腳底的湧泉穴找到了中斷處，自此開始，後面整條的足少陽膽經都沒有任何顏色。她拔起插在雙腳足底湧泉穴的兩根金針，針頭果然呈紅色！丟給忙著搓手搔腦正不知如何是好的侯藏象。

侯藏象喜道：「就是這兩根！火針插在水脈上，水火共濟，陰陽調和，說不定更加……」說到這裡，看到程漱玉珠淚盈盈的模樣，趕緊閉上了嘴，自重的把黑針插回湧泉穴。他總算恢復鎮定，很快從火脈中找到了剛剛漏刺的少衝穴，把紅針扦入，總算每根金針都到了位。

於是原先應通未通的足少陽膽經，也開始呈現黑色。隨著時間一點一滴的過去，經脈的顏色也愈來愈明顯，到了後來，無須靠近也能清楚看到布滿古劍全身五種顏色的脈線，每條脈線上都有一道真氣鼓脹流竄。

這種痛苦實在難以形容，彷彿全身經脈都要脹暴，每一寸肌膚都快被撕裂。因為這種刺激是持續不斷，緩緩增強的，儘管痛不欲生，卻偏偏死不去、暈不倒、瘋不掉。古劍的身子又是抽搐又是抖動，四肢將彩帶扯得緊緊，彩帶不斷，兩根柱子卻嘎嘎作響。

胡遠清問道：「如果他撐不住呢？」

侯藏象道：「非死即癱。這種針法本來就有風險。」

程漱玉衝過去道：「我們不試了！把這鬼針拔下吧！」她聲音哽咽，伸手要拔下金針。

侯藏象及時把她拉回，喝道：「這會害死他的！」

程漱玉雙手掐住他脖子，淚水再也抑止不住：「如果他死了，我不會饒你！」

侯藏象扳開她的手，還想辯白幾句，卻聽胡遠清道：「咦！怎麼脈線不見了？」

兩人同時鬆手，貼近古劍身背細觀，顏色是消失了，真氣仍在各經絡間流竄，就連手臂上的手厥陰心包經及手背上的手少陽三焦經兩脈，也有真氣鼓盪，侯藏象笑道：「通了！通了！這小子靠著五行氣脈裡狂濤怒潮般的真氣，已將最難走氣的心包經和三焦經打通。如今他十二經脈真氣流轉毫無滯礙，這機緣可是千載難逢！我幫了這麼大的忙，妳這姑娘真不識好歹，竟還怪起我來？」

見古劍抽動不再像原先如此激烈，程漱玉心裡的石頭總算可以落下，破涕為笑道：「算你對。現在可以拔針了嗎？」

侯藏象道：「別動！等我們完全看不出氣鼓脈線之時，表示真氣完全均勻融入十二經絡之中，才算功行圓滿。妳若急著拔針放人，積存在體內的真氣強歸強，日後卻未必能控御自如。」

程漱玉依言後退幾步，似乎想到了什麼事，插腰道：「我警告你們！待會放人下來後，可千萬別讓他知道我剛剛做了些什麼！」

胡、侯兩人同時爆笑起來，侯藏象笑道：「妳救了他的性命，這可是好事，怎麼怕人知道？」

程漱玉道：「如果知道我救了他，就會曉得是你差點害死他，此事傳到江湖上去，只怕影響您神醫妙手的名聲？」

侯藏象冷汗直流，忙道：「不提！不提！我當然不會提。只是胡兄……」

胡遠清也舉起雙手作投降狀，道：「不說！不說！這女娃這麼凶，我不敢惹！」這雖是玩笑話，倒也有幾分真實；說也奇怪，這兩個人年紀比程漱玉大上一、兩倍，論武功更是天差地遠，卻都不約而同的對她生出些許懼意。但人就是那麼奇怪，愈是怕一個人愈喜歡逗弄她，見她半嗔半笑的神情，似乎還沒開始生氣，胡遠清又忍不住說道：「瞧妳剛才急成那副德性？簡直要把人給吞了！」

程漱玉噗哧笑道：「哪有這回事？我還要靠他保護，當然不想他就這麼死了。」

侯藏象道：「原來如此！可是妳剛剛……唉！」

程漱玉似怒還笑道：「你想說什麼？」

侯藏象道：「胡賭鬼，今天如果一個黃花閨女的臂膀給男人瞧見了，會有什麼下場？」

胡遠清道：「事關一個女人的名節，那可不得了！我看若不嫁給他，就得把這人給殺了。」

侯藏象又道：「如果這事倒了過來，變成姑娘瞧見了她不該瞧的東西，怎麼辦？」

胡遠清道：「我看還好吧！反正咱們男子漢經常袒胸露背，並不稀奇。」

侯藏象道：「如果是……什麼都看到了呢？」

胡遠清道：「這……這就有些麻煩，難不成真要挖下眼珠子？」

侯藏象道：「那有啥用？都已深印腦海……」

……

這兩人站在程漱玉三丈之外一搭一唱，愛說又怕被她拳風掃到。不時瞥眼瞄過去，卻見她雙手托腮坐在舢上，低頭瞧著映在江中的上弦月，憨憨傻傻的笑著。

她心情挺好，什麼都不想計較。

古劍自從打通十二經絡之後，疼痛便大為減輕。此時他體內真氣充盈，任之繼續流轉，只覺得愈多運行幾遍，身子就愈輕鬆，到了後來，疼痛完全消失，四肢百骸無不舒暢。約莫過了一炷香的時間，感到真氣平平緩緩散布全身，想用時卻可隨時凝聚，這是一個人內功達到相當境界時才會有的現象，他喜不自勝，過去所受的一切辛勞苦累，都有了代價。

侯藏象湊近一瞧道：「可以了！」拔出金針，解下彩帶，另取一套備好的新衣給他換上。程潄玉馬上勺水上來，拆下眼罩，拉出口中溼布，給他灌上一整瓢水。

大夥也都疲累，議好明日看完最後三場熱劍，再讓胡、古二人比試一場。古劍這一覺睡得香酣，直到午時將至才被程潄玉搖醒。一睜眼便嚇了一跳，船上多了四名不速之客，蕭、王、劉、金四大統領，竟全部到齊！

前天殘幫望江樓大會後，古、程二人混在殘丐群中離去，王遂野和劉易風雖出動了大批人馬卻也沒能截到。待眾丐散盡，兩人站在望江樓頂層眺望，正自無計可施之際忽聞一聲犬吠，轉頭一看，西側出口處有一隻黃狗和一個人，那狗叫了一聲，隨即被主人制止。

帶著這隻狗的人正是蕭乘龍，他被幾百隻跳蚤咬得落荒而逃，趕緊回去沐浴更衣，回到會場時殘幫大會已近尾聲，此時已無法混進殘丐堆中慢慢找人，便打扮成一個看熱鬧的普通人，帶著一隻黃狗。

這隻黃狗是從西域進貢而來的牧羊犬，說來大有名堂。牠外表看來不似獒犬凶悍，但嗅覺極為敏銳，頗具靈性，甚受後宮喜愛，當今聖上賜名「黃嘯」，在宮中備極榮寵，可隨意行走於各宮殿間，日夜跟著兩名太監，專職伺候其飲食起居。這次追蹤程潄玉，皇上也想讓這隻西域神犬立個大功，特令蕭乘龍帶出來。皇上要借，他可不敢不收！一路上誠惶誠恐，侍奉得比自己爹娘還加倍小心，就怕有什麼三長兩短，若非萬不得已，也不敢隨意動用。

先前蕭乘龍在抓到古劍之時，曾讓他穿上一套浸過香料的女裝，也就是目前程漱玉穿在身上的這一件。這香料十分特殊，人聞起來隱隱約約，對狗而言卻十分刺鼻，即便在數里之遙也還能追蹤得到。程漱玉見這衣衫華美精細，又有一股似有若無的香氣，捨不得扔，一直藏在包袱裡，卻沒料到會變成敵人追蹤的利器。

當他們混在一堆殘丐之中，由於殘丐身上什麼氣味都有，即使是神犬也難以分辨。直到群丐散去，各種雜味隨風飄散，華服上的香氣才慢慢鑽進黃嘯的狗鼻子裡，只叫一聲，便引起王、劉二人的注意。他們看不出易容後的蕭乘龍，對這隻名犬卻是認得，隨即一躍降一層，三躍而下望江樓，向著人犬處奔去。

蕭乘龍遠遠看見兩人奔來，可不願快到手的功勞被人分去，帶著黃嘯在附近的巷弄裡東鑽西竄，想先擺脫二人再說，但王、劉二人怎肯放過？施展輕功緊追不捨，眼看快要追到，忽覺後面有人逐漸接近，回頭一看，卻是「獨行將軍」金克成！他沒有手下，自己到東門碰碰運氣，遠遠聽到犬吠聲，轉頭看見王、劉二人正似鵬鳥般躍下望江樓便追了過去。他距離最遠，但因內力最深，跑久了漸漸被他趕上。

蕭乘龍眼見帶著黃嘯不可能甩開這班人，停下來轉身笑道：「我以為是哪裡來的壞人想對黃嘯不利呢？早知是三位大哥就不必跑得那麼辛苦啦！」

金克成道：「廢話少說！你打什麼鬼主意，大家心知肚明。」

劉易風道：「咱們別耗啦，黃嘯一定聞到了什麼，不快追就晚啦！」

王遂野道：「是啊！那小子劍法怪異，就算追上，你一個人也未必對付得了。」

蕭乘龍笑道：「小弟正想拜託三位幫忙，咱們四人同心協力，還有什麼事辦不成？」

就這麼一陣拖延，留下的味道更淡，黃嘯得花更多時間來找路。當他們到達岷江河畔時，足足比古、程二人晚了一個多時辰。黃嘯跑到原先程漱玉修補到一半的扁舟上又叫又跳，終於確定，他們是走水路而逃。

在附近搜尋一陣，沒別的船隻，只好將就著用這艘破船。這條小舟槳斷船破，於是一人負責划槳，一人負責堵洞，一人將滲進來的水舀出，另一人得把黃嘯伺候舒服。照說在這節骨眼上，他們應該同舟共濟才對，但這四個人勾心鬥角了十幾年，哪能在瞬間齊心戮力？於是你責我划得慢，我怨你洞沒堵實；你防我偷襲，我怕你暗算，保留氣力才實在，誰也不肯認認真真做好本分。因此本來一天一夜可到達的樂山大佛，他們硬是遲了半天。

只見王遂野道：「我開了那麼高的價錢，現在你抓到了人，卻不肯交出來，到底想怎樣？」在他旁邊一隻黃狗不斷朝兩人嗚叫，似乎認得程漱玉，直想撲將過來。

蕭乘龍又哄又抱，直道：「別急！別急！別急著搶功。你已經立了大功，剩下的交給我們就好！」他想這隻狗聞到了程漱玉衣服上的香氣，認出逃犯，急著想幫忙抓人。可是黃嘯若當真飛撲過去，豈不變成對方的「人質」？儘管狗爪在他身上不住搔抓，他不敢反抗，也不敢放任其跳離。

胡遠清道：「不是不給人，只是想你們再等幾個時辰！」

劉易風怒道：「為什麼？莫非你又跟他們訂下什麼奇怪的賭約？」

胡遠清道：「不行嗎？你們出的價錢我還不滿意，可沒承諾非交人不可。」

金克成道：「你要多少？九萬兩銀子夠不夠？」

胡遠清搖頭。王遂野道：「我出九萬五千兩。」

劉易風道：「九萬八千兩。」

金克成還想再加，卻聽蕭乘龍道：「我沒那麼多銀兩可出，只要你把欠我的二萬六千兩銀子馬上歸還！」

這麼一說，胡遠清臉色一變，縉雲山莊和白晶堡的熱劍酬金還沒收到，百花莊給的萬兩紋銀卻早在畫舫中輸得精光，如今他身上可沒剩幾文錢，怎麼還這二萬多兩，更何況另外三人也都是債主！

只聽王遂野道：「還有我的三萬兩銀子，你也拖夠久啦！」

劉易風道：「我的是二萬兩千八百兩，請你拿來！」

金克成道：「我的最少，只有一萬八千兩，你該拿得出來吧！」

四個人伸出四隻手，要他馬上還錢。

胡遠清無奈，轉頭對古、程二人道：「我們的賭約取消！由你們跟他賭吧！」又向四大統領道：「大家有事好商量，這樣好嗎？我把人放了，由你們四人各憑本事抓人。我欠你們的這些小錢，就此一筆勾消如何？」

蕭乘龍等人均想：「這個價錢倒挺便宜，麻煩一點倒也無妨，這小子劍法再奇，也絕不可能在我們四人圍攻之下化險為夷；只是待會要如何搶得首功，倒要好生計議一番。」四人都接受。王遂野道：「勞煩兩位讓讓，我們就在這兒動手！」

卻聽侯藏象道：「你們急什麼？我可沒答應呢！」

四大統領同時變色，侯藏象的暗器手法天下第一，若真要硬拚，逼得他擲出滿手金針，在這狹窄的畫舫上極難閃躲。而此人隨身攜帶上百種藥，藥與毒本在一線之間，若不慎中了一根沾上毒水的金針，必有無窮後患！

蕭乘龍笑道：「侯神醫您又必蹚這池渾水？當年您在京城做客，咱們可從來不敢怠慢啊！」

侯藏象道：「我也沒虧待你們。蕭乘龍，你的易容術，要不是我指點幾天，會如此維妙維肖嗎？王遂野，你最愛玩的『喪心病狂五色針』，可不是自己想出來的吧！金克成，若不是我教你經脈逆行，分陰離陽之術，別說你不可能將陰陽爪練到一手陰一手陽的地步，恐怕還會走火入魔，七孔流血而死呢？至於劉易風……嘿嘿……」

當年侯藏象和四大統領議定，每人各出三十名死囚供他研究病理藥學，他則分別傳授每人一套功夫回報。這是買賣，只要彼此各得所需，就無所謂恩義虧欠的問題。他一一和三人提到以前傳授給他們的實用技能，說得三人啞口無言，點頭默認，表示確實得到了好處。但輪到劉易風時，卻不知該說什麼。

只聽劉易風忿然道：「你傳我一套趙飛燕掌，一帖消瘦湯，說早晚打七遍拳，喝兩碗湯，三個月內必可身輕如燕，恢復我原先俊雅體態！」程潄玉忍不住噗哧一笑，劉易風腰身比常人粗了一倍有餘，想要瘦回來談何容易！劉易風橫了她一眼，又道：「我照做了三個月，當時的確瘦了一些，只是每天鬧肚子疼，三不五時頭昏眼花，只好暫緩一陣；哪知一旦停了下來，身子卻像吹氣般的快速膨脹，一個月不到，竟比服藥前還重了三十來斤！」

侯藏象笑道：「這沒道理！你是不是打錯了拳？練一遍瞧瞧。」

劉易風雙手揚起作雲手狀，一聲嬌叱，極柔極巧的扭動起來，時而前俯，時而後仰，時而抬腿觸肩，時而甩臂碰腰，他胖歸胖，每個動作都流暢柔和。

這套趙飛燕掌若是由一位苗條輕盈的大姑娘來使，倒像是一套嫵媚曼妙的舞蹈，但由這個兩百來斤重的大漢使將起來，卻有股說不出來的滑稽。沒有人能忍住不笑，就連黃嘯，都情不自禁的汪汪亂叫！

劉易風一套使完，轉頭瞧著侯藏象，只見他笑道：「沒有錯啊！莫非你看錯藥方？」

劉易風道：「仙楂四錢、芍藥兩錢、柴胡四錢、黃連五錢，放入煎鍋，加六碗水煮成四碗湯，早碗各飲兩碗。」

侯藏象笑道：「你記錯啦！黃連味苦性寒，有清熱燥溼，瀉火解毒之功；但這帖藥本已偏寒，所以要用味甘性溫的黃耆中和，你好死不死搞成黃連，豈不是寒上加寒，腸胃怎麼承受得住？難怪會拉肚子！」

劉易風喝道：「這種藥方可是你開的！」

侯藏象道：「笑話！我怎麼可能錯得如此離譜？定是你記錯！」

劉易風從口袋裡掏出一張破舊的紙條，雖然一部分模糊了，但那「黃連五錢」四個大字仍是清清楚楚，正是侯藏象的筆跡！

侯藏象神情尷尬，緩緩轉頭對程漱玉道：「小姑娘，我護不了妳！」

程漱玉淺淺一笑，忽然對黃嘯招手輕喊：「過來！」黃嘯奮力一掙，蕭乘龍沒料到黃嘯會和程漱玉如此親密，一個招手便奮不顧身的衝將過去，他又不敢對這隻御犬施以內力，一個疏神，竟讓牠掙脫雙手，撲向程漱玉懷裡。她撫弄著牠的頭，柔聲道：「原來這些壞人是你帶來的，黃嘯呀黃嘯！給姐姐添麻煩啦！」說是這麼說，語氣上卻毫無責怪之意。

這一下變起倉促，蕭乘龍臉色慘白，道：「牠……牠這麼喜歡您……妳不會殺牠吧！」

程漱玉邊撫弄著黃嘯邊說道：「我一向很疼黃嘯，若非萬不得已，也不想傷害牠。」言下之意，你們若逼人太甚，大不了同歸於盡！她若抱著牠跳河，誰也來不及阻止。其實這一人一狗早在宮中就十分親熟，無論在何種情境之下，她都不可能犧牲黃嘯，但這四人都想：「要是我碰到這種事，別說一隻狗，就算是兄弟也絕不手軟！」他們將心比心，深信程漱玉有說到做到的打算。

劉易風急道：「千萬不可！這隻狗若有個三長兩短，就算皇上不計較，貴妃娘娘也不會……」他發覺自己說了不該說的話，急忙閉嘴，但已經來不及。

程漱玉沉臉道：「你不知我最恨誰嗎？」

誰不知貴妃娘娘愛狗？而程漱玉就是被鄭貴妃逼得逃離東宮，他哪壺不開提哪壺，萬一程漱玉生起氣來，殺了貴妃娘娘最寵的愛犬黃嘯，護狗不力的蕭乘龍，項上人頭非丟不可！他狠狠瞪了劉易風一眼，道：「劉胖子！把我害死了，你也別想好過！」

蕭乘龍功夫排在四人之末，卻憑著一張馬屁嘴，滿腦鬼惡點子，排名反倒在另三人之上，早已惹人嫌忌。劉易風等人倒盼程漱玉一刀把黃嘯給殺了，反正御犬不是丟在自己手裡，雖免不了被斥責幾句，卻可除去這個絆腳石，豈不更美？只是難在如何不留痕跡的把黃嘯害死，王遂野道：「你待如何？要我們為了一隻狗放人，恐怕辦不到！」說完劉、金二人都點頭支持。

這邊不可能承諾放人，那邊不肯放狗，豈不僵在這裡？蕭乘龍緊張起來，只得對程漱玉說：「太后一向疼您，出發前還特別交代下官等千萬不可傷害您！您就跟我們回去吧！蕭某發誓到了京城，一定向皇上力陳，化解您的冤屈。」

程漱玉道：「大內規矩，所有后妃嬪娥均不准習武，這怎麼解釋？」

蕭乘龍道：「是有這個規矩，但也未必死罪；何況您的武功實在不怎麼高明，只要把您的武功廢了，請太后、太子和幾名重臣為您求情，弄個無罪開釋不難，頂多貶為宮女。忍辱負重個幾年，哪天太子登基，以您受寵的程度，至少也是個娘娘啊！我們還得巴望您提拔呢？」

程漱玉搖頭道：「深宮太過氣悶，我不想回去！請你們轉告太后及太子，說玉兒對不起他們，千萬保重！」她流出幾滴淚珠，黃嘯幫她舔去。又道：「你們硬抓我回去，也只得到一具屍體罷了。既然如此，何不向上稟報，說我跌落嘉陵江中，屍骨無存。我保證日後隱姓埋名，不再出現。」

劉易風問道：「榮華富貴妳不要，甘願躲躲藏藏一輩子？為什麼？」

只聽程漱玉緩緩道：「我進宮是有目的，根本沒被冤枉。這點你們不曉得？」此言一出，蕭乘龍等人都變了臉色！他們均知程漱玉背後另有名堂，說她受到冤屈，只是想騙她回京，所感意外的，並非她說話的內容，而是她竟敢直承有罪！顯然是鐵了心不回宮。

蕭乘龍擠笑道：「您愛說笑了！說您混進宮內是別有用心，那指使妳的人是誰？為何始終不見他來救人？」

程漱玉幽幽淡淡的說：「他不會來了！你們也別妄想引他們出現！經過這麼多天，如果那些人有心營救，你們幾個撮鳥活不到現在。」說著說著，眼淚又不知不覺的滴了下來。

程漱玉自己用衣袖擦去淚水，又道：「這樣吧！胡賭鬼做個見證，咱們來賭一把！」

胡遠清一聽到「賭」字，瞳孔又放大，隨即說道：「好啊！怎麼個賭法？」

程漱玉道：「等下午三位劍缽和峨嵋三少的熱劍結束，咱們也到佛像的右手背上較量一番，哪個人一對一贏了古劍，我就跟誰走；若你們全輸了，今後不准再騷纏我。行嗎？」

金克成首先附和，他對自己的陰陽爪最有把握，不信贏不了！蕭乘龍不置可否，他的信心就差了些，但現在最重要的是要將黃嘯救回，就算吃了一點虧也沒法計較。王、劉二人卻起了疑竇？思道：「這小子劍法詭奇，但尚缺穩健，內力不足更是他一大弱點，若不靠一些機巧，很難勝過我們任何一人，更何況要連過四關？可絕無僥倖！但以程漱玉之精明，若沒幾分把握，不可能出此主意。莫非……」

王遂野仔細端詳古劍，才發現他面色紅潤，目光炯炯，太陽穴微微鼓起，似乎內力又明顯的精進許多。又見侯藏象正露著一張詭異笑臉，忽然想起那天和他提到古劍之時，這個醫魔興奮的樣子。遂對侯藏象道：「你在他身上動了什麼手腳？」

侯藏象道：「沒有！沒有！我可完全沒有摸到他！」他用飛針扎穴，的確沒碰古劍身子，只是嘴上雖說沒有，卻遮掩不住一臉的得意，豈不是此地無銀三百兩，更加落實了人家的懷疑。

程漱玉白了一眼侯藏象，轉頭對四人道：「就算動過什麼手腳，也不知有沒有效？不然你們也可以找侯神醫試試，無論有沒有用，大家都不吃虧。」

「不必！」四大統領不約而同搖頭拒絕，這四個人共事十餘年，倒是頭一次這麼有默契。

這四人吃了幾十年公飯，都練就了謹慎小心死不吃虧的本事，沒有八、九分的把握，那是決計不試。四人輕聲商議了一會，蕭乘龍道：「這樣吧！妳別管我們用什麼法子，如果天黑之前未能收拾古劍，就依妳之言，從今以後不再追捕妳程大姑娘。」言下之意，如果一對一沒人贏得了古劍，四人齊上也不算違反約定。

世上有幾個人能擋得住錦衣衛四大高手的聯手圍攻？程漱玉抱緊黃嘯道：「古劍，我們準備跳下去吧！」又轉身對蕭乘龍等人說：「你放心！我會抱緊黃嘯，如果牠死了，我也不會活的。」說罷，一腳跨出船舷，作勢要跳江！

蕭乘龍那聲「且慢！」還沒喊出口，侯藏象已將她一把拉住，說道：「先過來商量一下。」說畢，帶著古、程二人往隔壁百花畫舫走去，胡遠清也隨後跟著。

四人分別坐在一個方形賭桌的四面，一坐下侯藏象便輕聲道：「答應他們！」

程漱玉道：「你瘋了！」又轉頭問胡遠清：「這四個人聯手，你打得贏嗎？」

胡遠清搖頭道：「如果他們並心同力，兩個也未必贏得了！」

程漱玉對侯藏象道：「那就是！你還要古劍打四個！」

侯藏象道：「你想他們幾個，能夠並心同力嗎？」

原來如此！程漱玉面露微笑，這四個人若能同心協力合作無間，她早就在天牢等死了。順著目光看一眼，那四個人也正在低聲商議，談的多半是要如何相互配合，齊心對敵；但狗改不了吃屎，這幾個人無論表面上如何信誓旦旦，內心必是各懷鬼胎，算計著該怎樣搶下首功。

但她仍不太放心，畢竟三劍門熱完劍至天黑還有將近一個時辰，這時間太久，變數仍大，何況這些人若眼見天快黑還傷不了人，不知會想出什麼毒招出來。問道：「這樣穩妥嗎？我總覺得不能掌控的東西太多，何況古劍聽不見任何聲音，天色昏暗一些，劍法就要大打折扣。」

卻聽胡遠清道：「這樣才刺激，若預先知道穩贏，那還賭個屁？」程漱玉沒給他好臉色，求助於侯藏象，卻見他一直把玩著桌上的玉杯。

這桌上擺著一只酒壺和十二只玉杯，玉杯共分三色，四只翠玉杯上分別雕上薔薇、牡丹、玫瑰、芙蓉，個個晶瑩剔透；四只白玉杯上雕的是水仙、海棠、百合、鳳仙，無不溫潤柔滑。侯藏象正在把玩的四只墨玉杯，看來並不起眼，但她這「漱玉」可不是隨便叫的，一眼就看出這是漢朝傳下來的古玉，遠比翠玉和白玉珍稀，上面刻的是梅、蘭、竹、菊四君子。

侯藏象輕聲道：「我不會讓他們打到天黑的。」接著將四隻手指伸進口袋，沾起四種不同顏色的藥粉，分別抹在四只墨玉杯上，這古玉很難避免風月侵蝕，表面不如新玉光滑。他在其上塗抹微量藥粉，和上一點口水，細粉遇水變成透明，全滲進杯內微縫中，完全看不出來。侯藏象一直背對著四大統領，一舉一動並無破綻。

程漱玉最早會意，思道：「待會洪承泰和那什麼蔡知府的回來，一見四大統領駕臨，必定不會錯過巴結逢迎的大好良機。勢必拿出最好的酒，最好的墨玉古杯，只怕他們不肯賞光。這四人再奸滑，怎麼想得到百花莊和成都知府敢在酒中下藥？」輕聲笑道：「你下什麼藥，毒得死人嗎？」

侯藏象小聲道：「我侯藏象只救人，不殺人！」

程漱玉細聲道：「把他們迷昏也好，反正『不擇手段』之議，是他們提出來的。」

侯藏象搖頭輕聲道：「洪承泰等人一個時辰之內會回來，馬上請他們喝酒，紅色藥粉的藥效在兩個時辰之後發作，算算時間，離熱劍完畢還不滿一個時辰；此時喝到這杯酒的人腹痛如絞，說什麼也沒力氣再打！」

程漱玉屈指一算，道：「那時天都快黑了，還下什麼鬼藥！」

侯藏象道：「就是天色將暗未暗之際最為難熬，那四人眼見時間將至，出手必然更加凶狠毒辣，古劍卻開始不慣天色。」

程漱玉道：「為何不加快藥效？讓他們還沒打就開始發作，豈不更加省事？」

侯藏象道：「這麼一來，他們完全不服氣，恐怕不肯遵守約定；何況若不如此，怎能試出我金針扎穴法的神奇妙效！」

胡遠清拍手附和，道：「太好了！人生自古誰無賭？這樣才有意思。」

一個拿古劍的身子試驗，一個拿他的命來找刺激，程漱玉氣得牙癢癢，卻也莫可奈何，道：「若有什麼三長兩短，做鬼也要找你們！快說！另外三種是什麼藥？」

侯藏象道：「白色藥粉只要太陽落山，天色稍陰，飲者便寒氣發作，全身僵冷；吃了黃色藥粉的人，當汗水流出三升，體內水分不足以中和藥性，全身開始燥熱難當，非得跳進河裡，浸泡一個時辰不可；至於吃進黑色藥粉者，藥性會在他使完三百招之後發作，此時內息突然渙散，剩下不到半成功力。無論哪種藥粉，只要藥效一發，那人非得罷手不可！」

他們雖時有爭論，始終把聲音壓得極低，風聲呼呼，蕭乘龍等人雖早已商議完畢，卻也聽不見什麼。金克成叫道：「你們在打什麼鬼主意？怎麼講這麼久？」

程漱玉問古劍：「有沒有把握？」

古劍道：「試試看吧！」他的眼神可看不出半點自信。

「唉！一切都是命！」程漱玉起身道：「就這樣吧！雙方各憑本事手段，天黑以前，若未能把古劍收拾，可不能再耍賴！」

程漱玉接著用翠玉杯給侯藏象倒一杯酒，笑道：「侯前輩，您醫術如此高明，有沒有想過找個徒弟來繼承衣缽？」

侯藏象道：「當然有！只是我腦子裡的東西太深太雜，一般人學不來；難得遇到幾個聰慧之人，不是去學文，就是想習劍，視醫道為難以成名立功的雜學末流，總是興趣缺缺。」

程漱玉道：「那您看我呢？」

侯藏象忍不住把剛含入口裡的酒給噴了出來，哈哈笑道：「這不是開玩笑吧！」胡遠清也捧腹狂笑，就連古劍也忍不住的咧開嘴角，雖未笑出聲音，卻也覺得她這想法，未免太過異想天開？

只有程漱玉臉上全無笑意，突然唸唸有詞起來：「帝曰：藏象何如？歧伯曰：心者，生之本，神之變也，其華在面，其充在血脈，為太陽中之太陽，通於夏氣；肺者，氣之本，魄之處也，其華在毛，其充在皮，為陽中之太陰，通於秋氣……」

侯藏象道：「背誦《黃帝內經》只能算是基本功，後面還有許多要學的呢！紫禁城裡那些庸醫個個都是掉書袋能手，跟他們學，還能有什麼好本事？再說望聞問切首重悟性，妳一介女流，辦得到嗎？」

胡遠清也跟著笑道：「妳有看過女郎中嗎？哈哈！……這不笑掉人家大牙才怪！」

卻見程漱玉正經八百的道：「是不常見，但何太醫曾告訴我：史上不乏女醫，漢有義妁，晉有鮑姑，就連本朝英宗時也有談允賢。」

侯藏象笑道：「那也不過三、四人罷了！妳可知她們的師傅是誰？」

程漱玉搖頭，問道：「這重要嗎？」

侯藏象道：「顯然只有籍籍無名之輩，找不到傳人，才會想收女徒弟；要不然就是教她們學醫之人怕丟臉，不敢透露真名實姓。如果讓人知道我傳了妳醫術，豈不英名掃地？」

程漱玉搖頭道：「不通！不通！這規矩狗屁不通！女子也是人，為何偏不能行醫濟世？」

侯藏象道：「這是祖宗傳了幾千年的行規，豈有錯的道理？」

程漱玉卻道：「世上的規矩只論對或錯，哪有分新和舊？武則天都可以做皇帝，為何我不能當個大夫？當年我學木作時，師傅也說萬分不慣，到後來卻讚我青出於藍勝於藍。」

侯藏象道：「這不一樣！妳一介女流，怎麼給人把脈？怎麼替人針灸？怎麼為人接骨？怎麼幫人包紮？」

程漱玉看一眼古劍，忽又想起昨夜的事，不禁微微臉紅，道：「那又怎樣？難道你沒醫過姑娘嗎？何況天下那麼多婦人小孩，只要我醫術夠好，也不必稀罕醫你們這些臭漢子！」

她的話倒是句句難以辯駁，侯藏象一時也想不出哪裡不是，但深知一旦應承此事，勢必引來無盡的訕笑，一世英名盡毀於此。搖頭說道：「總之有一千個不妥一萬個不便；如果妳想學易容，我現在就可以教，但如果想當大夫，下輩子投胎時，做個男人吧！」語氣十分堅決，毫無商量餘地。

胡遠清叫道：「好啊！好啊！我也來學點易容術。」

程漱玉沒好氣道：「你學這幹嘛？讓債主認不出人，好躲債嗎？」說著掏出五兩銀子，叫他去城裡買些好酒好菜回來。胡遠清被她一語道破用心，只好摸摸鼻子，訕然接下銀子，一溜煙往岸上奔去。

侯藏象回扁舟拿來另一口木箱，裡面全是易容材料，兩人一個教一個學，一下指導一下實作，全在古劍臉上胡弄起來。黃嘯看著這個人一會兒變成老頭子，一會兒又變成大姑娘，一會兒是尖臉公子哥，一會兒是方臉莊稼漢，繞著古劍又跳又嘯，不知是覺得新鮮，還是好笑？

學這易容術首重悟性，如果心思夠敏慧，雙手夠靈巧，稍加點撥便能大致掌握其中要領。上述條件，剛巧程漱玉都具備，再加上她早已摸索過一陣子，侯藏象教來十分輕鬆，往往只需指點個一、兩句便能充分領會，不到半個時辰，已有七、八分火候。糊弄一般人已是綽綽有餘，但要騙過蕭乘龍這等行家，或許還得再下一番苦功。

蕭乘龍等人始終沒有移動，只遠遠盯著三人，他們從昨天中午以來，就沒進過半粒米飯，卻也沒人提議要吃。這是他們為難之處，若四人同時離船，怕要犯跑掉；若叫某人上岸採買，其餘三人又不放心吃；只好強顏歡笑，都說兄弟一場，願陪著劉易風節食。

過了正午還不見胡遠清的鬼影子，卻開始陸陸續續有人提前過來搶占船位，七個人都沒用早膳，肚子咕嚕聲此起彼落，好不氣悶！程漱玉把三人化了妝，都換成一張平凡無趣的臉，這種臉走在街上沒有人會想多瞧一眼。侯藏象點點頭，表示馬馬虎虎混得過去，三人才走回白晶舫。

才剛坐定，卻見洪承泰一行人浩浩蕩蕩出現在岸邊，連賓客、家奴將近二十人，縉雲山莊的人也回來了，除了楊家子孫三人外，尚有七名門徒。楊繼和洪承泰、蔡開走在前頭，首先看見白晶堡畫舫上的七個人，奇道：「咦！閭丘兄也有朋友來啦！怎麼他們父子反倒不在？」

洪承泰道：「多半是跑去買酒菜，這對父子怪得很，不喜歡到客棧茶館輕鬆一番，偏愛守著那艘船。既然是閭丘家的朋友，想必不是尋常人物，咱們先去打聲招呼。」說著他們第一批達官貴人先乘兩條小舟，往最靠下游側的白晶堡畫舫駛來。

遠遠看來，古、程等三人與蕭乘龍等四人雖在同一畫舫上，卻分別靠在船首與船尾，壁壘分明。再加上畫舫的頂篷被拆除一空，兩根白柱上共有四道明顯凹痕，不知發生了什麼事？眾人俱感詫異！

蔡開有些看不清，離畫舫約莫四、五丈遠才看清楚蕭乘龍等人的臉，忽然全身慄然抖動起來！洪承泰問道：「知府大人，怎麼啦？」

蔡開顫著牙道：「不……不可能……怎麼這四位大人會……在一起……」

蕭乘龍打斷他的話道：「蔡知府，好久不見！咱們四兄弟來到貴寶地，悄悄做一筆買賣，沒能跟您先打聲招呼。」話中之意，顯然是不欲被他揭露身分。

洪承泰雖未見過四大統領，但他老於江湖，想起昨日張颿之言，很快便猜到這四人身分，此時兩船已十分接近，便輕輕躍上畫舫，對四人拱手問好：「原來是蕭、王、劉、金四位大老闆，在下百花莊洪承泰，能在此見到四位，榮幸之至！」心裡卻在嘀咕，怎麼閭丘家也結交得到這等人物？

他伸出雙手，一一和四大統領握手攀情，握到劉易風時，聽到他肚子咕嚕咕嚕的響音，驚道：「四位還沒用膳嗎？怎麼不見閭丘兄？」

四人搖頭，金克成道：「你是說船主嗎？我們沒瞧見。」

洪承泰隨即轉身，對著負責撐舟載客的家丁喊道：「快快快！把凌雲樓剛煮好的菜，用十倍價錢買下，火速端來！」轉頭對四人躬身道：「既然如此，四位不妨移駕到敝人的陋船上，好讓百花莊替四位接風洗塵。」

蔡開才剛爬上來就忙著附和道：「是啊！洪莊主的百花畫舫上什麼都有，可比這裡舒爽得多。」

蕭乘龍等人一直守在靠近下游的船尾，若古、程二人毀約跳江，比較容易攔截得到。蕭乘龍笑道：「我們習慣這裡，還是別動的好。」這艘畫舫遠不如百花舫來得華麗舒適，又沒了頂篷遮蔭，每個人都被赤日曬得汗流浹背，這番話顯然言不由衷。

洪承泰心知其中必有古怪，但也不敢多問，交代下人把桌椅杯酒全搬過來，先伺候四位貴客喝杯飯前酒。這方桌不大，勉強再擠上洪承泰、楊繼、蔡開和嘉定知州俞顯卿四人，其他的小官微吏只能站著陪客。玉杯也只有十二只，還不是每個人都有機會敬一杯酒呢！

酒瓶一開，本來靠睡在程漱玉腿上的黃嘯被濃濃酒味熏醒，見船上忽然多了好幾個陌生人自然汪汪叫個不停，逼得眾人再次注意他們。洪承泰皺起眉頭，拿出五兩銀子，叫下人去打發。

那家丁走近道：「喂！我們莊主請你們到別處去，別在這吵人！」語氣不甚和善，說完把銀子拋了過來。程漱玉一個鬆手，黃嘯一記飛撲，往那人腿上咬去，那人猝不及防，愣了一下，待回過神來，黃嘯已被程漱玉抱回。傷口雖不深，卻也盛怒難消，一句：「豈有此理！」拔出腰刀，要往黃嘯身上砍去，揮到一半，身子突然被人從背後抓起，往江中拋去。

出手的人自是蕭乘龍，丟完人拍拍雙掌笑道：「既然牠不喜歡，你們走吧！」他一出手就把主人的家僕丟到江裡已十分無禮，竟還下令逐客？就算是權傾一時的大官，也不該動不動就翻臉，洪承泰等人俱感驚愕！不敢相信世上竟有如此蠻橫之人！卻聽金克成喝道：「請你們滾回隔壁船！聽不懂嗎？」

這四大統領在京城一向是耍風遮雨的人物，尋常官吏見了他們儘管卑躬屈膝，也未必能博君一笑。他們本來就橫行霸道慣了，為了一點小事將人砍手剁足也是常有的事；而此次千里追緝，損兵折將又吃了不少苦頭，早就憋了一肚子氣，這個瞎了眼的下人在此時冒犯黃嘯，只把他丟到江裡已算十分客氣。蕭乘龍這個人無論多麼生氣，仍是面帶微笑，其餘三人可都沒有好臉色！這四人平日勾心鬥角，一遇欺壓良善之事，倒是一個鼻孔出氣。

洪承泰家大業大，總希望能廣結善緣永保福安，倒不是非要巴結錦衣衛不可。他好歹在四川也算是有頭有臉的人物，當眾吃下這一頓排頭，面子怎麼掛得住？但四大統領並不好惹，正不知該如何是好？卻見楊繼拍桌喝道：「你們怎麼如此蠻橫？說翻臉就翻臉！」他可沒有洪承泰這種涵養，就算知道這些人的身分，也不能就此忍氣吞聲。這麼重重一拍，桌上的杯子都跳了起來，酒水灑滿地，震落了兩只翠玉杯，碎了一地。程漱玉嚇了一跳，幸好墨玉古杯還在。

最緊張為難的是蔡開，一邊是朋友，一邊是絕對開罪不得的人，忙道：「大家請息怒，別為了小事壞了……」

「住口！」劉易風打斷他的話！對著楊繼道：「那又如何？我們蠻橫也不是一天兩天的事了！」

氣氛愈鬧愈僵，本來在稍遠處休息養神的洪子揚和楊放兩位劍缽，見其祖父受辱，也都提著劍，站在父親身旁，雙方劍拔弩張，眼看就要打了起來。

程漱玉心中竊喜，對著古劍不出聲道：「等他們打得正熱鬧時，我們出其不意的跳上岸去！」

古劍搖頭，他神色堅決，不用開口也知道他在說：「君子一言，駟馬難追，既然定下了賭局，怎能不守約定？」

這傻子一旦這麼想，說什麼也無用，程漱玉不再多費唇舌，只好嘆道：「你這傻子！寧可當一個死君子，也不願做活小人。」

眼見要一觸即發，忽聞岸邊有人喊道：「要打快打！我做莊，賭人少的這邊贏，有沒有人要下注？」他剛開口時還在岸上，邊說邊施展輕功向著這裡躍來，話還沒說完，已踩過幾條小舟，跳上畫舫，正是胡遠清。

他先向洪、楊二位莊主打招呼，道：「不是我瞧不起人，你們人雖多，但要打贏這四個惡鬼，恐怕不太容易。萬一兩位劍缽有什麼三長兩短，豈不糟糕？」

洪承泰心中一震，思道：「我們人雖多，真能打的也不過是洪、楊兩家祖孫六人而已，恐非四大統領之敵。這四人個個心狠手辣，出手不留餘地，我死了沒關係，萬一子揚少一條胳臂或斷一條腿，該如何是好？」楊繼也是同樣的想法，但當眾遭人如此無禮對待，面子如何掛得住？

卻見胡遠清向蕭乘龍等人說：「這裡不是京城，總該尊重一下地方官吧！把傢伙收起來，別到處作威作福啦！」不能作威作福，幹那麼大的官做啥？這番話起不了什麼作用，反倒更添惱火。

但這百劍門由一百個獨立劍派或劍門所組成，看似鬆散，其實彼此結合緊密，一家有難，百家齊援，如果沒有一個堂皇的理由，誰也不想招惹這些劍門。蕭乘龍等人霸歸霸，惱歸惱，兵器也都掏了出來，卻始終不敢先出手。

雙方各有所忌，就這樣僵著，收不起來，也打不下去。

程瀨玉忽然捧腹大笑道：「別鬧啦！你們無故欺壓劍門，難道忘了『百劍一家』？四位功夫再強，打得過裴友琴或朱未央嗎？」

這番話明是勸架，卻暗指洪、楊兩家靠著四大劍門的庇蔭，鎮住了別人；然而這兩家劍門在四川可是數一數二的武林世家，哪肯因此落人口實？洪、楊二人分別轉身對家人說：「今天是輸也罷，死也罷，咱們都得認了！絕不可找四大劍門申訴求寃。」

程瀨玉短短幾句話，便幫了他們一個大忙，反倒令蕭乘龍等人起了疑竇，金克成轉身對著她說：「妳打什麼主意？莫非是想趁亂落跑？」

程瀨玉笑道：「既然跟你們立下了約，就不會在天黑之前離開；但大家說好各憑手段，這中間會發生什麼事？可就不敢說了！」意思是說，待會雙方若打了起來，他們雖不會趁亂逃逸，卻不保證不加入戰局。

四大統領重新衡量形勢，如果只對付這兩家六位高手，己方三人出馬就已足夠，但若加上了古劍，勝負就難說了。看著程瀨玉始終一副有恃無恐的模樣，莫非這小子當真功力精進，已強過我們任何一人？莫非他們打算趁此機會先除掉一、兩個人，等到下午正式約戰，便可輕鬆拖延至天黑。嘿嘿！我們可沒這麼容易中計，這場架不打了！古、程二人，一個劍法精奇，一個詭計多端，四大統領再怎麼占盡上風，也不敢掉以輕心。

四大統領官場混久了，早修得一身能屈能伸的本領。王遂野率先開口：「沒什麼大不了的事！何必大動干戈？」

蕭乘龍笑道：「是我一時心急，出手失了分寸。然洪莊主有所不知，這條狗是我主子的愛犬，如果貴僕真砍了那一刀，後果不堪設想！」聽他這麼一說，聽得懂的人都不禁心中一震：「他們的主子不就是皇帝嗎？莫非這隻狗是……御犬？難怪如此緊張！」

卻聽程瀲玉譏道：「是啊！好好的人，幹嘛跟畜生計較？」聽得懂的人都知道，她所謂的「畜生」，表面上說的是黃嘯，其實是暗指蕭乘龍等人。眾人見她如此大膽，不禁都替她捏一把冷汗，但她愈顯得想挑起爭端，四大統領就愈不敢惹事。

這時那落水的家丁已被人救上船，全身溼漉漉的站在遠處，不敢靠近。蕭乘龍笑著走到他跟前，塞給他一錠元寶，道：「這點小意思，就當向你賠罪吧！」那家丁害怕得緊，縮手抖腳不敢接下。洪承泰道：「沒事啦！你就收下吧！」

此時飯菜剛好送到，洪承泰說：「既然是場誤會，就別掛在心上。咱們用餐吧！」一一招呼貴客就坐。楊繼餘怒仍在，不肯再跟他們應酬，一句：「我吃飽了。」帶著家人、門徒回到縉雲舫上。空出來的位子，正想叫胡遠清來補，卻見他從懷裡拿出三顆饅頭，乖乖巧巧的交給程瀲玉。

「開什麼玩笑？出去晃了一個時辰，就買到這些！」程瀲玉氣得把饅頭全扔到水裡，沒給半點好臉色。這次倒不是胡遠清買不到飯菜，而是他很不幸的在街上看到一家小賭攤，更不幸的把買菜錢都輸光了，自知理虧，豈敢回嘴！陪笑道：「您別生氣！我馬上跟洪莊主打個商量，看看能不能分點飯菜？」

洪承泰雖摸不透古、程等三人的底細，但見程漱玉對待四大統領和胡遠清的姿態，也知他們絕非等閒，不等胡遠清開口，搶先道：「四位願意賞光，老夫求之不得，飯菜充足，不如過來一道吃吧！」說完使一道眼色，家丁們隨即再抬來一張方桌，四只圓凳，將兩張方桌併在一塊，重新擺置碗筷。

程漱玉尋思：「這四個奸人疑心奇重，若推辭不去，難免讓他們心生疑慮，不肯放心吃喝。」對著侯藏象湊耳道：「待會找個機會，給他們下點迷藥。」她話音極細，只見侯藏象不住點頭，不經意露出狡獪的微笑。

四大統領是何許人也？已猜到了她打的是什麼主意。四人一般心思，俱想：「待會只要他沾過的菜，我決計不碰，看你還有什麼法子？」他們千防萬慮，哪曉得藥早已下在酒杯當中？這一切作為，只為了要演一場更像樣的戲而已。

程漱玉笑道：「我們當然想吃，但只怕四位大老闆不太歡迎！」

蕭乘龍心想：「我鑽研各式毒藥十餘年，侯藏象雖精通藥理，若論下毒的手法，卻也未必精過我。」笑道：「哪兒的話！四位儘管來吧！」

三人起身，和胡遠清一齊過去。古、程二人早將大部分的玄鐵鍊捲藏在腰間，但洪承泰眼光十分銳利，發現古、程二人腳步較常人稍重，腰上似有繩狀物纏繞。思道：「這對男女，非殘非丐，為何要在身上綁著重繩？」想到這裡，心中一震，忽然憶起昨日張颿之言：「這二人不就是四大統領所要追捕的要犯嗎？難怪……」他似乎想通了一些事情，然一向老成持重，既然四大統領不願說破，倒不如假裝不知，以免惹禍上身。

四人坐下筷子還沒動，蔡開便敬酒問道：「說來慚愧，想我蔡開這九年知府怕是白幹了！竟從未見過三位這等儀表堂堂的人物。還不知尊姓大名呢？」

程漱玉心中暗笑：「這三張臉蛋，我也是今天才初次相見，你又怎會看過？」笑道：「知府大人位高權重，我們一介草民，區區賤名何足掛齒？」

她連四大統領都敢奚落幾句，哪會怕一個地方官？既然她不想講，蔡開也不敢多問，尷尬笑道：「姑娘愛說笑了！」

眾人邊吃邊聊，說的多是武林奇聞，或是有關於試劍大會的諸多傳言，至於宮廷官場情事，都絕口不提，畢竟錦衣衛統領的頭銜太過嚇人，若讓一旁的百姓知道這裡坐了四個殺人不眨眼的錦衣衛頭目，不嚇得跑光才怪。這十二個人，各有十二種心思，聊起天來，不免客氣有餘，熱烈不足。

兩張桌子上分別放置了六道菜肴，雙方人馬壁壘分明，分坐兩端，剛開始都不去夾另一桌的菜。吃了一會，程漱玉使個眼色，侯藏象將筷子在背後磨蹭兩下，伸長手在鄰桌的雞湯中夾起一塊雞胸，笑道：「好香的佛跳牆！」四大統領微一皺眉，心想：「這道好菜給糟蹋了！」

蕭乘龍也起身，在古劍正前的一盤魚肉上夾了一塊。程漱玉見狀，立即用筷尾將周邊魚肉夾起，剔除細骨，欲送入黃嘯口裡。黃嘯聞一聞，似乎曉得這味道不太對勁，並不咬下。蕭乘龍道：「狗不吃魚的。」他表面微笑，其實心中頗為緊張，深怕黃嘯當真吞下這片帶毒的魚肉。

程漱玉道：「這紅鱒新鮮得很，黃嘯不怕的，除非……」

侯藏象接道：「除非有人加了散腸散，這種藥色輕味淡，除非有一對狗鼻子，一般人很難聞嗅出來，但若不幸吃了，腸胃至少得痛個三天三夜。」說著又伸箸在蕭乘龍前面夾了一條醉蝦。

蕭乘龍一出手就讓人猜個正著，而侯藏象在這邊夾了兩道菜，自己卻全然瞧不出對方用的是什麼藥？震驚之餘，對於侯藏象用藥識毒的功力，不由得不服氣。忽然想到：「方才吞進肚裡的那塊鱒魚肉，會不會早下了毒，他們預先吃了解藥，自然不怕，但我……」蕭乘龍不禁冷汗直流，只覺得腸胃蠕動得不甚自然，再也不敢搞鬼！

卻見侯藏象吃完一道菜又夾一道菜，不多久這邊的六道菜他全吃過，蕭乘龍始終看不出他用的是什麼鬼藥？而侯藏象夾過的菜肴，再也沒有人敢碰，四大統領很快無菜可吃，只好拚命喝酒解悶。劉易風睨了兩眼蕭乘龍，似是在說：「瞧你平日吹噓什麼精通各種毒藥迷藥，一遇緊要關頭，還不是給人比了下去！」

古劍等人跟在侯藏象後面夾菜吃肉，除了那盤清蒸紅鱒不吃外，其餘均無須顧忌，大膽吃個精飽。過了半個時辰，連黃嘯也感到飽足，舔舔舌頭，滿意的躺在程漱玉腳旁。而此時，江面也已擠滿觀戰的人船。

過不多時，只聽一陣哄鬧，有人喊道：「來了！來了！峨嵋派和白晶堡的人也到了。」眾人向江岸看去，果然閭丘項山父子、江正典、峨嵋三少及一位隨行少女一行七人，同時出現在岸上。

看到白晶舫上一時之間多了不少貴客，閭丘項山不禁心裡打了一個突，卻聞江正典問道：「閭丘兄，怎麼你們家畫舫的頂篷不見了？上面忽然多了十來人？」

閭丘項山道：「少了一個頂篷不算什麼大事，但船上的人可能來頭都不小，咱們還是先去打聲招呼吧！」這票人便搭乘一條小船過去。楊繼祖孫三人見到，也走回白晶舫。

七人才上畫舫，便聽洪承泰起身道：「你們提早來得正是時候，大夥全是響噹噹的人物，不如趁這點時間，互相認識一番！……這位是峨嵋派江正典大俠，一手『封雪劍法』使得滴水不漏，方圓三丈地，不落一片雪。論功夫講才學，除了杜掌門外，就屬咱們江大俠了！」

江正典拱手笑道：「洪莊主過獎！本派別說尚有五位深不可測的師叔，就是其他師兄弟們，也個個武藝卓絕，在下才疏學淺，豈敢妄稱高才？」

眾人均道：「江兄過謙了！」

洪承泰接著介紹下去道：「這位閭丘項山兄，才是這艘畫舫的正主，昨天他家允照少爺，在大眾面前露出一身超凡的輕功和劍法，著實讓人欽服不已！說句老實話：以前白晶堡沒派劍缽參加試劍大會，算是大家的運氣！」

他這麼一捧，閭丘項山免不了要謙遜幾句。四大統領不禁皺眉：「這老頭為人圓熟滑巧，就怕讚得不夠仔細，誇得不夠窩心；然而現場十幾二十個人，若給他一個一個慢慢磨菇，真不知要拖到什麼時候？他們多說一句話，就晚一點熱劍，對付古劍的時間就少一些，自然多一分不利。」

蕭乘龍笑道：「大家都是武林同道，日後有緣自會再聚，倒也不必急於一時。今天最重要的，還是三位劍缽和峨嵋派三位少年英雄的比試，既然大家都到了，何不馬上開始？」這麼一說，不少人附和，此時日頭炎炎，等著看熱劍的人還真不少。

卻聽程漱玉道：「不妥！不妥！大家都是有頭有臉的人物，難得見了面，若不好好介紹一番，親近幾句，便是無禮！說好申時開始比試，現在還差得遠呢？隨意提前，便是無信！」

江正典看一下日影道：「應該沒關係的！昨天也差不多這個時候開始。」

程漱玉道：「怎麼沒關係？昨天我們有事晚到了，結果只看到半場比試，好不懊惱！追根究底，還得怪你們提早比試呢！有沒有人帶日晷來的？」

百花畫舫上什麼都有，很快就有下人拿了一個銅製的雕花日晷。程漱玉拿到船舷處一對日照，果然還差了半刻，眾人看過後，忽然間一個不慎，鬆手將這個名貴的古董日晷掉落江中。程漱玉哎呀一叫：「對不起！對不起！是我不小心！」

洪承泰還能怎麼樣？只好回笑道：「不要緊！小東西而已。」

程漱玉道：「這樣吧！由在下負責引介各位英雄，盡可能簡短扼要，說完大概也差不多了。」一首先便指著蕭乘龍道：「這位是從京城來的蕭龍，說起他的名頭，在京城可是無人不知，無人不曉。蕭兄善於易容，不管扮的是將相巨賈、文士官紳、販夫走卒、老農少樵、和尚尼姑、乞丐妓女、禿頭賴皮、雜毛惡盜，無不維妙維肖；蕭兄更精於用藥，無論是麻藥、迷藥、昏藥、醉藥、咳藥、瀉藥、軟藥、癱藥、毒藥、死藥，蕭兄都會下；除此之外，蕭兄使刀的功夫也不含糊，舉凡長刀、短刀、雙刀、單刀、彎刀、屈刀、飛刀、筆刀、挑刀、陌刀、片刀、戟刀、環刀、手刀、腰刀、佩刀、虎牙刀、鳳嘴刀、眉尖刀、鉤鐮刀、寬刃刀、鬼頭刀、響環刀、象鼻刀、青龍偃月刀、三尖兩刃刀等等，無一不通。」

她不愛習武，卻喜歡翻閱各式雜書，聽聞武林逸事，自小博聞強記，過目不忘，記了一堆看似無用的東西，卻沒想這時竟派上了用場。蕭乘龍笑了一笑，並不說話。江正典和閭丘項山卻心中一震，已猜到這四人正是在京師一帶人駭鬼懼的四大統領。

程漱玉續道：「這位王野兄也是京城聞人，一般人惹天惹地也不敢惹他。因為王兄對各式刑罰頗有研究，諸如烙刑、冰刑、泡刑、悶刑、鞭刑、棍刑、夾刑、吊刑、毒刑、蟲刑、蟲刑、蛇刑、劓刑、刵刑、刖刑、剀刑、剜刑、剝刑、副刑、閹刑、凌遲刑、油鍋刑、傷口灑鹽刑、五馬分屍刑等等上百種酷刑都瞭若指掌。至於武學上，則勤修各種槍術，舉凡長槍、短槍、鐵槍、木槍、抓槍、錐槍、拐槍、蛇槍、鐵鉤槍、龍刀槍、虎牙槍、雁翎槍、雙鉤槍、單鉤槍、雙頭槍、環子槍、素木槍、短刃槍、短錐槍、蒺藜槍、太寧筆槍……」這哪是簡短扼要？分明是加料又灌水，胡扯一通！再加上她蓄意把說話速度放慢，想拖延時間的意圖昭然若揭。四大統領豈有不知？但反正時間尚早，並不說破。

跟著江正典一道來的白衣少女卻忍不住說道：「妳這人說話怎麼如此囉嗦？把每個人都介紹得又臭又長，等妳說完天都黑了！」

程漱玉並不生氣，反而笑道：「這位姐姐，是否就是峨嵋派的杜天君杜姑娘？」

白衣少女奇道：「素昧平生，妳又怎麼曉得我的名字？」

程漱玉笑道：「在四川誰不知曉巴蜀武林兩大絕色：一位是青城名宿貝遠遙的孫女貝甯，另一位便是峨嵋掌門杜百陵的獨生愛女杜天君。我又不是瞎子，一見姑娘沉魚落雁之姿和閉月羞花之貌，再加上您和這三位玉樹臨風的峨嵋少俠一同前來，想猜錯也難！」

杜天君啐道：「胡說八道！」嘴上雖說如此，心裡卻十分歡喜，忽然覺得這個相貌平平的姑娘，倒也不怎麼囉嗦煩厭。

程漱玉好不容易抓到一個話頭，自然希望扯得愈遠愈好，轉頭對著胡遠清道：「胡賭鬼呀！當年你離開青城派雖然可惜，倒也不失為明智之舉。」

胡遠清道：「這什麼話！我是素行不良才被逐出師門，倒不是自己想走。話說回來，若能留在青城也不差呀！有何失智？」

程漱玉道：「不好！不好！不好！青城派已經式微，山沒人家高，名氣沒人家大就算了，就連姑娘也沒人家峨嵋派長得標緻，還有什麼好留戀？」話說出來，除了曾經見過貝甯本人的古劍和顧少白之外，眾人都笑了。

杜天君尤其開心，問道：「妳見過貝甯嗎？聽說她……美得很！」

「我沒見過本人，但這位古大俠可不陌生。」程漱玉輕拍身旁的古劍道：「告訴他們吧！貝甯是什麼三頭六臂，真有資格和這位天仙般的杜姐姐相提並論嗎？」杜天君不知眼前這個人，就是當年在峨嵋派常被自己嘲笑的笨古劍，睜大雙目等著他的回答。

美醜的問題與劍術不同，可用比試分出高下優劣；若只論單純的外表而言，實在難以評斷，但這兩位姑娘古劍都認識，論氣韻、論心性，嬌縱刁蠻的杜大小姐，與貝甯可真是天差地遠。他是絕不肯說半句貝甯的壞話，但若叫他說杜天君遠不如人，古劍雖然老實，倒也不至於笨到這個地步，想了一會才說：「兩位姑娘的外貌都很美，實在難分軒輊。」

杜天君頗感失望。原來魏宏風曾三上峨嵋山，分別以極大的優勢擊敗峨嵋三少，哪個少女不戀英雄？杜天君的一顆芳心，自然被魏宏風吸引過去，只盼峨嵋有三十少，讓魏宏風每個月都來挑戰一次。她不在乎峨嵋與青城之間的師門恩怨，唯一掛慮的，只有貝甯；一想到她天天可與「風哥」見面，不免心中妒念如潮，難以抑止！程漱玉提貓提狗都不打緊，偏偏提到了貝甯，她可真想比比看！

但這個人既然不肯說，倒也不便再催逼，隨口又道：「你是青城派的嗎？認不認得魏宏風？」她盡可能把語調壓得平緩，但說到「魏宏風」三個字時，仍不自禁的忸怩了一下，雙頰也紅潤起來。

程漱玉看在眼裡豈有不知之理？她巴不得把話題扯遠，不等古劍回話，先搶著說道：「他為了準備參加『試劍大會』，最近都在閉關練劍，我們也好久沒見面！」

杜天君道：「啊！傳言不假，他真要代表青城派試劍。」

程漱玉笑道：「到了七月，姑娘不妨跟著杜掌門上太白山，順便幫他助威。」

杜天君嘶嘴道：「哼！他又不是我峨嵋派的人，幹嘛幫他助威？」說完，嘴角又忍不住露出淺笑，再問道：「聽說他已經學會『尋龍劍法』，是真的嗎？」

程漱玉指著胡遠清笑道：「這得問問我們胡賭鬼，別瞧他這副德性，當年以二十七歲之齡學會了『尋龍劍法』，據說已是前無古人；魏宏風二十五不到，真能有如此本事嗎？」

胡遠清還沒回答，卻聽劉易風道：「杜姑娘，關於這些事情，等稍晚再向胡兄請教，現在申時已到，該準備比劍了！」

程漱玉道：「你怎麼曉得？我看還差得遠呢？」

劉易風道：「從妳丟棄日晷開始，我便開始打拍計數，到現在為止，已整整兩千拍次，算來早該超過半刻鐘。」

程漱玉道：「胡吹大氣！拍子快慢隨人數，怎麼作得準？不如等我下水把日晷撈上來看吧！」

這裡水深數丈，水底雜物又多，就算認真打撈，這個茶壺般大小的古銅日晷，天黑之前也未必能找得到，洪承泰趕忙道：「不用！不用！不用！如果江大俠沒意見，咱們現在就開始吧！」

江正典道：「好！咱們開始吧！」杜天君最愛談的魏宏風，卻是峨嵋三少最不想聽的名字，再說下去難免影響三少心情，於稍後的鬥劍不利。

程漱玉叫道：「別急！別急！我還沒介紹完呢？」眾人不再理她，紛紛掉頭，準備搭上小舟，接駁上岸，小舟剛靠過來，江正典等人正要跨步換船，卻聽程漱玉道：「你們可知朱爾雅和裴問雪是怎麼熱劍的嗎？」

此話一出，所有人的耳朵都拉長起來，洪承泰一腳才跨上小舟又縮了回來，和江正典對望一眼，走了回來。

莫愁莊的朱爾雅與胭脂胡同的裴問雪，從呱呱墜地開始就是江湖名人，只因大家都明瞭，下次試劍大會的金劍與玉劍，十之八九跑不出這二人手中。儘管這兩人都還沒有正式闖蕩江湖，真正見過他們的人不多，然而有關這兩位劍缽的種種傳言卻從未間斷過。有人說曾見過十一歲的裴問雪箭射猛禽；有人說曾瞧過十三歲的朱爾雅掌劈猛虎……這些傳言，誇大有之，杜撰有之，朱、裴兩家從不理會，然人們依然津津樂道，百聽不厭，此類話題，別說三家劍門極想知道，就連江正典等人也好奇得很。

卻聽金克成道：「妳出道多久，能知道什麼？若是拿人家說到發霉的故事來搪塞糊弄，還是別提的好！」百劍門的劍缽熱劍，都是最近幾個月的事，以此時朱爾雅和裴問雪現在的劍術修為，夠資格給他們試劍的高人屈指可數，傳來傳去，也不過幾種版本，難有新意。

程漱玉笑道：「我也是輾轉聽來的，是真是假可不敢保證，只曉得這消息新鮮得很，在場若有人聽過或是有什麼不合常理之處，我立刻閉嘴賠罪，任君處置。」

劉易風道：「快說。」

程漱玉清完喉嚨，才慢條斯理的道：「百劍門的劍缽，在參加試劍大會之前，至少會先安排一場以上的熱劍，好讓他們適應緊張，習慣壓力。朱、裴兩家的劍缽雖說是人中龍鳳，卻也不能例外，只是他們武功太強，若說能打贏狐九敗或向四海等江湖奇人，未免太過誇張；若去挑戰六大門派的掌門人，又未免太過不敬，安排起來自是大費周章……」

劉易風道：「這誰不知道？妳快說正題吧！」

程漱玉笑道：「所以胭脂胡同裴家，總會在試劍大會之前，要劍缽去闖一闖少林羅漢陣……」

杜天君打斷她的話，插嘴道：「這故事老掉牙了，裴家的劍缽一代比一代強，所以一次比一次輕鬆，對嗎？」

「是這樣的話，我就該任您處置啦！」程漱玉道：「少林羅漢陣絕不好闖，失敗的遠多於成功者，其中有人折手，有人斷足，甚至重傷至死的也時有所聞；但愈是艱難愈是誘人，於是總有源源不絕的英雄好漢，為了揚名立萬，前仆後繼的挑戰此一難關。

「胭脂胡同的第一代劍缽闖過羅漢陣時，就引起少林寺極大震撼，因為千百年來，從來沒有年紀那麼輕的闖陣者；但他過關之後，還留下一句話，說二十年後，還會叫他兒子來闖闖看。

「少林寺自然不服氣，把寺裡最精壯的少年弟子找來，訓練更加嚴格。二十年後，這批羅漢果然明顯強過上一代，時日一到，第二代劍缽依約闖陣，他不但闖過，而且只花不到兩炷香的時間，明顯快過他父親當年。

「少林寺檢討了半天，都說羅漢陣以赤手空拳對付人家利劍，在兵器上吃了大虧。便找了十八個羅漢用十八般兵器，弄了一個兵器羅漢陣，不料二十年後，他們還是輸給新的劍缽，而且對方只花了一炷香半的工夫。

「那些和尚們就說，這十八種兵器混在一塊，難免亂了些，漏洞自然多。既然對方使劍，那就以劍制劍，找了十八個修習『苦諦劍法』和『無量劍法』的少年武僧組成羅漢劍陣。哪知這更對了第四代劍缽裴友琴的胃口，只花了一炷香的工夫，便闖過劍陣。

「這下子少林寺可真無計可施，總不能為了應付一套『秋水劍法』，把寺內武功精強的老師父都抓來，組成一個天下無敵的羅漢陣吧！然而胭脂胡同為了考驗第五代劍缽裴問雪，卻定下了一個更為嚴苛的規定。」

杜天君道：「什麼規定？難不成要他在半炷香內闖過羅漢陣？」

程漱玉搖頭道：「要裴問雪在三炷香後再出來……」

杜天君笑道：「這不更輕鬆嗎？怎麼會嚴苛？」

程漱玉道：「三炷香內，劍上不得沾到半滴血。剛開始人家不知道，那把劍還可以嚇嚇人；到了第二炷香，開始有人瞧出了玄機，膽子大了起來，出劍便更加凌厲難防；拖到第三炷香，那些人全看穿你不敢傷人的弱點，自然會肆無忌憚的全力進擊；要在十八柄毫無顧忌全力搶攻的長劍之下撐過一炷香，恐怕不比快速闖關容易吧！」

杜天君聽完一臉欽慕，道：「好可怕啊！他到底闖過了沒？」

程漱玉笑著說：「不知道！為了顧全彼此的顏面，是不會將結果公諸於世的，改天姑娘若見到裴公子，不妨仔細瞧瞧，他身上是否多了十八個窟窿。」

明知這是一句玩笑話，杜天君仍忍不住啐道：「胡說！我幹嘛去瞧人家身子？」說完不禁臉紅，但想到朱、裴兩位公子都已有了妻室，不禁略感惆悵。又問：「那朱爾雅呢？」

程漱玉道：「大家都知道，劍缽熱劍的方式很多，有的請試劍師，有的搞出一堆仇家；但最普遍的，便是去狙殺一些惡名昭彰的江湖惡漢，這些人平日無惡不作，殺了倒是功德一件，再說本來就是亡命之徒，見你拿他來當『劍靶子』，出手更是招招搏命，打起來自是無比驚險，萬分刺激。」

杜天君道：「這些我們何嘗不知！據說莫愁莊俠義為先、除惡第一，死在朱家劍鉢劍下的凶徒惡客不計其數！」

程瀲玉笑道：「不錯！只是他們並非一次殺一惡人，而是先將江湖上名聲最壞，功夫最好的十名惡人『請』到莫愁莊，由其劍鉢一次除之。」

杜天君問道：「這次抓了哪十個惡人做『劍靶子』？」

程瀲玉道：「『暗劍』葉鼎山、『媚郎』章水良、『攔路虎』淳于丹、『夜梟』王整、『奪魂槍』孟交和『不二夜』賴未各。」

杜天君道：「怎麼只有六個？」

洪承泰也說：「論外號都很嚇人，但以武功而言，均介於一流與二流之間，算不得什麼極厲害的角色。」

江正典道：「這也沒辦法，每次到了試劍大會，就有一大堆壞人憑空消失，久而久之，敢做壞事的人自然少了。要不然就得提早個兩、三年躲起來，免得被人抓去當劍靶子。說來這場『試劍大會』對整個武林的除惡安善，可說是貢獻卓著。」

洪承泰道：「是啊！這些年來，壞人的確少了許多，武功精強的更是鳳毛麟角。」

卻聽程瀲玉笑道：「那也未必！就有幾個惡貫滿盈的壞人，實在是壞到骨子裡啦！只因他們投身官場，百劍門看在皇帝的面子上，倒也不好拿他們開刀。」

此話太過大膽，所有的人都嚇了一跳，紛紛望著四大統領，四人都略顯著惱，卻也都沒發起怒來。蕭乘龍依然笑著道：「別岔開話題，您還是快些說吧！」

程漱玉道：「以前隨便抓抓，十大惡人裡面，至少也有兩、三個一流高手。但莫愁莊這次提早了五年準備，卻也只抓到這六個人，怎能試出朱爾雅的真本事？沒辦法，只好把這六個人關在一起，每天好酒好菜的伺候，言明五年之後若能贏了『卻亂劍法』一招半式，便可重獲自由。只要他們不再為非作歹，莫愁莊也不會再找麻煩。」

眾人俱感驚奇，本來不想開口的楊繼也忍不住道：「高明！這六個人為了活命，除了吃飯睡覺外，必然每天勤練武藝。大家同舟一命，互相砥礪激盪、觀摩指正，進步必定神速，五年下來，自然都成了一流高手。而且朝夕相處了五年，就算沒弄出什麼厲害陣法，默契也不得了，可比十個烏合之眾強多了！」

杜天君眼睛一亮，問道：「了不起！到底是誰打贏了？」

程漱玉雙手一攤道：「不曉得！過一陣子再看看，江湖上是否還有這六個惡人的消息，便知分曉。」

卻聽王遂野哈哈笑道：「姑娘編故事的本領可真高明，咱們聽了半天，竟然找不出半點漏洞。」

「過獎。」程漱玉狡黠的笑了一笑，看看日影，伸伸懶腰道：「我說完了，可以比劍啦！」

第十二章 斷劍

洪子揚仍是打第一場，他前兩天分別打贏唐少華及顧少白，今日的對手則換成了孫少真。兩人站在佛像右臂上，相互拱手為禮，接著便拔劍鬥將起來。

洪子揚的「百花劍法」，已先讓「試劍師」胡遠清給指導一番，所以三位劍鉢之中，以他最為沉穩，六人之中也只有他連勝兩場，自然最被看好；但未料此次孫少真長劍一出鞘便招招搶攻，以一連串密集的快劍，刺得洪子揚措手不及。對手似乎對「百花劍法」一招一式都瞭若指掌，每一劍都追著洪子揚非顧不可的弱處刺來，短短幾個交鋒，已把洪子揚嚇得驚駭不已，劍法也不禁亂了！

一般兩個功力相當的人初次比劍，通常會先花點時間暖手試招一番，然而這次孫少真卻不按理出牌，直接攻了過來，憑恃的便是「知已知彼，洞燭機先」這八個字。

以峨嵋派在武林中的地位，峨嵋三少對上三劍鉢，贏了就罷，萬一比輸可相當難堪。儘管三家劍門的「劍主」親自上山邀戰，又捐了不少銀兩重修峨嵋山金頂殿，然峨嵋掌門杜百陵說什麼也不肯答應這場比試。

但不知什麼時候開始，魏宏風三上峨嵋大敗三少之事傳揚出去，開始就有一些閒言閒語，說峨嵋三少被魏宏風嚇破了膽，竟連三家劍鉢也怕！逼得杜百陵不得不答應這場邀鬥。

他對自己的子弟還是頗有信心，認為三少至少可贏個兩場，何必再多比？三家劍門希望能比試九場，杜百陵卻只應承三場比試。沒料到第一天的比鬥，唐少華輸給洪子揚，孫少真敗給楊放，只有顧少白險勝閭丘允照，江正典當場同意再加賽兩天六場，並派人連夜回山稟報。

杜百陵震驚之餘決定立刻下山，愛女杜天君聽說打得比預期精彩，吵著要跟來。兩人來到嘉定城時已是昨日傍晚，隨即令三少將這兩天所記得的招式一一演練。杜百陵身為峨嵋掌門見識修為自是不凡，他沒親眼見過，只憑著三少和江正典等人的記憶，便將這三套劍法拚湊得八九不離十，分別找出破敵的招法與方略，指點三少勤練。師徒等人挑燈夜戰忙了一夜，直至三少都胸有成竹，方才休息。

三家劍門的人一時之間，也想不透是怎麼回事？只曉得這樣下去恐怕用不著多久洪子揚就要敗下陣來。眾人十分意外，只有胡遠清不然，還得意揚揚道：「我二十幾年前就認識杜百陵，早料到以他好勝的性子，今天是非到不可！」

閭丘項山驚道：「峨嵋掌門也來？怎麼不見人影？」

胡遠清笑道：「躲起來啦！偷偷破解貴門劍招之事，怎能讓人知道？」

「難怪！難怪！難怪一夕之間，情勢逆轉。」閭丘項山恍然大悟，又道：「怎麼辦？想必『輕猿劍法』也被他們摸熟了。胡先生，您能否先給允照指點一番？」

胡遠清搖頭笑道：「來不及啦！就算可以也不能教，難道你忘了？我早下注一萬兩銀子賭峨嵋派會贏嗎？」

話才說完，只聞一陣驚呼，洪子揚手上長劍被震落江中，已輸了一招。

程漱玉心中一沉，她花了好大的精神才拖延一時半刻。但若這三位劍缽沒兩下就敗下陣來，豈不留下更多時間？

在眾人議論聲中，由楊放對上顧少白的第二場比試很快便打得火熱。縉雲山莊的「楊家劍法」，是由祖傳的「楊家槍法」演化而來，許多槍法中常見的撩、挑、格、撥、穿、帶、崩、抽等技法，在八十一招的「楊家劍法」中隱約可見，這些招式在楊放豪邁奔逸的劍風中，別有一番氣勢。

他從第一場洪子揚的慘敗中得到教訓，不可按部就班照著劍譜的順序使劍，更不可讓對方占上先機；於是一開頭就招招搶攻，所幸「楊家劍法」可區分成九個套路，一套九招，每個套路間的次序均可任意調換。

他料想顧少白也研究過「楊家劍法」，一開始便跳到第八套路，接著又轉回到第三套路，然後是第一套路、第六套路⋯⋯。這樣任意更動次序，剛開始的確起了些許擾敵效果，但數十招一過，顧少白摸得更加嫻熟之後，只要看他一個起手，便能料到他要使的是哪一套路，輕鬆寫意將來劍封住，楊放只好把劍舞得更猛更急，儘管如此極耗心力卻不能停止，因為他知道，對付「封雪劍法」，只要攻勢稍加鬆懈，必敗無疑。

「封雪劍法」要求的是快捷與綿密，當峨嵋山飄下細雪，使劍者在空地上快舞長劍，至少要做到「兩丈方圓內，不落一片雪」才算是小有所成。這套劍法以守勢為主，使劍之人以綿密的劍網守住周身要害，除非對方武功高出極多，否則很難在短時間內將其擊敗；但若完全只守不攻，「封雪劍法」也不值一提。

當年創悟「封雪劍法」的峨嵋前輩是一個象棋高手，下棋之時喜歡引誘對方來攻，急於進攻之人己方的防線不免空虛，方便他神不知鬼不覺的布下致命的一擊。他的棋友都知道，與他對弈，一旦決定一搏時就該有把握每一步都「將軍」，在將倒之前決不可留一間步；否則讓他反將起來，轉眼便可將你逼上絕路。

依此道理所創的「封雪劍法」，對手若要攻就得連續不斷的攻，絕不可稍有停頓、鬆懈或退怯，否則一旦讓他轉守為攻，一招便能致敗。

楊放明白這個道理，無奈一招一式都被對方看穿，只覺得自己愈攻愈是吃力，對方卻愈封愈顯輕鬆，絲毫占不到半點便宜。又過了百來招，漸漸有些心灰意亂，出劍稍稍猶豫，顧少白長劍趁虛而入，已抵在他胸口！

掌聲再次響起，蕭乘龍等人對這兩場快速乾脆的比試感到十分滿意，拍起手來也特別起勁。胡遠清眼看著就要賭贏一場大局，更是忘形的跳了起來，直到瞥見程漱玉惱火的眼神，才乖覺的坐回原位。

程漱玉偏過頭瞧瞧古劍，這人面無表情，似乎並不著急，也不擔心。嘆道：「皇上不急，急死太監！」

第三場比試緊接著上場，閭丘允照與唐少華走上佛手，互相拱手後隨即拔劍相對纏鬥不止。正如原先預料，招式被對手摸透的閭丘允照，一開始就被唐少華的「出雲劍法」，逼得連連退卻。

峨嵋金頂，山高千丈，平日雲霧繚繞，混沌迷濛，天清氣朗之時，雲海茫茫，千峰競秀，黎明之際在此觀看日出更是奇美。太陽未升以前，只見白雲翻騰，變化莫測，俄頃一輪紅日自雲海中跳躍而出，萬丈光芒射入雲中，絢爛奪目而撼人心弦。這「出雲劍法」，便是從這日出於雲海中的奇景得到的啟發。

這套劍法的虛招極多，讓人看來有如墜入五里霧中，分不清哪招是虛？哪招是實？其實虛則實之，你若認定此為虛招而不予理會，虛招馬上就能轉成實劍；就算招招防範嚴密，但每隔十幾二十個虛招之後，總會出其不意的使出一招又急又狠的實劍，有如旭日突然穿出於雲海之上，留下一片驚奇，極是難防。

閭丘允照知道厲害，想故技重施，往佛手的指尖處移動，在那種站立不易之處，輕功高明的人占了便宜；但唐少華早有防範，一開始便搶占有利方位，將他逼到面向河水的位置。閭丘允照招術受制，每一劍每一步都被對方封死，別說換易方位，就是想跨進一步也難。

唐少華每出一次凌厲難防的實劍，閭丘允照就得倒退兩步，不過百餘招，出了十幾次實劍，已將他逼到佛像手肘處，再退就是一面牆壁。勝負即將揭曉，站在佛像左臂的閭丘項山眉頭深鎖，江正典等人面露微笑，等待最後那招實劍。

這招終於來了，只見唐少華使出一招「日躍東峰」，長劍從左下往右上劃一道弧。這一劍角度刁鑽，方位突兀，閭丘項山心中一沉，連他都想不出有哪一招「輕猿劍法」能抵擋得住，兒子更是沒機會！

卻見閭丘允照突然腰身側彎，長劍順勢往對手左腿刺去，這一招姿勢頗為怪異，方位卻極為巧妙，不但躲過來劍更趁勢還擊，唐少華從來沒見過此一怪招，心中頗驚，但他好不容易將對方逼入死角，眼看就要獲勝，豈肯就此退怯！身子往右讓開半步，緊接著再出一劍，這招叫「七彩耀雲」，將對手胸口至腰間七大要害都籠罩在劍影之下，可說是「出雲劍法」精髓中的精髓。

閭丘允照以頭頸為軸，騰起雙足，好像躺在一張隱形的床上似的，將身子與地面平行，正好避過那招「七彩耀雲」，同時一劍往對手頸部削去。這招更是奇中之奇，唐少華連退三步才堪堪閃過。閭丘允照剛扳平了劣勢，緊接著又一怪招，將對手逼到了佛手側邊；第四招使出時，唐少華已退無可退，還來不及反應，只聞一串嘩啦之聲，掛在脖子上的佛珠項鍊已被長劍削中，落了一地。閭丘允照趕忙賠禮：「真對不住！這幾招我還不熟，弄壞了您的寶物。」

但他的話已被震天價響的掌聲淹沒，人人都說最後這反敗為勝的四招，一解危，二扳平，三占先，四致勝，可說招招精彩，劍劍絕妙。

只有幾個人看出來這並不是他暗藏的幾招「輕猿劍法」，而是從古劍身上學來的「無常劍法」。

世上的劍招不下千套，有的剛，有的柔，有的快，有的慢，有的輕盈，有的凝重……就算粗略的區分，也有十來種不同的風格。通常一套劍法，無論招多招寡，其劍風是一致的。除非天賦異稟，一般人對於與自己原本劍風相近的劍法，能很快的理解吸收；反之彼此劍風若相差太遠，往往難以領悟，若硬要強學，可能別人的劍法沒學好，自己的劍法卻亂了套，自是弊大於利。

「無常劍法」只有九十七招，卻包含著有剛猛、輕柔、迅捷、樸拙、穩厚、靈動等各種劍風，這是一種極為罕見的特色；若非古劍有「遊學」於各大門派的那段經歷，也創不出這種包羅萬象的劍法。

昨夜古劍以一套「無常劍法」，連鬥胡遠清三套半劍法，雖然劍招上難免重複，然而同一招在不同的情況下使出，效果截然不同。在閭丘父子的眼裡，古劍這套劍法，奧妙奇變之處猶勝胡遠清的三套半劍法；雖然大部分的劍招都出現過兩次以上，但閭丘允照見識修為畢竟有限，只看得懂其中較為輕盈靈動的十幾招，卻更容易深印腦海。臨睡時這些招式在他腦子裡轉了又轉，才慢慢睡去，也許睡夢中又再偷練了幾回。

這十來招「無常劍法」，他從來沒有真正比劃過，若局面可以控制，閭丘允照再大膽十倍，也不會想到要冒險一試。然就在面臨絕境之際，一時找不到「輕猿劍法」中有哪一招足以應付，卻忽然靈光一現，想到昨夜古劍所使的某一奇招或可用來化解此危，危急中無暇細想，便隨心而動使將出來。第一招試過，見效果出乎意料的好，後面三招便順勢而出，竟是一招妙過一招，贏得連自己也感到意外。

其實閭丘允照所使的這四招「無常劍法」全憑腦海中的印象，悟性再高，頂多也不過六、七分神似而已；以唐少華的武功造詣，就算古劍本人出手，也絕不可能在短短數招之內獲勝，閭丘允照靠著這四招反敗為勝，最主要憑的還是「出其不意」。

只怪唐少華事先把「輕猿劍法」參研得太過嫻熟，打到後來，只要對手一個眼神，就先猜到他將使出哪一招哪一式，早備妥相應之道，但也中了先入為主之毒。因此當閭丘允照使出第一劍「怪招」時，唐少華著實嚇了一跳，不禁思道：「這招怎麼沒見過？該怎麼對付？」他已在不知不覺中，養成對原先套好的招式太過依賴的心理，一見對手劍招不在預期，心中先自慌了！一時之間亂了套，就此兵敗如山輸得莫名其妙。他遲遲回不過神，也忘了該撿起滿地佛珠。

掌聲久久不息，程漱玉側臉瞧看古劍，從他眼神中看見從所未見的自信光芒！古劍內心的激盪，實不下於閭丘允照，直到此刻，他才完全相信狐九敗所言，這套「無常劍法」，絕非一無是處！

四大統領觀此一戰，對古劍的戒心又加了幾分，都想盡早開始比劍為宜。不等人潮自行散去，蕭乘龍便道：「這個地方我們馬上要用，蔡知府，請你盡速派人把閒雜人等全部趕走，一個不留！」

蔡開不敢多問，幾名地方官也在場，立即傳令下去，衙役捕快全部出動，頃刻間已將尋常百姓全數驅離，除了三家劍門的人之外，只剩下數十名江湖豪客。這般江湖散人本來就不太受官府節制，若能說出個道理也就罷了，現在無緣無故請人走，誰肯服氣？有的人本來正想走，一見你無理催逼，卻故意要多待個一時半刻，看看你要搞什麼鬼？蔡開見狀，無奈的說：「這些武林人物，我們實在請不走。」

王遂野一臉不耐，忽然轉身對著侯藏象喊道：「你這糊塗醫生！把我的左腳醫成什麼德性？」

侯藏象怒道：「你這什麼話？要不是我侯藏象妙手生春，你怎能好得如此快！」

王遂野罵道：「是有快了一些！然而走起路來總是怪怪的，好像兩隻腳不再一樣長！」說著在舫上走了幾步，果然有些許搖晃。

侯藏象摸摸鼻子道：「一定是先前那個蒙古大夫把某根筋給接錯，可別賴在我身上！」若拿不出確切證據別想叫他坦承疏失。

王遂野喝道：「胡說！陳妙春是成都城內最有名的外傷大夫，怎麼可能接錯？」

侯藏象哈哈大笑道：「他算哪顆蔥？怎麼能和我神醫侯藏象比？各位朋友，你們評評理……」說到這裡，轉頭一看，所有載人的小船均已消失無蹤，而這畫舫之上，也只剩下古、程、胡三人和四大統領沒被嚇跑。原來王遂野大吼大叫之目的，不過是想借他的「威名」清光場子。

不過岸上還有六個閒人，分別是三家劍門的莊主和劍缽，這六人聯手，倒也不怕侯藏象用強，反倒乘著一葉扁舟往此處划來。蕭乘龍不禁皺眉思道：「這幾個人莫非要來把船開走？這畫舫笨重，等他們解繩起錨慢慢撐離，不知要拖到何時？」遂喊道：「三位莊主何必急著要走？不去嘉定城慶功嗎？」

洪承泰笑道：「慶功宴自是非吃不可！不過在此之前，我們有個不情之請，還望諸位成全！」

劉易風道：「你說說吧！但既是不情之請，答應的機會就不大。」

洪承泰道：「待會你們比武，能否讓我們幾個也留下來看看？」

四大統領面面相覷，一時之間，倒想不透這些人，為何那麼愛看比武？

閭丘允照比試時，三位劍主都留在佛像左臂上觀戰，發現自家的劍法，在一夜之間全被摸透都十分震驚。三人低聲商議，看來今天這三場比試，免不了要全軍覆沒，卻也無計可施；不料閭丘允照最後忽出奇招竟反敗為勝！洪、楊二人驚異不已，半恭喜半玩笑的說：「原來白晶堡還私藏了幾手絕招，其實你們才是最強的。」

閭丘項山不好意思，便將昨夜所見之事說了出來，原來那個貌不驚人話不多的傢伙才是真正的大寶藏。洪承泰嘖嘖稱奇之餘，也把今日所聞描述了大概，三個老江湖稍一推敲，已抓個八九不離十。待會這個叫「古勝」的小子，必會與四大統領有一場生死惡鬥。他的劍法既然如此神奇，若能讓自家劍缽學個幾招，豈不受益無窮！三位都說：「死求活求，也得留下來看。」

程漱玉首先看穿他們的用意，笑道：「你們又想偷學功夫啦！」閭丘項山尷尬的笑道：「姑娘說笑了！少俠胸中自有丘壑，何必怕人學？再說少俠劍法包羅萬象博大精深，不才事後鑽研良久，看得懂的，不超過三成；學得來的，也不過十來招而已。」

若是一般人聽到有人要偷學自己的武功，哪怕只有一招半式，也會氣得把人大罵一頓；然而古劍卻完全沒有這種想法，反倒覺得自創的劍法有人欣賞可是莫大的榮幸。更何況待會生死未卜，又何必計較那麼許多？說道：「不要緊！想看就留下吧！」

卻聽金克成道：「他答應了！我們可不同意！」

王遂野接口說：「我們不用官位壓人，但你們曉得江湖規矩吧！」

四大統領聯手打一個無名小卒，就算贏了也不光彩，自然不想讓旁人瞧見，便搬出了江湖規矩：雙方比武，只要有一方不想讓人看，這些旁觀者就得毫無異議的離開。

程漱玉卻想這四個人盡是奸邪之輩，若要防備他們輸了賴帳，證人自是愈多愈好。便道：「這是人家的船，人家喜歡站在這裡觀賞夕陽，有何不可？」「六位若能答應兩件事，一切好商量。」

三位莊主齊聲道：「什麼事？」

程漱玉道：「六位想必早已看了出來，我和古勝是四位大統領亟欲追捕的逃犯。」

洪承泰討好的說：「兩位實在不像，我看多半是場誤會！」

程漱玉道：「現在也別管什麼冤情是非。我們已定下賭約，待會將在你們先前比劍處做一番較量，手段不拘，卻定有時限。四位統領若不能在天黑之前擒殺古勝，從今爾後，再也不能對我窮追不捨。勿論這法子公不公平，至少雙方都同意了，對嗎？」最後兩句話是對著四大統領說的，四人都不吭聲，點頭默認。

程漱玉道：「但我剛剛想到，這法子有個漏洞，現在看來或許微不足道，到時候卻很可能成為影響勝負的關鍵。」

蕭乘龍道：「什麼漏洞？」

程漱玉道：「何謂『天黑』？我說太陽下山就算，你一定不同意；你說伸手不見五指才是，我自然不服氣，該信誰的好？所以我想請三位莊主做個評判，以免引起無謂的紛爭。」

王遂野忖道：「這樣也好，若請侯、胡二人評判，必然會偏袒古劍；而這三位莊主再怎麼說也對廠衛有所忌憚，就算不暗助我們，也絕不敢明幫他們。」便道：「算妳有理！那該如何評判天黑與否？」

程漱玉道：「請諸位仍留在畫舫上觀戰，當三位莊主之中，有兩位已經看不清楚劍招時，便擲出一把飛劍過來，當這把飛劍釘在大佛右臂上時，即是『天黑』。」

洪承泰道：「不成問題，我們一定憑良心評斷。第二件事呢？」

程漱玉道：「除非有人輸了賴帳，你們絕不可將今日所見所聞，傳揚出去。若有人說了一句……」

洪承泰接口道：「讓老天爺罰我百花莊的劍缽，自今爾後別想在試劍大會中打贏一招半式！」一般人立誓，總習慣說若有違誓言，願遭「天打雷劈」「五馬分屍」云云，說來嚴重，事實上真被雷打到的機會微乎其微，未必能當真；如今他卻將自己最在乎的事拿出來當作違背誓約的代價，就好像胡遠清說永遠贏不了半場賭局，侯藏象說再也醫不好半個人；如此誓言，才真是誠意十足，令人放心！

楊繼和閭丘項山也分別立下類似誓言，這下子四大統領也不好反對，心想：「原來妳是怕我們輸了不認帳，想多留幾個證人。哼！現在離天黑一個時辰有餘，這小子能有多強？我們四人聯手，還怕拿不下來？萬一輸了，嘿嘿……」

蕭乘龍笑道：「既然如此，咱們趕緊開始吧！」

程漱玉朝胡遠清伸手道：「拿來！」

胡遠清說：「什麼？」

「當然是這東西！」說話中已將他手上的劍抄在手裡，擲給古劍，道：「他的劍給你弄丟了，難道要用樹枝打嗎？」

「這把劍……」他欲言又止，看一眼程漱玉又看一眼洪承泰，神情有些古怪。

程漱玉道：「捨不得嗎？」

胡遠清擠笑道：「沒事！沒事！……隨你用吧！」

六人上了佛手，四大統領背山面水排成一列，與古劍相對而立，此時的程漱玉什麼忙也幫不上，只能在他身後三丈處默然而立。她手上仍抱著黃嘯，因為雙方說好不拘手段，只有抓緊這個護身符，才能保證四大統領即使久攻不下，也不敢把腦筋動到她身上。

王遂野道：「就照中午的約定，金兄的功夫最強，請您先給這小子試招吧！」

金克成冷笑道：「這小子有啥可怕？這是你們心甘情願讓出來的功勞，等我把人殺了，可別後悔！」

另三人異口同聲道：「當然！請便！」

四人之中，只有金克成不信古劍能在短短幾天之內，有什麼脫胎換骨的轉變，在中午商議時，一直力陳要單打獨鬥，才不致墮了錦衣衛的威風。另三人俱想：「這小子劍法本就不凡，就算沒什麼長進，也能撐過一百招吧！我們再用車輪戰會會他，你排第一個，反而最吃虧。如果他當真功力大進，最好百招之內把你解決，由我們三人聯手，仍是有勝無敗，少了你一個搶功的人，豈不更妙。」都不反對讓他先試百招。

金克成只往前跨了半步，兩眼微閉雙手輕舉，開始運起功來。只見他左半臉泛白，右半臉漸紅，左半身冒出徐徐冷霧，右半身蒸出陣陣熱煙，站在他左側的王遂野覺得寒氣迫人，右方的劉、蕭二人感到熱浪襲身，都不禁倒退三步。三人暗叫不妙，原來金克成打算先運氣行功，將陰陽爪的威力提升至十分，再行出手。

金克成的陰陽爪如果是在對打中慢慢引氣，最快也得到六、七十招，才能完全達到氣分兩極、寒熱互斥的境界，那時對手也多少適應了一些，但若讓他靜靜的運氣，只須幾次吐納便能將功力提升到極致，這對古劍自是大大的不利，三位統領明白這番道理，希望古劍馬上出劍，卻又不便明講，只好頻使眼色，暗示他別等了。程漱玉也用鐵鍊扯他一把，古劍回頭，看見她急道：「快上呀！等他運足了氣就麻煩啦！」

古劍拔出長劍，卻始終沒有出手，總覺得對方還在運氣，現在出手，未免太過小氣無禮。眼睜睜看著金克成的臉，紅的愈紅、白的更白，煙霧也愈來愈濃。

金克成氣功運至極處，陡然大喝一聲，揚起一白一紅的兩隻怪爪，在胸前急速交替，轉出一道又一道的斜圈，朝著古劍直撲而來，竟然一出手就是殺著！程漱玉心口怦然一跳，差點叫了出來！

卻見古劍不守反攻，朝著對手胸口膻中穴斜刺一劍，這一劍忒也大膽，金克成全身寒熱之氣凝聚最強之處，便在陰陽雙爪，手上抓的若非削金斷玉的寶劍，一旦掌劍相交，不但難以在他手上留下任何傷痕，這股寒熱之氣從鐵劍傳來，反而是大損。

然而這一劍時機、方位拿捏得十分巧妙，正好在雙爪之間穿過，一陰一陽之氣，恰恰抵消，往對手最弱之處招呼。金克成這招「陰陽輪迴」，是他陰陽爪七大殺招之一，一開始就出其不意的使出，自忖就算傷不了古劍，也能把他逼得手忙腳亂，印象中這小子劍招雖精，經驗和自信總是差了些。這種人，在剛起頭的二、三十招內最容易出現嚴重誤失。

萬沒料到幾天不見，這小子突然變得大膽起來，第一招就直搗中宮，正是破解「陰陽輪迴」的絕佳妙劍！金克成驚駭之餘，一時想不出應對招式，只好蹬蹬蹬疾退三步！尚未站穩，對方又是一劍劃來，自百會至關元等任脈諸穴，全籠罩在劍影之中，他側身一讓，好不容易讓開這一劍，卻見古劍劍鋒一轉，長劍繞了半圈，對準臀部上方的腰俞穴刺去……。侯藏象不禁讚道：「妙啊！這小子倒是個可造之材！一出手就抓住敵人痛處。」

人體十四道主要經脈當中，除了在中線繞行一圈的任督二脈外，另十二道正經是左右對稱各有一條，精確的講，應該有二十四條正經才對。陰陽爪的行功要訣便在於氣分兩極，將全身陰寒之氣引到左半身的十二條正經上，陽熱之氣逼到右半身的十二條正經上；愈靠兩端真氣愈強，愈近中間愈弱，任督二脈更是幾無真氣保護，別說是一柄又尖又硬的鐵劍，就算只被一個二流拳師打中，也要吐血。

古劍趁他運氣之時，在心裡盤算著：「每個人都有罩門，此人雙手不懼刀槍，到底何處最弱？莫非是在……？」他不是侯藏象，可分析不出其中道理，只是突然有種直覺，告訴自己理應如此。

他使的劍法仍是先前那套「無常劍法」，但內力大增之後，只覺得一招一式都流暢無比，隨手為之，更快更準更穩，達到前所未有的境界。但見古劍無論削、刺、挑、抹，劍劍不離對手任督各穴，劍招奇變百生又占了先手，金克成雙爪漫天狂舞，竟完全捉摸不到，只好不斷的閃躲避讓，不過二十來招，已漸漸逼進角落處。

這裡是原先三大統領站立之地，照說多年的同僚有了危機，蕭、王、劉三人理應伸出援手；就算不出手，古劍追到此處，多了三個虎視眈眈的高手，必然有所顧忌，攻勢非緩不可。

卻聞蕭乘龍道：「金兄好像遇上了麻煩，我想幫忙，卻又怕他生氣！」

王遂野道：「千萬不可！咱們說好要讓他先試百招，豈可食言而肥！」

劉易風道：「金兄武功高出你我三人甚多，怎麼可能敗給這無名小子？現在稍居下風，其實必有深意！」

蕭乘龍點頭道：「想必是誘敵之計，時候一到，自會讓他嘗到厲害！」

王遂野道：「說得極是，咱們還是先讓一讓，別妨害金兄反敗為勝。」

這三人十分配合，說著便跳到佛手旁的凹溝上，此處比起兩人打鬥的地方低了一個人身以上，絕對不會對古劍造成壓力。

這番話一字一句鑽進耳裡，金克成萬分惱火，這幾個人吃定他孤傲的癖性，再怎麼苦慘也不會開口乞援。此時他已被逼得無路可退，咬牙一拚，左足往身後山壁一蹬，身子凌空一躍，雙爪朝古劍身上抓去，這招「餓鷹攫兔」勢道猛惡，也是一記拚命的絕招。

然而古劍早有預期，一個轉身閃過，長劍掉頭，緊貼著他後頸追去，待其落地，長劍順勢劃了下來，自頸背大椎穴往下，由淺而深直劃下來，劃到背部至陽穴時，忽然覺得自己腰上一陣灼熱，不由自主的把劍往後倒縮了兩寸。這時候，程漱玉也大叫了一聲。

原來金克成也知這招抓不到古劍，拚著受傷的代價，與古劍互換方位，並用右掌抓住綁在古、程之間的玄鐵鍊，將全身熱氣傳至鍊上。這玄鐵鍊導熱十分快速，瞬間就傳到古劍腰上，即使稍遠的程漱玉，也能感到熱鐵炙腰之痛。古劍這一招並不容情，長劍由淺而深延著督脈諸穴削下來，削到背部至陽穴時已入肉半寸，若是熱氣傳得稍晚，必將傷及脊椎。

雖沒能一劍重創對手，卻也令他真氣忽挫，腰上的熱氣一現即散，為防他再施怪手，古劍不敢稍停，又再追刺一劍。逼得金克成放開右手，側讓兩步。

古劍露出了一個小弱點，出招便不如先前瀟灑，耗了十來招，才將對手逼離玄鐵鍊，正要乘勝追擊時，忽見五爪長鞭凌空罩來，他早想過破解之法，身子不退反進，向出鞭的劉易風疾刺一劍，卻見斜地裡刺出一把長槍，剛轉身閃過，又見一柄弦月彎刀，朝著脖子盤旋飛來……

原來蕭、王、劉三人見金克成身背衣衫已被鮮血染紅了一大片，這個時候再強運氣功，只會讓鮮血流失得更快，要和自己爭搶首功的機會已大大降低，賣個人情又何妨？再說古劍武功精進的程度，已遠超過原先估計，四人聯手，總比三個人合圍多了一分把握，才決定「挺身而出」。

哪知金克成卻不打了！一方面他不喜和人聯手，一方面卻是恨他們太過狡詐。幾個縱落，跳到佛像右側階梯處，拿出隨身傷藥，一邊療傷一邊觀看這三個奸人與古劍的一場混戰。

古劍面對三個一等高手，三種截然不同的兵器，無論如何，都是一場極為艱辛的挑戰。劉易風的聚散鞭能張能縮，狂散時如蛟龍翻雲，收聚時如靈蛇戲水，時而威猛，時而刁巧；王遂野的離合槍分合無定倏來倏往，強攻時疾如雷電，堅守時穩如山嶽；然而對古劍威脅最大的，卻是蕭乘龍的「來去刀」。

古劍曾與劉、王二人交過手，該如何對付？要用哪幾招克制？早已胸有成竹，但來去刀卻從未交過手，只在蕭乘龍與聾瞎二丐過招時看了幾招；而無柄的來去刀彎如弦月，擲出之後，會在空中繞了一個圈子，返回時從背後襲向對手，對一個耳聰目明的人來說，這飛刀在空中急旋引動的風聲極響，不用回頭也能估量出來大致的走勢，偏偏古劍不是，所以蕭乘龍的武功雖居四大統領之末，古劍卻得花上一半的心力，留意背後飛來的怪刀。

所幸這三個人所使的兵器南轅北轍，平常勾心鬥角慣了，首次聯手很難做到配合無間，不是出手時機掌握得不對，就是彼此互相干擾。古劍看穿這一點，忽而衝到王遂野前方，疾刺三劍；忽而貼近劉易風身邊，猛劃兩招；若不是為了提防來去刀而必須不停的移動，在他精絕多變的「無常劍法」之下，這三個人恐怕也討不到便宜。

畫舫上觀戰的八個人各有心思。侯藏象對自己改造的頂尖高手感到十分滿意，最是得意揚揚；胡遠清盤算著是否真要走一趟忘憂坊，趁古劍尚未成名之前下滿注，或許真有機會，把這二十幾年來的倒楣怨氣一掃而光。其餘六人則凝神觀戰，就怕漏了一招半式。「無常劍法」中有許多不按理出牌的怪招，非常人所能理解，三家劍門的莊主和劍缽看得入神，卻也似瞎子摸象般，各自只能吸收一部分。其中「百花劍法」曲折繁複，當古劍使出類似劍風時，洪承泰猛然點頭，欣喜若狂，洪子揚則立刻依樣畫葫蘆，當場比劃起來；而「楊家劍法」沉穩樸直，「輕猿劍法」輕靈飄逸，也都各取所需。他們每多學到一招，便多一分歡喜，此時就算上游有洪水沖下來，也是渾然不覺。

過了百餘招，三大統領逐漸進入狀況，默契愈來愈好，古劍開始感到壓力，思道：「侯前輩說這幾個人不可能同心一意，看來全不是這麼回事。再這樣下去，這三人之間的搭配只會愈來愈趨密合，我非敗不可！」想到這裡，劍鋒一轉，將大部分的攻勢，加諸在蕭乘龍身上。既然最怕這個人，那就多攻這個人。

蕭乘龍的來去刀兩頭尖，劍刃卻只磨一半，另一半方便手持，在攻擊時是令人防不勝防的一對暗器，防禦時卻變成雙刀，在這一輪猛攻之下，雖然緩不出手來擲刀傷人，然而他在刀法上也浸淫多年，固守十分嚴密。古劍畢竟無法全心對敵，好幾次眼看就要刺中對手，劉、王二人的長鞭快槍總會及時趕到。他們知道，這小子如此氣勢，一旦蕭乘龍重傷退場，剩下的兩個人未必應付得了。

程漱玉眼見古劍久攻不下，不禁擔心起來，將略顯不安的黃嘯抱得緊緊，閉眼默禱起來。只聞刀劍綿綿碰撞聲中，間夾著幾聲劍槍或劍鞭相擊的暴響，過了一陣子，忽然覺得這響聲有些奇怪，睜眼一看，天啊！古劍手中的鐵劍，竟然被打歪了！

說來全怪賭鬼胡遠清，他稍早進城買飯菜時，在街上撞見一個小賭攤。一時手癢便把程漱玉所給的五兩銀子飯錢全押了下去，一翻兩瞪眼之後，才想到該拿什麼交代？所幸手上還有一把好劍，便拿到當鋪換了二十兩銀子。這種事對常進當鋪的胡賭鬼而言也不是第一次，手中進進出出的劍不下百把，算不了什麼。只是待會還要和洪承泰見面，沒幾天就把人家盛情相贈的一把好劍送進了當鋪之中，總是說不過去。

於是他保留了劍鞘，又逛了幾家打鐵鋪，找到一把外觀上與原先那把頗為神似的鐵劍，那鐵匠說這把鐵劍尚未經猛火多次淬鍊，剛韌頗有不足。胡遠清在江湖上廝混多年，也沒碰到幾個值得他用好劍相待的對手，自然不放在心上，花了五兩銀子買了下來，剩下的錢，還可以拿去翻本呢！

哪知沒兩下又輸個精光！只好跟莊家千求萬懇賒了幾文錢，買了幾顆硬饅頭回去交差。

程漱玉哪料得到這個賭鬼這麼快就把一口好劍給輸掉？只記得他昨天用的那把劍聲音清脆，鋒銳強韌，自然一開口便向他借劍。胡遠清隱隱覺得不妥，但若說出實情，必將慘遭責斥，對洪承泰也十分失禮，他本是個賭徒，常存僥倖之心：「劍雖差了一些，倒也未必不堪一擊吧！」哪知他又賭錯了！

古劍以寡敵眾，剛開始為了保存氣力，長劍盡可能不與對手兵器交碰；但後來搶攻之時，已顧不了這麼許多，短短時間內，便與蕭乘龍刀劍相交數百次，然而最傷這把鐵劍的，卻是槍和鞭。

長槍本來就是相當剛猛的兵器，皮鞭看似柔軟，劍鞭接觸時瞬間產生的拉扯力量卻是極為暴烈，王、劉兩人為了多耗古劍一些元氣，更是招招使足了勁。

那時蕭乘龍漸漸被逼到角落，再加幾招便可先傷了他，見劉易風一鞭打來，長劍隨手往回一擋，這一劍方位巧妙，力道強勁，一聲暴響，劍脊與軟鞭相碰，生出的彈力竟將軟鞭往回疾捲，打中劉易風的手臂。這招實在妙到顛處，卻不料這把鐵劍的劍脊受力不得，竟被打彎了半寸！

錯愕未止，卻見王遂野一躍而起，一招「毀天滅地」，長槍由上往下重重砸來，古劍隨手一架，劍脊與鐵槍碰出若干火花，又多折了兩寸。

對劍過招，往往差之毫釐失之千里。劍尖差了兩寸半之後，本來相準要刺鼻子的，卻變成了眉心，對手稍稍一閃或輕輕一架，很容易避開。古劍只覺得招招式式都不順手，立時落入下風。

胡遠清搖頭嘆道：「這小子真氣不夠純厚。老猴兒！我看你的『針灸引氣法』還得檢討一番。」

侯藏象笑道：「如果內力不如人，手上的劍不是被震飛，就是被削斷，豈有折彎的道理？胡賭鬼，你給的是什麼劍哪？等著小姑娘來算帳吧！」

胡遠清這才面露愧色，雖說古劍一旦打輸程漱玉也沒機會找他算帳，仍有些許不安。卻見程漱玉向畫舫急喊：「你們看什麼？還不把劍扔來！」三家劍門六個人手上都有劍，你看看我，我看看你，他們都盼古劍獲勝，但誰敢明目張膽的和錦衣衛過不去？

此時情勢逆轉，古劍左支右絀，別說再攻，就連退守都頗為吃力。數十招一過，劉易風長鞭從他頭上往下罩來，此時退路正被蕭乘龍的彎刀封死，說什麼也避讓不開！卻見側邊一把長槍挑來，正好把軟鞭點開，王遂野哎唷一聲道：「對不起，沒料到你這一招！」

又過了數十招，古劍忙著應付王遂野連環七槍，完全顧不到對著他背部飛來的一柄彎刀。程漱玉正要大叫，卻見軟鞭一個失控，將彎刀拍將下來。劉易風跟著叫道：「哎呀！失手了！」就這樣，古劍一遇急難，總會有人「誤打誤撞」的替他解危。難道這三個人的默契，會愈來愈差嗎？

原來世人總是共患難易，共享樂難。起初古劍取得上風，三大統領若不誠心合作必是一敗塗地，甚至有性命之憂，自能同心抗敵；等到古劍遇上麻煩，三人自忖擒殺不難，便開始動了心機，都不想把首功拱手讓人。

錦衣衛除了指揮使一職由武功極高的狐知秋擔任外，在四大統領之上，還有兩個副指揮使。左副指揮使牟謙論功論武均比四人高出許多，連狐知秋也敬他三分，自無爭議；而右副指揮使十幾年來，由於蕭、王、劉、金四人各擁後臺相爭不下，一直懸缺至今。此次任務，聖旨已先頒布，誰抓到人，搶到最大的功勞，便是新任的右副指揮使。

話說回來，就算當上了錦衣衛副指揮使，也不過晉升一品，多管三個人罷了；然而四大統領為了此一職缺已勾心鬥角了十餘年，等得愈久，爭得愈激烈，就愈加放不下手。四人一般心思，拚了老命也要爭到首功，萬一自己奪不到，也絕不能讓旁人搶了過去，否則日後給他騎到頭上來，豈不鬱恨終生！因此只要見到別人快立下大功之際，總會忍不住出手阻止。

剛開始時，三人還試圖維持表面和諧，都把自己的干擾說成無心之過，並不斷重申早先的共識，都說要齊心協力，合作無間；但說來容易，做又是另一回事，你不先配合，憑什麼要我來犧牲？

數百招一過，古劍手上的鐵劍愈來愈變形，卻招招有驚無險的混了過去。這三人漸漸失去耐性，開始互斥對方不守道義，卻無助於戰局。混戰中，一會兒是王遂野「不慎」挨了一鞭，一會兒是劉易風「不慎」中了一刀……咆哮聲此起彼落。此時他們最多只能用五分的心力對付古劍，其餘得拿來防範另外兩個「自私卑劣」的同僚。

唯獨古劍毫髮無傷，此時日影西斜，倒希望四個人的藥效別分開發作，打起來還比較輕鬆。

酣戰中，蕭乘龍的腸胃忽然劇烈疼痛起來，全身冷汗直冒，抱著肚子退到角落；原來是紅色的藥粉毒性發作的時辰已到，王、劉二人卻認為他另有詭計：「莫非是想先退場觀望，待我們打得精疲力盡時再坐收漁翁之利？」

「何必裝病？」劉易風冷哼一聲，又道：「王兄，咱們少了一個絆腳石，可以好好合作了吧！」

王遂野自然笑道：「這是當然！前一陣子所受的冤枉罪，還沒找這小子討回來呢！」剩下兩個人，倒是合作多了一點，牽制少了一些，古劍頓感壓力大增。

此時鐵劍被打成鐵鉤，只能勉強削斬而不能擊刺，「無常劍法」中有一半以上的招式已經使不出來，一時之間，凶險百出，這樣下去，恐怕撐不到天黑。

慌亂中，「鐵鉤」忽被長鞭纏住，這可是千萬個不妙，古劍用勁猛抖，卻割不斷甩不脫！他只會用劍，棄劍等於棄戰，再危急也不能把劍扔了，於是略施巧勁，藉著劉易風回扯的力道，整個人凌空躍起，朝他身上飛踢過去。眼看就要踢中對方，忽地打橫刺來一記快槍，只覺左肩一陣刺痛，身子向右橫飛，這個方向剛好可以甩掉軟鞭，落地時急使個千金墜，長劍在地上點了一下才沒摔下去，低頭看一下傷口，這一槍頗為剛猛，但因人在半空之中，橫移之勢卸去了大半力道才沒傷及肩骨，雖然血流如注，但他不想就此認栽，立即回身再鬥。

程漱玉一聲驚叫，罵道：「你們算什麼好漢？兩個人聯手打贏一個手拿破銅爛鐵的人，還揚揚得意！」

這兩人的確十分得意，王遂野笑道：「不管怎麼說，這小子是被我的離合槍刺中的，哈哈！」

劉易風笑道：「要不是我的聚散鞭纏住他的劍，你哪能輕易得手？」

王遂野道：「劉兄，若非我長槍及時趕到，恐怕你要被踢下去呢？」

劉易風道：「胡說！我早有準備，這小子若真把一雙腳送上來，只有死得更快！」……兩人邊打邊說，都要把最大的功勞攬在自己身上。原來錦衣衛右副指揮使只有一個，這一招是擒殺古劍，逮捕程漱玉的關鍵所在，自然要先把這首功的名分定下，才能安心。

眼見古劍受了傷，壞了劍，二人若能再加把勁，不出幾招便能將這小子殺得棄劍認輸。但兩人愈說愈僵，漸漸扯破了臉，混戰中，劉易風看到古劍一個破綻，軟鞭散張成巨爪，往古劍身子罩了過去，此時王遂野若願以手上的兩把短槍封住其退路，古劍插翅也難逃。

王遂野心念電轉：「這一鞭罩了下來，古劍勢必被他纏成肉粽，我再怎麼出力，也只是輔助而已，首功就這麼送了出去！豈有此理？」於是長槍一合，竟轉身往劉易風身上刺去！

萬沒料到王遂野敢如此明目張膽的倒戈相向，這招回馬槍又十分狠絕，劉易風此時空門大開，急忙著地滾了數圈才堪堪避過！他驚怒不已，唰的一鞭過去，喝道：「你瘋了嗎！」

王遂野側身閃過，嘴裡卻說：「哼！要不是你搗亂，我早將他們押解入京！」原來他想到劉易風先前在棧道上攔路之惡，新仇舊恨一併暴發，再也顧不得多年同僚情分！

劉易風悻悻道：「既然如此！咱們先分個高下再說！」又是一記猛鞭揮去，兩人打成一團，也是性命相拚，出手絕不容情！竟沒人再理古劍。程漱玉趁機把古劍拉過去，撕下衣袖，替他包紮。

此時太陽已經下山，劉、王二人都知道，要盡早把對方打倒才有足夠的時間收拾古劍，都拿出看家本領，只見軟鞭狂舞有如狂風暴雨，鐵槍穿梭來去卻似毒蛇覓洞，各出險招，兩人咬牙切齒，打得十分激烈，就連一向大膽的黃嘯，都忍不住嗚嗚亂叫，聲音中除了恐懼之外，似乎還有幾分不解，多半納罕著：「人類怎麼如此奇怪，說翻臉就翻臉？」

蕭乘龍和金克成在一旁冷冷觀戰，明白這兩人武功相差不大，天黑之前很難分出勝負，卻始終沒說半句勸和的話。四人同樣心思：「我搶不到這功勞，你也甭想占便宜！」

過了數十招，卻見劉易風身上汗水淋漓，呼呼喘氣；王遂野則腳步虛浮，真氣略顯不足，原來兩人喝下去的毒酒，已開始搞鬼了！藥效雖是同時發作，作用卻頗有差異。

王遂野喝進腹內的是帶有黑色藥粉的酒，使了三百餘招之後，開始感到體內真氣莫名其妙的迅速流失，出招不若原先快捷沉猛；劉易風吞的則是黃色藥粉，汗流得愈多，愈感到全身燥熱。然而這兩種藥都是慢慢發作，只是王遂野的藥多作用一分，便少了一分功力；劉易風的藥性在發作初期，只是令人感到難受，鞭上的勁力仍絲毫不減，甚至為了加速散熱，軟鞭不由自主揮舞得更加猛急。

過不多時，王遂野腳步散慢，軟鞭席地捲來，一時真氣轉換不順，連躍起相避的氣都提不起來，只好將長槍刺地，用手勁將身子抬起。軟鞭纏住鐵槍，此時他的氣力已無法與劉易風抗衡，只好鬆手棄槍，急退數步，喘氣道：「這小子讓給你！……別打了！」劉易風哈哈大笑，反手一鞭，對著古劍揮去。現在已是黃昏，離天黑不遠。

古劍早有準備，不待鞭至，一個跨步衝了過去，貼近他身旁五尺之內，疾刺十餘劍，招招不離要害，登時把劉易風刺個手忙腳亂，他忙著與王遂野內鬥，全沒留意到古劍已趁這個空檔，將折彎的鐵劍校正回來。

此時劉易風身子愈發燥熱，卻又捨不得就此認輸，破口大罵：「你這糊塗庸醫，下的是什麼鬼藥？」

侯藏象哈哈笑道：「你吞的是焚心散，若不盡快跳到水裡浸上一個時辰，到時候熱火攻心，非暴斃不可！」

劉易風人胖怕熱，此時已恨不得整個人跳到冰庫裡，一聽侯藏象這麼說，哪敢再逞強？立即撤鞭往江中跳去。他身子全浸在水裡，身旁水面逸出騰騰煙霧，也分不清是怒氣還是熱氣，露出水面的那張嘴仍恨恨的道：「你們使出這種下三濫的伎倆，不覺得卑鄙嗎？」

程漱玉笑道：「有何卑鄙？你們四個成名的大人物聯手，耗了那麼久也奈何不了一個初出茅廬的無名小子，論武藝已算慘敗；算不到我們會在古玉酒杯上下藥，也只能怪自己心思不夠機敏。這場賭局鬥智鬥力你們全輸，還有什麼好說？」這番話句句合情合理，大家說好各憑手段，輸得如此徹底，豈能不服氣？

蕭乘龍抱著肚子說道：「姑娘說得極是，快請侯神醫賜解藥，我們認栽啦！」侯藏象嘴角翹得老高，嘿嘿笑道：「除了我神醫侯藏象，誰能將這四種截然不同的藥，下得如此精準無誤。可沒半點糊塗啊！」話剛說完，卻見金克成又躍上佛手，說道：「別得意得太早，還有我呢！」幾個縱步，一記快爪，對著古劍下三路抓去！

古劍大感意外，只覺雙腿有股寒氣襲來，急忙退步出劍，一時還想不透：「他受的劍傷不輕，白色的寒藥又該第一個發作，怎麼還有如此功力？」

這次侯藏象的確沒有下錯半份藥，卻忘了算計，金克成吞進的藥，若是紅色的「焚心散」或白色的「凍脈粉」，恐怕還要更難對付。因為他修鍊了陰陽爪，承受寒熱的本事，要比常人高出許多。

如今金克成服食了凍脈粉，體內寒氣暴增，右手的火陽爪使不出來，左手的寒冰爪卻加倍威猛。本來他傷勢不輕，即使抹上了大內傷藥，一個時辰之內仍不宜妄動真力，但此時寒氣凍住了血脈，已不再有鮮血濺流的顧忌，又恢復了原先的狂猛狠辣。

他側身而對，左掌白氣氤氳，呼呼直往對手抓去，古劍只覺稍一貼近，寒氣便迫人而來，一時茫然無著，出招失去憑據，劍法漸次慌亂，落居下風。

金克成得勢不饒人，幾次猛擊，把古劍逼開，趁勢竄了過去，左掌忽然抓住玄鐵鍊，此時包覆在鍊上的麻繩，因一連串的劇鬥，已被磨得剝剝裂裂，裸露多處，程漱玉一聲尖叫，與古劍同時感受一道徹骨寒氣，從腰部傳至全身！哪容古劍遲疑，一記險招，挺劍斜刺對手胸口。

只聞「嘎」的一聲，這一劍刺中敵人的膻中穴，卻沒穿入半分皮肉，反而又被折彎！金克成放開左掌，退了兩步，從胸口拉出一塊令牌，笑道：「著了我的道啦！」

他方才敗得極慘，對這套變幻無常的劍招頗為忌憚，單憑一隻寒掌，也未必穩操勝券；於是心生一計，在二次出戰前先將平時掛在腰上的錦衣衛令牌塞在胸口。當時大家都在關心古劍與劉易風之生死惡鬥，誰也沒留意他的小動作。

任何鐵器，只要折彎過一次，再怎麼校正，也很容易再折。他存心賣個破綻，引誘對手刺來，果然這把破劍碰上了堅硬的令牌，立即又折成倒鉤。

古劍手上握的若不是劍，已毫無可懼之處，此時天色漸漸昏暗，金克成雙掌縱橫翻飛，招招進逼，欲在短時間內將這難纏的小子一舉擒服，不過十來招，已將古劍逼至佛像手指處，使出絕招「寒龍六翻」，掌影翻飛，對著古劍上身六處要害抓去。眼看就要得手，忽然間肚臍左側一痛，疾退數步。

原來古劍看著這招無論如何避不開，情急生智，突然想到了鐵劍不可恃，卻還有劍鞘可用。將左手反持的劍鞘改為正握，全身內勁轉至左臂，疾刺而出。金克成吃定了那把破劍奈何不了自己，全力進擊之際，也不在乎空門大開，實沒料到此人頑強至此，竟將用於守禦的劍鞘拿來當長劍使，一個疏神，便中了劍。

本來這一劍打算刺向肚臍，然而古劍換手不及，左手使「劍」，精準不如正手，向右偏了一寸。金克成隨手一摸，暗呼僥倖：「侯藏象不知給這小子餵了什麼鬼藥，怎麼才幾天不見，內力變得如此強勁！若不是鞘尖太鈍，又未中要害，恐怕得賠掉半條命。」驚駭之餘，對古劍又多了幾分忌憚；而古劍鞘尖刺中對手的剎那，一股寒氣經劍鞘傳至左掌左臂，奇寒刺骨，凍得他半個手臂都僵了，急忙運氣驅寒。

如此一來，雙方各有所忌，打起來便不如原先放得開。金克成即使仍占了極大便宜，但總覺得這小子萬分頑強，總在千鈞一髮之際使出一些妙劍。望這天色，離全黑至少還有一炷香的光景，於是收起急躁之心，一招一式中規中矩，端嚴沉穩的抓將過去。

肚臍神闕穴、喉間廉泉穴、頭頂百會穴、後腰命門穴及下體會陰穴，為「任督五弱穴」，是真氣最難罩護之處。光憑古劍手上這把劍鞘，若擊刺不到這五弱穴是絕對傷不了對手。然而金克成有了防備，想以僵硬滯澀的左手，精準刺中這區區五點弱穴，談何容易？自然是節節敗退，迭遇險招。程漱玉不敢再看，任她機變百出也全沒了主意，只能雙手合十不住禱唸，希望天快快黑。

禱唸似乎起了效果，這時江邊漫起了一陣薄霧，畫舫上的閻丘項山輕聲道：「這霧早不來晚不到，偏偏在這半昏半暗的時刻出來搗亂，我可完全看不見啦！」

洪承泰道：「我倒看得清楚。閻丘莊主莫非鹽巴吃多了，眼力也差啦！」

楊繼心想：「大家功力相近，眼力豈有相差如此懸殊的道理？看來閻丘項山恨透了官府，洪承泰怕極了廠衛，能憑心決判的，只剩下我一人。」說道：「由我來負責擲劍吧！」遂拔出長劍，待十招中有五招看不清楚時，自會出手。

古劍在寒爪下堪堪走了二十三招，第二十四招眼看再也避不過去，只好故技重施，鞘尖點上對手左肩，把人往後頂開兩步，雖然危機暫解，自己卻吸了更多寒氣，不禁打了一個寒顫！金克成整個左臂真氣護體，只是稍稍一痛而已，立即揉身再上，仍是穩紮穩打，著著進逼，第十九招，又迫得古劍削他左腿。

古劍每刺中對方一次，自己吸到的寒毒就更多，出招運劍更加僵滯，這樣下去，再妙的劍招也使不出來，鐵定拖不過百招。

金克成使到第六十八招，眼看就要逼古劍第四次碰觸，卻聞後上方嗤嗤聲響，一柄長劍破空而至，一個縱躍，把長劍抓了下來，順勢甩入江中。他本來背對著江心，這麼一躍一甩一落一轉已翻至古劍的另一側，仍出左手向古劍攻去，同時罵道：「天還亮得很，扔什麼劍？」

程漱玉道：「看不清楚便該擲劍，現在你能看出來是誰扔的劍嗎？」

金克成稍退兩步，凝目望去，隔著一層薄霧，百花畫舫的前排站著三個人，身影依稀可見，容貌卻模糊不清。更看不出來，到底是哪一柄劍鞘上面少了一把劍。心想：「此時擲劍，確實不算偏袒，但煮熟的鴨子豈能輕易讓它飛了？」一招「雁渡寒潭」，又繼續出手抓向古劍左臂，笑道：「姑娘說得是，當初妳說：『三位莊主之中，有兩位已經看不清楚劍招時，便擲出一把飛劍過來，當這把飛劍釘在大佛右手臂上時，便是「天黑」了。』」說話時，又迅捷剛猛的攻出五招。

程漱玉道：「既然如此，怎麼還不停手！」

卻見金克成道：「這把劍釘上大佛右臂了沒？」

「你……」程漱玉杏眼圓睜，卻說不出話來，自己一句話被人抓到話柄，卻也莫可奈何。

金克成朝著畫舫喊道：「你們還有多少劍，趁早扔來吧！只要有一把釘住了佛像右臂，就算我金克成輸。」

程漱玉轉頭喊道：「五把一起扔，快呀！」

果見五把長劍從畫舫上激射而出，這五把劍幾乎是同時出手，來到時卻分了前後。最前頭的一把是閭丘項山所擲，他多練了二十幾年的功夫，功力自然較深；中間三把緊跟在後，是由三位劍缽手中擲出，幾乎是同時到達。

三位劍缽均是驕傲之人，又剛比劍贏了峨嵋三少，頓覺普天之下，能勝過自己的年輕劍客，寥寥無幾。剛開始見古劍以精妙劍招，在短時間內傷了金克成時，三人驚訝之餘，卻也不免生出幾分妒意，心想：「他不過是運氣好，碰到了好師父，學得一手好劍招罷了！未必真有什麼了不起。」繼續觀看下去，才發現這個看似平凡的年輕人，除了層出不窮的精彩劍招之外，更有臨危不亂的膽識和寧死不輸的頑強意志。

這人以一把破劍，力抗四大高手的過程，他們歷歷在目，不知不覺妒意逐漸轉為敬意；且三人年少氣盛，極看不慣錦衣衛的囂張無賴，一聞程漱玉求援，都起了義憤之心，這一劍都用上了真力，希望能幫上忙。

這四把飛劍全用上了真力，來勢勁急。為了不讓金克成輕易攔截，都對準了佛像的右肩處飛去。眼看就要從頭頂數丈處飛過，卻見金克成百忙中射出數枚銅錢，這銅錢雖小，然他含勁撒出，射中了劍尖，只聽噹噹噹噹四聲連響，四柄飛劍都給打歪，兩把刺入了大佛胸口，另兩把刺上了手臂右方的牆面。

第五枚銅錢握在手中，眼看就要發出，卻見程漱玉輕輕一躍，將第五把長劍抓在手中！

這柄飛劍自然是洪承泰擲出來的，他雖然願意幫古劍，卻更不想得罪金克成；但見大家均已出手，自己若再退縮，恐會被人譏評膽小，只好跟著擲劍。出手時稍微遲疑一下，力道也放緩了些，長劍在靠近佛像前已開始下墜，用意是方便金克成攔截；不料自己一個心虛，力道不知不覺中放輕了，竟然讓程漱玉抓到！

金克成立刻竄至古、程二人之間，左爪向著古劍，右掌扣著銅錢，既得阻止古劍接住這把好劍，又須防備程漱玉把劍擲入佛像右臂。三人都靜立不動，各自尋思最妥當的法子，只剩黃嘯汪汪對著金克成又吼又跳。

卻聽閭丘項山道：「還是洪莊主想得周到，替他們保住了唯一的生機。」

洪承泰臉色蒼白，表面嘿嘿乾笑，心底卻暗暗叫苦：「這話讓金統領聽到，豈不害慘百花莊？」他本是豪爽好義之人，只因錢財愈積愈多，不免怕起事來。

忽然間金克成雙足一屈一蹬，凌空躍起，雙手外張，朝著程漱玉直撲而來。這一招完全封住她擲劍插壁的去路，並有一招取其性命之能。

程漱玉只見到右側一個空隙，長劍倉促甩出，向外偏了數尺。古劍若要接劍，勢必來不及救援，此時也無暇細想對方是否真敢置程漱玉於死地，力貫左臂，鞘尖對準金克成後腰命門穴刺去。

金克成十分清楚，如果程漱玉有什麼三長兩短，就算皇上不怪罪，太子也不會放過他；因此這招只是虛張聲勢，賭古劍不敢不顧她死活，非來救援不可！耳聞背後劍切聲響，確定古劍中計，在空中猛一轉身，讓開這一劍，落地時，也同時聽見長劍墜地之聲，又聞程漱玉對古劍道：「傻子！他不敢殺我的！」這話雖有責怪之意，語氣上卻無絲毫不悅。

金克成哈哈笑道：「如果讓你接到那把劍，我可非認輸不可。算你這小子有情有義，為了救她，寧可不要劍。這樣吧！程姑娘算個五十招，如果我還奪拾不下，就算你贏！」說罷又一掌打將過去，這一掌看似平平，但掌風所近之處，卻是一片刺寒，顯然心情愉悅之際，運氣含勁又更加強猛。

此時天色將暗，月亮尚未探頭出來，只剩一點微光，侯藏象等人完全看不到打鬥的情形，只聽到程漱玉喊：「一招、兩招……」眾人不住搖頭，為古劍的功敗垂成感到惋惜。這個時候，天黑了，劍彎了，人累了，真氣又散去一半，可憐的古劍，拿什麼來擋這五十招？

過了十來招，胡遠清忽然叫道：「船上還有火把嗎？快點起來！咱們過去瞧瞧！這聲音聽起來，好像還有得打呢？」胡賭鬼聽多了骰子的聲音，雖還練不到猜中點數的絕活，聽力卻比常人強了許多。

其他的人雖聽不出來，卻也不敢懷疑他的能耐，閭丘允照和楊放在半信半疑中點燃燈籠，八人分乘兩艘小舟，快速往岸上划去。上了岸，還得爬上數十級階梯才看得到兩人相鬥，眾人都想知道古劍是怎麼撐下來的，各展輕功，三步併兩步跑，希望還來得及看到最後幾招。眼看著只剩幾步，卻聽程漱玉喊到四十七招時，戛然而止！

八人不約而同的緩了腳步，心中嘆道：「真可惜！就差三招而已！」

哪知再爬幾個階梯，每個人都驚得合不攏嘴！卻見金克成顏面扭曲，雙手捧腹，肚臍上方三寸處，竟被斷劍刺出一道深深的傷口！

本來古劍只想拖延時間，等待天黑，一旦抱持著這種想法，出招不免保守有餘，進取不足；然而當金克成把所有的飛劍打掉，認定他非敗不可時，反而激起他絕地求生的鬥志，索性把劍鞘扔了，用那把彎曲變形的劍自左上往右下一劃，竟在對手左臂掠過！

金克成被一片彎鐵打到，連痛都談不上，而左臂蓄滿的寒陰真氣，卻藉物傳到古劍身上，心想：「他是不是瘋了？」卻聽「噹」的一聲，長劍順勢敲擊玄鐵鍊，這鐵劍受寒變脆，再加上一點真氣，就這麼被震斷了五寸之長。

這麼一來，扭曲變形之處全甩掉了，要刺要削，隨心所欲，而鐵劍雖然變短，仍長過徒手，甚至更加靈動自如，更難被打變形。古劍立刻轉守為攻，施展「無常劍法」，招招對準金克成任督二脈諸穴道。這時候天色漆黑，對一個無法聽聲辨位之人應是大大吃虧，但古劍卻從對方身上所發出來的寒氣得到感應，抓到對手身形方位。

金克成深知這寒冰真氣吸得愈多，不僅體內真氣耗損愈快，身子也必然難受得緊；而這小子除了身手有些僵硬外，仍是奮不顧身的一劍一劍刺來，他與人交手不下數百次，從沒碰過這種痛不退、傷不敗、累不倒、打不死的瘋子，心中一寒，氣為之一奪，竟是愈打愈是手軟！兩人惡鬥，比兵器、比招式、比勁力，也要比氣勢，金克成前三項綜合起來還稍占了便宜，卻因氣勢忽洩，而難挽敗象。

程漱玉也發現情勢逆轉，轉愁為喜，心想：「古劍要是早想到這一招，也不必打得如此辛苦。」嘴裡仍繼續數招，是想看看這個愛說大話的金克成，到底能拖多久？

金克成俯視腰上的斷劍，仍是一臉不可置信，卻也不得不接受。指著古劍道：「算你行！我輸了！」一見他說完最後一個字，古劍忽然搖晃幾下，僵倒在地，不住簌簌發抖，那柄斷劍卻還牢牢抓在手上。

原來這一連串惡戰打得既漫長又慘烈，幾乎處處險象環生，招招竭盡心力，吸進體內的大量寒毒更是致命之傷，全憑一口真氣挺住才沒立刻倒下；然一旦放鬆起來立刻感到全身疲憊，寒氣攻心，自然虛脫倒地。

程漱玉蹲下一摸，觸手處一陣冰涼，殷切望著侯藏象道：「怎麼辦？還有焚心散嗎？」

侯藏象跳了過來，掏出一條長得有點像人參的樹根說：「這種藥太過霸道，於身子有損，不如用龍鬚根吧！」

程漱玉抓在手上，叫道：「這東西比人參還硬，叫他怎麼吞？」

侯藏象雙手一攤道：「只好請妳先嚼爛。」

程漱玉放進嘴裡，使盡吃奶的氣力，咬得眉毛鼻子都擠成一團。不知是用力過猛，還是吞進了一些藥，不一會兒，整張臉便紅彤彤汗涔涔的。古劍瞧在眼裡，身子冷森森，心裡卻暖烘烘！程漱玉不經意的用袖子抹了兩下，把妝給弄糊了，變成一個大花臉。

好不容易嚼爛了，吐到掌心上，塞進他嘴裡，笑道：「不許你嫌臭！」古劍一口吞了進去，只覺得這滋味又甜又辣，倒是一點也不臭。

藥效很快起了作用，古劍坐起身子，真氣運行了幾個周天，覺得體內寒毒已去了大半才站起身來。卻見洪承泰滿臉堆笑湊近道：「舒服些了嗎？我們正要上凌雲樓擺兩桌慶功席，還盼少俠賞光！」

古劍難得被人叫「少俠」，只覺渾身不自在，環顧周遭，四大統領直挺挺的立在左前方，看來都向侯藏象要到解藥，連黃嘯也都給還了回去。問道：「他們……也要去……」

洪承泰忙道：「您放心！四位大統領都是有身分的人，說過的話絕對算數！」

蕭乘龍笑著走來道：「當然，我們都徹底服輸，今後絕不再動程姑娘一根……」話未說完，忽地抽出腰刀，抵在古劍胸口上。

這一著變起倉促，誰料得到剛剛才說好願賭服輸的他竟會當眾變臉！程漱玉怒道：「為了升官發財，就不怕天下人恥笑你『食言而肥』嗎？」

蕭乘龍笑道：「當初說好，只要我們輸了便不能再追捕妳，可沒說不能抓他！三位大哥，您說是嗎？」最末兩句，卻是對著王、劉、金三人說的。

「唉呀！我怎麼沒想到！」三位統領暗自捶胸頓足，思道：「這奸鬼出力最少，打得最輕鬆，卻讓他用了一個詭計搶了最大的功勞。哼！今天暫且讓你占便宜，反正路途遙遙，總會逮著機會把人給截了過來。」

劉易風道：「沒錯！這小子如此身手，想必是我們的死對頭『赤幫二十八星曜』之一，非得抓回京師細細審訊不可。」

王遂野道：「當時在地窖，我對這小子天天用刑，可碰了您沒？其實我們的目標，一直都是他呀！」

金克成道：「如果您能把身上的鍊子斬斷，想去哪裡，我們絕不阻攔！只是您也知道這玄鐵鍊不怕火、不怕刀，又沒鑰匙，不到京師，咱們也沒法子解。」

大家都清楚，如果沒有綁著這條玄鐵鍊，四大統領根本就懶得理會古劍。是以程漱玉當初訂立賭約時，的確只提到了「我」，而非「我們」。沒想到這點小小疏失，又成了人家耍賴的藉口。她氣得眼淚快飆了出來，道：「你們曉得怎麼解開這鬼鍊子的，把他放了！我跟你們走就是！」

古劍感動莫名，思道：「她能為我犧牲，我就不能為她死嗎？」手上斷劍忽地往前一送！這招根本不是什麼「無常劍法」的精妙絕招，只是在賭蕭乘龍不會真想要自己的命。他沒估量賭對的機會有多少，反正賭輸了不過一死，他們失去抓人的藉口，程姑娘便可換得自由。

蕭乘龍絕不能讓古劍死，卻也不想就這麼讓人跑了，彎刀順勢劃了下來，古劍雖然身子同時後退，仍留下一道長長的口子。此時也無暇顧念傷勢，轉身跨了兩步，向江水方向躍去。程漱玉見他一動，便已猜中其心意，也跟著轉身後躍。

二人幾乎同時下墜，分別落在方才載人上岸的兩艘扁舟上，立即削斷纜繩，向湖心蕩去。蕭乘龍如果馬上跟著跳躍下去，或許還來得及落在船上，然而古劍常在絕險之中，忽發出人意表的奇招，心想：「這小子只要還有一口氣在，就不能不提防！」此時夜色昏暗，從那麼高的地方跳下去，空門全露，未免冒險了些，雙腳硬生生定在崖邊，終究不敢一拚。

他眼睜睜看著小舟駛向江心，附近卻沒看見別的船隻，轉身向洪承泰等人問道：「還有沒有船？」三人都搖頭，百花莊和縉雲山莊所帶來的接駁小舟都被古、程二人用了，白晶堡的備用小舟綁在畫舫底部，卻不肯告訴他。

蕭乘龍急道：「這附近一定還有小船，大夥幫忙找找看！」說完了，卻也不見任何人動身，胡遠清道：「人都被你們四個嚇跑啦！哪還有什麼船？」

蕭乘龍道：「洪莊主，你的畫舫能借嗎？」

洪承泰笑道：「當然可以！只是畫舫太過笨重，怎能追上小船？不如先和咱們一道去凌雲樓慶祝一番，明日再追也不遲。」

劉易風道：「洪莊主說得有理，這小子受了重傷，還能逃到哪去？大家都餓了，還是先飽餐一頓再說。」

蕭乘龍道：「你沒看見他的功夫嗎？現在不抓，更待何時？我去找蔡開或俞顯卿，派二十名兵士一齊划槳撐篙，不信追不到人！」

王遂野笑道：「既然蕭兄如此堅持，看在多年情誼，我們也只好捨命相隨，助您立此大功！」

今夜無論是誰抓到了人，首功一定落在自己身上，王遂野豈有這麼好心？蕭乘龍冷靜思量，原來這岸上另外十一個人，沒人希望古劍在今天被抓。現在若執意逆眾行事，胡、侯二人可能會暗中搞鬼不說，王、劉、金三人更會找藉口百般阻撓。思道：「倒不如跟著他們一道去喝酒吃肉，我先吞下一粒解酒藥，再把他們全灌醉，有黃嘯幫忙，晚兩個時辰再追也無妨。」遂哈哈笑道：「三位莊主的慶功宴，怎能不去？」

兩艘小舟並肩向江心划去，古劍暫脫險境，才感覺到疼，雙手一摸，從胸到腹溼答答的，流了好多血，身子一虛，坐躺下去。

程漱玉見狀，把兩艘船綁在一塊，跳了過去。見他傷勢著實不輕，先點上止血穴道，朝岸上喊道：「快扔一瓶傷藥過來！」這話自然是對著侯藏象說的。

過不多時，果有一罐藥瓶飛來，程漱玉抓到藥，才放任小舟往下游漂流。這藥罐抓在手上，只覺得瓶身頗為粗糙，打開瓶蓋，忽想：「這糊塗蛋倉促間丟來的藥，會不會有問題？」於是在自己手腕先劃一刀，塗上藥膏，過了一碗茶的時間，看看傷口的血確實止住了，也無異感，才放心給古劍抹上去。

古劍伸手握住她的掌心，虛弱的說一聲：「謝謝！」

程漱玉噗哧笑道：「你也曉得說好話！」

此時明月剛冒出頭來，古劍瞧著她的花彩笑臉，也忍不住笑了。

古劍迷迷糊糊，很快進入夢鄉。程漱玉怕蕭乘龍等人找到船隻後追來，雖然疲憊卻不敢入睡。此地本來就是岷江、青衣江和大渡河交匯處，心想：「他們一定以為我們會順流而下，我就偏偏逆流而上。」低頭看了一下穿在身上的華服，思道：「這件衣服有異香，莫要再把黃嘯引來。」便換下華服，丟到另一艘空船上，解開纜繩，讓空船朝岷江下游順流漂行，雙手划槳，掉了一個頭，朝西北路的青衣江行去。

古劍作了一個甜美的夢，醒來時天色已亮，一睜眼便見程漱玉笑道：「你夢見誰啦？整夜都在偷笑！」

古劍臉頰微紅，道：「我忘了！……妳都沒睡嗎？」此時她已洗淨臉上的妝，雙眼微紅，略顯疲累。

程漱玉笑了笑，也沒答話，問道：「貢嘎山在哪兒？」

古劍道：「那是巴蜀第一高峰，當年我在峨嵋山，天清氣朗時往西望去，遠遠一座高山深入雲霄，一片雪白，就是貢嘎山。據說這座山比峨嵋山還高上一倍有餘，山頂終年積雪人煙罕至。妳為何問這些？」

程漱玉把刀傷藥罐遞了過去，罐面被人用劍刻著「貢嘎山」三個字。

古劍問道：「侯前輩刻的？」

程漱玉搖頭道：「他的字潦草多了。多半是胡賭鬼，當時時間緊迫，又不便在四大統領面前明講，只好把字刻在藥罐上，暗示我們過去。」

古劍道：「過去又如何？難道錦衣衛就不敢追嗎？」

程漱玉道：「莫非那裡住了什麼前輩高人？願意幫忙。我想了整夜，也只想到一個人。」

古劍道：「是誰？」

程漱玉道：「狐九敗的大名，你總聽過吧！」古劍點頭，他何止聽過，只是生性不愛攀附，別人沒問，也不會主動提及這段淵源。程漱玉道：「據說此人十分孤僻，喜歡躲在荒僻的深山練功悟劍，常人難得見他一面。然而胡遠清早年與他同為青城四劍之一，交情不淺，或許知道他的行蹤。」

古劍心想：「依狐前輩的個性，若偶然中看見我遭遇危難，或許願意拔劍相助；但如果我巴巴的過去找他求援，不但不可能出手，還會臭罵我沒骨氣呢！」說道：「就算他在那兒，也未必肯幫忙；但我想胡前輩既然這麼寫，必有深意。」

程漱玉道：「反正也想不出別的法子，何妨走一遭？」

古劍道：「反正愈往西走人煙愈少，我們也不必這麼辛苦的裝成殘丐。」說著順手摸一下鐵鍊，這玄鐵鍊經過一連串的激鬥後，包覆在外的麻繩幾乎磨脫殆盡，這麼一摸，卻忽然感到手指給刮了一下，仔細一瞧，本來十分平滑的鍊條，不知什麼時候，竟多了一道淺淺的劍痕！

奇怪，這條鐵鍊曾在猛火燒烙之下，被利斧斬削數十次仍完好如初，昨日到底是誰有如此功力，能把它打出一條痕來？程漱玉也湊近來看，過了一會，兩人幾乎同時笑了出來，思道：「原來如此！」

這一道淺痕，正是昨夜古劍為了打斷彎劍時所斬出來的劍痕。在那瞬間，劍上還留有金克成身上的寒氣，將這寒氣傳到了玄鐵鍊上，把它弄脆，才能打出一道劍痕。

原來這西域特殊精鋼所製成的玄鐵鍊怕冷而不怕熱，押解要犯之時，若不便使用囚車，這解不開燒不熔打不斷的玄鐵鍊便是最合適的器具。就算讓要犯逃跑，若參不透解斷鐵鍊的法子便永遠纏在身上，除非一輩子躲在深山荒島，早晚還是逃不掉。

蕭、王、劉三人將要犯押至天牢後，若要解鍊，便把人帶到冰庫，再灑上一種特別調配的吸熱藥水，才能把楔子打斷；金克成可就方便多了，只要一隻寒爪就能把玄鐵冷脆，所以昨日他和古劍激戰多時，好幾次有機會接近玄鐵鍊，卻沒有充分利用機會，藉此將寒氣傳至古劍身上，主要就是怕將鐵鍊弄斷，反去了對手束縛。

程漱玉本是機靈人，若能冷靜細思，該當推敲得出來，但昨日的連番惡戰，眼見古劍無時無刻不處在驚濤駭浪之中，她關心則亂，所承受的擔憂驚懼，恐怕比古劍本人還甚，以致沒能留意到這點關竅。

胡遠清瞧出來了，卻不能讓四大統領知道，見侯藏象找藥時，提醒道：「可別拿錯藥！」

侯藏象斥道：「這怎麼可能？」倒挑得仔細些，拿了三個大小顏色相近的罐子，一一開瓶細聞，聞到第三罐時道：「就是這罐『七日散』，無論是刀傷、燙傷、凍傷、筋斷、骨裂，只要塗上了它，七日之內，定可癒合。」

胡遠清道：「那得給他刻上藥名，小姑娘才能安心使用。」說話之時，抓著劍尖在罐上急劃，刻上「貢嘎山」三個字，以為除了侯藏象之外，其他的人都被騙了。

古、程二人被這玄鐵鍊拘纏多日，受夠了這活囚犯的日子，所以一得到斷鍊之法，想到不出幾天，便可拋掉這條鬼鍊子，自然笑得十分開懷。但笑著笑著，這笑容卻不約而同的凝在半空；只覺心情忽然有些惘然，一時之間，也說不出個所以然來。

第十三章

冰川

侯藏象給的傷藥若沒拿錯，倒是頗具神效。古劍休養一夜，傷口暫無大礙，將船槳接過來，略施巧勁，小船雖是逆流而上，行速倒也不緩，程漱玉也真累了，躺在船頭，很快沉沉入睡。古劍邊划著船，邊瞧著她嬌甜的睡相，忽然思道：「如果這條鍊子打不斷，我和她一輩子都綁在一塊，不知是什麼光景？」這念頭稍稍一閃隨即自覺滑稽，心想：「我可多心了！像她這種玲瓏剔透的姑娘，嫌宮中氣悶，連未來的貴妃皇后都不想做，怎會喜歡我這種呆傻木訥的聾子？」在這翠秀青幽的青衣江上，春風醺醺，花香郁郁，古劍心猿意馬，胡思亂想，小船不知不覺又駛得慢些。

溪水還算清澈，古劍見到肥魚便一槳打下，此時功力今非昔比，內勁到處，就算沒直接打中，也能把魚給震昏，到了下午，已有六、七條魚，古劍把船泊在岸邊，烤起魚來，程漱玉被香味熏醒，兩人飢腸轆轆，無鹽無油也好吃。二人輪流操舟，時時保持警戒，日夜不息，走了三天三夜，倒一直不見錦衣衛追來。

這三天程漱玉話少了些，偶爾怔怔瞧著古劍，好像也有重重心事，他們愈走愈近深山，水勢愈顯湍急，只好棄舟而行。步行一天，到達離山不遠的要埠瀘定。程漱玉再當一顆珍珠，買了兩件棉襖、備妥半個月份的口糧，並打算給古劍挑一柄好劍。

鎮上的人說：「這裡只有三家鐵鋪，往西走個三、四里路便可見到。」

程漱玉笑道：「怎麼三家都開在荒郊野外？」

那人道：「本來開在鎮上，大夥嫌吵，請他們搬遠些。」

程漱玉道：「那倒是，打鐵的聲音確實很響。」

那人搖頭道：「這三家鐵鋪，分別是游韌、游猛、游鋒三個兄弟所開。他們的親爹游鋼，可是當年方圓五百里內最好的鐵匠，可惜死得早，三個兄弟一個精於控火、一個善於鍛打、一個強於淬鍊，卻都沒能把功夫給學全，偏偏又逞強好勝，都說只有自己學到父親的精髓，白天互搶生意，到晚上則爭吵不休，若多喝兩杯水酒，還會大打出手，搞得雞犬不寧！日子久了，鄰居怎麼受得了？」

程漱玉笑道：「那可有趣得很！」和古劍並肩向西行去。

走了幾里路，果真有三家店鋪，坐北朝南，並排在一起。第一間斗大的招牌上寫著「正宗游家鐵鋪」，第二間寫的是「老牌游家鐵鋪」，第三間則寫「正牌游家鐵鋪」，店門全開，卻都沒有生意上門，只見三個虎背熊腰，筋結強悍的大漢，赤裸著上身坐在各自的店門口，忙著鬥起嘴來，竟都沒空招呼客人！

二人走近，只見「正宗游老闆」說道：「我說莫愁莊的『赤淵劍』，金光四射，鋒銳尖利，定是當今第一好劍。」

「老牌游老闆」道：「此言差矣！胭脂胡同的『藏墨劍』寬實厚樸，含勁於刃，才是似鈍實利的寶劍！」

「正牌游老闆」卻道：「你們都錯得離譜！滄浪亭的『碧波劍』寒氣森森，冷凝精鍊，更是真正天下無敵的神劍！」

「老牌游老闆」不悅道：「哼！當然是藏墨劍最好，不然裘友琴靠什麼搶到金劍？」

「正宗游老闆」道：「你這話可笑至極！誰不知幾十年來赤淵劍與藏墨劍，總共對決四次，各取兩勝，你怎能只提上次呢？以這次的試劍大會來說，看好赤淵劍的人就多了一些。」

「正牌游老闆」也不服道：「你們別忘了！二十年前，若不是出了點意外，碧波劍的主人，恐怕才是金劍的得主！」……

就這樣你一言我一句的爭論不休，古、程二人不禁莞爾，一般人論試劍大會，談的都是劍法劍招，唯獨這三位兄弟戀劍如痴，竟都認為勝負的關鍵在劍而不在人！正為各自欣賞的名劍力爭不已。聽了許久，程漱玉終於忍不住插口道：「三位若當真如此喜歡寶劍，何不自己也打造一把？」

「談何容易？」三人異口同聲的回答，這才開始留意古、程二人，一人道：「妳是誰？身上綁著鐵鍊好玩嗎？還是怕走丟……？」一人搶白道：「廢話！正常人怎麼會在腰上綁著鐵鍊？當然是逃犯啦！」另一人道：「那可未必，也許他們被強盜抓了，被迫用這鍊子綁住。你瞧這腰上連個鑰匙也沒有，隨隨便便用個楔子封住，官府豈有如此馬虎的道理？」……這三人從沒見過這玩意，卻又為了這點小小的臆測吵了起來！

程漱玉只好插口道：「這個先別管！我姓程他姓古，誰是游家的老大？」

「正宗游老闆」正是大哥游韌，還沒答話，就給中間「老牌游老闆」搶白道：「他就是游韌，年紀是長了一些，若論手上的功夫氣力，可就不能稱『老大』。」

第三間的「正牌游老闆」亦說：「或許是第一胎，我爹娘的經驗差了些。妳瞧他，硬是比我們矮了兩寸，瘦了一圈。好比有名鐵匠所鑄的第一把劍，再怎麼小心謹慎，也免不了有些瑕疵。」

游韌指著「正牌游老闆」不滿的道：「妳看這老三游鋒，生下他時，我爹娘也快四十，難免有些力不從心。年紀小我四歲，但瞧他髮禿皮皺的模樣，倒似比我老了十歲！」

中間這位，自然就是老二游猛，也跟著說道：「看起來老氣橫秋就算，偏偏毛躁得很，從來不肯耐心打把好劍！所以說，論出生次序，還是別搶第一，也別落到最後。」

「你最笨！」「你最醜！」老大、老三紛紛斥罵老二，就這樣三人又罵成一團。

程漱玉不禁好笑，這三兄弟其實差異不大，卻在日積月累的奚落當中，誇大彼此的缺點，若讓他們再吵下去，不知何年何月才完？便大聲道：「你們到底賣不賣劍？」

「當然賣！」三人同時衝進各自的鐵鋪，抱了滿手的劍出來。

游韌拔出其中一把，在兩人面前晃閃幾下道：「妳看這把劍閃閃發光，多麼鋒利！姑娘若要的話，算妳十五兩就好。」

游猛卻指著劍刃道：「瞧這裡，連毛邊都沒去乾淨，可見鍛打得多不扎實，劍脊也不夠直，這種劍也敢拿出來賣？」接著他抽出一把寬厚的大劍道：「妳瞧！這把劍厚實穩重，鍛工一流，可說是絕無瑕疵。但我只賣十兩。」

游鋒卻道：「但是色澤不均，前端太暗，後端太亮，顯然冷淬的時機沒能抓對，厚雖厚，卻不夠堅硬，碰到好劍，仍是非斷不可！」亮出自己的薄劍道：「這把劍夠輕夠利夠尖，殺人不見血，是我得意之作。交個朋友，八兩就賣！」

卻聽游韌道：「老三啊！爹沒教你嗎？薄劍一定要夠韌夠強。你這把劍聲音細脆，分明是火候沒能控制好，恐怕連一株矮樹都削不斷，何況殺人？」

游鋒怒道：「妳仔細瞧瞧！」說著往前跨兩步，對著路旁一株樟樹，使勁橫削過去，只聽喀嚓一聲，大腿粗細的樟樹沒倒，握著緊緊的薄劍，卻只剩下劍柄，整個劍身仍夾在樹上，兀自不斷晃動！

原來樟樹質密，游鋒儘管膂力驚人，內力卻平常得很，光靠蠻力斬削，一劍只能削斷三分之二，怎能顯得出寶劍的鋒銳？於是在橫斬之力用盡之際，回手一抽，想藉此抽切之力，將另外三分之一給切斷。沒想到用勁一抽，卻讓劍柄和劍身分了家！游鋒張目結舌，不敢相信眼前所見！只聽游猛譏道：「真有你的！我游猛鑄劍多年，倒是第一次看過，一把鐵劍可以從這裡分家的！」

原來游家的鑄劍法，劍身部分用熱火鍛打，劍柄部分先做個模子，把鐵水燒熔後灌注進去，再將劍身插入模內兩寸半，待鐵水冷卻硬化，劍身與劍柄已融為一體，怎麼使力都分不開。可是游鋒這把劍，插入劍柄的部分，也跟著劍身拔了出來，而非截斷！

眾人湊近一瞧，這劍身的根部鏽蝕斑駁，仔細一聞，似有怪味！古劍把游韌手上的劍要來，左手持柄，右手夾劍，用勁一抽，柄與劍都分了家，再試游猛手上的厚劍，也是相同結果。三位兄弟你瞧我，我瞧你，都覺得不可思議！

程漱玉問道：「這幾天是不是有人來看劍！」

游猛道：「昨天有幾個操北方口音的人，看了半天，也沒買半把！」

二人對視一眼，心裡都有了底，程漱玉嘆道：「他們還是來了！」

話說那晚胡遠清在侯藏象的藥罐上刻了「貢嘎山」三個字，他嘴巴說的是「七日散」，手上刻的是「貢嘎山」，看似天衣無縫。但「七日散」前面兩個字筆劃甚少，第三個字筆劃較多，與「貢嘎山」恰恰相反，四大統領站在三丈之外，雖然看不出寫的是什麼字，卻也曉得他嘴巴講的和罐上寫的根本是兩碼事。

於是在坐上凌雲樓的圓桌之後，便拚命的給侯、胡二人敬酒，這邊也希望四大統領喝得愈醉愈好，於是「來酒不拒」。侯藏象只記得給蕭乘龍加一滴「醉翻天」，卻忘了給自己服食一顆「千杯不醉」，於是酒酣耳熱之際，把「貢嘎山」三個字給說了出來！此時已是八分醉，醒來時全不記得。除了早早就倒趴在桌上的蕭乘龍，其餘三統領卻全記在心裡，深慶這些酒沒有白喝。

第二天劉、王二人立刻傳召屬下，趕往貢嘎山布置陷阱。金克成沒有手下，傷得又最重，但實在不甘就此放棄立功的機會，把心一橫，竟跟侯藏象要了一瓶速效傷藥。侯藏象想給他一瓶慢性傷藥，卻不慎拿錯，反倒是給「對」了藥，金克成休養一天就好了五分，跑去和俞顯卿要了二十名兵衛，也往西方追去。

至於蕭乘龍，他的解酒藥解不了「醉翻天」，睡到次日下午才被尋來的手下搖醒，立刻帶人備舟，再請黃嘯領路，朝著下游追去，追了半天，黃嘯叫聲尖急，卻只見一艘空船一件棄衣。他趕緊掉頭，回到嘉定打聽，這才知道其餘的人都已趕往貢嘎山。

他們最忌憚的，還是古劍手上的劍。所以率先出發的王遂野和劉易風派人把沿途鐵店裡的劍全做了手腳。前兩天來過這裡的，便是劉易風的手下，當時游氏三兄弟忙著吵架，全沒注意到這十餘把劍全被滴了腐蝕酸液；如果不是游鋒朝著大樹硬砍一劍，古劍可能會將就挑一把，若再碰上劉易風，長鞭一捲，便能廢去他的兵刃。

但見游氏兄弟齊聲問道：「他們是誰？」

程漱玉道：「錦衣衛。你們怕不怕！」瀘定是個偏遠山城，平常極少有官兵來此，這三個兄弟從未親見廠衛的手段，卻常從市井傳言中聽到他們魚肉百姓、濫捕好人的事例；如今得知毀劍之人是錦衣衛，個個深惡痛絕，倒也不怎麼害怕。

只見游韌憤然道：「錦衣衛又如何，他們除了欺壓良善，還會做什麼？我又不像老二如此膽小怕事……？」

「你放屁！」游猛怒道：「我什麼時候怕過鷹犬！倒是你自己，堂堂七尺大漢，一見蟑螂便嚇得哭爹喊娘，笑死人了！還有老三，竟然怕壁虎！也真是丟臉！」

游鋒道：「這怎能怪我？那玩意尾巴斷了還能跑，真是噁心極啦！你自己怕青蛙，那才真是不中用！莫非是蚊子轉世？」

這三個人任何話題都能吵個半天，程漱玉的耐心快被磨光，叫道：「我去把這些東西全抓過來！看誰再吵下去？就送給誰？」三個大漢全住了口，你瞪瞪我，我瞧瞧他，安靜了一會，這才想到該談正事了。

游鋒道：「那些鷹犬要追捕你們？」程漱玉點頭，她發現自己只要一開口，必能引發一連串的口角是非，只好緊閉雙唇，非必要時絕不說話。

游韌問道：「你們的劍弄丟了，必須再買一把，才能對付？」程漱玉點頭。

游鋒道：「他們知道你們要去哪兒，派人把附近所有買得到的劍，全給毀了？」

程漱玉點頭，思道：「這三兄弟其實不笨。」

游猛道：「你們要上哪兒？」

「貢嘎山。」這可不是點頭搖頭能答的，程漱玉只好說了出來。

游韌忽地興奮起來，口沫橫飛道：「哈哈！妳可找對了人，這座山山高路險，一般人是爬不上去的。人人都說：『蜀道難，難於上青天；貢嘎險，比天高一層。』但愈難的東西，我游韌愈有興趣，帶著自製的登山爪，穿踏雪靴，一共攻頂七次。」

游猛道：「七次算什麼？我可是九克貢嘎山呢！」

游韌道：「那又怎樣？最早爬上去的，是我游韌！」

游鋒道：「可是那年你已經二十一歲！而我十九歲攻頂，比起你們的第一次年輕得多！」

游韌道：「那一次雪崩，要不是我相救，你連命都沒了，還談什麼攻頂？」

游鋒不服道：「你在示恩嗎？別忘了前幾年你在山上摔斷腿，還不是靠我抬下山！」

游韌還待再辯，卻見程漱玉臉色不甚愉悅，只好把送到喉間的話硬吞了回去，問道：「你們上去幹嘛？」

程漱玉抓起一截鐵鍊道：「要把這東西打斷。」

「什麼？」三兄弟臉色一變，訝異不已，都說：「你們昏了嗎？來到鼎鼎大名的游家鐵鋪，竟不知叫我處理！」同時伸手抓住鐵鍊，想把兩人拉進各自的屋裡，三人互相拉扯，誰都拖不進去。

程漱玉道：「你們都把鐵砧抬出來一齊打，看誰比較厲害，先把鍊子打斷。」這主意妙極，誰都不吃虧。三兄弟二話不說，立即回屋扛鐵砧，取出鐵鎚、鐵斧及鐵鑿，一人對準一截，拚命鎚打起來。

三兄弟都是行家，打了幾下，已發覺這看起來不怎麼起眼的鍊子，比起自己手上的斧鎚堅韌數倍，恐怕斧鎚都打斷，還敲不出一道痕來。

三人不約而同把玄鐵鍊抓到眼前細瞧，過了半晌，游韌才道：「我小時候曾聽爹提過，西域有一種特殊鋼料，材質較一般中土鋼材堅韌數倍，得用三丈高的猛火熱爐才熔得掉。」程漱玉點頭。

游猛道：「然而這種高爐天下沒有幾座，就算有也未必燒得出這麼烈的火，就算燒得出來，也會先把你們給燙死。」程漱玉點頭。

游鋒道：「這種鋼材耐熱卻怕冷，所以你們得爬一趟貢嘎山，利用高山上的寒風冷雪，將這鐵鍊凍脆，才能打斷楔子。」

程漱玉問道：「除了貢嘎山之外，附近還有沒有兩千餘丈的插天高峰？」

三人搖頭，說道：「若要尋比貢嘎更高的山，恐怕得上西藏才有。」

程漱玉心想：「千里迢迢的跑一趟西藏，別說古劍來不及參加試劍大會，就連我也有諸多不便。」

游猛道：「原先追捕你們的鷹犬，早料到你們非上此山不可，便預先趕來，一方面布置機關陷阱，一方面派人把附近鐵鋪裡的劍全給動了手腳。使劍的人拿到一把破劍，只有束手就擒。」

程漱玉忍不住稱讚道：「你們都不笨嘛！」話一出口，馬上後悔不已，想再掩口，卻也來不及！

果見三兄弟揚揚得意，游韌道：「想當年我也念過兩年私塾，老師常誇我機靈。可惜爹爹要我這個長子傳承衣缽，才沒繼續念下去；否則如今就算不中狀元，至少也是個舉人。」

游猛道：「胡吹大氣！據我所知，你連《三字經》都背不熟，為了怕先生打手心，經常逃學胡混。爹爹沒辦法，以為他的兒子都不是讀書的料，就連我的機會也跟著沒啦！殊不知虎生三子，必有一貓；我好好一個猛虎，硬是讓你這頭笨貓給拖累！」

老三游鋒卻道：「人家看了這兩位兄長，都說游家兄弟痴痴傻傻瘋瘋癲癲，家裡有閨女的，嫁雞嫁狗，也別嫁到游家來。唉！其實我游鋒正常得很，硬是被他們給害慘了！」

如果真有人不幸嫁到游家，不把自己弄成聾子，早晚也得發瘋！程漱玉暗自搖頭，掏出一個拳頭大的金元寶道：「誰先修出一把好劍，這就是誰的！」三人都住了口，瞪大眼珠子瞧，接著隨即抱回鐵砧，挑一把各自認為可以修得完妥的好劍，生火起爐，備鉗架砧……動作飛快，就怕慢人一步。

他們倒非視財如命之人，只是都有心願，想在今年七月走一趟太白山，以求觀賞試劍大會中，他們心儀已久的各家名劍，卻一直缺少盤纏。打鐵鑄劍一行，辛苦而講究技藝，報酬其實不低，然他們每天殺價搶生意，經常做白工，勞碌多年也只能圖個溫飽而已，竟沒能攢下多少銀子。眼見試劍大會日期將近，心裡愈急，生意就搶得愈凶，利潤反而更低。

程漱玉手上的金元寶既大又亮，少說也有五兩重，光是靠它，三個人的旅費都不愁。游氏兄弟平日鬥嘴鬥成習慣，這次遠門無論少了誰，都會覺得興味大減，所以不管是誰賺到這個金元寶，都會願意拿出來讓另外二人花用。問題就在誰出這筆錢？每個人一想到，如果一路上食宿花費，不是從自己口袋掏錢出銀子，而是得默默忍受另一人出錢付帳趾高氣揚的嘴臉，都不禁悚然！

就怕給別人占了先，三兄弟動作都不敢輕慢，只見他們急急忙忙洗去腐水，搬柴起爐，熱劍熔柄，最後將鐵劍插入赤紅欲化的銅柄之中，輕敲數錘後用鐵鉗夾住，衝出來交差，三人個個大汗淋漓，幾乎同時到達程漱玉面前。程漱玉看著三把冒著熱煙的劍柄，沒好氣的說：「想把我燙死嗎？」

三兄弟隨即奔回鐵鋪，將長劍浸入水桶，只聞「嗤」的一聲，不到一喘氣的時間便降了溫，幾個箭步，又同時遞到程漱玉胸前。她道：「速度差不多，就看誰的劍耐打。古劍，你來試吧！」

古劍隨意拾起一把沒柄的劍，程漱玉道：「請你們抓緊手上的劍！」

三兄弟並排而立，紛紛把劍轉正，輕握手柄，心中卻暗暗好笑，心道：「雖然我們沒練過什麼高明內功，但天天打鐵，臂力可非常人可比，你這傢伙抓著一把沒柄的劍，還敢叫人小心！待會虎口被利刃割傷，可別埋怨！」

只聽噹噹噹噹一串急響，四把劍轉瞬間交碰了數十次……

古劍收劍時，游氏兄弟雙手緊握著劍柄，兀自不斷抖動，只覺得上半身被震得發麻！六顆眼珠直愣愣盯著手上長劍，有的略略彎曲，有的凹痕處處，竟都沒有一把通過考驗。

三人伸出三條大舌頭，一時之間，竟不知該說什麼！

程漱玉無奈道：「沒法子，我看只好跑一趟打箭鑪，聽說比這裡熱鬧得多，一定有許多高明的鑄劍師傅。」

見這三兄弟一副垂頭喪氣的模樣，古劍有些不忍，說道：「這些劍雖不完美，至少比上一把強得多，挑一把將就著用吧！」

程漱玉想起胡遠清那把爛劍差點害死古劍，可不想重蹈覆轍。堅決說道：「不行！我一定要在試劍大會之前，幫你找把好劍！」說完拉著古劍往外走去。

走不到十來步，卻見三兄弟追了過來，擋在前頭，對著二人咧嘴微笑。程漱玉把金元寶扔過去，搖頭道：「金子給你們，但劍不用了，不是我挑貨，實在是……」

「不不不！不是這個意思！」游韌把元寶塞回程漱玉手中，卻先對著古劍道：「你是否真想參加試劍大會？」

習得一手好劍，在試劍大會中光宗耀祖，那是古劍從小就被耳提面命的奮鬥目標；這不但是家人殷切的期望，更是身為古家獨子無可推卸的責任，至於自己內心深處，是否真那麼想去試劍，卻從沒仔細思索，如今突然有人問了出來，倒讓他陷入迷惘，一時之間，也不知該如何回答。程漱玉見他半晌答不出來，代他回道：「如果不被錦衣衛抓住的話，自然會去。你們問這幹嘛？」

三人互相給一個眼色，游鋒道：「我們還有一把好劍，一直等待有緣人，請兩位再給一次機會，若還不滿意，別說不用給半文錢，就算把這些招牌全給拆光，我們也不敢皺一下眉頭！」

程漱玉道：「那還不快拿出來瞧！」

眾人走進鐵鋪後方的一間平房，這是游氏兄弟的住處，原來三兄弟雖然各做各的生意，吃住仍在一塊。

正廳的神桌上擺著父母的靈牌，三兄弟收起平日的嘻皮笑臉，將桌底的一只木箱抬放至桌上，對著靈牌焚香跪拜起來。程漱玉第一次見這三人如此肅穆，頗覺不慣，只聽喃喃之聲唸道：「爹！咱們終於遵照您的遺命，為這把劍找到一個合適的主人。您若天上有靈，盼能庇佑這把寶劍，有朝一日能在試劍大會中一舉揚名！更讓天下的人都明白咱們游家的鑄劍功夫，絕不輸給中原那些沽名釣譽的工匠。」說完起身開啟箱蓋。

又是一把沒柄的劍，黑黝黝的，不光不亮不鋒不利，比起一般的劍短了一半，卻又寬厚不少。

程漱玉伸手觸摸，疑雲滿腹道：「你們在唬人嗎？」

游鋒道：「劍還沒經過真正的千錘百鍊，當然瞧不出好壞。我爹說這把劍胚摻了一種特殊的鋼粉，極其堅韌，然而也因此而增加其鍛打淬鍊的難度。」

程漱玉道：「既然連你爹都打不出來，你們三兄弟又有何指望！」

游韌道：「這把劍必須以猛火重錘，連續不斷的鍛打，打到其長度增加一倍，才能成為一把好劍。如此大約得花上三天三夜，中間不能休息，否則將前功盡棄，再也無法鍛鍊成精鋼。爹取得這把胚料時身子骨已是老病纏身，咱們又還只是十歲出頭的小孩，幫不上什麼大忙。他很想自己試試，但讓一個有病的人，在猛火之前烤個三天三夜，豈不是玩命嗎？我娘死活不答應！」

游猛道：「我爹一直耿耿於懷，常說上次試劍大會，前二十名所用的劍，居然沒有一把是從四川打造出來的，身為巴蜀知名鐵匠實感顏面無光！臨終時他把劍胚拿出來，要我們學成技藝之後把此劍鍛成百鍊精鋼，送給一位有意參加下次試劍大會的好劍缽，助他在試劍大會中替咱們巴蜀的鑄劍師傅爭一口氣！」

游韌對著古劍道：「我看你內力如此精深，劍法必也不凡，要不然錦衣衛也不至於要對這些劍動手腳。貢嘎山之事你別擔心，只要這兩位弟弟能好好聽我這個做大哥的指導，必能打造出一把轟動江湖的好劍！」

「胡說！你也高明不到哪兒去！」……老二老三紛紛反駁，三人再度吵成一團。

程瀲玉拉著古劍，作勢要往門外離去，三人立刻攔在前面，笑問：「怎麼啦！三天太久了嗎？」

程瀲玉道：「時間不是問題，只是你們三個整天吵吵鬧鬧，若能打出什麼好劍，那可真是天下奇談！」

游韌道：「這可不能怪我，誰叫這兩個弟弟目無尊長！」

游鋒道：「這也不是我的錯，誰叫這兩個哥哥倚老賣老！」

游猛兩手一攤道：「他們一個沒大，一個沒小，我夾在中間，也為難得緊！」

程漱玉道：「聽說打箭鑪離此不遠，走快些，一日便可來回。」說著又前進兩步。

游氏三兄弟跟著後退兩步，堵住門口，紛道：「我們不吵就是！」「兄友弟恭，三天之內，保證不罵半句。」「再吵的話，讓您把招牌都拆了！」三人苦苦哀求再三保證，終於把古、程二人留了下來。

用過午飯，三人便開始上工。三兄弟輪流分工，一人負責顧爐控火，一人負責鎚鍛劍身，另一人或是休息，或是準備一些炭柴、挑水等雜事，古劍看著新鮮，三不五時也幫忙做點簡單的活。程漱玉問明製作劍柄模子的方法，自告奮勇的要做模子，他們半信半疑的塞給她一個大蠟塊，坐在離火較遠的地方，一刀一刀雕刻著劍柄的形狀，倒是有板有眼。

她雕得十分仔細，差不多時，游鋒過來瞧探一眼，說道：「程姑娘手藝倒是不差，比起我那兩個哥哥……」他本想趁機嘲笑兩位哥哥刻工拙劣，但想到此時不能吵嘴，只好硬生生的住口！游韌和游猛豈有不知，一個吹鬍子一個瞪眼，卻也不好發作！所幸他們的大臉早被烈焰烤得赤紅，到底憋了多少氣，卻也不易瞧得出來。

程漱玉反覆觀看數眼，總覺得不甚滿意，把削掉的蠟塊拾起來，一併拿到火堆重新熔合。這時才注意到游氏三兄弟個個面色凝重，似乎做得不太順暢。靜觀一會，終於找到緣由。

不准他們吵嘴本是好意，希望能夠專心幹活，然而這三個人從小吵到大早已吵成習慣，突然要他們把想說的話全憋在肚子裡，那可真是一千個不自在，一萬個彆扭，反而嚴重影響他們工作的心情。程漱玉想通了問題癥結，只好嘆道：「我不管啦！你們心裡不舒服，就吵個痛快吧！但別影響工作。」

禁令一解，三人立刻忙著開罵起來，我說你火候控制得不穩，你說我錘打的勁道不對，嘲罵譏刺之聲此起彼落久久不息。程漱玉聽了半天，所聞全是批評不見指導，不禁皺起眉頭，把古劍拉至一旁，輕聲叫他分別向三兄弟提出若干問題。

多學一樣技能也不算壞事，古劍照其囑咐，分別向三兄弟虛心求教。三人倒不小器，只要古劍問到其專精的絕活，便知無不言，言無不盡，必要時還詳細示範，或讓他實作，只是古劍悟性有限，能吸收的不多，記進腦子裡的更少，倒是遠遠旁聽的程漱玉，由於頗具慧根，再加上早有木作的基礎，少有聽不懂的。

三兄弟相互批判他人技術的聲浪，持續不斷傳入她耳中，略加思索，總能在其中找到新的題問，於是每隔一段時間，便教古劍再提問，隨著問題愈來愈深入，眼見古劍所能理解的愈來愈少，卻是愈問愈搔著癢處，到了後來，三人不約而同的側頭望向坐在門口，正聚精會神雕著蠟塊的程漱玉，思道：「這麼一個嬌滴滴的大姑娘，怎麼會想學打鐵呢？」

原來當年游鋼身染重病，自知將不久於人世，三個十幾歲的兒子，不可能在短短幾個月內出師成藝，遂將自己一身技藝拆成三份，分別傳授給三個兒子，並一再叮嚀，待日後完全領悟其中技巧，須將所知毫無保留的告訴另兩位兄弟。

知子莫若父，這三個兒子從牙牙學語以來就一直吵鬥不休，要讓他們盡棄前嫌虛心求教恐怕不是那麼容易，只好弄來這把劍胚。這確實是塊好鐵，也須要千錘百鍊方能成鋼，但說三天三夜不得中斷，倒是不必。

沒有人能夠三天三夜不吃不睡在高溫下舉重錘施重力，欲製此劍唯有三人輪流合作無間，並在過程當中將彼此的技藝充分交流截長補短。這是做父親的一片苦心，可是這三個兒子實在太過好勝。怕的不是對方藏私，而是痛恨「不恥下問」，都想：「如果為了這小小的一點疑惑向他求助發問，豈不證明我不如他！日後怎麼在這龜蛋面前抬頭挺胸！」

三人邊做邊吵，為了表示本人根本不屑聽到你自以為是的奇巧祕技，罵歸罵，只要有人不小心提到正確的做法，立刻會被別人打斷。程漱玉聽進耳裡，暗叫不妙，這鍛造過程如此漫長，不可能一直各司其職，三人若不能完全通善所有的技巧，這把劍就不可能完美，只好請古劍代為提問。

古劍所問，都是個人最專善的部分，說的人自然盡情表現。另兩個兄弟雖然看不慣那嘴臉，但人家不是對著自己胡天蓋地，也不好說些什麼，卻在「不知不覺」中，聽進了一些東西。這些學問如果在初學那幾年聽到，未必能吸收多少，如今三人各自摸索了十餘年，許多細微之處只差臨門一腳。程漱玉輕輕使力，不到一天的時間，已將個人所缺大致補齊。不出幾年，果然都成了著名的鑄劍師傅。

這三天古、程二人倒是生活正常，程漱玉刻完蠟模，閒暇時間多，自告奮勇幫大夥灑掃做飯，這個姑娘學什麼都快，唯獨飯菜煮得荒腔走板。第一餐游氏兄弟敢怒不敢言，捏著鼻子把飯菜吞了進去，後來只要見她一進廚房，就有人跟著進來，暗示她該如何灑鹽、添水、控火、翻菜。

到了第四天早晨，短劍已被打成長劍，開始準備製作劍柄，先將程漱玉所刻的蠟模塞至一箱細砂之中，小心搗實，再將銅粉鐵砂摻在一塊，熔融成鐵水後澆灌在蠟模上，白蠟受熱蒸發，所占空間為鐵水取代。過了一會，鐵水慢慢凝結，就在將凝未凝之際，游鋒夾起鍛好的劍身，由上往下筆直插了進去。

過了半炷香的時間，整把劍已經完全冷卻，游韌抓著劍尖拔了出來。大夥仔細觀來，此劍黑而不暗，滑而不閃，脊直刃堅，藏鋒含韌，雖不似傳說中削鐵如泥、光芒四射的神兵利器，卻自有一股萬刃不能摧的氣勢。程漱玉抓在手上，凌空斜劃數劍，聲音並不特別響脆，皺眉問道：「真的管用嗎？」

游韌笑著把劍接過來，將劍身的頭尾兩端分別平貼在兩座鐵砧上，游猛舉起大錘，在劍身中央懸空處猛擊，他錘錘用力，游韌雖然盡力抓緊，但每一錘都能將長劍打彎兩寸，再往上彈跳半尺。數錘之後，游韌舉劍一看，二尺三寸的長劍仍然筆直挺立，絕無半分歪斜變形。

接著他把劍身放回鐵砧之上，劍刃朝上，游猛換了一把巨斧，硬劈數斧，震得游韌雙手發麻。他抖著手把長劍湊到程漱玉眼前，古、程二人定睛一看，刃上竟找不到任何一點凹痕！再看看斧頭上的刃口，卻也不過多了幾道似有若無的淺痕而已。程漱玉道：「你這麼用力，照說這斧頭就算不被削斷，劍痕也不該這麼淺？」

游猛道：「這就是此劍特異之處，無論對手的兵器多麼鋒利，勁力多麼霸道，大部分都會被它吸收，如此一來，雖然削不斷人家的兵器，卻也無須擔心被折彎弄斷。」

游鋒道：「我爹把這種鋼材稱之為『不欺人』。他說：『一般的寶劍堅硬鋒利，但求硬難免脆，求利難免薄，一旦遇到比它更強的劍，或對手更霸道的內力，很容易被削斷；倒不如用這種「不欺人」的好劍，使起來更能隨心所欲，專注於劍招的施展。』」古劍猛點頭，覺得這番話合情入理，他想要的，就是這種好劍。

游鋒道：「這麼好的一把劍，非得取個響噹噹的名字不可。它看似不起眼，其實藏鋒含銳，不怕任何神器，就叫『藏鋒劍』吧！」

游猛搖頭道：「鍛劍的過程燃猛火出猛力十分辛苦，為了紀念這漫長的三天，應該叫『三猛劍』才對！」

游韌卻道：「不然！不然！我看它強韌異常，一劍在手，面對任何對手都遊刃有餘，就叫『游韌劍』吧！」……他竟然直接套上自己的姓名！另兩人更加不服，又舉了許多似是而非的理由，硬要將這把好劍，冠上自己的名字。

程漱玉不再理會這三人喋喋不休的爭論，戴上手套，以鐵鉗夾住劍尖，將劍首移到爐火之上，烤了一會，已將寸許寬的菱形劍首熱得赤紅。古劍的目光被吸引過去，見她所負責的劍柄部分，劍格與劍把都雕鑄得十分精緻典雅，唯獨劍首部分留下一道莫名其妙的環形淺溝，稍稍破壞整體的美感。不禁暗道：「程姑娘發現劍首做壞了想要燒軟再修，但這裡不過是綁繫劍穗的地方，略微醜一些又有什麼關係？也只有像她這麼愛美姑娘，才會在意。」

游家三兄弟見她如此舉動，也頗感詫異，慢慢止住爭吵，思道：「鐵水鑄成的劍柄，可不是那麼容易修補。倒要瞧瞧妳有什麼法子？」

卻見她把一塊碎金子放在溝上，黃金不比鑄鐵，遇熱立即熔成液狀，均勻分布在溝內。接著取下掛在胸前的環形玉佩，這玉佩不大，然古劍常見她掛在身上，頗為珍惜。

只見程漱玉趁著金液將凝未凝之際，忽然將此玉佩塞進溝槽，不小心力道稍猛，擠出幾滴金水濺在手背上，燙得她雙手發顫，疼得兩眼飆淚，仍咬緊牙關緊緊按實。

過了一會，劍柄漸漸冷卻，放手一瞧，這塊溫潤晶潔的白玉已密密實實鑲嵌在劍首上，整把劍好似畫龍點睛般有了生氣。程漱玉脫下綿布手套，單手夾住劍尖，劍柄向著古劍遞送過去，嫣然笑道：「這把『鑲玉劍』，可不許你再弄丟！」

她兩頰被火烘得紅豔，還留有幾滴未乾的淚，原本白淨如玉的手背上，多了幾點黑色水泡，古劍接下鐵劍，心中五味雜陳，一時之間，也不知該說些什麼。

寶劍鑄成，二人繼續詢問有關貢嘎山之情景。游氏三兄弟邊吵邊賣弄自己攀登雪山的知識，夾纏了半天，總算拼湊出明顯的輪廓。程漱玉不禁憂心起來，這雪山上造設陷阱十分容易，卻極難識破，令人防不勝防。五人開了一個漫長而聒噪的會，設想出種種可能的危難險阻，決定棄正常山道，改走海螺溝冰川。

於是三兄弟又給他們造了一個大盾牌，兩雙帶釘的鐵靴和一些登山鐵具，次日啟程。古劍背著這些東西，花了整整一天，才走到摩西鎮。第三天自山腳的貢嘎寺出發，如果腳程快些，一天一夜可達雪線。然而二人並不著急，都說晚一天上山，廠衛們便得多凍一天。

這座巴蜀第一高峰，山腰以上千峰積雪，雲煙縹緲；以下卻是草木黛青，紅花遍野，溫泉氤氳，瑤池清澈。兩人相識以來，幾乎天天藏危帶凶，然而這次程漱玉似乎看開了！將此行當成一場遊山玩水，看到什麼奇花異草、佳景珍獸，非停下流連賞玩一番不可，偶爾心血來潮，不是給自己結一頂美美的花環，便是編一件草裙，逼著古劍穿上。

古劍任其擺布，不知不覺中，也將接下來的險阻危禍暫拋九霄。幾次動念：「或許我們可以改走西藏，何必非闖這座危山不可？」倒不是怕死，只是隱隱覺得鐵鍊一旦打斷，程姑娘便會飄然遠去，回到她自己的天地，再也不肯理我這個鄉野鄙夫！又思道：「可是來回一趟西藏，勢必趕不上七月的試劍大會，那我多年的苦練，豈不付諸流水？」轉念又想：「試劍大會真那麼重要嗎？非得靠這一次劍賽來證明什麼嗎？做人非得光宗耀祖揚名天下嗎？」他在程漱玉身上，發現安於平淡也是一種快樂，竟對以往堅定不移的信念，微微動搖。

但他始終沒說出來！

兩人邊走邊玩，第三天才踏上雪線。冰川是受高山積雪壓迫而向下流動的冰河，流速極緩，快的時候也不過日流三尺，就算靜立其上也感覺不到半點滑移之勢。海螺溝是貢嘎山最大最長的一條冰川，面寬超過百丈，最低點不到千丈，頂端卻有兩千餘丈之高，由下而上分別是冰川舌、冰瀑及粒雪盆。最下面的冰川舌大部分在雪線以下，與森林共存，此時正當春夏交替之時，冰瀑處才開始有明顯的雪地；但這也是最危險的一段路程，有不知何時會發生的雪崩和不知暗藏在何處的冰川裂縫。

冰川裂縫寬數尺深數丈，冰壁光滑皓白透明，若不慎跌落很難再爬上來。有的裂縫被新飄下的冰雪覆蓋，外表看不出來，便形成了天然的陷阱。古劍足穿帶釘鐵靴，前腳踩實，才將重心前移，提起後腳跟往前踏，程漱玉緊跟著他的足跡走，倒無須擔心踩空。

這樣自然走不快，愈往上走，衣裳愈加愈厚，古劍手持巨盾幫程漱玉遮風擋雪，仍是一步一步勇往直前……

貢嘎山上雪虐風饕凝冰裂地的冷，四大統領各攜人馬，分別埋伏在幾處主要山徑上。他們知道古劍熟稔森林，所設的陷阱，全在高逾千丈的雪線之上，劉易風最先來到，搶占這條最易行走的攻頂山道，挖了十來個大小雪坑，每個雪坑至少深達一丈，底下布滿冰錐，再將冰塊煮成水，澆鋪成面實中空的暗坑，此處整日飄著大雪，很快便將暗坑表面覆蓋得毫無痕跡。

儘管如此，劉易風還是不敢掉以輕心，又沿路埋下無數絆索、鋼釘、繩套等物，定要讓古劍逃得了這個陷阱避不開那個機關，以報前次在密林害他吃足苦頭之恨。他忙著在山徑間來回踱步，督催著手下十幾名兵丁加緊趕工。

這些人在這天寒地凍的高山之上，每天飲雪水啃乾糧，足足喝了七天七夜的西北風，兵士們愈挖愈沒勁，劉易風則愈等愈是心浮，一見有人偷懶，劈頭就是一鞭！

這日清晨，終於等到消息，一名派去探風的親衛半跑半爬的趕來回報：「來了！來了！看到有人上山了！」

劉易風面露喜色，問道：「是他們嗎？走哪條路徑？」

親衛答道：「太遠了，還看不清楚是誰？卻是從海螺溝往上走。」

劉易風臉色大變，罵道：「胡說！哪有人走冰川上山的？」本欲一鞭打了過去，驀然想起：「這小子喜歡出人意表，不能不防。」收起長鞭，率眾往海螺溝行去。

當他們趕到冰川邊緣時，另外三批人馬早已聚在一塊，順著他們的目光眺望，這個時候相距尚有兩、三百丈，天空仍飄細雪，頂多只能看到兩個黑點，正在緩緩移動。

當冰川經過陡壁時突成瀑布狀下降，便形成巨大的冰瀑。海螺溝冰瀑高與寬均達三、四百丈，是罕見的超大冰瀑，也是雪崩最為頻繁之處。四大統領在這座山上到處挖設陷阱，可就千萬沒料到，古劍為了避開他們竟挑了這條無人敢走的路！每個人都傻了眼，眼睜睜的瞧著兩人緩步而上。

劉易風道：「這兩人忒也大膽，難道不知這條路徑，又是冰川裂縫又是雪崩的，極其危險！」

王遂野嘆道：「他們多半已知咱們在山上等著，寧可跟老天爺賭命，也不願陪咱們玩，弄了一堆機關陷阱原來都白忙一場。」

金克成心有不甘的說：「難道就眼巴巴看著他們上來，再眼巴巴看著他們揚長而去？」

劉易風道：「莫非你還有什麼好計？」

金克成道：「他想賭賭運氣，看看會不會發生雪崩，咱們怎能認輸？不管三七二十一，乾脆給他弄造一個大雪崩！」

王遂野道：「你瘋了不成？一個不小心，連這裡也會遭殃！何況雪塊是不挑人砸的，萬一連程漱玉也被埋死，怎麼交差？」

蕭乘龍笑道：「王兄說得極是，如今唯一法子，就是大夥埋伏起來，等他們爬近，萬箭齊發，哪怕這小子是三頭六臂，也得變成蜂窩！」

這時手下已拖來幾袋麻袋，紛紛拆開，裡面全是弓和箭，一一分給所有的人。王遂野等三人接下弓箭，思道：「此處用箭最合適了！我怎麼沒想到？唉！又給他搶了一次功！」三人扼腕之餘，暗暗祈禱，待會好好瞄準，非射中要害不可。

原來蕭乘龍最後趕到時，好的地盤都被人占了，索性不設陷阱，派人火速至打箭鑪採買弓箭，打算一旦發現古劍蹤跡便搶在前頭攔截。這些弓箭若是在森林或巷弄之間恐怕對付不了古劍，但在這無遮無蔽，地滑路險的雪山之巔，卻是極難閃躲躍避。

眾官兵拿到弓箭，蕭乘龍指著右方一道雪溝道：「大家輕聲往裡面爬去，等犯人一接近，聽我號令，大夥同時起身亮箭，人犯若不束手就擒，大家一起放箭。記住，射男不射女，誰要是射中那個男的，至少也是個百戶！」後面兩句話說了出來，本來沒精打采的眾士卒們立刻打疊起精神，一個挨著一個，向著雪溝爬去。

一陣朔風吹來，一名士兵忍不住打起噴嚏，王遂野過去狠狠捏一把道：「誰敢再打一個噴嚏或摔一跤，鐵定剝了他的皮！」這麼一來，士卒們無不緊繃著神經，輕手輕腳爬將過去，深怕一個不慎，引發不可收拾的雪崩巨災。

眾人半爬半走，好不容易才盡數躲藏在雪溝之中，四大統領探頭凝望，只見下方百丈之處，有人持著一面大盾牌，正一步一步往上行來，後頭隱隱約約跟著一人，每一步都跟著他踩過的足跡踏去。這兩人的身子和臉都被這面巨大的船形盾牌遮住，但不看也知是誰，蕭乘龍微微一驚，思道：「原來這小子早有防備。哼！你這盾牌雖大，未免太笨重了些。」吩咐身旁幾名士兵把箭矢拗斷，瞄準程漱玉。

這聲東擊西之計頗毒，料想古劍手持盾牌，想護住自己不難，卻沒料到我們連程漱玉也敢射！在風雪中，看不清飛來的箭有無箭矢，依古劍的個性，寧可自己受傷，也會盡全力保護她。如此一來，勢必顧此失彼，非中箭不可！

隨著慢慢移近，兩人的身影愈見清晰。只見古、程二人都身披黑色大衣，將全身上下裹得嚴實，足穿鐵靴步履穩健，一步一步踩在斜滑的雪坡上，無半分滑動。古劍手上握持的盾牌上圓下尖，與人身等長，比肩稍寬，像一艘內凹邊翹的怪船，凸面向外，中線附近還有一條莫名其妙的長肋？看來頗為厚實，怕有百來斤重。

蕭乘龍等人苦苦思索，一時也想不透，為何要把盾牌做成如此德性？只見兩人行至百餘步外的冰岩之上，停足不動，顯然已發現了埋伏，眾人只好提前起身，紛紛上了弓弦，瞄準二人。

四大統領尚未開口，卻見程漱玉粲然一笑，古劍上躍數尺，雙手將巨盾舉至頭頂，落地時順勢砸下！這個舉動十分突兀，驚駭之餘，金克成喊道：「不要！」王遂野喊道：「你瘋了嗎？」卻都忘記他根本聽不見。

就算聽見也來不及了！這一躍一砸，蓄勢極烈，少說也有數百斤的力道。只聞一聲暴響，古劍腳下的冰岩，已被打出一道長長的裂縫。緊接著一陣「轟隆隆！轟隆隆！」的聲音，回頭一望，只見上峰處白光閃耀，冰飛雪舞傾瀉而下，如潮似浪般湧來，官兵們無不驚惶，紛紛拋下弓箭，四散奔逃！四大統領見這雪崩的範圍極廣，絕對來不及避開，各自打死一名身旁親衛，身子貼地蜷曲，將屍身背在背上，當作抵擋岩石雪塊的肉盾。

這時古劍放下船形巨盾，尖翹端對準山下，和程漱玉一前一後坐了上去，身子後仰，巨盾變成了滑雪的鐵船，風馳電掣往山下滑去。古劍雙手握抓船沿，依著游氏三兄弟所授要訣，專心控穩方向閃避障礙，程漱玉則緊緊抱住他堅實的胸膛，側臉貼在他身後，看著眼前景物疾速倒退，她一點也不擔心這艘鐵船會失控翻覆，只感到好玩至極！猶如置身於琉璃仙境，偶爾回頭望去，上峰雪煙漫漫滾滾不息，卻是愈離愈遠，顯然雪塊崩塌的速度，還追不上雪船。

古劍將雪船漸漸引至冰川邊緣緩坡處，稍一用勁，將雪船前端往上抬起數寸，慢慢減緩俯衝的速度，在一個小突坡前停了下來。二人下船，翻爬至另一個安全的山面，靜待雪崩過去。古劍瞧著程漱玉臉上桃腮微暈梨頰淺笑，驀然感到背上還有她留下的軟香微溫，心底忽地響起了轟轟滾滾的聲音，像雪崩似的，一時之間難以止息。

雪堆滾滾而來，四大統領雖有人肉盾牌擋護，仍免不了隨著冰雪沖流而下，時而被高高拋舉，時而又摔落斜面，翻翻滾滾不知幾百丈遠，終於在一個較為平緩的坡面上止住，此時筋軟肉腫，全身骨節似乎快散了，還來不及掙扎著起身，後面的雪堆鋪天蓋地的傾覆下來，又把整個人壓在雪中。

雙手並用，也不知掙扎了幾尺，終於探出頭來，四大統領功力深湛皮厚肉粗，雖然一條命去大半，總算活了下來！除了他們之外，另有三個百戶和兩個運氣不錯的衛卒，陸續從雪堆中爬出來，只是元氣更差了。

此時也沒氣力走路，只好靜坐在原地閉目調息。過沒多久，卻聽見程漱玉的聲音：「你們還沒死啊！」原來雙方止停處相距不遠，只不過下山的方式大不相同。

蕭乘龍苦笑，揮手把兩個僥倖未死的下屬招來。兩人掙扎著爬來，忽見統領伸出雙手，對著自己的天靈蓋揮擊而來！這一擊並不如何凌厲快捷，但這兩人早已筋疲力竭，沒能躲開，還搞不清怎麼回事，便此了帳！

其餘三人也各施殺手，或擲尖冰或出重拳，當場將另三名手下擊斃。

程漱玉問道：「你們幹嘛殺人？」

劉易風喘著氣道：「咱們賭輸了就該服氣，不該再找姑娘麻煩！同時也拜託您隱姓埋名，我們假報死訊交差，這種事知道的人自然是愈少愈好。」原來這四人如今成了待宰的羔羊，想活命的話只有求古劍手下留情，為了要讓二人確信他們履行賭約的誠意，竟狠心的將手下殺死，以保證這些人不致洩密。

程漱玉道：「那你們還找不找古劍麻煩？」

四人同時搖頭，王遂野道：「這小子我們打不贏又害不死，再糾纏不清豈非自找麻煩！」

程漱玉笑道：「可是我還是不太放心！如果你們都死了，豈不更穩妥？」

蕭乘龍笑道：「姑娘此言差矣！如果把我們四個給殺了，狐指揮使會放過您嗎？」他所說的狐指揮使正是四大統領的頂頭上司狐知秋，據說武功手段比這四人加起來還更可怕，若真殺了四大統領，那就表示程漱玉沒死，非把他逼出馬不可！程漱玉雖然恨憎四大統領，但可不想再過逃命的日子，轉頭看看古劍。

古劍沒有意見，他也不想為這幾個落水狗多造殺孽。指著腰上鐵鍊，對金克成道：「弄得斷嗎？」

金克成勉強起身，搖頭道：「現在功力剩不到一成。」

古劍走過來，提掌按壓在他頭頂百會穴上，金克成只覺得一股真氣源源不絕的從頭頂傳來，這道真氣強而不霸，能助他也能殺他。金克成不敢亂來，慢慢將真氣引至左手，待左掌冒出陣陣白霧，抓住古劍腰上楔子，使勁一扳，已將第一節鐵鍊弄斷，腰上的鐵鍊自然鬆落，再以同樣的方法解開程漱玉身上的玄鐵鍊。

二人初卸腰上束縛，身子輕逸許多，反倒有些不慣。程漱玉扭扭纖腰，撿起腳下斷鍊，正要離去，卻聽蕭乘龍說道：「姑娘能否留下一個信物，好取信於皇上。」

「也好！」程漱玉掏出一條手絹，道：「順便給太子留幾個字。」

蕭乘龍道：「那最好了！可是這裡沒有筆墨……」

話未說畢，卻見程漱玉用匕首在食指上割了一刀，以鮮血寫下：「花開不同賞，花落不同悲，欲問相思處，花開花落時。」寫完拋了過去，和古劍並肩下山。

走了大半個時辰，兩人始終不發一語。程漱玉走在前頭，不時舉袖拭淚，古劍心想：

「她一定在思念太子，一個芳華少女，既得周旋於後宮，又要亡命於江湖，也真難為！」又想：「和她相處竟月，從未問她家住哪兒？這可是我的不是！」正想開口相詢，卻見程瀲玉停步轉身道：「阿劍！咱們就在這裡分開吧！」

「這麼快！……妳家住哪兒？要不要送妳回家？」

程瀲玉淺淺一笑，道：「我故鄉在江南，就怕你送得慢，趕不回來比劍。」

古劍道：「那送妳到成都搭船，走長江水道，過三峽，穿兩湖，很快可達江南。」

程瀲玉苦笑道：「現在回去，恐怕也看不到半個親人！你別管我，快點回家，多練幾天劍吧！」古劍聽不出她語調中所含的感傷，一時之間，又不知該說些什麼。

程瀲玉嫣然一笑道：「如果有緣，會再相見的！」說罷轉身往北方岔路行去。

古劍怔怔瞧著她的背影漸行漸遠，心底忽然有股濃濃的不捨，心道：「她應該會回頭吧！就算再瞧一眼也好！……她不是無情之人，總該回頭再看一眼吧！……」

程瀲玉始終沒再回頭。只因不想再讓古劍瞧見，泛流在她臉上的盈盈淚珠。

直到她的身影完全消失，古劍才回過神來，惘然若失，信步往山下行去。走了半個時辰，驀然發覺心情總是空落落鬱沉沉，心想：「我練成劍法，解開玄鐵鍊，終於有臉回家見親人，理應高興才對，怎可為了一點小事鬱憂煩思！而程姑娘擺脫錦衣衛，像她如此機靈之人，定能過個好日子，我也該替她歡喜才是。」想到此處，大吼一聲，快步往來路奔去。如今少了玄鐵鍊束縛，運起內力輕功，馳騁如風，很快抵達山麓。

臨晚來到摩西鎮上，這個貢嘎山下的小鎮，只有一家沒掛招牌的小客棧，遠遠望去，客人零零星星，聚在門口等著吃剩飯的殘丐和乞丐卻有十來個。古劍忽又想起和程漱玉初識那天便是在一家客棧，那時他衣衫襤褸飢腸轆轆，被小二誤認為乞丐，卻被正牌的乞丐排擠，若非她親切的把自己邀請進去飽餐一頓，就沒有這番際遇。想到這裡，心底忽起了一個異想天開的想法：「會不會她又走岔了路，也繞到摩西鎮上，易裝成一個普通人，正在裡面用餐呢！」

走近門邊一瞧，裡面五個客人，身形面貌都與她南轅北轍，不禁啞然失笑：「我被侯藏象上了身，真糊塗啦！方才一路飛奔，就算程姑娘想來，也被拋在後頭啊！」

小二見他徘徊，走來問道：「客官！要吃東西嗎？」

古劍知道自己身無分文，趕忙搖手道：「不！不！」轉身退了幾步，此時肚子正好也餓了，想起包袱裡還有不少乾糧，暗自慶幸：「這回不用再當乞丐！」打開背後包袱，找到程漱玉用來包裹乾糧的小布袋，抓在手上，竟然沉甸甸的！解開來瞧，乾糧變成一片片的銅錢和碎銀，少說也有四、五十兩。

古劍心底溫溫融融：「她怕我不好意思收錢，偷偷調包。有了這些銀兩，別說返鄉的盤纏不缺，就算遠赴陝西太白山的食宿花費，也該綽綽有餘。」

於是挑一片最小的銅錢，又走進客棧，叫了兩樣小菜，一碗白飯。飯菜上了桌，正要動筷，驀見門口幾個瘦癟的殘丐，正舔唇吞涎目不轉睛瞧著桌上的飯菜。他當過幾天的殘丐，跟著他們吃睡，參與過他們的望江樓大會，雖說是假冒，在他心裡，總覺自己耳有殘疾也算半個殘丐，一個心軟，點點人頭之後又多叫了三樣菜，九碗飯，整張桌子抬到門外，邀他們一起吃聊了起來。

扒了兩口，見不遠處另有五名乞丐，正虎視眈眈瞧向這邊。心想：「我只請殘丐，乞丐自然不高興，豈不讓他們日後矛盾加深？何況我小時候也曾在丐幫待過幾個月。」拿出幾文錢道：「你們自個進去叫飯菜好嗎？」幾名乞丐喜出望外，接下銅錢，丐幫沒有不准進客棧的禁令，都歡天喜地的進門點菜。

殘丐們風捲殘雲般的把飯菜舔個精光，古劍問道：「飽了沒？不夠可以再叫。」一名瘸丐舔著舌頭道：「多謝古善人，我們不能吃太飽。今天把肚子慣壞，明天就更難過啦！」忽然跪下來又說：「阿四有個不情之請，附近還有一些兄弟，恐怕也還沒吃飯，如果您方便的話……」原來是想叫其餘的兄弟也來享用。

古劍當然不反對，趕緊把阿四抬起身，道：「都找來吧！」幾名殘丐面露喜色，都興沖沖的跑去叫人。乞丐有樣學樣，也跑來請託，古劍自無拒絕之理。

沒多久人都到了，又加上三十多名殘丐、乞丐，古劍拿出銀子，叫廚子添米加菜，煮好的飯菜都端到外頭，大請客起來。瞧著他們吃得津津有味的模樣，這些粗茶淡飯好像都變成了山珍海味，內心暗嘆：「連這麼一個小鎮，都有那麼多的殘丐乞丐，可見年歲極差！」他做了善事，心情本該舒爽，想到這些卻又沉重起來，思道：「我本事有限，再豪爽也只能請他們吃一頓，那下一餐呢？」

就這麼沿路布施回去，所幸腳程頗快，走了五天，已到了成都城。此時午時已過，古劍心想：「這麼多年沒相認，該當給每個人都買一份禮物才是。」於是給爺爺買半斤蒙頂甘露茶，給爹買兩瓶五糧液，給奶奶買戒指，給娘買一匹上好蜀錦；他沒忘記還有一個姐姐，也準備一些胭脂，這時數數身上家當，約莫剩下十五兩銀錢。古劍倒不在意，雖說家道中落，再湊個十幾兩銀子理應不成問題，省吃儉用，也該足以應付遠行。

採辦完畢，又找了剃頭師傅，給自己好好修飾一番，變回一個清清爽爽的古劍，與上次那個邋遢的木一竹截然不同，這才往西郊行去。他思鄉情切，腳步加快，未到黃昏，已近家鄉古家坡。這時心情忽然忐忑起來，也不知待會見到家人，該說些什麼好？信步走了兩、三里路，已遠遠看到黑瓦黃牆的老家，再看真切一點，院子裡還擠了不少人！他給自己開個玩笑：「莫非左鄰右舍的叔伯兄弟們都知道我回來，正準備大舉歡迎！」

其實這種場面並不陌生，他家本在古家坡中頗具名望，爺爺更是這個村子的耆老族長，經常有什麼大小事情，商量議論也好，排難解紛也罷，村人總是習慣聚在古家的前院，在「仗劍行俠」四字匾額之下，等著古銀山做最後的裁示。

再走近一些，原來是家裡準備一些飯菜，請了附近的叔叔伯伯，然而每個人手上的瓷碗中都有飯菜，卻無人動箸，尷尬的望著古家的人！古劍一家六人站在一角，除了爺爺奶奶和爹娘外，連姐姐也在場，身旁一個方臉漢子，肩壯膀闊，一臉誠樸，八成是姐夫。

還沒來得及高興大喊，卻見每個人無不眉頭深鎖，憂心忡忡，立在前頭的爺爺，更是氣惱中略帶狼狽，咳了兩下，才對著前頭一個身穿錦衣的壯年漢子軟言道：「宋五爺，您就不能再寬限幾天嗎？」

那宋五神情倨傲，語帶不屑道：「你給個時間！」

古銀山左手慢慢伸出三個指頭。

宋五道：「三天？」

古銀山卑聲道：「三個月。」

宋五咧嘴笑道：「你是鐵了心不還錢嗎？」

古劍心中一震，他知家境不再寬裕，卻萬沒料到會落到讓債主逼上門來的地步！

只見古銀山道：「不不不！我們一定給！如果到時還不了帳，我古銀山隨您處置！」

宋五插腰笑道：「三個月後，剛好試劍大會結束，帶著你們家劍缽衣錦榮歸，到那時誰不賣您面子，這點小錢自然不難張羅。對嗎？」

古銀山尷尬道：「我們一定盡力爭勝！」

宋五嘿然道：「只怕世事不如人意，怎麼辦？」

原來宋五當初肯放貸古家，便是看在百劍門的分上，想說只要「仗劍行俠」的招牌還掛在上面，就有法子籌錢還債。然而最近卻得到風聲，說古家的劍缽打算交給古銀山的孫婿趙石水，此人雖然日夜苦練，無奈起步太晚，還練不到其岳丈當年境界，想保住百劍之內的席位機會渺茫，這麼一來還拿什麼還債？

他得到消息，古銀山在自宅大宴賓客，一方面慶祝其孫女前幾天產下一子，一方面提前給即將遠赴太白山的孫婿討個吉利，心想：「你有錢請客無錢還債，豈有此理！」遂拿出借條，大搖大擺前來討債。

來到古家一瞧，的確請了不少人，料理卻十分寒酸。青菜米飯都是自家耕所得，全擺在一張圓桌之上，幾十名親友站在桌前圍了數圈，也只能輪流夾菜；唯一的葷菜是麻油雞，煮了好大的一鍋湯，卻也只放了半隻雞。宋五心中一涼，古家真是愈混愈窮了！

正因如此更加不能放手，就在眾人面前鬧嚣起來，心想：「這麼多親友都在這裡，你們古家賣山當海，也得想法子還錢吧！」

古銀山明白他的意思，還沒來得及反應，卻見趙石水怒氣沖沖向前挺了兩步道：「你這什麼意思？咒我們贏不了半場劍賽嗎？」

宋五倒退兩步，兩手一攤，仍是大剌剌的說：「這是幹嘛？要殺人嗎？論打架，我宋五自然不是你們百劍門的對手，沒帶半個弟兄來。」又指著「仗劍行俠」的匾額道：「但天下事逃不出一個理字，你瞧清楚，上面寫的可是『仗劍賴帳』四個字？」

趙石水氣得寒毛直豎，掄拳欲上，卻被古鐵城拖了回來，道：「宋五爺，您搜也搜過瞧也瞧見了，應該明白這六十兩銀子，咱們一時之間是絕對拿不出來的！」

宋五道：「就算你們拿不出來，別忘了，城裡還有一個有錢的朋友，不能找他賒嗎？」

古銀山道：「你是說百花莊的洪老爺子？」

宋五道：「不然還有誰？趁現在還是百劍門的人，賒點小錢不難吧！」言下之意，三個月後，當你們不再是百劍門，可就更不容易弄到銀子。

古銀山低頭道：「不瞞您說，前年我老伴生了場大病，早跟他們賒過三十兩藥費。百花莊雖然家財萬貫，凡是親朋好友前來賒帳，一律不算利錢也絕不催討；卻有一個『前帳未清，後帳不借』的規矩。如今就算叫我去給洪莊主下跪磕頭，也要不到六十兩啊！」

古劍想到家裡為了培養自己，耗盡所有積蓄，心情愈發沉重起來，走上前去，從包袱裡掏出所有的銀兩，道：「這裡還有十五兩銀子，您先拿去吧！」

古銀山乍見一個似曾相識的陌生少年忽然慷慨解囊，不敢收下銀錢，詫異的問道：「您是？……」

古劍放下手上的包袱喊道：「爺爺！您不認得嗎？我是阿劍！……」

這話一出，幾乎所有的人都大吃一驚！古奶奶手上的飯碗哐噹一聲落地，過來端詳良久，才道：「真是阿劍！啊！長這麼大了！」說完將古劍緊緊抱住，淚溼雙頰，母親和姐姐也都圍聚過來，眼眶也都潤了，爺爺及父親則緊握雙拳，亦是激動不已！

旁觀的許多親友鄰居則竊竊私語，紛道：「這不是小時候那個調皮的阿劍嗎？不是說他死了嗎？」

宋五卻在這個時候翻動古劍的包袱，把裡面的東西全抖了出來，指著幾樣禮品笑道：「上好的五糧液、蒙頂貢茶、胭脂、蜀錦和純銀戒指，這些玩意，一般窮人買得起嗎！」

古劍趕忙解釋：「我多年沒回家，這些東西，是買來孝敬長輩的！」接著把戒指交給奶奶，蜀錦給娘，胭脂給姐姐，茶和酒分別給爺爺和爹。

古鐵城接下瓶酒，忽然無名火起，重重朝地上砸去，瓶碎酒濺；古銀山也一把將整包茶扔灑在地，四散開來，斥道：「你還有臉回來？」

古奶奶護住古劍道：「回來就好，你們發什麼臭脾氣？」

古銀山罵道：「若不是這個不肖子，咱古家怎會落得如此田地？」

古劍難過至極，跪下說道：「爺爺罵得是，孫兒不孝，老是令你們失望！」

古銀山見他認錯，突然心軟起來，正想安慰幾句，卻聽宋五發聲道：「你們家的私事能否待會再說，我可沒耐心再等下去！」

古銀山把手上的銀子全給了他，道：「我只有這些！了不起再加上戒指、布料和胭脂，一併拿去。」

宋五笑道：「那三樣女人的玩意給我幹嘛？通通拿去當鋪也換不了幾個錢。現在還差四十五兩，倒是有個東西可以抵帳。」

古鐵城道：「什麼？」

宋五指著古劍身上的那把「鑲玉劍」。古劍搖頭，道：「不行！不能給你！」

古鐵城道：「你就給他吧！以後有機會再打一把更好的就是。」

古劍想起程漱玉為了這把劍所下的心血，說什麼也不肯讓劍，仍是堅決的猛搖頭道：「爹！江湖有言：『劍在人在，劍亡人亡！』……」

古鐵城怒道：「是有這種說法。但你從小到大，也不知換了多少次劍？當時怎麼不說呢？」

原來七大門派的劍法劍風都截然不同，所適合的劍，在長短厚薄上也各有差異。古劍學藝之時，為了適應各派的劍法，每換一個門派就得換一把合適的新劍，舊劍只好折價當給當鋪。古劍換了七次門派，光是換這七把劍，就花了不少銀子。父親這麼一提往事，古劍可完全沒得辯駁，但無論如何，總是不肯讓劍。依然搖頭道：「錢我會設法。但這把劍，說什麼也不能給人！」

宋五道：「這把劍的劍柄上鑲金嵌玉，讓我瞧個仔細，如果是真金美玉，挖出來抵債也夠，劍也可以不給。」說著靠了過來，古劍卻一把手遮住劍柄，連看都不想讓他看。

宋五這次的要求倒是合情合理，眾人都想：「那只是裝飾的玩意，要就給他吧！何必如此？」

僵持半晌，古銀山忽然嘆氣道：「唉！這種不肖孫兒，算我白養！鐵城！去把房契和地契拿來！」古鐵城還在遲疑，古銀山催道：「快去！」

房契、地契很快拿了出來，古鐵城交給宋五道：「先押著，如果三個月後我們還不了錢，便是你的。」

宋五道：「好！三個月內你們若能湊齊了六十兩，就不用搬家了！」

趙石水大聲道：「不是給了你十五兩嗎？怎麼還要六十兩？」

宋五笑道：「那算是利錢，如果今天你們拿得出來四十五兩，自然不用加回去。」

「走吧！」他多待一刻，就讓古銀山多一分難堪，不想再糾纏下去，揮手請他盡速離開。

宋五離去之後，眾親友也覺得頗為尷尬，飯也不吃，紛紛告辭，轉瞬間走得一個不剩。

偌大的院子，忽然沉寂下來，只見古銀山的臉一陣青一陣白，過了良久，才漸漸壓抑下來，道：「聽說你學會了一套劍法，叫什麼來的？」

古劍道：「叫『無常劍法』，是一個武林前輩取的名字。」

古銀山道：「聽起來平常得很，練一遍瞧瞧！」

古劍起身走到院中，拔劍演試起來。此時天色將暗未暗，他要讓家人知道這幾年沒有白混，一招一式都使得十分賣力，一套「無常劍法」使完已是汗流浹背，轉頭瞧瞧父祖的反應，卻見父親難掩失望，爺爺臉上老淚縱橫，哽咽道：「我看你那麼愛惜劍，以為真練出什麼了不起的劍法來！唉！……沒想到花了那麼大的心血培養，卻只得到這種結果。」

古奶奶卻道：「我看很好啊，挺有精神的。」

「妳懂個屁！招式怪異散亂，這種劍法拿出去不笑掉人家大牙才怪！」古銀山道：「老實說，這套劍法是跟誰學的？」

古劍道：「沒有跟誰學的。」

古銀山道：「笑話！難不成你晚上作了一個夢，神仙跑來教你？」

古劍思慮了一會，才照實說道：「那天聽說商門主要將孩兒逐出青城派，實在沒臉見您，便跳下懸崖，卻沒死成。剛巧碰上了一個武林前輩，把孫兒帶到川北的九寨溝，叫我把以前所見所學的劍法做一番參悟與整理，弄出這一套『無常劍法』。」

古銀山笑道：「這可真是天大的笑話，就憑你這種腦子，也能創悟出什麼像樣的劍法？這個前輩是誰？怎麼開這種玩笑？」

古劍本來不欲說出狐九敗的名字，如今卻想：「看來爺爺和爹也瞧不出『無常劍法』似拙實巧似亂實奇的威力，若不把狐前輩的大名抬出來，他們是不會再對我正視一眼。」說道：「這位前輩名叫狐九敗。」

古銀山以為聽錯了，又問：「你說誰？」

古劍仍道：「狐九敗。」

古銀山父子忽然大笑起來，雖然笑得誇張，卻蘊藏著許多無奈與失望。古鐵城道：

「聽說你聾了，沒想到也傻了。你知道狐九敗是誰嗎？如果真是他，只要教你三天，就可以強過我啦！」古劍終於明白，自己的經歷異於常人，件件匪夷所思，怎能求人相信？如今除非找人比劍，否則就算說破了嘴，也是徒勞。

古奶奶愈聽愈是不忍，過來拉著古劍道：「這麼一折騰，大夥都還沒吞下幾口菜呢？這可是咱們古家的團圓飯，盡早趁熱吃吧！」招呼著大家圍桌吃飯，古銀山悶不吭聲扒了幾口，說一句：「早就涼了！」放下碗筷，逕自回房休息。

古劍心下難受，也是食不知味，奶奶卻拚命夾菜過來，頻頻詢問這些年來的種種經歷。古劍能說的就說，但有的事說出來太苦，怕她難過；有的事說出來太險，怕她擔心，只好含混帶過；而與錦衣衛之間的糾葛惡戰，更是一個字也不能提。古奶奶見到古劍平安回家已是欣喜若狂，並不在意他能否學到什麼好身手，不斷安慰說：「學不成劍有啥要緊？過幾天就讓你到城裡學手藝，依我看來，無論是木匠、鐵匠，都好過舞刀弄劍的『殺人匠』。」這番話又讓他想起了程漱玉，心想：「若要學這些東西，我早有一個好師傅，何必再找旁人？」

當晚古劍獨自一人睡在偏房，他一直隨遇而安，到哪裡都能很快入睡；但如今回到熟悉的老家，心中卻是思潮洶湧，翻來覆去竟是難以成眠！此時月色溶溶，透過窗櫺灑在床前，索性起身坐在床沿，拔出桌上的鑲玉劍，怔怔的盯著。

驀然背後亮起一點微光，轉身一瞧，是奶奶手持燭臺開門進房，古劍道：「這麼晚了，您怎麼還沒入睡？」

奶奶微笑道：「我也睡不著！」她把燭臺放在桌上，坐在古劍身旁，握住他的手道：「告訴奶奶！你是不是也很想上陝西比劍？」古劍緩緩點了頭，他現在有信心能打出一番成績，為何不去？

古奶奶道：「我去跟你爺爺說，讓你明天和石水比一場，贏的人就去比劍，如果你輸的話，可得答應奶奶，忘記這些江湖玩意，好好做個普通人。」

古劍道：「這樣好嗎？爺爺已經把劍缽給了姐夫……」

古奶奶道：「有什麼不可以？這可不是奶奶偏心，說實在，石水也是個孝順的好孩子，但古家的劍缽本來就準備留給你的，他們以為你死了才開始培養石水。如今正主回來，論資格兩個人都有，自然要真刀真劍的比上一場才算公平，怎麼可以只憑幾招耍得不夠漂亮，就斷定你不行！」

古劍欣然點頭道：「謝謝奶奶！孩兒明日一定盡力表現，不讓您失望！」祖孫兩人又說了一段體己話，直到蠟燭燃盡，奶奶才回房安睡。

古劍躺回床上，仍是心事如潮，只好再度起身，穿上外衣，想去室外透透氣。大門一開，卻見月光下有人在院子裡賣力舞劍，正是姐夫趙石水。他一見古劍，立刻收劍，朝著古劍微笑道：「抱歉！吵到你啦！」

古劍道：「一點都不，我聽不見。」

趙石水道：「啊！我忘了！」

古劍微微一笑，道：「你好認真，這麼晚還在苦練。」

趙石水道：「離正式比劍還不到兩個月，不加把勁怎行？」

古劍心中一陣欠然：「他已認定自己是古家的劍缽，若被搶了回來，想必十分不快！」說道：「只不過是一場比試罷了，你也不必太過看重。」

卻見趙石水道：「阿劍，不瞞你說，我自小家裡就窮，向爹學劍就是盼望有朝一日能出人頭地。後來認識你姐姐，想娶她進門，爺爺說你已經死了，古家不能絕後，硬要我入贅，為了你姐姐，我認了！卻因此被村子裡的人更加瞧不起；所以為了古家的名聲，為了自己，為了你姐姐，更為了讓我那個剛出生的兒子日後能抬起頭來做人，無論如何，都得好好把握這次揚眉吐氣的大好機會！」

經他這麼一說，古劍的心情立時沉落谷底，思道：「他那麼看重試劍大會，我怎能爭呢？」沉寂半晌才道：「原來如此。那您繼續練吧！不打擾了！」說罷回房，反覆想著：「到底該不該和姐夫爭搶劍缽？」如此一來，更加難以成眠。就這麼眼睜睜的瞧著屋樑，直到天亮，父親開門叫人，對他說道：「到前院來，把劍帶著，爺爺說要再給你一次機會。」

來到院子，家人已全在等著，就連還在坐月子的姐姐也抱著嬰兒站在門口，衝著古劍微笑。古劍還她一笑，心想：「她到底是希望弟弟打贏還是夫君獲勝？女人多半是偏向丈夫，只是她以為丈夫一定會贏，先給弟弟一個安慰的笑；或是這一笑，是求我手下留情？」

古銀山道：「我把劍缽交由石水擔承，聽說你不太服氣！既然如此，就讓你們兩個比試一場，輸的人可得心服口服。」

趙石水手持長劍已立在場中，道：「阿劍！你別客氣，把學會的妙招全使出來，如果贏了，劍缽就讓給你。」說著已拔出長劍，蓄勢待發。

古劍也拔劍相對而立，古奶奶喊道：「小心啊！可別傷了彼此！」但此時的古劍心亂如麻，根本沒留意。

趙石水一聲：「注意！」施展古家劍法的第一招「平野流星」，向著古劍腰腹劃來。這一招來勢頗快，但他一味求速，卻未能守禦周全，古劍一眼就瞧出七、八個破綻，其中三個十分離譜，一招便可令其棄劍認輸；然他只是輕輕的擋將回去，雙劍相交，覺得從小做慣莊稼的姐夫，膂力尚強，內力卻是頗有不足。

他本來打算承讓，現在不禁又猶豫起來，心想：「以他這種功夫，決計過不了關！咱們古家已是第九十一劍，任輸一場，都得落到百劍之外，保不住百劍門的資格，爺爺和爹豈不難過極了！」然而抽空瞥一眼姐姐，見她滿臉關懷神色，心中又軟，思道：「我和姐姐相處時日不多，但只要在一起，她都對我照顧有加，好幾次爹把我關在後山茅廬中禁食，都靠她偷偷送來的飯菜充飢，一次被爹發現，姐弟倆被打個半死，但是過了兩天，她還是照送不誤。」這樣忽忽過了一百多招，古劍一會兒想讓，一會兒想搶，始終拿不定主意，他心情愈來愈亂，漸漸有些心不在焉。

趙石水本來怕傷了古劍，出招雖快，卻都留有餘勁，心想要打敗他不難，可別傷了奶奶的愛孫。然數十招一過，卻覺得愈打愈是古怪，只見古劍隨意擋架，也看不出其劍招有何高明之處，卻總能接下自己的攻勢，一股好勝之心慢慢被激發起來，出劍愈來愈快，用勁也不知不覺的強了起來。

驀地裡，趙石水突然變招，長劍忽交左手，連人帶劍直撲而來！這一招「換月追星」是古家劍法中最為奇狠的絕招，也是古銀山最喜歡演練的絕招，常說當年就是靠這出其不意的一招搶進了百劍門的席位。古劍也學過一陣子的家傳劍法，當時根本無法理解這招的奧妙之處，如今不但看出來了，也發現了這招的破綻。然而這招本是拚命的招式，但見趙石水疾撲而來，左手劍籠罩住自己周身十幾處要害，若不想認輸，只有對著他右臂削去；但對手來勢太快，以姐夫的功力，能否立即止步停勢？萬一不能，整條手臂都會被削斷，他哪敢冒這個險，立即棄劍，側身退了兩步。

趙石水的長劍立刻抵在胸前，道：「謝天謝地！我一出劍就後悔，真怕不小心傷了你！」

古銀山道：「石水太過緊張，影響其正常表現，要不然根本無須用上這招。」

古鐵城道：「阿劍的劍法倒比我們原先估計來得強，但仍不如你姐夫，服氣了嗎？」

古劍點頭，默然無語。

古奶奶過來牽著古劍的手道：「沒關係的，待會奶奶就帶你進城找表叔，不出三年，你就是一個有名的木匠師傅。」

古劍道：「奶奶，學手藝的事，等我們從太白山回來再說。」

古奶奶還沒開口，卻見古銀山道：「不學劍了，你去幹嘛？」

古奶奶道：「讓他去吧！畢竟他也辛苦學了那麼久的劍，少年心性，就算不比賽，也會想瞧瞧熱鬧。」

古銀山搖頭道：「妳不曉得沒有盤纏了嗎？若借不到錢，別說阿劍，就連我也去不成！」

古劍道：「我自己會想辦法，絕不花您一分錢。」

古銀山沒好氣的說：「有什麼法子？去找以前那些殘幫的朋友借嗎？還是你也變成殘丐，沿路乞討。」古劍沉默不語，古銀山也覺自己罵得過分些，道：「隨你吧！要去就去，萬一餓死在路上，可別怨懟！」

第十四章

樂遊

既然不必參加試劍大會，也無須急著練劍，古劍閒不下來，當天就帶著傢伙上山捕獸，陷阱挖了不少，無奈這一帶人煙不夠稀少，野禽山獸的數量遠不如九寨溝，忙了整天只逮著一隻竹雞，賣不到什麼錢，倒是可以拿回家給姐姐補補身子。爺爺對古劍捕獸的本領倒有幾分驚喜，讚道：「你倒也沒全白混，那套劍法雖說對付不了什麼人，切雞斬兔卻是遊刃有餘。」

當晚古劍又到院子觀看姐夫練劍，趙石水使完一百二十八招古家劍法，收劍道：「阿劍！今天早上可真不好意思……」

「沒關係！」古劍趕緊打斷他的話道：「你的劍法比我精熟多了，本該代表古家比試。不過經過早上這麼一試，才知道我雖為古家子弟，竟對家傳的劍法還有許多疑惑不解之處。」

趙石水道：「爹沒教過你嗎？」

古劍低聲道：「和爹爹學劍，稍有不對便打罵兼施，我一著慌，就記不得啦！」

趙石水默默點頭，古銀山和古鐵城性格都有些急暴，教劍嚴厲，弟子使得稍有不像便劈頭開罵，多問了兩句，還先怪說：「你怎麼那麼笨？連這個都不曉得？」所以本來古家開武館收入十幾名弟子，卻陸陸續續被他們罵跑，只剩下他一人。

趙石水道：「你若想學，我可以教你啊！」話才剛說完卻立刻後悔起來，思道：「我現在練劍的時間都不夠，哪有工夫教他？」

卻見古劍面露喜色道：「太好了！」立即奔回房裡，拿出長劍道：「這第一招我就一知半解，為什麼要這麼削呢？」說著便學趙石水早上所使，依樣畫葫蘆一番。

趙石水糾正道：「你該這麼握劍，將全身的氣力貫注在手臂之上，出招時務求狠快，第一招就得有先聲奪人之功，就算傷不了人，也讓你的對手嚇一大跳。」

「原來如此！」古劍點頭道：「可是……這麼一來，左半身好像會露出不小的空門，此時若對手一劍刺向左腰，該如何回防？」

趙石水笑道：「他得夠快才行，咱們先出劍又是全力進擊，他想後發先至可沒那麼容易？」

古劍道：「姐夫！論劍法我遠不如你，但若說到見識，您可就差了些。」趙石水無可辯駁點頭稱是，聽說他待過七大門派，什麼高手沒見過？別說自己終日閉門練劍孤陋寡聞的理所當然，就連爺爺和爹的見聞，比起阿劍也望塵莫及。

古劍續道：「依我看來，世上能把劍使得那麼快的人還真不少。」

趙石水道：「各大門派的高手名宿不少，自然有此本事，可是這些人並不參加試劍大會啊！」

古劍連連搖頭，只說：「當年爹的古家劍法，恐怕不比你慢，也只不過排名第九十一。」

趙石水心中一凜，他學劍不過五年，雖日夜苦練自認略有小成，其實以其目前的修為，離古鐵城當年試劍時的火候尚有一段差距；然而他已盡了全力，古銀山父子雖暗自焦急，為了給他保留信心和鬥志，一直隱忍不提。如今古劍雖未明說，確也暗示十分明顯，說他這種使劍方式，恐怕一開始就會自陷險境。問道：「該怎麼辦？」問完才後悔，心道：「我怎麼問起他呢？他若真懂得那麼多，劍術怎會如此不濟？」

卻聽古劍道：「我手腳笨，劍是注定學不成；不過各大門派的高人不少，教了我不少用劍的道理，不管懂不懂，我都像背書一樣牢牢記在心裡，您姑且聽之。我記得紫繯道長曾說：『出劍最多只用八分勁，一分留後路，一分留餘地。』」

趙石水不解：「什麼意思？」

古劍道：「運劍的速度，未必是愈用力愈快，而在於心念是否反應靈活，身手是否協調流暢；如果全力使劍，招式極易用老，遇到藝高膽大的對手趁虛而入，勢難回救。若對手遠不如你，但見來勢猛惡，很可能會嚇得驚慌失措，萬一閃避不及，你有把握收發由心嗎？」

悟創古家劍法的祖先，曾是朱元璋手下的一員猛將，用在戰場上的劍法，講究剛猛狠速，能一劍殺死敵人，絕不用到第二劍。這麼代代流傳下來，古鐵城傳授給他的劍法自然強調招招力盡劍劍穿心，往往勁道有餘卻是迂迴不足。古劍瞧出家傳劍法急攻忘守、過直必僵的缺失，這番話句句成理，卻與趙石水長久以來的觀念背道而馳，一時之間陷入迷茫，問道：「這個紫繯道長是誰？他說的話可靠嗎？」

古劍「啊」的一聲道：「您怎麼連紫繯道長都沒聽過？他可是武當派數一數二的高手，據說單憑劍術的造詣，不輸其掌門師兄灰纓道長；他說的道理，整個武當派可沒人不信，您不妨試試！」

趙石水從來沒看過別的劍客使劍，依言使了幾招，也不知該如何放鬆，不是身子太僵就是手臂過軟。古劍只好挺劍而出，道：「如果咱們的古家劍法交給紫繯道長來使，應該是這樣……」說著便演練起來，只見他劍招歪斜，姿勢欠雅，趙石水笑道：「阿劍！你這招太偏了！」說著使一遍正確的姿勢。古劍連連點頭稱是，道：「我學劍就是少了一點天分，您暫且別理劍招，只看劍意就好。」說著繼續比劃下去，趙石水仔細瞧觀，但見他劍法剛中帶柔，韌勁有度，變招十分流暢。

趙石水若有所悟，照著他的要領使來，果然覺得運劍出招靈動許多，劍勢並未絲毫減緩，愈使到後來，愈掩不住內心欣喜，頗有茅塞頓開之感，將古家劍法從頭到尾使完一遍，轉身對古劍道：「阿劍！你真是個怪人，劍法平平，懂得倒真不少。」

古劍笑道：「這叫知易行難。得感謝以前那些師父，氣我學劍遲笨，硬逼著我把劍訣抄上百遍千遍，再傻也背下來啦！」

趙石水笑道：「好極了！我比你姐姐小一歲，算來也大你不了多少，你也別太客氣，看看我還有哪些不對，儘管說出來！」

古劍道：「當然好！不過，也請你糾正我的姿勢。」

趙石水道：「這個自然，咱們互相琢磨截長補短，最好彼此都大有進步，讓爺爺和爹嚇一大跳。」說完相視而笑。

自此古劍每晚都來與他參研劍法，雖說是相互研討，然而古劍已無須再學古家劍法，主要目的還是想指導趙石水。武林中總不乏一些天賦極高的劍手，悟性奇佳一學即通，但這些人往往難以成為好師父。對他們而言，似乎生下來就該知道要如何練劍，無論什麼玄招妙劍，都像一加一等於二是天經地義的事，沒什麼道理可講。遇到稍笨一點的徒弟，除了謾罵搖頭之外，哪有耐心好好解說，所以強師未必真能出高徒；然而古劍早年學劍時受盡各種挫折，對於一般人學劍過程中的種種阻滯心障有切身感受，往往一眼就看穿趙石水問題所在，指導起來無不一針見血，切中要害。

要教會趙石水不難，難就難在不露痕跡，讓他相信自己功夫不行卻仍有一腦子的道理。古劍可沒程漱玉這般靈舌巧辯，便在白天狩獵時，預先想好晚上該教的一些細節和該說的語詞。在指正時，只要一見對方面現疑色便，搬出一些武學大宗師來，說這是少林大師、峨嵋掌門等等所言，可不是我古劍的發明，以增強趙石水的信心。

這樣匆匆過了十來天，趙石水的古家劍法在古劍的指導之下有了長足的進步；而古劍為了把人教懂必須花費許多苦心徹底研究劍術的根本道理。這些日子，雖未常習練「無常劍法」，卻也在不知不覺中對劍術一道有了更深的體悟。

到了出發前的一個晚上，用完餐後古銀山道：「石水，這幾天我和你爹忙著籌措旅費，沒能留意你最近練劍的情形，但想我們該教的也都教了，你也頗能自愛，無須我們整日盯著，你不怪吧！」

趙石水道：「當然！孩兒見您倆為了籌錢整日疲於奔命，恨不得能幫點忙；但你們一定不許，只好加緊苦練。」

古銀山道：「你把劍練好便是孝順，明天就要啟程，今晚再看你練一遍，好讓我們安心入睡。」

家人來到前院，趙石水擺好架式，「平野流星」、「月湧大江」、「深谷射日」……古家劍法一招一式演練出來，古銀山父子面面相覷，都驚異不已，怎麼才十幾天沒見竟全走了樣！看了十幾招，古鐵城終於忍不住喝道：「住手！」

趙石水止劍，轉身瞧望岳丈。古鐵城怒道：「你以往的霸氣跑到哪兒？」

趙石水難得見岳父對他如此生氣，不禁心虛道：「這……這是阿劍教我的……他說七大門派的那些高手使劍，都是這樣……」

古鐵城更氣，啐道：「這小子懂得什麼?怎能聽他胡謅？」說完轉頭瞪視古劍。

古劍拔出腰上的鑲玉劍，劍柄朝父親手上遞去，道：「您別急著罵人，劍法好不好有時候看不準的，倒不如親自試一遍！」

古鐵城接劍，作勢要砍古劍，罵道：「我怎麼看不出來?分明是你嫉妒姐夫搶了劍缽，設計要毀了他！」

此時卻聽古銀山道：「阿劍說得有理，你就姑且試之。我仔細想了想，剛剛石水確有幾招使得還算順暢靈動，或許咱們的家傳劍法，尚有改進的空間。」

古鐵城仍對著古劍說氣話：「如果不行，先砍了你這小子！」接著一聲：「接劍！」挺劍往女婿攻去。

翁婿二人瞬間對了數十招，使的是同一套劍法，古鐵城多了二十幾年的修為，使起來十足的剛猛強橫，顯然已將原本的古家劍法練得爐火純青。趙石水的劍法經古劍改造之後，剛猛之勢稍卸，卻更見鬆泰暢美；由於功力與岳丈差距明顯，只見他東切西閃，並不與對手正面交鋒，這避鋒藏銳的原則，自然也是習自於古劍。

起初古鐵城怕傷到女婿，並未全力施展，然而數十招一過，卻見趙石水雖讓不懼，果真有些門道。他逐漸加力，劍聲呼呼，劍光閃閃，慢慢將古家劍法的威力加到極致，古劍的娘雖是外行，瞧這陣勢也不禁擔起心來，連道：「千萬小心，可別傷了石水！」

但見趙石水身隨勢轉，招招自然輕翔，聽聲見勢雖遠不如岳丈，運劍的速度卻絲毫不讓，見招拆招始終未落下風。整套古家劍法使畢，古鐵城收劍退步，雙手微顫，看一眼女婿再看一眼兒子，心情激動，對著父親道：「爹！咱們古家有後了！」

此時古銀山早已老淚縱橫，快慰不已，拍拍古劍的肩道：「小子，雖然你學劍不成，畢竟帶了不少有用的見識回來，也不算枉費我們多年的苦心！」

雖然微帶失落，但古劍總算盼到了一句讚美。

次日凌晨，古家在門前擺上香案素果，參拜天地、祭祀祖先之後便告別婦孺開始啟程。由於時日尚短，古銀山父子雖然四處奔走張羅，仍籌不到足夠的盤纏。沒法子，第一站還是得跑一趟百花莊，若借不到二、三十兩銀子，別說古劍，連古銀山也去不成！

大部分的行李交由古劍背負，四人腳程頗快，午時未到便已來到百花莊的朱漆大門，敲了門，煩請下人通報洪莊主。

洪承泰正在大廳與家人品茶，聽到古銀山前來，皺著眉把帳房叫來問道：「古銀山又來借錢，你去應付，如果不多的話，就送他好啦！」

那管帳的先生道：「銀子我們多得很，只是這麼一來，不就壞了家規？」

洪承泰道：「這我曉得，他們古家愈混愈回去，如今連出門參賽的旅資都湊不出來；然而人家好歹也是百劍門的人，總不好坐視不理。」

一旁的洪維周道：「恐怕再過一陣子，就不再是了。」

古家劍缽武藝平平的傳聞，也早傳進洪承泰耳裡，他笑了一笑，道：「這種小事，你們處理吧！」說著起身走回內廳。

古銀山一行人等了許久才被帶進大廳，廳上只有洪府的錢總管一人，一見面就八面玲瓏笑道：「古老爺，您來得真不巧，咱們老爺正在內廳睡著呢！」

古銀山道：「怎麼這麼早歇息，還沒吃中飯呢？」

錢總管道：「多半是昨夜受了點風寒，今早起床就覺得全身不太舒坦，吃完早膳沒多久便昏昏欲睡，我們做下人的也不敢隨意打擾。但您若真有什麼要緊事，我這就去請。」

古銀山連忙搖手道：「千萬不可！我們哪有什麼了不起的大事，洪老爺還是安心養身子要緊。」

錢總管笑道：「那您有什麼事能否告訴小的，若能作主，這就幫您辦去。」

古銀山嘿嘿一笑，道：「其實也沒什麼，只是咱們今日正式啟程前往太白山，順路來給洪老爺打聲招呼。另外……另外……」搓手搔頭囁嚅半晌，始終難以啟齒。

古劍看在眼裡，才知借錢之苦，心下一陣難過，思道：「在我有生之年，一定要把家裡失去的全賺回來。」

只見錢總管笑道：「古老爺有何需要，但說無妨。」

古銀山吸了一口大氣才道：「我想……我想……能否再和你們商借個二十兩銀子。」

錢總管笑道：「說老實話，二十兩銀子對咱們百花莊而言實在不值一提。但洪家一直有個祖規：『有借有還，再借不難；有借無還，再借免談。』如果小的沒記錯，兩年前您曾來借過一筆錢，到目前為止，似乎尚未清帳。」

古銀山道：「這我明白，還欠貴莊三十兩銀子，總會想法子還清。只是今天若非萬不得已，也不敢……」

錢總管從口袋裡掏出五兩銀子道：「這筆錢您拿去，就當作是我個人和您交個朋友，至於其他，限於家規，實在愛莫能助，還請您原諒則個！」

古銀山無奈的接下銀兩，這實在不夠，卻又不知怎麼再開口？站在原地，愣了半晌，古劍實在不忍，終於下定決心，要把鑲玉劍上的鑲金嵌玉給掏挖出來，找一家信譽卓著的當鋪活當。雖然萬分不捨，但他總不能太自私，眼睜睜看著爺爺為難。說道：「爺爺！咱們走吧！旅費我會想法子。」拉著爺爺的手向外走去。

洪承泰留在內廳並沒真睡，聽進不少廳外的對話，一直不以為意，直到最後耳聞古劍的聲音，雖然只有短短幾句，但這口音聽來比一般道地川人淡了許多，且語音飄忽，抑揚頓挫抓不清楚，十分特異。忽爾想起那個在佛手上獨鬥四大統領的少年「古勝」？立刻跳下躺椅，走向前廳，正見古家祖孫四人走到門口，喊道：「前面是銀山兄嗎？」

古銀山回頭一望，從內廳走來的正是洪承泰，趕忙賠禮道：「啊！我們說話不知節制，把您吵醒。聽說您身子欠安，真是對不住！」

洪承泰笑道：「哪兒的話？不過是一點小風寒，睡一覺就好多啦！如今見到老朋友，心情暢快，什麼大小毛病更是躲得煙消雲散。」轉頭對錢總管責問：「怎麼看見銀山兄前來也不叫醒我？」

錢總管心裡打了個突：「不是您叫我打發的嗎？」但知莊主如此必有深意，不敢多辯，連忙稱是。古銀山道：「別怪他，是我請他別驚動您的。」

洪承泰笑道：「您太見外了！咱們四十年的老交情，難得來一趟，能不見嗎？……我曉得您是無事不登三寶殿，今天帶了這麼多子弟前來，是有什麼重要事情？」

古銀山一臉尷尬，也不知該如何開口。錢總管在洪承泰耳邊說了幾句，洪承泰詫異道：「真有此事？我怎麼不曉得？叫管帳的陳二把借條拿來。」又招呼著古劍家人坐下，

古銀山依言坐下，心中栗六不安，上次借錢時洪承泰也不在場，這次他知道了，可不知要怎生應付，若是拿出借據逼他還錢，該如何是好？卻見他又道：「你們既然來了，何必急著走？下人不懂事，簡慢各位，待會非得好好懲罰不可！您公子鐵城，我早已熟識，但這兩位英氣勃發的少年，可是從未見過，是您孫子嗎？」

古銀山這才想到還沒叫晚輩行禮，隨即引介孫婿孫子，論及古劍時，他躬身行禮，以其特有的腔調喊一聲：「洪爺爺。」洪承泰面露微笑，又多瞧了他兩眼，當時在樂山所見到的「古勝」雖曾易容改妝，但比對輪廓身形依稀可瞧出不少相近之處，而神情舉止更是一模一樣。洪承泰老於江湖識人無數，愈看愈篤定，眼前這個少年，必是在樂山大佛上以一把爛劍，打敗四大統領的神祕少年「古勝」。

陳二很快奔到，一手拿著帳冊一手拿著借條，恭敬的交給莊主。洪承泰把帳冊扔到一邊，瞇眼瞧著借條。古銀山鼓起勇氣道：「這是兩年前向您借的三十兩銀子，我保證一定還清！本來還想再向您賒個二十兩，但聽說您家規不許，也不敢再囉嗦。」

洪承泰親切的笑了一笑，道：「是有這個規矩，但是……」話說到一半，突然一把將借條給撕了！朝著總管與帳房聲色俱厲的罵道：「你們沒聽過百劍一家嗎？哪有向自己家

人要借據的道理？你們聽好！今後古家的人來到這裡，只要咱們拿得出來，需多少就給多少，誰再敢叫人簽什麼借條？我叫他自個還！」

古銀山不敢相信自己的耳朵！忙道：「不！不！不！這的確是我們借的，您不算咱們利錢已經仁至義盡，怎麼還敢賴帳？」

洪承泰道：「銀山兄，咱們三代世交，您怎麼還如此見外？百劍門雖有百家，但放眼成都周遭，也只有你我兩家而已，我不跟您親近，還能跟誰？」

古銀山道：「話雖如此，可是……」

還待分說，卻被洪承泰一口打斷：「您別再提了！再談到臭錢，就是瞧不起我洪某，做兄弟的可要生氣啦！」

古銀山受寵若驚，他與洪承泰雖識未熟，實沒料到他會慷慨至斯，更沒想到一向高高在上的他，竟會突然對自己如此熱絡起來，只有古劍心底隱約知道其中緣由。

果見洪承泰又道：「看你們一家子浩浩蕩蕩，莫非正要往太白山進發？時候還早嘛！怎麼不等我們？」

古銀山道：「路途遙遠，咱們走路的，還是早點啟程妥當；你們坐馬車的，倒可晚個幾日。」

洪承泰搖頭笑道：「您又見外了！就這麼說定，請你們留在寒舍小住一天，明日一早，咱們一塊出發。」不等古銀山拒卻，轉頭吩咐錢總管：「咱們的行李、馬車都備妥了嗎？」

錢總管答道：「您吩咐要提早五天準備，所以昨天就已全部備齊。」

洪承泰道：「給你一天時間，把所有的東西再弄一份，明天出發前檢查，咱們有的，古家如果少了一樣，你這個總管就別幹了！」

正午洪家開了筵席，宴請古家四口人，洪家則有洪承泰、黎引、洪維周夫妻、洪子揚五人作陪。上菜前兩家人相互引介，洪維周父子事先得知古劍就是那個劍法驚人的「古勝」，都顯得十分熱誠。

一張圓桌擺了十個座位，卻只有九個人，飯菜陸續端上，洪承泰皺眉道：「蕊兒這丫頭瘋到哪兒去啦？怎麼到了吃飯時間還不回來？」

洪子揚笑道：「莫非是聽說家裡來了一個俊俏的公子哥兒，姑娘家害臊，不敢出來！」說得眾人都笑，古劍知道說的是自己，不禁靦腆的低下頭。

笑過之後，卻見黎引道：「這丫頭早被你們寵得不知羞啦？多半是聞到廚房煮的七珍湯，弄了一鍋，送到西園去啦！」原來這個孫女洪嬌蕊是洪維漢的三房所生，照說洪子安輸了劍缽，她也得跟著父母奶奶一起移居西園，但洪承泰有九個孫子，卻只有一個孫女，自然捨不得讓她離開；再加上她長相甜淨，話語討巧，連黎引也不排斥，便一直留在身邊。

洪承泰聞到她語氣中微微的醋味，不敢再提，笑道：「別管啦，哪有長輩等晚輩的道理，咱們吃吧！」夾起酒杯，分別敬古銀山和古鐵城一杯，接下來盯著古劍笑道：「這杯得敬古家即將一鳴驚人的劍缽。」

古劍愣了一下，並未拿起酒杯，卻見趙石水起身回敬道：「洪老爺說笑了！晚輩功夫淺薄，哪談得上一鳴驚人？」

洪家祖孫三人盡皆詫異萬分，洪承泰一杯酒放在唇前，竟忘了喝！過了半晌，才對著古銀山道：「您說古劍……不是劍缽？」

古銀山笑道：「誰說劍缽一定要親生兒孫，強者奪之，孫婿當然可以。」

洪承泰忍不住驚道：「你說他劍法比古劍還高？」

古銀山道：「不瞞您說，我這孫婿還真讓我滿意，雖說不如貴莊的洪少爺，但和他岳父比起來，已是相差無幾。」說來不禁露出得意之色。

洪承泰再也按捺不住好奇之心，道：「借您孫子說幾句。」起身將古劍拉到一旁，低聲道：「這到底怎麼回事？」

古劍道：「您就別管了！總之，我把劍缽讓給姐夫，是千真萬確。」

洪承泰道：「可是……你劍法這麼好，不去試劍豈不可惜？是不是蕭統領他們還在追殺你，不能露面？」

古劍搖頭道：「此事已經解決，如果他們還有一點信用，應該不會再來找碴。」

洪承泰又問道：「那個程姑娘呢？她被抓走了嗎？怎麼沒跟著你？」

古劍道：「她安全了，我們打斷鐵鍊後便急著離開，也不知去了哪裡。」語氣略帶落寞。

洪承泰卻稍顯興奮，又問：「聽說她長得十分標緻，人又機靈，怎麼就這麼讓她走了？」

古劍略顯尷尬，道：「洪莊主，她的事情，您還是少知道一些的好！」洪承泰凜然一驚，這個姑娘驚動四大統領出馬圍捕，絕非普通人物，他多知道一分便多一分麻煩，連連稱是不敢多問，和古劍回座用餐。

甫回到座位，卻見門口奔進來一名十七、八歲的少女，斂衽一福道：「爺爺、奶奶、伯父、伯母，蕊兒來晚了。」

黎引臉上稍顯不悅，道：「坐下吧！又給妳奶奶送七珍湯去了？」洪嬙蕊坐下道：「花奶奶最愛這湯，我一聞到香味，忍不住便叫廚子多弄一些，趁熱送過去。」

黎引道：「妳一片孝心，我也不好說些什麼；但今天有客人來，這麼做可失禮得很！」

洪嬙蕊吐吐舌頭，對著客人道：「對不起！」又靠向黎引，嬌聲道：「奶奶別生氣！如果您有什麼愛吃的東西沒能吃到，我也會難過的。」說著夾了一塊蜜汁火腿到黎引碗上。

黎引哭笑不得，道：「說得好聽，我在城東苦了二十年，怎麼不見妳來探望一次？」

洪嬌蕊道：「我真不曉得有這回事，奶奶您怎麼老是不信？後來聽說你們祖孫受了這麼多的苦，還偷偷哭了好幾回呢！」說到後來，淚水瑩瑩欲滴，把黎引弄得心軟起來。

洪承泰道：「別在客人面前鬧笑話！快把飯菜吃完！回房準備一些日用，明天一早還得出發。」

洪嬌蕊臉現喜色，眼睛睜得老大，道：「您肯讓我去太白山？」

洪承泰道：「妳不是一直吵著要看人比劍嗎？就讓妳瞧個過癮。」

黎引道：「老爺子，你不是說女孩子家不適合去那種地方嗎？且聽說太白山上晨寒夜冷，有時六月天還會下雪，她沒練武功，受得了連日的風寒嗎？」

洪承泰道：「這種武林盛會二十年才一次，若不帶她瞧瞧熱鬧，只怕要被怨怪一輩子！山上苦寒，多帶一些衣物就是，我洪承泰的孫女，凍得著嗎？」

黎引道：「也好，說不定還能看到一些少年英雄，就這麼找到一個如意郎君呢？」

洪嬌蕊急道：「不去了！你們又要笑人家！」眾人本來還忍得住，一見她女兒家的忸怩嬌羞姿態，都笑了出來，連洪嬌蕊自己也跟著低頭微笑，露出兩頰淺淺的酒窩，這個時候還不曉得，爺爺屬意的如意郎君，就坐在對面。

用完午餐，洪子揚說要帶著古劍逛遊莊園，洪嬌蕊看著兩人都帶著長劍遊園，猜想堂兄又要找人切磋，也不避忌，跟在一旁。洪子揚沿路介紹莊內的庭臺閣榭、奇花異木，不過他回到百花莊也沒多久，加上終日練劍所知畢竟有限，往往只開頭一、兩句，便由洪嬌蕊咕咕咯咯的補充一堆。

來到後花園，洪子揚忽道：「那天古兄露了一手精妙絕倫的劍法，令人大開眼界，可惜小弟才疏學淺，尚有許多混沌未明之處，能否向您請教一番？」洪嬌蕊喜歡瞧人比劍，以為堂兄說的全是客套話，所謂「請教」，便是挑戰之意，當下鼓掌叫好。

卻聞古劍謙道：「不敢！請說。」

洪子揚拔出長劍，邊比劃邊說道：「這一招那天我看您使了三次，前面大致相似，然而最後的那一劍，卻分別刺向對手的頸、腰及腿部，為何如此？這到底是一招還是三招？」

古劍道：「那一劍該刺向何方，全視當時情境而定，所以雖說是一招，卻能有十來種變形。」見洪子揚一臉的似懂非懂，拔劍比道：「當時蕭乘龍雙刀急舞，護住下三路，這一劍自然刺向他上身弱處；王遂野正要分槍繞刺，中路空門大開，這一劍便往他腰上招呼；至於劉易風，我看他人胖，在斜滑的佛手上，跳躍閃避不免稍欠靈活，便專攻其下盤。」

經他這麼示範講解，洪子揚豁然開悟，欣然道：「胡遠清前輩也說過：『劍是死的，招是活的』，當時我盡心聆聽也不過一知半解；如今您親自解說，再回想當日情景，確是如此。」

古劍點頭道：「但得先把劍法融會貫通，了解每一招每一式的精義，才能把招使活；

而不是拚命死記狂練，以為熟了，自然就會通。」

洪子揚喜道：「說得極是，您肯留下真好！在下還有許多疑惑，想請……」

洪嬌蕊忍不住將他拉至一邊，問道：「子揚哥，你們當真不比劍？」這一陣子，洪承泰常高價請一些懂劍的江湖人物前來和洪子揚比試論劍，因此只要來到後花園，便知必定有一場好戲可看；但這次卻只見洪子揚不斷的推崇對方，竟像個徒弟似的虛心求教起來！她心裡老大納悶：「這人看起來年紀也不大，武功怎麼可能強過子揚哥？」她親眼見過這位堂兄打敗過無數高手，就連原先她最佩服的親哥哥洪子安也在他的手下稱臣服輸，在她心中，早認定洪子揚是天下最厲害的年輕劍手。

卻聽洪子揚轉身笑道：「他的武功遠勝於我，有什麼好比！」

洪嬌蕊這才認真的多瞄了古劍兩眼，這個人的樣子實在沒有半分瀟灑自豪的模樣，搖頭道：「實在不像！」

洪子揚道：「別以貌取人，妳看過爺爺曾對一個年輕人如此拉攏親近的嗎？如果我猜得沒錯，他可是巴望此人有朝一日，能成為洪家的乘龍快婿呢！」

「胡說！我才不嫁這個愣小子呢！」說完又瞟了古劍一眼，終於明白，為何爺爺突然改變主意要讓她隨行。洪嬌蕊兩頰忽然暈紅起來，低聲道：「我回房去啦。」低頭離去。古劍並不偷瞧他們兄妹說什麼悄悄話，只隱隱約約覺得似乎又遇上了麻煩的事！

次日凌晨，洪家祭拜完神明及祖先便啟程北行。百花莊準備四輛馬車，其中兩輛頗為精緻，分別乘載洪家與古家的人，第三輛載運七、八名服侍起居的家丁、廚子，第四輛全是行李、炊具、酒器、棉被等物，連休息用的竹椅藤席，都帶了幾個。原來沿途未必處處有大城鎮大客棧，如果當地客棧煮不出像樣的食物，便自己採買煮食；如果嫌床太硬、被不夠軟，便鋪上自備的軟墊香毯。

馬車達達疾行，浩浩蕩蕩經過成都城的街廓，古劍掀起布簾，只見街上的行人都把目光迎向這裡，不時指指點點，多半是對百花莊這等排場感到好奇。轉頭卻見爺爺嘆道：「沒想到洪莊主如此熱腸好義，但這麼一來，咱們欠他的情可不知怎麼還清？」

古鐵城道：「金錢債易還，人情債難清。咱們何不向洪莊主再借個三、五十兩，然後各走各的，不必再麻煩他們。」

古銀山道：「我提過，卻被他罵了一嘴，說咱們瞧不起他們百花莊；除了多年交情之外，還說什麼跟咱們家阿劍也有緣。這是什麼意思？阿劍！莫非你早認識洪莊主，怎麼洪家祖孫三人，似乎都對你特別熱絡？」

古劍道：「是有一面之緣，但也稱不上熟稔。」

古銀山道：「什麼時候？你不是說在九寨溝練好劍就回家，怎麼有機會認識洪莊主？怎麼結識那兩個殘丐？還有那把鑲金帶玉的劍又是誰送的？你始終沒有交代清楚！」

原來古劍不善編謊，一些不宜說、不方便講的事情，都支支吾吾應付過去，此番又被爺爺追問，正自頭大，馬車忽停，洪承泰父子走過來，笑道：「我想和銀山兄聊聊。古劍，你可以和子揚、嬌蕊同車嗎？」正是求之不得，古劍二話不說，逕往鄰車行去。

馬車續行，古劍和洪子揚談劍論招，洪嬌蕊插不上嘴，只好靜靜坐著觀看風景。行不到幾十里路，馬車又停了下來，兩輛馬車並排，洪維周探頭道：「子揚，你過來坐一下，爺爺有事交代。」就這麼把洪子揚給弄了過去。

這麼一來，這輛馬車只剩下他和洪嬌蕊。兩人相對而坐，互瞧一眼，這姑娘又害臊起來，低頭默然。古劍稍稍打量一番，這位百花莊的嬌女，臉圓唇細，肌膚白皙，也頗為俏麗甜淨，而兩頰薄施脂粉，羞起來倒有一番風姿。然而這種情景，卻未引動古劍心中的旖旎遐思，他終於明白洪承泰的苦心，只覺尷尬得緊，一時之間，也不知該如何應對？只是默默的把玩手上的那把鑲玉劍。

也不知過了多久，洪嬌蕊終於忍不住開口：「那把劍，能不能借我瞧瞧？」古劍遲疑一會，還是遞了過去。洪嬌蕊接在手上，道：「好美的玉珮，能不能挖下來給我？」古劍笑著搖頭，心想：「你是百花莊的千金小姐，什麼珠寶沒見過？怎會在意這片小小的玉佩。」卻見洪嬌蕊正色道：「我是說真的！不信的話，我拿這來換！」說著掏出五顆夜明珠，每一顆恐怕都要比玉佩來得值錢。古劍卻搖得更加堅決。

洪嬌蕊嘟囔道：「不過是一把劍，有什麼稀奇？就算丟掉，也沒什麼大不了！」說著露出促狹的眼神，作勢要把長劍扔到外面的山谷。

對這麼一個嬌女來說，區區一把劍可不看在眼裡！古劍真被嚇著，一聲「不要！」隨即出手，點了她兩臂腋窩上的極泉穴和胸頸間的璇璣穴，這三處要穴被點，上半身立時動彈不得，只見她雙頰泛紅，兩眼垂淚道：「你這是幹嘛？人家只不過開個玩笑……」

她可不比一般的江湖女子，古劍也覺得自己出手太過猛浪，一時慌了手腳，顫然道：「我……我不是故意的……」

洪嬌蕊喝道：「你還愣什麼？還不快點解穴！」

古劍這才把劍抽回，用劍鞘在這三處穴道搓揉了一會，慢慢打通經脈。洪嬌蕊躬腿而坐，將整張臉埋在兩膝之中，不時抽動幾下，用不著聽見聲音也猜得出她在哭泣。古劍滿腔無奈，心想：「這禍闖得不小，她若找洪莊主哭訴，可就麻煩啦！」

所幸一直沒提，只是接下來兩天，這閨女鬧起彆扭來，連正眼都不瞧他一眼，更別提談話！每當古劍想要解釋或賠罪，才一開口，便見她把耳朵摀緊。

馬車日行三百里，第三天已至送劍亭，此乃川陝棧道的起點，自此向北八百里路，需經過一條又一條的棧道，無論架木為橋或鑿壁為路所成的棧道，車馬都難以通行，只好改為徒步。洪承泰僱用十來個「扁擔幫」的挑夫，這幫人靠著一根扁擔替人挑負重物，棧道雖然崎嶇，靠著多年的苦修，仍能穩快的行走於上。

古劍這些習武之人，也不在乎棧道的艱險，唯一的例外卻是洪嬌蕊。這位千金小姐，不但沒練過半天功夫，還曾經裹過小腳，走起路來固然搖曳生姿，卻是怎麼都快不了。洪承泰這個爺爺也算狠心，攆眾走在前頭，留給古劍這個外人看顧。

五月天赤日炎炎，洪嬌蕊怕曬，雙手還得輪流撐著遮陽紙傘，走不到一個時辰，已是氣喘吁吁步履蹣跚，這姑娘弱不禁風，性子倒是堅毅，始終不肯停步，走到一處窄險的壁道，忽然一陣強風襲來把她往山谷方向吹颳過去，古劍見機得快，一把抓住她的手臂，她臉上微微一紅，甩開古劍的手道：「誰要你多管閒事？我不過晃一下而已，未必會倒！」

古劍笑道：「別再逞強！」把紙傘搶在手上，削取樹枝，幫她做了兩根手杖。洪嬌蕊不再多話，任由古劍代她撐傘，以手杖分擔腳力，繼續趕路，這樣走是輕鬆了些速度又更慢了，眾人為了等他們，走走停停，一天還行不到六十里路，這樣下去，能否準時趕到太白山，都成了問題。

走了兩天，進入劍閣縣，古劍舊地重遊，憶起兩、三個月前也曾跟著一票人行經此處，不由自主的想起了死去的羅萬鈞父子，張武青等鏢師、趟子手，還有……還有那個扮成男妝，秀俏靈動的喬小七……古劍搖搖頭，心中自怨：「怎麼又無緣無故的想起她來？」然而這種思緒最是冤魂不散，哪是搖兩次頭，就能驅得走？

當晚洪承泰在劍閣縣城設宴，見寶貝孫女一臉疲憊，問道：「累了嗎？」

洪嬌蕊一聽，再也止忍不住，抱著爺爺哭了起來！

洪承泰心中也是不忍，拍拍她肩膀道：「如果真走不動，明兒派兩個人送妳回家。」

洪嬌蕊仍哭泣不止。

洪維周道：「劍閣一帶，盜匪橫行。咱們的家丁又不善武功，若碰上什麼綠林大盜，豈不危險？」

古銀山道：「聽說這附近較大的幾個山寨幾個月前全被淨幫挑了，倒也無須太過擔心。」

此事轟傳整個巴蜀武林，洪承泰豈有不知的道理，只見他道：「大山寨是剷光了，但仍有不少連淨幫都懶得理會的小賊窟，我怕的正是這些群龍無首的游兵散夥。大寨自有其綠林規矩，通常只搶財物，不動人身；然這些零星的土匪，可就難以預料！」說著以憐惜的目光瞧著孫女，言下之意，這麼嬌俏可人的姑娘，若被土匪碰上，還能全身而退嗎？

洪嬌蕊卻似懂非懂，聽他們一再提及「淨幫」，起了好奇，拭淚問道：「什麼是淨幫？是好人還是壞人？」

這可不方便對一個黃花閨女說個明白，洪承泰笑道：「淨幫就是淨幫，姑娘家別問這麼多！」眾人不禁微笑，只有古劍面色凝然，思緒不禁回到了那晚的殺戮，總覺得是一場惡夢，心下戚然！

古銀山道：「既然如此，洪大小姐倒不宜獨自回去。洪莊主，不如派人去訂一具竹轎，咱們古家簡單慣了，並不需要那麼多家當，可以騰出兩名扛行李的挑夫負責抬轎。」

洪承泰道：「這豈是洪某待客之道？」

洪維周道：「這一點咱們出發前就考慮過了，做個雙人竹轎不難。但這八百里棧道找不到幾尺平坦之路，石棧部分，有的地方極窄極彎，有的地方極滑極險；木棧部分，又有不少腐朽殘敗之處。叫兩個沒有武功底子的轎夫抬轎，只要其中一人不慎跌跤，蕊兒就有摔落深谷之危。最穩妥的法子，是找一個練過武的年輕人，以單人背轎的方式，負蕊兒行渡棧道。」

古劍若是機靈，這時候就該挺身而出將此一任務應承下來。他也不是愛偷懶，只心裡明白，答應容易，日後的諸多麻煩卻是極難擺平。巧言機辯非他所長，裝聾作啞卻是天賦異稟，古劍夾起桌前一塊雞翅，啃了起來。過了一會，才見洪子揚道：「爺爺，那就由我來背妹妹走吧！」

洪承泰斥道：「你是劍缽，怎麼可以在這時候耗精費力？」

所有的人都把目光對著古劍，話說至此，他已無任何推託的理由。

次日早上辰時末刻，竹製的背轎才送到，此時隊伍已提早半個時辰出發。古劍請洪嬌蕊坐上，她嘛嘴道：「這是你自己討來的差事，可不是我求你。」

古劍笑道：「當然！」

洪嬌蕊道：「先說好，我可一點都不感激！」

古劍道：「當然不必！妳就把我當成百花莊請的長工好啦，無須客氣！」

洪嬌蕊道：「我哪敢？您是武林高手，連爺爺都得敬您七分呢！」話語中仍略帶酸怨，古劍心想再說下去只有更惹她生氣，便撐起背轎的肩帶，往肩上一搭，快步行去。

兩人目光無法相對，古劍倒落得清靜，洪嬌蕊身形嬌小，背來也並不吃力，只是長髮垂了下來，呵得他脖子、耳根子癢呼呼的。不久以前他也曾背負著一個姑娘，那個時候又逃難，又受傷，還得防備她情緒不穩猝起發難，可比現在加倍辛苦，現在回想起來，卻是甜的！

走著走著，天空忽地下起一陣急雨，洪嬌蕊的紙傘頗大，同時遮住兩個人並不困難；然而她不但不幫古劍遮風擋雨，還故意把傘緣對準他額頭，讓整串雨水嘩嘩滴落他眉心、鼻端，儘管全身溼漉漉，古劍始終沒動氣，好似沒她這個人似的，依舊穩穩實實往前行去。

這人愈是無動於衷愈令她嗔怒不已，大雨雖止，她卻不肯安分，不時左搖右晃，不把古劍弄毛不罷休。晃盪半天，古劍依舊不理，她愈發生氣，搖晃得更加厲害，竹轎被她弄得嘎嘎作響，似乎快散了！古劍終於停步，緩緩將她放下，洪嬌蕊思道：「終於生氣了吧！放馬過來！本小姐早有準備，吵輸的是烏龜！」

卻見古劍轉過身子，和顏悅色的說：「您哪裡不舒服？還是想找個地方……方便一下？」

洪嬌蕊忽然紅起了臉，啐道：「方便個鬼！還不快趕路！」

古劍一臉茫然，實在猜不透這個千金小姐的心裡到底想些什麼？重新負起竹轎繼續趕路。這回倒安穩起來，古劍略展輕功，加快腳步，很快便追上眾人。他很怕單獨面對這位脾氣古怪的千金小姐，一旦跟上隊伍便不再落隊，一有休息便把她放下，逕找洪子揚或趙石水說話。

走了兩天來到廣元鎮，下榻的處所正是與程漱玉初遇的三閭客棧。用完晚膳，古家四口人聚在房裡閒聊，古銀山道：「怎麼辦？這兩天洪莊主老說想把他那寶貝孫女讓給阿劍。」

古劍沒想到洪承泰那麼猴急，嚇了一跳，還沒來得及表示，卻見父親道：「這怎麼可以？門不當戶不對。」

古銀山道：「我就是這麼說的，論勢論財，咱們與百花莊可是天差地遠；武功排名也萬萬不如人家，實在高攀不起！若說匹配，縉雲山莊和白晶堡都有少爺，咱們家唯一的好處，不過是近了些。」

古鐵城道：「如果阿劍爭氣一點，有本事和洪家少爺過個幾招，咱們把這門好親事應承下來也不算太過離譜。」

古銀山道：「我提過，洪莊主卻說喜歡阿劍的老實，至於功夫如何，倒是次要。再說整天背著人家大閨女，總是不便。」

古劍急道：「我可沒碰過她呀！爺爺，您千萬別答應！」

「這事輪得到你說話嗎？」古銀山給了他一個白眼，沒好氣的說：「也不瞧瞧自己什麼德性！人家千金小姐肯委身下嫁，可是你前世修來的福氣呢？」看來爺爺已有七分同意，洪承泰再鼓舌磨牙一番，不出兩天就會定了這門親事。

這下子古劍可慌了，卻有許多事情不便和他們細說，起身出門道：「我去找洪老爺談談。」

來到門外，下人通報後進門，洪承泰親切招呼古劍入坐，親手給他斟茶。古劍啜了一口，也沒心思留意味道是甘是苦，說道：「洪老爺，我一個莽夫，實在配不上……」

「哪兒的話！這孫女被我寵壞了，脾氣難免嬌縱些，不過還算識大體，得請你多多包涵呢？」洪承泰似乎早料到古劍想說的話，不必聽完，便一陣搶白。

古劍道：「不是這個意思，洪姑娘嬌俏可愛，又是您的千金孫女，何愁找不到好歸宿？只是我……只是我……」說到這裡，倒真的嚅囁起來。

洪承泰沉下臉來，立身道：「您瞧不起咱們百花莊？」

「絕非如此！」古劍起身急道：「洪莊主，不瞞您說，我心中……有別的姑娘！」這是古劍心中的祕密，若非被逼至此，實不願輕易吐露。

沉寂半晌，洪承泰才問道：「論及婚嫁了嗎？」

古劍搖頭，道：「可是……這種情況下迎娶嬌蕊，對她來說未免太過委屈，我辦不到！」

洪承泰緩緩坐下，難掩失望神色。

洪承泰是百花莊的「劍主」，有絕對的權利挑選「劍缽」。試劍大會每二十年才辦一次，這二十年中，各劍門的劍法未必是一成不變，因此並未嚴格限定各劍門的劍缽一定得與上一代劍缽使相同的一套劍法，只要求這位劍缽與劍主有「關係」，所謂的關係，包含了血緣、師徒或姻親關係。

因此古銀山可以捨其孫子而挑孫婿為劍缽，洪承泰也可以。當他聽到古劍不是古家的劍缽時，正是又驚又喜，馬上打主意要撮合古劍和洪嬌蕊，只要他成為百花莊的乘龍快婿，便能名正言順的代表百花莊出賽。

雖說洪子揚已將「百花劍法」練得極為嫻熟，論火候早遠勝於自己當年，但「百花劍法」有其局限，發揮得再好，頂多也只能搶到一把鵬紋銅劍；而他親眼看過古劍以一把破劍擊敗錦衣衛四大統領，對於「無常劍法」的精奇妙絕佩服不已，若由古劍代表，或有機會能擠進四大劍門，如此一來百花莊的地位陡升，超越其原本川西一霸的格局而成為中原武林巨擘之一，這等風光，可是作夢也會偷偷的狂笑。

於是他處心積慮的安排，同時從祖孫二人身上著手，眼看著就要勸得古銀山答應這門婚事，卻把古劍逼攤了牌！他話語婉轉眼神卻十分堅決，洪承泰嘆口長氣，心知求親是難了！

此時房門忽然被人重重推開，洪嬌蕊走了進來，手指著古劍道：「爺爺！我不要嫁他！」

洪承泰愣了一下，拉下臉叱道：「別那麼失禮！」

眼見這對祖孫就快要因自己而起了扞格，古劍趕緊起身圓場：「沒關係，洪姑娘不過是心裡不痛快，發洩一下就好。」

這本是一番好意，但洪嬌蕊聽來卻覺得語帶譏諷十分刺耳，仰頭噘嘴道：「你怎曉得我不痛快？」

古劍被她這麼一逼，舌頭突然打了結，心想：「這些天來我始終對她冷淡以待，也難怪人家生氣。」

他心有愧疚，吶吶說不出話來；卻見洪嬌蕊又逼近兩步，雙手按住茶桌道：「你說呀！我哪裡不痛快了？」

古劍倒退三步，說：「我……我胡亂猜的！」說是這麼說，心中卻不禁想：「瞧妳這模樣，恐怕全身上下都不痛快呢？」

古劍心裡想什麼，嘴巴雖沒說，眼神卻不知不覺中透露一些端倪，洪嬌蕊更加惱怒起來，忽然抓起桌上杯子，對準古劍擲去，罵道：「你以為功夫強就很了不起嗎？我看你是天下第一的尖酸刻薄！天下第一的虛情假意！天下第一的自以為是！天下第一的狂妄自大！天下第一的目中無人！天下第一的面善心惡！」每一句「天下第一」後，必有一只茶杯跟著飛出，古劍一一接住，見她加諸在自己身上的評語，都是他這輩子第一次聽過的，思道：「我不過對妳疏遠了些，怎麼卻成了無惡不赦的大壞人？」不但沒生氣，反倒忍不住笑了起來。

這麼一笑，洪嬌蕊更是氣得七竅生煙，桌上六只茶杯已全數丟完，想也不想，抓起茶壺，硬是往古劍胸口砸去，續罵：「再加上天下第一的簡慢無禮！」只聽哐噹一聲，茶壺在古劍胸口碎開，滾燙的茶水茶葉濺得他整臉整身都是，十分狼狽。

洪承泰一聲斥喝：「胡鬧！」舉掌欲打孫女，卻被古劍一把抓住，他也不想真打，隨勢放下手來。

洪嬌蕊也大感意外，奇道：「你不是武功蓋世嗎？怎麼連個茶壺都接不住？」

古劍苦笑說：「是我對不住嬌蕊小姐，活該挨這麼一記！」原來他想讓這位大小姐消消氣，故意不接壺。

洪嬌蕊本來還有一絲歉疚，聽他這麼一說又收了起來。啐道：「原來你也有那麼多心思！我還少說了一句：你是天下第一的卑鄙無恥。」說罷，頭也不回的走了！

洪承泰嘆道：「都怪我平時太寵她。」

古劍搖頭道：「是我太過冷漠無趣，難怪人家生氣。」

洪承泰道：「若不是老夫硬要撮合你們，也不至於鬧到如此地步。剛剛我一直沒出手阻止，就是想瞧瞧，阿蕊是否已真的喜歡上你。唉！……沒想到真的發生了！」

古劍差點跳了起來，驚道：「那怎麼會？洪老爺，剛剛那一幕，您可是親眼瞧見的！」

洪承泰笑道：「愈是生氣，表示愈在乎呀！」古劍似懂非懂的望著他，慢慢琢磨話中之意，洪承泰拍拍他的肩膀說：「年輕人，我娶了三個老婆，姑娘家心裡想些什麼曲曲折折騰騰扭扭的事，可比你清楚多啦！」

這可不是鬧著玩的，古劍立即起身告退，出房找尋洪嬌蕊，在她門外敲了數響喊了數聲，始終未見回應。一走下樓，卻見她孤伶伶坐在門口的階梯上，門前兩盞燈籠，將她身影拉得老長。

古劍從背後緩緩踱步過去，她老早就聽見橐橐靴聲卻始終沒有回頭，雙手支著下巴，怔怔望著前方。古劍在她身旁坐下，卻不知該從何說起，洪嬌蕊轉頭道：「你心中那位姑娘，長得好看嗎？」

古劍點頭，心中浮起兩個身影，各有各的美。

洪嬌蕊又道：「一定不是什麼嬌縱蠻橫的千金大小姐！」

古劍點頭。

洪嬌蕊續道：「心地善良，多才多藝，說不定還會點武功？」

古劍點頭。

洪嬌蕊道：「如果還對她念念不忘，卻為了貪圖錢財娶我為妻，豈不變成三心二意的負心漢！」

古劍點頭，道：「我覺得這比什麼虛情假意、自以為是、簡慢無禮更加難聽。」

洪嬌蕊噗哧一笑，她對古劍確有一點少女的迷戀，但還談不上深情。這個姑娘本是開朗之人，得知此中原委之後，心中釋然，惡感自然消失無蹤。

洪嬌蕊嘆道：「你若早說出來就沒那麼多麻煩啦！爺爺說：『如果你我能夠成親，你便能成為百花莊的劍缽，而我親奶奶和爹娘，便能理所當然的搬回大院。』」

古劍道：「不可以，如果由我代表百花莊出賽，子揚兄怎麼辦？至於妳想一家團聚，我會設法幫忙。」

洪嬌蕊喜道：「太好了！古劍大哥，不如我們結為異姓兄妹，爺爺便不會再亂動腦筋。」

古劍答應得頗為爽快，立刻撮土為香，跪地唸道：「我古劍於甲子年六月初八戌時，與洪嬌蕊……」望了她一眼，忽想：「人家是嬌滴滴的千金大小姐，怎能用徐宏珉那一套市井混混的說詞？」

洪嬌蕊見他忽然停頓，問道：「怎麼啦？」

古劍道：「這是以前一個結義兄弟想出來的誓詞，他是個儻賴傢伙，想出來的東西，只怕妳會嫌俗氣！」

洪嬌蕊正色道：「既然是你的結義兄弟，也就是我的義兄，哪有嫌憎的道理？」說著也跪了下來，跟著古劍唸：「我古劍（洪嬌蕊）於甲子年六月初八戌時，在三閭客棧與洪嬌蕊（古劍）結拜為異姓兄妹，以天地為證，太上老君、關聖帝君、瑤池金母、濟公師尊等諸神為媒。今後必當相互扶持，彼此幫助，有福共享，有難同當。來日共闖江湖，掃蕩群魔，稱霸武林，永不二心。」洪嬌蕊唸到後來，還是忍不住笑了出來。

自此以後，古劍這個義兄，便可無所顧忌背著洪嬌蕊的竹轎，成了異姓兄妹之後，反倒開始有說有笑。洪承泰雖失望，然古劍既做了孫女的義兄，也順理成章的成了其義孫，日後有什麼功成名就也能沾到一些光彩。想到這裡，總算有些安慰。

眾人連趕四天，離北棧的終點漢中剩不到三十里的路程。酉時初刻，前方長長的木棧上擠了上百名的挑夫，個個赤裸上身露出厚胸硬肩。最前頭的兩人更是筋強肉粗，一壯一少，看面容便知是一對父子。原本幫百花莊擔負行李的挑夫見到這兩人，立刻放下行李，躬身道：「幫主安泰！」原來這全是「扁擔幫」的人。

那父親微笑點頭，還沒說話，洪承泰先開口：「于幫主，我可沒虧待您的弟兄，怎麼用這等陣勢來迎客？」

此人確是扁擔幫的幫主于一鳩，笑道：「我們只是一群無財無勢的苦力，怎敢對百花莊有任何不敬？」說完轉頭對古銀山說：「今日來到這裡，不過是想請古老爺答允在下一件小事。」

古銀山道：「好說，有何貴事？」

于一鳩指著身旁的兒子說：「這是犬子文虎，練了幾年劍術，忽然不自量力起來，想向貴孫婿討教幾招。」

古銀山道：「我以為貴幫一直與世無爭，沒想如今也對咱們百劍門起了興趣。」

于一鳩笑道：「好說！好說！大樹底下好遮蔭。其實打從我祖父起，咱家就試著進百劍，只是功夫差了些，始終徘徊於窄門之外。」

洪承泰笑道：「我們歡迎任何人進百劍門，只是您想踩著古家進門，恐怕會失算！」

于一鳩道：「古老爺若是不肯比劍，我們也不敢勉強，只是咱們一百多人眼巴巴的在此等了半天，看不到一場精彩的比試，不免大失所望！」兩眼一直盯著古銀山，等他一句話。

古銀山眉頭深皺，陷入長考。如果拒絕，這百餘名挑夫把話傳了出去，整個武林都知道古家沒種；如果答應，卻不利於試劍大會。到底怎麼回事？

試劍大會分成「求劍賽」、「爭劍賽」、「排劍賽」及「奪劍賽」四個階段。首先登場的是求劍賽，將原百劍門以外所有報名的門派，抽籤分成十六組，單敗即淘汰，挑出各組奪冠的劍門，排出一至十六名。這十六名劍缽，才有資格「爭劍」。

一百個劍門要藉著一連串的比試排出高下並不容易，故設計出爭劍賽的法子，將五至一百名區分成七級，其中五至八名為鵬紋銅劍，九至二十名為黿紋劍，接下來每十六名為一級，依次為鼉紋劍、貔紋劍、貅紋劍、蛟紋劍、螭紋劍。

求劍賽中取得第一的劍缽，可以指名挑戰任何一位螭紋劍的劍缽；第二名則從另十五名螭紋劍劍缽中擇一挑戰，其餘依此類推。若得勝，二人名次對調，挑戰失敗則維持原有名次。如此一來，只要一天十六場比試，便可將八十五至一百名的螭紋劍名次初步定下。再依此模式連比四天的「爭劍賽」，便可決定二十到一百劍的排名。

最後闖進五至二十名的劍缽，另再安排一連串的「排劍賽」，排出一至十六的順位，只有前四名得以再向四大劍門挑戰，勝者進入最後的「奪劍賽」。最受矚目的奪劍賽，每位劍缽須與另三人各較一次劍法，全勝者奪龍紋金劍，再來是鳳紋玉劍、麒紋和麟紋的銀劍。

挑夫幫人擔貨扛物，往往一走就是七、八天，身子不夠勇壯的可吃不了這行飯，因此個個都練得一身強筋健骨的功夫。于家一直都是川陝棧道的挑夫頭子，家傳的「扁擔劍法」在江湖上的風評不差，無奈幾次試劍大會均未能擠進百劍門，成為幾代的憾事。

六十年前于一鳩的祖父興致勃勃的報名「求劍賽」，卻在賽前連瀉了三天三夜的肚子，虛脫得連劍都快拿不起來，只好棄賽。有了這個教訓，二十年後于一鳩的父親可不敢再亂吃東西，可惜籤運不佳，首場就碰到當年求劍賽排名第一的冷月山莊，淘汰下來；上次換于一鳩試劍，千求神萬拜佛，果然運氣好了些，以求劍賽第五名的資格得以參加第二階段的爭劍賽，卻因消息有誤挑到一位極為硬扎的對手，再度止於百劍之外。這次于一鳩決不讓兒子重蹈覆轍，要在賽前親試所有可能的挑戰對手，以求知己知彼之利。

古家劍法在百劍門中排名第九十一，也就是螭紋劍的第七劍門，不可避免的將遭遇許多新興劍門的挑戰與測試。這種由後進劍門藉實戰來摸清前段劍門虛實的法子，在試劍大會正式開始前並不禁止，卻對被挑戰的劍缽極為不利，只要任輸一場，被對方看破手腳，即可能把名次讓給了人家；但若因此害怕接受挑戰，傳出去更不光彩，所以古銀山才會如此陷入兩難。

古劍也知這些難處，心想：「善者不來，姐夫贏了就罷，萬一輸了，勢必成為人家未來『爭劍』的靶子，何不由我出手打發？」拔劍挺身而出道：「先讓我試試，若不成再請姐夫出手。」

古銀山思道：「石水對外經驗不足，場面稍大些難免會緊張，倒不如先由阿劍測測對方斤兩，讓石水也先有個準備。」便對于一鳩道：「先打贏我孫子古劍再說吧！」

這麼做雖然有些瞧不起人，但古家在百花莊撐腰之下還願意接受挑戰已是不易。于一鳩不敢討價還價，對于文虎道：「上吧！多比劍也不算吃虧。」

于文虎向前跨了兩步，不多說也不先行禮，挺劍便往古劍左肩刺去，來勢急勁，似乎對古家先派出二流劍手應付自己之事極不滿意，一開始就先下個馬威。

古劍身子往右一讓，順勢刺出一劍，很快與對手交換數招，發現于文虎的劍法看似柔軟，其實暗藏機鋒，陷阱頗多，若交給趙石水對付恐怕不易取勝；這麼一來，更是非贏不可。以他如今的造詣，要勝不難，但在爺爺和爹四目觀視之下，又不能顯得過於輕鬆。

只見古劍劍招慌亂，屢遇險招，卻總能在臨危之際僥倖躲開，洪承泰等人知道古劍留了好幾手，並不擔心，古家的人卻是瞧得心驚肉跳，俱想：「這于文虎自小在這棧道上混到大，每一塊木條板子都踩熟摸透如履平地，而阿劍卻得分神留意地面空洞，能撐到現在，已是不易。」

這個對手的劍法散亂，卻每每在他即將取勝之際，忽出怪招化險為夷。本以為很快便可將古劍制伏的于文虎，數十招一過卻是愈打心愈浮，心想：「我連古家一個普通角色都無法瀟灑取勝，還談什麼挑戰劍鉢？」劍勢一變，雙足繞身疾走，手中軟劍縱橫翻飛，拿出看家本領；然而無論他使什麼絕招險招，卻總給對手看似狼狽的劍招化解於無形。

洪嬌蕊明知古劍佯裝不濟，但眼看義兄屢遇險招，深怕刀劍無眼，仍不免心驚。忽聞背後一聲陌生的語音道：「爹！這個人的劍法，好像哪裡見過？」洪嬌蕊轉頭一看，身後站著兩個身形高瘦的男子，一老一少，腰掛長劍，一身白衣勁裝，也不知來了多久，竟連一點聲息都沒有？

這二人正是閭丘項山父子，也恰要前赴太白山，出發的時日稍晚，但父子二人的輕功都是一等一的好手，疾行一日勝過別人牛步兩天，終於追上了洪、古二家的隊伍。眾人專注的觀看比劍，也是到現在才發現他們。洪承泰把二人拉到一旁，低聲說明其中原委，閭丘項山父子臉現詫色，直不敢相信眼前這個被逼得手忙腳亂的古劍，竟是日前大敗錦衣衛四大統領的驚奇少年！

兩人轉瞬間交手百餘招，于文虎愈打愈是焦躁，劍光連閃，招招拚命狠絕，古劍忽地左腳踩空，一個踉蹌，身軀向前俯跌，長劍順勢削向對手腰際，恰恰化解于文虎咄咄逼人的一記絕招，更將其上下左右退路盡數封死，此時于文虎面山背谷，離棧道外側不到半尺，已無步可退！這招看似誤打誤撞，其實一切都在古劍計算之中，打算在他衣襟上輕劃一劍，交代過去。

此時于文虎若棄劍認輸，不會有事；但在這電光火急的瞬間，怎敢肯定古劍不會傷人？再說就這麼輸給一個三流劍手，也實在不甘心。只見他往後小退半步，半片腳掌凌空而立，身子向後急仰，腰部以上朝天而向，這鐵板橋的功夫，往往只有一流高手才能做得漂亮；然而扁擔幫自古以來就傳有一套軟骨活筋術，以消解終日扛負重物所帶來的腰酸肩痛，于文虎自小練到大，身骨鍛鍊得軟硬自如，竟也有模有樣，恰能避開來劍。

其實以古劍目前的修為，可以立即翻轉劍尖，改橫削為直劈，照樣足以求勝；然而這種中途換勢的真功夫絕非一般劍客辦得到，若在此時顯露出來，豈不白費了先前的苦心遮掩？於是心念一轉，仍順勢削空，全身俯伏在地，這下可就賣了一個大空門給對手。

于文虎心中暗喜，足尖用勁，腰一擰，正擬給古劍決定性的一擊，卻聞喀嚓一聲，腳下踩的板材因日久腐朽，竟承受不住自己的內勁足力而斷裂！在眾人驚呼聲中，往下直墜！于一鳩急喊：「抓住他的腳！」

可是古劍聽不見，發現之時對手已開始往下墜落，他伸手晚了半步，便將身子向前疾蹬數尺，雙足勾住木板末端，彎腰去抓對方，勉強抓住于文虎的右手，然下墜之勢已成，再加上古劍自身的重量，朽木竟然再斷一截！下面可是一道深谷，非死即傷。

下墜將近兩個人身，忽覺足踝被人抓住，就此停勢。古劍往上瞧去，救他的人是閭丘允照，和自己一樣頭下腳上，而其足踝亦被其父抓住。閭丘項山則以雙足牢牢夾住隔壁一片較為堅實的木板，洪承泰等人在旁護住，已無險難。古劍吁了一口大氣，若非這對輕功高明默契極佳的父子，後果不堪設想？

洪嬌蕊嚇得心都快跳了出來，但見四人定住之後，身子緩緩擺盪起來，像盪鞦韆似的愈晃愈急，愈晃愈高。忽聞閭丘項山一聲大喝，四人同時鬆手，翻轉落回棧道之上。她對劍法外行，倒覺這最後的一盪一翻一落，最為好看，忍不住拍起手來。

甫一落地，于一鳩父子忙向古劍稱謝，古劍謙遜幾句，轉身向閭丘項山道：「閭丘莊主、允照兄，大恩不言謝……」

話還沒說完，閭丘項山便道：「原來你叫古劍，能幫上您一點小忙，我們也很歡喜。」

古銀山方才專心觀戰，並未留意這兩個人，如今聽到他們就是川南鼎鼎大名的閭丘家族之人，既驚訝又是感激，頻頻稱謝。

當晚眾人夜宿漢中，扁擔幫在此小有勢力，于一鳩堅持要宴請古劍等人，以報救子之恩。這個時候陝西全境冠蓋雲集，別說僱車不易，有錢還不一定買得到馬匹，然而百花莊早有準備，提前三個月派人在此造車養馬；果然次日清晨，兩輛華車已等在門口，洪承泰邀請古家和閭丘家諸人上車。為了讓兒子多向古劍請教幾招劍法，閭丘項山欣然同意一道北行，古銀山卻道：「坐上馬車，用不到三天就到太白山下，還有半個月呢？是不是太快了些？」

洪承泰笑道：「所以咱們得先跑一趟西安城，拜會東道主——樂遊苑的苑主紀南圖先生。」

古銀山驚道：「可是紀莊此刻正忙著籌辦試劍，此時前往會不會太過叨擾？」

洪承泰道：「紀老先生豪爽好義，怎會怕來客多？況且試劍大會所有會務，全交給他兒子紀青雲處理，不須他老人家操心。」

古銀山道：「祖父待客父親籌辦，他們樂遊苑的劍缽由誰來指導關照？」

洪承泰道：「這次樂遊苑不派劍缽，你沒聽說嗎？」

古銀山猛然的搖起頭，一臉的驚愕難信！

洪承泰嘆口氣，娓娓道來：「二十五年前，紀青雲的妻子懷了身孕，本來算好日子，孩子將在七月初出生，但不知怎麼，卻提早胎動，產婆說最遲六月二十五生下來；這下子紀家急了，又是點穴又是針灸，非讓這孩子晚幾天出生不可。」

古銀山插口道：「這種事誰能料得一天不差？早幾天生，又有什麼打緊？樂遊苑家財萬貫，還怕養不活嗎？」

洪承泰搖頭道：「他們事先問過不少當地名醫產婆，都說瞧這身形跡象，十之八九是個男胎，正可參加二十五年之後的試劍大會。大家都知道，試劍大會的劍缽，不可大於二十五足歲，這個小孩若要符合參賽資格，必須在七月初一之後出生。」

洪嬌蕊道：「差個幾天也不行嗎？」

洪承泰道：「若是一般的劍門，或許不必太計較；然樂遊苑貴為四大劍門之一，又輪到下次主辦試劍大會，如果連他們都馬虎，怎能堵悠悠眾口？」

洪嬌蕊睜大眼珠，拉高嗓門道：「叫那孕婦多忍幾天，豈不痛死她？」

洪承泰道：「這也沒辦法，樂遊苑不知是風水還是什麼出了問題，連續幾代，總是女多於男。如果錯過了這一胎，下一胎男嬰，可不知要等到何年何月才會出現？」

洪嬌蕊問道：「難道女子就不能當劍缽嗎？」

洪承泰道：「百劍門倒沒這個規矩，只是所謂劍缽，即是劍術的衣缽傳人，一般劍門若非萬不得已，總希望由男丁承擔；而樂遊苑的『極樂劍法』走的是陽剛一路，更是傳子不傳女。」他長嘆了一口氣，接著說道：「花費了那麼多苦心，果真拖到七月初一的子時，生出一個男嬰；可惜這小孩一出生就高燒不退，群醫束手，養不到幾天，而孩子的娘，更因暴血虛脫，當場不治！臨終時眼睛始終不閉，似乎有滿腔的委屈與遺恨！當夜便託夢給紀青雲，說他害死他們母子，詛咒紀家在下次的試劍大會中，連劍缽都找不到。」

此事頗慘，眾人默然無語，沉寂半晌，洪承泰才續道：「當時紀家並不信邪，母子兩人的喪禮一過，紀青雲便一口氣娶了六個老婆，隔年便生了五胎，卻全是女娃！他們並不因此死心，紀苑主聽說百花莊生男有術，修書問我有何祕方？咱們西路盟主有了麻煩，我哪敢藏私？把所知的十幾個方法，詳詳細細盡數告知，他們全部照做，哪知努力多年，生了一十六胎，卻無一男種。這回紀苑主不得不信，說紀家的確對不住這對母子，是天意也好，或是陰靈作祟也罷，就依這過世媳婦的意思，決定放棄這次的試劍大會。」

古銀山嘆道：「太可惜了！這麼一來，川陝甘滇諸省的西路盟主，恐怕真要讓給了青城派。」

閭丘項山道：「由咱們四川的門派拿下盟主，大家都沾了光，豈不更好？」

洪承泰道：「商廣寒這個人自視甚高，除了六大門派和四大劍門之外，其餘的小門微派都不看在眼裡；若真當上盟主，咱們西路各大小劍門，恐怕很難像以往如此團結和睦。」

這些人談起江湖上的風風雨雨總有說不完的話，洪承泰遂將十人分成兩組，古劍等五名少年人全上了同一輛馬車，其餘乘坐另一輛，在馬車上談論著百劍門數十年來的恩怨情仇，朝東北方疾馳而去。

樂遊苑在西安城東南十里，地勢稍高，南臨曲江，北望長安舊城，是漢唐時代皇室貴族專屬的觀景玩樂之地。紀家整塊買下，在此蓋一座廣闊豪麗的莊園，比起因戰亂而頹圮的唐朝大明宮還更新美幾分。朱漆大門邊，寫著一首唐詩：「向晚意不適，驅車登古原；夕陽無限好，只是近黃昏。」洪嬌蕊興巴巴的叫道：「原來李商隱的登樂游原，指的就是這裡！」

此時正是六月十六酉時三刻，夕陽西斜天色昏黃，下人一開門就向著洪承泰道：「洪老莊主？咱們老爺正等著您呢？」說著領眾人走入正廳。

正廳上黑壓壓的都是人，均起身相迎，正中一位老者長鬚垂胸眼神精湛，正是主人紀南圖，身旁一位身形寬碩的壯年人，則是其獨子紀青雲。紀南圖遠遠咧開笑嘴道：「你們來得正好！這裡都是非親近不可的英雄豪傑，容我為諸位引見一番……」帶著百花莊、白晶堡和古家諸人與其餘賓客相互認識；由於洪承泰已先派人快馬傳書，預先告知來人的名單，紀南圖一一點介，都說得正確無誤。

洪承泰交遊廣闊，在座各門的劍主，十之八九相熟。閭丘項山行事低調，認識的人雖少，但一提到白晶堡及「輕猿劍法」，聞者無不伸出拇指誇讚。原來百花莊和白晶堡的劍缽打敗峨嵋三少一事，已傳遍整個江湖。

在座的賓客來自於各省的劍門，從東部或北部各省趕來參賽的劍門，西安是必經之路，順道前來拜訪主辦劍門十分自然；從西方、南方來的各西路劍門，則是繞道專程探望盟主，縉雲山莊的楊繼、楊讓和楊放也在其中。由於離試劍大會還有十來天，氣氛還沒那麼緊繃，在此小聚幾天，除了讓劍缽放鬆之外，亦有聯絡情誼或刺探軍情之效。

一番寒暄問舊後，晚宴也已備妥，主菜是烤羊肉，眾人來到餐堂，八張石桌分別站著一位妙齡少女，身穿秀雅唐裝，個個嫻雅恬靜姿色不凡。古劍等人才剛坐定，桌旁的姑娘便開口道：「各位叔叔伯伯好！晚輩紀草，是我爹紀青雲排行十五的女兒，這餐由我負責服侍，諸位若有任何需要，請勿客氣。」說畢便幫著加炭切肉，手腳俐落。

洪嬌蕊道：「妳也算樂遊苑的千金，怎麼還要做事？」

紀草笑道：「這不算什麼，試劍大會期間，我們還得幫忙接待呢！誰叫我還有十五個姐妹，一點都不稀奇，哪像妳這位百花莊唯一的大小姐，萬千寵愛在一身。」其實樂遊苑富甲一方，紀南圖再怎麼不疼這群孫女，也不至於非要她們拋頭露面不可，之所以如此，主要卻是想讓她們藉此結識優異的年輕男子，只要其中有人能嫁給武藝出眾的劍缽，將來生下的孩子便可繼承衣缽，在下一次的試劍大會中為樂遊苑奪回這次所失去的名銜。

洪嬌蕊笑道：「妳愛說笑！一個人無聊得很，我倒希望能有許多姐妹，就算分掉一些寵愛也無妨。爺爺，我今天要和紀姐姐睡。」

洪承泰笑道：「那最好！老夫省了麻煩，但就怕妳太過聒噪，讓人受不了！」

說到這裡，忽見樂遊苑的下人急急來報，說丐幫幫主駱龍來到，滿堂轟然，都說想瞧瞧天下第一大幫的劍缽，是何模樣？紀南圖父子臉現喜色，立即叫下人多備一桌飯菜，放下碗筷，親自出門迎接尊客。

主人不在，賓客們都不敢動箸，所幸紀南圖很快帶著這群貴客入廳，與他並肩而行的便是丐幫幫主駱龍。他滿臉鬢鬚神情粗豪，身形不高卻自有一種懾人的威嚴，一進門便忙著對眾人拱手點頭，不住說道：「真對不住！大家先吃吧，我們來晚，待會再到各桌賠個不是。」除他之外，四大長老來了三個，加上陝甘分舵舵主和幾位年輕的七、八袋弟子，共是十人，陣容浩大。紀南圖引駱龍和首席長老衛飛鷹坐上主桌，其餘則集中在另一桌。

眾人眼光都集中在一位身著華服的八袋弟子身上，此人看來不過二十出頭，神情略顯倨傲，從外表看來，倒像是個富貴的公子哥，不用猜也知道，他正是傳聞中丐幫的劍缽范濬。

這些人無一不是丐幫有頭有臉的人物，古劍大多認識，乍逢故舊，心中百感交集，卻不知該如何相對？不時看著對桌的衛飛鷹，雖說「一日為師，終身為父」，但在心底深處，始終無法對他尊敬起來。

吃不到一半，各桌輪流起身向主人和駱龍等丐幫諸人敬酒，原來沒人能承受得起這天下第一幫幫主的「賠不是」，都自動自發前去拜見。輪到古家時，與古銀山還算舊識的衛飛鷹以一雙鷹眼盯著古劍瞧，古劍開口叫了一聲「衛師父」。這麼稱呼還算得體，表示雖已無師徒緣分，仍記得衛飛鷹授劍之恩，不料衛飛鷹冷然回道：「千萬別這麼叫！你我已無師徒關係。」轉頭問古銀山：「他還是古家的劍缽嗎？」古銀山搖頭否認。衛飛鷹笑了一笑，淡淡說了一句：「幸好！」這看似漫不經心的兩個字，意思卻再明白不過，有人忍不住笑了出來。古劍漲紅了臉，恨不得鑽下地洞。

卻見洪嬌蕊站了出來，指著衛飛鷹道：「古大哥何時得罪你們丐幫，為何要羞辱於他？」此話一出，全場突然沉默起來，衛飛鷹向來話中帶刺，然其地位、武藝均高，稍稍譏諷幾句，一般人也不敢翻臉；此時忽然被一個小姑娘當面斥責，心中自是惱怒異常，愣了一會，怒極反笑道：「我哪有這個意思？這小子十年前在我門下學藝，他有多少斤兩，我自然一清二楚，好意提醒古家的劍主，有何不對？」

丐幫勢大人多，千萬得罪不得，洪承泰緊張起來，忙著哈腰賠禮道：「是啊！是啊！這女娃不懂規矩，您別介意。」轉頭斥喝孫女住口。

洪嬌蕊卻不理會，雙手插腰續道：「那麼多年不見，怎知他不會變厲害？」對古劍道：「古大哥，他笑你武功差，何不亮出寶劍，和他徒弟大打一場！」

古劍還沒答話，卻見范濬搶著道：「好啊！古劍，我空手讓你，十招之內沒贏，便叫你一聲『師父』！」

這話輕蔑已極，古劍仍沒反應，趙石水卻看不下去，一句：「讓我來！」跨前一步，拔出手中長劍……

古劍把姐夫拖回，說道：「衛長老所言甚是，晚輩以前就不是什麼好徒弟，今天更不可能是好劍客，再練個幾十年也不是貴幫劍缽的對手。」說罷轉身逕往門外走去。

信步走到後園，此處極為遼闊，只有稀稀疏疏的幾株古柏。古劍思緒如潮，坐在一顆大石上發呆，直至明月初升，映得天空明亮，星星卻少了，心想：「所謂『月明星稀』，想是月色太過圓亮，遮住多數星光；難道一個人武功強了，就得鋒芒畢露嗎？」

正凝思間，遠遠走來四個人，是洪子揚、閭丘允照、楊放和洪嬌蕊。洪嬌蕊搶在前頭，劈頭就說：「我們找了半天，原來你躲在這裡發呆。」

閭丘允照道：「你還生氣嗎？我們已經約戰范濬，半個時辰之後在此決鬥，非幫你討回公道不可！」

古劍卻搖頭道：「你們不是他的對手。」

洪子揚道：「所以用我們的名義約戰，等人一到，卻要由你來打發。」

洪嬌蕊道：「你不想讓人知道的話，就用黑布把臉蒙住。」說著從口袋裡掏出蒙面布條，然而古劍沒收下。

見他仍是意興闌珊，楊放說：「我們信得過你的劍法，只要發揮正常，未必會輸。」

「也未必會贏。」古劍道：「當年我的確跟衛長老學過劍，范濬比我晚三個月入門，他的確極有天分，想必能把『天擊劍法』練得出神入化。相形之下，我確實笨得無藥可救。」

閭丘允照道：「那是過去的事，現在更加應該讓他知曉，你已非昔日的吳下阿蒙。」

古劍卻搖頭道：「那又如何？」

洪子揚道：「自從你把劍缽讓出去之後，就像個鬥敗的公雞，什麼都提不起勁。我們都嘗過練劍的辛苦，但像你這個樣子，多年的血汗，豈不白流？」為了激發古劍的鬥志，語氣之中，已略顯嚴厲，然而古劍仍是搖頭苦笑。

洪嬌蕊卻說：「他們都說你劍法超群，然而我這幾天所見卻是個窩囊不已、狼狽不堪的古劍！你又不打試劍大會，要我等到何年何月才能見到你的真功夫？不管！今天若不和那個乞丐大打一場，便不叫你大哥！」她見古劍捧不心動激不生氣，竟開始撒起嬌來。

古劍實在提不起半分比劍的欲望，但轉念一想，想看我比劍的又豈是嬌蕊一人？這四人都是好朋友，為他們認認真真表演一場又有何妨？遂收下她手上黑布，說道：「我得回去換一套衣服，才不會被人識破。」

洪子揚拿出一件黑色新袍道：「來不及啦！我早備妥一件衣服，請你到巨石後面換裝。算算時間，冀北燕山派、霧靈莊和快劍門三家劍門的劍缽，也該到啦！」

古劍驚道：「你們還約鬥了三位劍缽？」

閭丘允照兩手一攤，道：「沒辦法。他們不相信我們能打敗峨嵋三少，下了帖子，指名挑戰。」

古劍道：「千萬小心，京城一帶，武風鼎盛，這三家劍門，排名都在前頭，不好對付。」

楊放笑道：「所以要請您留在這裡，幫我們壓壓陣壯壯膽。」

古劍道：「我躲在石頭後面，當你們快要輸時，扮鬼嚇嚇他們。」說著作一個殭屍狀，帶著衣物，到巨石後方換裝。

約莫等了一炷香的光景，才看到四個人影自遠處緩緩行來，洪子揚喊道：「錢本吉，你們怕了嗎？說好一更見面，怎麼到現在才來？」過了半晌，卻未聞回應，但那四個人影仍是慢慢接近。待他們走近百步之內，才看清楚前面三人確實是向他們挑戰的冀北劍缽，只是個個垂頭喪氣，雙手下垂無力，顯然是被身後的蒙面人點了手臂上的重穴，挾持至此。這蒙面人瞧其身形，似乎還是個女子！

四人走到前方停下，蒙面人用劍鞘頂著一個身穿白衣的少年道：「錢本吉，你告訴他們，為什麼遲到爽約？」她聲音刻意壓低，顯然不想讓人聽出本音，卻仍掩不住年輕女子特有的輕柔語調。那叫錢本吉的人低著頭，卻不肯開口。

蒙面女子說：「你們三人說過，若輸了任我處置，怎麼現在叫你說句話都不肯？」

錢本吉道：「我們技不如人，要殺要剮隨妳便，何必如此羞辱？」

蒙面女子道：「誰叫你們先前說了一堆『姑娘使劍，天下罕見』之類的輕薄話語，惹得本姑娘不高興。好吧！你們都是驕傲的劍缽，不再為難你們，一旁坐著看我怎麼打敗這三個人。」

這女子說她打敗錢本吉等三人，已夠令人驚奇，竟還有餘力挑戰洪子揚三人！三人半信半疑，卻不想和她比劍。楊放道：「我們不和女子比劍。」

蒙面女子笑道：「你們不是和我比劍，而是和他們比劍；只是這三個人剛剛耗去許多氣力，如今穴道又被制，行動不便，只好由我代勞。」

洪子揚道：「我們可以等到明天再比。」

蒙面女子轉身問錢本吉等人：「剛剛我用幾招擊敗你們？」三人都搖頭，他們被逼得手忙腳亂，哪有閒工夫計算招數？

蒙面女子道：「一共是兩百七十一招，現在你們四川的三個劍缽，只要接得住兩百七十二招以上，便算比冀北的強。這種比法，豈不是公平又有趣！」

閭丘允照挺身而出道：「那就由我來先試試姑娘的絕學。」

蒙面女子笑道：「我是說和他們一樣，三個人一塊上。」說著拔出長劍，轉瞬間攻出十來招，分別對準三人要害……只見她運劍如風，在三人之間穿梭來去，時而沉猛剛烈，時而輕柔翔動，三位劍缽只要稍有鬆懈，立刻險象環生。古劍藏在石後凝神觀戰，見這蒙面女子所使的是一套極為高明的劍法，從劍招上看來，充滿陽剛氣息，但由這女子手中使出，卻多了一點說不出的陰柔詭譎，在暗夜裡使來，更添奇幻，以一敵三，猶占勝場。

開始時蒙面女子為顯身手，招招猛急，想在百招之內先解決一人；然數十招一過，卻發現這三人確實較為難纏，每每在危急之際，會用一些奇絕的招式化解，甚至自己一個輕敵，還會被一些突如其來的怪招逼得左閃右退。於是暫收狂攻之心，留意他們的各式奇招，心想慢慢摸熟之後，再攻不遲。

洪子揚三人雖覺對手劍勢稍緩，心中卻輕鬆不起來，總覺此人劍法造詣遠強過自己，即使合三人之力，亦難取勝；可是對手是個女子，三人聯手，無論拖延幾招才輸，也不光彩！伺機尋找對手劍法上的疏漏，希望能覓得一招半式的先機。

過了將近兩百招，蒙面女子逐漸熟悉三人的劍法，慢慢瞧出三人劍法上的強項與弱處，攻勢又漸起。然而三人經過兩百餘招的並肩作戰，已初步培養出默契，一人有難，另二人必傾力相助。蒙面女子劍勢愈盛，卻也難有所獲，過了兩百七十二招，蒙面女子一聲嬌喝，出劍更是猛絕，剛者愈剛，柔者愈柔，並將攻勢集中在妙招最少的楊放身上。原來楊放雖也暗學了幾招「無常劍法」，但未經古劍親述，無法將劍招精要發揮得淋漓盡致，更難溶入本門劍法之中，三人之間，以他明顯較弱。這時錢本吉身旁的青衣劍缽忽然叫道：「『極樂劍法』！妳是紀莊主的十六個孫女之一。」

蒙面女子笑道：「阮明，你功夫雖差了些，眼光倒是犀利！」

說話間又對著楊放連攻五劍，將他逼得捉襟見肘，眼見不敵，忽聞巨石上一少女嬌聲喊道：「閭丘，上弧圓，仙猿飛縱，斜引肩；子揚哥，春桃漫舞，退刺腰；楊放，橫豎刃，左切劍，平指胸，畫直線……」說也奇怪，這少女一陣亂喊，三劍缽照單全收，場中情勢起了明顯的消長。出聲的正是洪嬌蕊，指點之人卻是她身後的古劍。

古劍一直藏身在石後靜觀鬥劍，他旁觀者清，慢慢瞧出彼此的長短優劣。洪子揚等人已將本門劍法練得深熟精湛，如果每一招都能抓對時點，使正路子，三劍合璧，絕不致輸；只是蒙面女子幻招極多，三人從未碰過如此高手，又深懼不慎輸給了年輕女子將丟大臉，然愈怕就愈慌，竟在不知不覺中被她引岔了招路。古劍早有意出言提點，然為了讓錢本吉等人輸得心服口服，一直等到三百招之後，才開始借洪嬌蕊的口指導三人。

古劍在創思「無常劍法」時，為了不讓字意拘囿招法，故意不取招名。但指導他人，為了便於記憶，方便解說，仍用了一些簡單的名稱表示。閭丘允照和洪子揚曾受他親自指點，只要短短三兩個字，立能反應；楊放卻未曾和古劍論劍練招，彼此均不知對方的招名，剛開始並不能招招意會，所幸洪子揚和閭丘允照的劍法突然強了許多，替他接下多數攻勢。

其實楊放本門的武功與另二人在伯仲之間，古劍心想：「這三人與峨嵋三少之戰，楊放是唯一輸了兩場之人，如今又是弱處所在，心底一定很不舒服。」儘管他最難溝通，仍給予最多的指引，希望由他主攻贏得這一役。所幸楊放對劍術的造詣與智性均佳，很快進入情況。

隨著三人默契愈來愈好，蒙面女子的壓力漸增，錢本吉忽然笑道：「原本以為天下女子以妳的劍法最精；哪知……」話說到一半，忽見凌空飛來一粒珍珠，打在額頂神庭穴，隨即仰面倒下，連哼都來不及，昏迷前只聽到一聲：「閉嘴！」

發珠的人自然是蒙面女子，久戰不下，已夠惱火，這個不識相的傢伙還敢在一旁說風涼！隨手擲出三顆珍珠，連另兩人的昏穴也打，出完氣笑道：「嬌蕊妹妹，沒想到妳才是深藏不露的大行家，姐姐這回可真看走了眼，何不親自下場試試招？」

洪嬌蕊笑道：「我打不過妳，只好假手於人。好吧！我不說了，你們三位再試試，沉住心，定住氣，看清楚虛招實招，憑本事贏贏看！」

她說不說，就真的住口。三位劍缽經過短暫的不適，倒很快穩住陣腳，他們逐漸抓住訣竅，占了上風，離勝已不遠。

此時忽然聽見一個冷冷的聲音道：「三個打一個，就算贏了也不光彩。不如由我來示範，如何獨自一人大敗『極樂劍法』！」話說完衝入劍堆，先以輕描淡寫的幾招逼退三位劍缽，再擊刺蒙面女子。

眼看即將到手的勝利，被人突如其來的破壞；楊放心有不甘，還想再戰，洪子揚拉住他道：「別急！咱們先瞧瞧這個狂傲的范濬，究竟有何能耐？」

第十五章

劍缽

只見范濬一個飛縱，凌空連刺七劍，「噹噹噹噹……」密如珠聯的七聲脆響一過，他足不落地，借力在半空輕轉一圈，又刺出了七劍……

這劍勢由上而下劈斬而來，招招又急又猛，除手勁之外，還加上身子下墜時的衝力；且蒙面女子在此之前已先與人交手了數百招，此時與人硬拚膂力自然吃盡了虧，然而這個對手的劍招除了快與狠之外，還會在途中任意變向，每一劍都削向她非遮架不可之處，竟全無脫身之法！

三位劍缽看得撟舌不下，儘管不喜歡此人的狂放，卻對其控御劍招的本領佩服不已！然而范濬似乎尚未使出全力，還能說話道：「無意間聽見人說這裡每到夜晚，都會有一位蒙面女子約戰各路劍缽，打得眾家好漢灰頭土臉，卻又不敢張揚。我半信半疑，真想瞧瞧這位連敗十餘位劍缽的神祕姑娘到底是啥模樣？……」他一式七劍，前六劍借著蒙面女子擋架之力減緩墜勢，第七劍則完全壓住對手長劍，劍身一弓，借力將身軀往上彈縱，落下時又是截然不同的連環七劍！

范濬邊出招邊說話，刺出七七四十九劍，正巧話也說完，對方竟無還手之力；最後一劍刺出時，劍尖順勢在蒙面女子的臉上一劃，挑開黑布，現出一張白淨的瓜子臉蛋，眉黛青顰雙眸藏淚，似乎頗為氣苦！洪嬌蕊驚道：「紀草姐姐！」

一般人到了這個地步也該認輸了，然紀草恨他語帶輕薄仗劍欺人，挺劍又攻殺過去。范濬輕鬆閃開，還了一劍，笑道：「原來妳叫紀草，想必是樂遊苑最後幾位千金。聽說妳爹娶了六個妻子卻生下十六個女嬰。前面幾名叫什麼紀蓮、紀蘭、紀芙、紀蓉，並不難聽；怎麼最後四個偏叫紀菜、紀荒、紀草、紀苦？」他氣定神閒運劍如風，說話之間又往回了十來招。

此時紀草手臂酸軟，全身氣力耗竭，依然咬牙噙淚，不顧性命的狂刺猛斫，只想在對方身上刺個窟窿；無奈二人劍術功力差距不微，始終碰不到范濬的衣角，而他輕嘲的話語卻源源不絕鑽入耳中：「顯然妳爹並不怎麼疼妳，沒讓妳學到『極樂劍法』的精髓；不過話說回來，就算你爹全心全意的傳授，憑妳一個弱女子，也很難將『極樂劍法』練到純陽至剛的境界。妳以為打敗幾個劍缽就能證明什麼？……妳爹是對的，以妳的修為，別說搶金劍、玉劍；就算只是想保住『銀劍』，也是難上加難。」說到最後一句，長劍順勢在她左臂上劃了兩劍，竟將她衣袖整圈割斷，露出整隻皓白的手臂！

紀草既驚且羞，淌淚對著洪嬌蕊叫道：「到了這個時候，妳還不來幫忙？」

洪嬌蕊沒動，巨石後卻躍出一位黑衣蒙面劍客，挺劍朝范濬刺來。見這兩人裝扮頗為神似，范濬笑道：「原來這裡還埋伏一個幫手，那又……咦！你是誰？」他原本不太在意，想說一句「那又如何？」，一交手卻發現此人無論在內力或劍招上都是不可輕忽的對手，立即收起狂傲之心，凝神出招。

古劍不回他半句話，「無常劍法」一招一式使將出來，心知對手絕非易與之輩，也不躁進。

只見范濬不斷躍起再下擊，時如蒼鷹啄兔，時似蜻蜓點水，轉瞬間換了幾種招式，無不瀟灑飄逸，就連對輕功頗有自信的閭丘允照也自嘆弗如。他出劍極快，卻招招難測，往往起手時眼看要刺向左肩，末了劍尖卻斜向右胸，這種半途轉向的詭異劍法，三位劍缽曾有耳聞，當時半信半疑，如今雙目親睹卻不得不信！

古劍對「天擊劍法」並不陌生。只是同樣一套劍法，秦圭使來是一回事，李奇鋒使來是另一回事，范濬使來又是另一種境界。以他現今的經驗修為，比起劍鬥李奇鋒時已不可同日而語，見招拆招，雖比不上對手的狂放自如，也絲毫未落下風。

范濬一連試攻數十招，但見此人劍招忽正忽邪，似拙實巧，看似破綻百出，出招後卻消失無蹤，心想：「此人劍法不俗，不拿出壓箱寶很難取勝。然而師父一再叮嚀，要我不得在試劍大會之前顯露最高深厲害的劍法。」思慮及此，後躍兩步道：「這不是『極樂劍法』，你到底是誰？」

古劍未答，范濬收劍道：「不肯露出真面目，那就別打！」頭也不回的走了。

紀草笑道：「嬌蕊妹子，我還以為妳當真深不可測呢？原來是背後另有高人指點。他是誰？」

洪嬌蕊笑道：「我不能說，瞧你們倆都是一襲黑衣勁裝，倒像是一對蒙著臉的飛賊。」

紀草轉身走近古劍，盈盈拜道：「感謝英雄解危，紀草沒齒……」話說到中途，突然伸手揭其蒙臉黑布。古劍見她曲身下拜，一時不知如何應對，全沒料到這姑娘心思如此狡黠，竟在此時猝然出手，將范濬強攻猛削仍取不下來的蒙臉黑布，輕易抓在手中。

紀草雙瞳發亮，凝視著古劍，微笑道：「原來是你！」

古劍已略感窘迫，卻見洪嬌蕊拍手笑道：「原來古大哥不怕什麼高明的劍法，就怕美貌姑娘盈盈一拜！」

洪子揚道：「別笑人家！」轉頭對古劍豎起大拇指道：「了不起！連范濬這等功夫，也都怕了你。」

古劍搖頭道：「未必，他還有更高明的劍法，沒使出來。」

次日清早，古劍用完早膳就被洪嬌蕊請到祕園，樂遊苑的祕園就在後園的一角，偏遠隱密，三丈正方，牆高也是三丈，僅留一扇三尺寬的鐵門進出。古劍在門口遲疑問道：「這個地方如此布置，顯然不想外人進去，咱們還是別……」話沒說完，鐵門開啟，紀草把兩人拉進門內。

裡面空盪盪的，只見正南方兩個靈牌朝門而立，分別寫著：「賢妻紀氏靈位」、「愛子鴻志靈位」。

洪嬌蕊顫聲道：「紀姐姐，這是什麼地方？怪可怕的。」

紀草道：「這是我大娘和大哥的靈位，我看他們挺孤單寂寞，常來這裡上香練劍，久而久之也就熟稔起來，還常託夢給我呢！」說著把手上兩根點好的香分別遞給二人，帶著兩人朝靈位拜了三拜。

拜完轉身對古劍笑道：「嬌蕊說你不但劍法高明，教起劍來也有一套。我也想向你學劍，好嗎？」

古劍道：「紀姑娘家學淵源，有兩名武功蓋世的長輩，何必愁沒人指導？」他面露難色，總覺教一個女子劍法，諸多不便。

卻見紀草道：「又有何用？他們沒時間，也沒心思教我。」

古劍道：「怎麼會？」

紀草道：「只怪我爹生了十六個女兒，前面幾胎還挺興奮，說女娃也有可愛之處，認真的為姐姐們一一取個好名字；哪知接二連三的還是女胎，他們愈來愈失望，愈來愈生氣。於是我叫紀草，我妹妹叫紀苦，叫這種名字的，還會受疼嗎？」她愈說愈是傷心，說到末尾處，禁不住兩頰泛淚。

古劍心中一軟，說道：「咱們相互琢磨吧！妳可千萬別把我當成師父。」

紀草隨即破涕為笑道：「我才不想做你徒弟呢！」

於是兩人開始研究「極樂劍法」，這套劍法能夠長期在四大劍門中搶得一席之地，確有其獨到之處，只是這套劍法強調剛、猛、勁、疾，不適於女子，難怪紀青雲不太肯花工夫傳授給女兒。紀草是樂遊苑中唯一喜愛習劍的姑娘，個性執拗，既然父親不太願意教，便悄悄鑽研劍譜，希望有朝一日，能向爺爺和爹證明自己的本事。她天資聰穎，自行摸索竟也練到七、八分火候。

兩人一招一式拆劍解招，愈練到後來，愈覺得這一百五十六招的「極樂劍法」，確有許多深奧精絕之處。練得起勁不知時光，連中午的飯也忘了吃。洪嬙蕊喜歡瞧人比劍，卻不愛看人教劍，坐不到半個時辰便告退離去。

古劍自小便處在巨大的壓力與期盼之下，總覺得習武練劍是件苦事；然從確定自己不是劍缽起，心境忽地豁然，漸能體會其中三昧。無論對誰而言，要把艱深陽剛的「極樂劍法」改得鬆泰舒柔而不減其威力，都是極大的挑戰。深感學海浩瀚，理解得愈多，卻發現未知的更多。

然愈有其困難樂趣也愈多，古劍沉浸其中，連西安城都不想遊逛。一連六天早晚，終於將「極樂劍法」改頭換面，紀草武功大進，而他也在不知不覺中，更上了一層。

二人走出祕園時已是落日時分，紀草臉上掩不住雀躍，喜道：「阿劍哥，明天帶你逛逛大雁塔和華清池好嗎？」

古劍卻搖頭道：「我們打算明天離開。」

紀草驚道：「還有七、八天呢？由此上太平山頂多四天，何必那麼急？」

古劍道：「這幾天你們家客人愈來愈多，客房都快住滿了。爺爺說：像我們這種小門微派，能蒙紀家收留幾天已是莫大的福分，如今也該走啦！」

住在樂遊苑的劍門雖多，大多排名在百劍門的前半部，古家排名最末不說，似乎還與丐幫有些過節；因此除了百花莊等三劍門之外，其他的人都不太搭理古家。紀草連著幾個晚上照料古家用膳，自然明白這番道理，她突然一陣難過，靜默不語。

二人在居處前分開，此時晚餐就要開始，古劍匆匆洗把臉，趕去飯廳。才坐下便見古銀山責道：「你跑哪兒去？怎麼老找不到人？」

古劍道：「什麼事？」

趙石水道：「爺爺向洪莊主借了點銀兩，一早便帶著我們出去量作新衣，可就遍尋不著你的人影！」

古劍低頭瞧著身上的葛衫道：「這件有什麼不好？可是娘親手縫製的呢！」

古鐵城道：「明天下午有大人物要來，非做一套體面的衣服不可。」

古劍道：「什麼大人物？」

洪承泰道：「莫愁莊的莊主朱未央和劍缽朱爾雅，說起這對父子，可是人人景仰，不僅劍法武功讓人徹底服氣，為人更是急功好義，熱忱謙遜。阿劍，待會吃飽便出去量製衣裳，挑上等的好料，明天一早，我會派人取回。」

洪嬌蕊道：「聽說這個朱莊主上次沒搶到金劍，把總門主的位子讓給了胭脂胡同的裴友琴；怎麼這幾天一聽你們提到朱莊主，都特別尊崇，似乎他才是真正的百劍門『總門主』。」

洪承泰笑道：「百劍門遍布全國，甚至及於西域、遼東一帶。大略可區分成東、南、西、北四路，由四大劍門擔任各路盟主，主要是調解一些區域性的小事。只要不是什麼深仇大恨，單憑各路盟主一句話，往往便能止息解紛；至於跨區性的事務或是什麼難解的大麻煩，便得敦請總門主出馬，金劍一亮，鮮少有解決不了的事。

「胭脂胡同裴家的子孫，不但武功出類拔萃，更是飽讀詩書滿腹經綸，卻偏偏不試科舉。以他們這等才幹，若肯入朝為官，不出幾年，從文必為翰林，從武必是將軍；然而裴家的人父傳子、子傳孫，竟在京師『世襲』了百餘年的史官而甘之如飴。歷代皇帝都知道自己腳下有這麼一號人物，然數度邀請也都被婉拒。

「做史官必須時時記錄皇帝大臣的言行，俸給微薄工作卻極繁重，實在沒有太多時間處理百劍門內的大小事務；再加上胭脂胡同的裴家原本就行事低調，若不是十分棘手且重要的事，並不輕易插手，久而久之，大家就習慣找朱家幫忙。

「恰好莫愁莊的歷代莊主都是任俠好義之人，不管大小事都能公正無私的處理妥當，弄得大家都服氣。因此無論朱莊主有沒有搶到金劍，都是咱們百劍門實質上的總門主；論聲望名氣，堪稱武林第一世家。」

古銀山道：「而且朱莊主的父親英年早逝，仙去時朱莊主不過十二、三歲，我們都擔心這孩子沒有長輩指導，能否將深奧繁雜的『卻亂劍法』學成？沒想到他不但辦到了，甚至還強過他爹當年！」

洪承泰道：「莫愁莊和胭脂胡同的武學向來在伯仲之間，前面四次試劍大會，雙方正好輪流各拿下兩次金劍。上次確實是裴門主小勝了朱莊主半招，所以這次該輪到朱爾雅搶回金劍，未來二十年，莫愁莊還是名副其實的總盟主。」

閭丘項山道：「聽說裴大俠也是謙謙君子，氣度豁達，只是淡薄名利，與世無爭。人說大隱隱於朝，小隱隱於野，裴家不但在朝謀職，更住在花街柳巷之中，對每日經過門前的鶯鶯燕燕視若無睹。這等定性，實非常人所及。」

洪嬌蕊驚道：「什麼？胭脂胡同不是賣胭脂的地方嗎？」見眾人笑而不答，這才知道：原來堂堂百劍門的總門主，竟無視於蜚短流長，定居在京城裡最熱鬧的一條花街之中。

洪承泰笑道：「裴家的祖先在一百多年前就定居在那裡，當時那條街還沒有這個名字。自第一次試劍大會之後，裴家的『秋水劍法』震爍武林，前去參觀的人才開始絡繹不絕……」

洪嬌蕊插話道：「第一次試劍大會是朱家奪了金劍，人們為何不去莫愁莊外瞧瞧？」

洪承泰道：「人們去看，主要不是看房子，而是想瞧劍缽，就算看不到人，聽聽聲音也好。可是莫愁莊比這裡還大呢？就算讓你入莊，也未必能找到朱家劍缽練劍之處；而裴家的住處不大，平房加上院落，也不過五丈長寬，對街的二樓，打開窗就可以看到他在練劍。要不然貼近牆面，白天可以聽見裴家劍缽呼呼舞劍之音，夜晚則是琅琅的讀書聲，江湖中人只要到北京城辦事的，少有不順路去瞧。開妓院的腦筋動得快，發現這裡人氣頗盛，便一家接著一家開了起來，最後才形成了胭脂胡同。」

洪嬌蕊笑指著爺爺，道：「哦！這種事情，你怎麼那麼清楚？」說著臉卻紅了起來！

用完飯古劍跟著父親出門治裝，這才發現整座西安城熱鬧了許多，不但酒肆茶樓全數客滿，牆角簷下也都坐著不少江湖豪客。二人連找數個地方才買到布匹，卻遍尋不著清閒的裁縫，都說：「聽說百劍門的大人物要來，許多人紛紛趕來訂作新衣，時間已被排滿。」只好頹然而返。

次日早晨，卻見紀草拿著一件綢緞白衫過來道：「我猜你一定找不到裁縫，連夜趕了出來，你穿穿看。」

古劍見她一臉睡眼惺忪，想必徹夜未眠，收下新衣，歉然道：「辛苦妳了！」

紀草欣然一笑。

古劍進房換裝出來，紀草端詳一會，問道：「還合身嗎？」

古劍道：「習武的姑娘果然與眾不同，一眼就估出來我的高矮胖瘦。」

紀草笑道：「穿上新衣，不如再去逛大街吧！」

古劍道：「妳一夜沒睡，還是回房休息的好。」

紀草卻道：「我不睏！你就要走了，我只想……多陪一會……」說話時淚水忍不住在眼眶中打轉。古劍心中一軟，只好點頭任她帶路。

紀草似乎急著把西安城裡好玩的地方一個不漏的介紹給古劍，不過兩、三個時辰，兩人一一遊賞了興慶宮、華清池、法門寺，最後來到大雁塔時，廣場上擠滿人群，圍在一條長長的紅紙前議論紛紛，一問之下，才知這是忘憂坊的賭盤攤子。

擠到前頭一看，幾個熱門的劍缽都已給人下滿了注，開出來的賠率與先前傳聞大致相符。排名在後段的劍缽，儘管賠率極高，卻也乏人問津，唯一的例外，卻是排名第九十一的古家劍法，赫然寫著：「一賠一百，已達滿注兩萬銀元。」

古劍問人道：「這個盤口單子是什麼時候貼出來的？」

那人說：「忘憂坊照例在十天前公布盤口，應該在前天就貼了。」

古劍大吃一驚，趕回樂遊苑，找到趙石水問道：「姐夫，這兩天有人找你比劍嗎？」

趙石水頹然道：「怎麼沒有？不知是哪個傢伙胡亂押注，莫名其妙的把我的行情拉高。裡面的劍缽都不太服氣，紛紛找我比試，兩、三天下來，比了十幾場的劍，卻幾乎沒贏過！阿劍，咱們的家傳劍法，當真如此不濟？」

古劍道：「別在意！住在這裡的劍缽，排名無不高過我們一大截，輸了怎能怪你？」

趙石水道：「我本來信心滿滿，以為定能替古家爭得一席好排名，如今見到了世面才知外頭高手如雲，愈靠近大試，愈是害怕！」

難得見姐夫如此垂頭喪氣，古劍正不知該說什麼，身旁的紀草卻拉著他的袖子道：「來了！來了！聽這聲音如此哄鬧，莫非是莫愁莊的人提早到達？」三人立即趕往門口，準備迎賓。

來到大門，幾乎所有的人都到齊，擺出來的排場與恭迎總門主蒞臨相差無幾。紀南圖親率所有家人立在門外，在大門的左右兩邊各排一列；其餘賓客則在門內列隊等候，大致是依百劍門內的排名先後而站，古家排在後頭，最後則是白晶堡等少數尚非百劍門者；至於丐幫因自恃身分，藉口有事外出，並未入列歡迎。

過不多時，馬蹄聲自遠而近，少說也有八、九十騎。為首的兩人翩然下馬，自塵煙中走來，一壯一少，都是國字臉，鷹鼻鷂眼，神俊非凡，一看就知是一對父子，正是莫愁莊的莊主朱未央與劍缽朱爾雅。朱爾雅看來溫文儒雅，身旁的三個隨從卻長得個個獰怪，有人忍不住叫道：「莫愁三……俠。」

這三個奇醜無比的人約莫三十來歲，平時倒頗為和氣，卻最恨別人提到他們的長相，「莫愁三怪」的綽號更是犯了大忌。那人總算機靈，見到三怪射來的凶惡目光，即時把「怪」字改成「俠」字，逃過一劫。

除了幾名莫愁莊的家奴之外，還跟著一大票人，全是東路的各家劍門，在莫愁莊的帶領之下，十分團結，二十三家東路劍門，竟全數到齊。

朱未央一下馬就向著紀南圖拱手道：「紀老爺子，您擺下這排場，不是折煞我嗎？大家快回正廳，坐下來慢慢聊。」

紀南圖笑道：「這可不是我個人的意思。大夥知道您要來，都盼能跟您握個手呢！」

朱未央忙道：「何以復當！何以復當！……莊門主，這是犬子爾雅；爾雅，這位是開封府『飛鳳劍門』的莊掌門國卿老爺子；這『飛鳳劍法』著實厲害，當年你爹和這位莊家孝伯伯曾有一劍之緣，雖然僥倖小贏半招，可也嚇出一身冷汗來。」

這番話說得飛鳳劍門的人個個眉飛色舞，臉上生光。二十年前莊家孝連闖三關，搶到鵬紋銅劍後志得意滿，竟選擇挑戰當年排行第一的莫愁莊。一較之下，才知彼此武功天差地遠，敗得慘不忍睹。如今卻因朱未央一席話語，讓人覺得當年莊家孝的劍法亦有可觀之處，無形中抬高了飛鳳劍門在江湖上的地位。

只見朱未央與眾人一一寒暄，他記性極佳，凡曾有一面之緣者，無論對方劍門大小或武林地位如何，都還能一語道出其姓名籍地與擅長之劍法，甚至一些芝麻小事，也能說得正確無誤。就像與多年不見的老友閒談往事一般，短短幾句，說得人們無不眉開眼笑，如沐春風。

朱爾雅雖身著華服，卻沒有一絲膏粱子弟的氣息，且對每一位長輩都稱叔伯或爺爺，執禮甚恭；對同輩則和善親近，全無驕氣。古劍不禁心生仰慕，思道：「這對父子分明有最頂尖的江湖地位，卻不擺絲毫派頭，難怪江湖中人一提到莫愁莊，無不推崇備至。」

輪到古家，朱未央一開口就問道：「古老爺，您的風溼好些了沒？」

古銀山大為感動，二十年前與他不過是一面之緣，曾不經意的說出自己因練功走岔了氣，導致膝腿患有風溼，只要天候稍微溼冷就疼痛不已。這實在是小事一樁，萬沒料到這位叱吒風雲的大人物至今仍銘記在心！顫聲道：「多……多謝朱莊主關心，老朽我早習……習慣了！」

朱未央道：「太白山上寒霧極重，非防不可！」說畢蹲下身子，伸手去脫古銀山的鞋襪。古銀山驚道：「這怎麼可以？……」正欲把腳抽回，朱未央道：「您別說話，專心運氣。」他話中自有一番威嚴，古銀山不敢再動，只得任其擺布。朱未央脫去鞋襪，命朱爾雅架起其身子，雙手中指分別抵住其足底湧泉穴，徐徐送氣。

古銀山只感到兩股熱氣分別自雙足往上竄流，不一會整個下半身熱熱融融，舒暢不已！不到一盞茶時分，朱未央才將其雙足放下，此時已是汗流浹背，命隨行家奴取來十粒極為珍貴的百參丹，交給古銀山道：「一連十天，每晚臨睡前服用一顆，症狀應可大為減輕。」古銀山老淚縱橫，傻傻接下丹藥，激動得說不出半句話來。從現在起，朱未央就算要他賣命，也不會皺一下眉頭。

治完病繼續與古鐵城等人一一認見，輪到古劍之時，朱爾雅注意到他手中的長劍，臉色微微一變，問道：「這把劍看來非比尋常，能否借在下一觀？」

古劍雙手捧過去，朱爾雅對著劍首端詳了一會，略顯異樣的與父親交換目光，朱未央過來拍拍兒子的肩，朱爾雅才回過神來，拔出劍身道：「果然是把好劍，有名字嗎？」

古劍想起程漱玉，忽然臉紅了起來，道：「叫鑲玉劍。」

朱爾雅神情古怪，又發愣了一會才還劍道：「好好珍惜！」

會見之後，眾劍門各自回房。今晨本有幾家劍門打算啟程上太白山，為了要見朱未央父子而多宿一日，古銀山卻決定立即出發，道：「我已和主人打過招呼，洪莊主也願意借咱們一輛馬車。快快收拾包袱，馬上就走。」

古劍問道：「明晨再走不行嗎？現在離入夜時分，還不到兩個時辰呢？」

古鐵城道：「不知是哪個瘋子胡來？竟在忘憂坊給咱們古家的劍缽下滿注！弄得一些好事之人，紛紛來找石水比劍。增加一點交手的經驗不是壞事，但短短兩天打了十二、三場，鐵人也會累壞；何況現在離試劍大會不過幾天，萬一受傷怎麼辦？」

古銀山道：「咱們現在出發，沒人料得到，便不怕有人攔截求戰，辛苦一些，連夜趕路，頂多一天一夜，便可抵達山下。待咱們爬上太白山，依百劍門的規矩，一旦上了山，任何人不得騷擾劍缽，便無須擔心。」四人收拾妥當，跟著洪家派來的車夫走到馬車間，把行李和口糧都放進車內，告離樂遊苑。

四人之中，以古劍的心情最為放鬆，不時掀開布簾瀏覽沿途風光。只見道上行人絡繹於途，都是趕往太白山的武林豪傑，遇有岔路，只要跟著人多處走便錯不了。

馬車日以繼夜的走著，第二日早晨天還未明，已來到秦嶺山下的駱峪鎮。此處又是儻駱棧道的一端，必須棄馬步行。走棧道，古劍並不陌生，只是前面幾次總有一些波折，難免令人擔心！在棧道上遇到阻攔，除了硬闖之外，別無他法。

果然走不到十里路，赫見六名中年漢子擋在前頭，撐起一面布幡寫道：「成都古家請留下」。古劍等人低著頭想蒙混過去，卻被攔下，為首的漢子道：「古老爺子，俺是山東渤海幫的黑面鷲馮千勝，您還記得嗎？」這人面色黝黑，頂上毛髮所剩無幾，只要見過，就很難忘記。

古銀山尷尬的笑了一笑道：「原來是馮老弟，好久不見，有何貴幹？」

馮千勝笑道：「咱們只是好奇，古家劍法一向寂寂無名，怎麼突然有人在忘憂坊押了滿注？」

古銀山道：「老實告訴你，我古家的劍缽雖有進步，但要拿金劍卻是絕無機會！老夫也百思不解，到底是誰跟咱們鬧著玩？」

馮千勝道：「除非是發了瘋，不然誰會跟自己的銀子過不去，一押就是滿注二萬兩。這兩位不知誰才是令孫婿？能否讓咱們印證一番。」

原來這幾個人都是賭徒。試劍大會辦得如此轟轟烈烈，場外的插賭，也起了一些推波助瀾的作用。忘憂坊是中原最大的賭坊，每到試劍大會前一個月，都會把可能參賽的劍門列出，供人下注。他們所開出來的盤口十分具有公信，從其中的賠率便可看出該劍缽奪取金劍的機會。前十天起則每日公布下注的情形，下注的量愈多，則表示該劍缽愈受期待。古家劍缽的賠率定為一賠一百，卻在第一天就被下滿注，表示忘憂坊並未看好，卻有人認為值得一搏。

這幾個賭徒賭本不豐卻想大發橫財，唯有找一些原本不被看好的黑馬押注，才能賺取高賠率的酬金。古家的劍缽滿注之後，行情便自動調升一倍，賠率為一賠五十，萬一贏了，仍有暴利可圖。有不少人喜歡這種本小利重的賭法，到處去試一些高賠率但或有機會的劍缽。自從忘憂坊公布下注金額之後，古家便成了這些人投注的理想標的，這些賭徒不敢闖進樂遊苑試劍，便兜截在各上山要道之中。這幫人為了要試出劍缽的真本領，往往出手狠絕，比起一般劍缽點到為止的比試更加凶險！

古劍只好挺身而出，跨步道：「在下趙石水，領教閣下高招。」

馮千勝身旁一位白髮漢子道：「大哥，您掠陣，讓小弟先試。」轉身對古劍道：「俺是白頭翁陳慶，在渤海幫排行老三，看刀！」說著便挺刀殺來。

古劍拔劍架開，試了幾招，暗暗叫苦：「這些人看似粗鄙，手下功夫倒不含糊，恐怕還要略勝姐夫一籌。我可以『僥倖』贏得一役，卻絕無可能連續好運六次。」想到這裡，劍勢放緩，連賣了幾個破綻，準備認輸。

陳慶卻不趁勢欺進，說道：「大哥！這小子劍法稀鬆平常，恐怕真是咱們找錯了對象。」

馮千勝罵道：「要試出人家的真功夫就得刀刀砍向要害，瞧你那麼客氣，倒像個玩騎馬打仗的小娃娃，還試個屁？」

陳慶道：「俺出手一向不知輕重，萬一把人給殺了怎麼辦？」

馮千勝身旁一位碧眼勾鼻的漢子道：「了不起咱們陪著你向百劍門請罪。但這場賭局千載難逢，若沒試出人家真本事，豈不終生抱憾！」

陳慶道：「二哥說得極是！」說畢再攻，這回出招漸狠，不是斬首，便是斫臂，似乎不見血不罷休！

這麼一來倒令古劍為難，一流的高手，收發由心，一旦兵器觸及對手肌膚之時，能夠立即卸力收勢，縱使削中人，入肉也不至於太深；然而此人刀勢狠猛，顯然只能發而不能收，他本想讓人輕砍一道，流點小血交代過去，然碰到如此對手，也只能先不斷閃躲。

兩人在棧道上交手，後面來的人無法通過，便層層疊疊擠在一邊，議論紛紛，這人牆愈堆愈厚，慢到的人看不見前頭，只能靠耳語傳達。

渤海幫可不希望知道此事的人太多，馮千勝思道：「這小子劍法看似笨拙，卻總能即時避開老三的殺著，這樣拖下去，知道的人愈來愈多，愈是不利。」便對著一個白胖漢子道：「老四，你先去幫老三。」那白胖漢子為陳慶的師弟，以左手使刀，與右手使刀的師兄默契十足，刀法頗有相輔相成之妙。他早躍躍欲試，聽到大哥指令，二話不說，提刀便朝古劍右臂砍去。

眼看就要把古劍逼到死角，斜地裡刺出一把劍來，架住大刀，卻是趙石水加入戰局！並罵道：「你們講不講理？有人這麼試劍的嗎？」馮千勝等人不答，另四人各自交換了一眼，紛紛掏出兵器，分別找上古家四人。

這招實在高明，古劍暗叫不妙，此時若不顯出真本領，對方以六打四，古家非有人掛彩不可！他別無選擇，正欲使出「無常劍法」退敵，卻見一人自人牆上翩然而下，落在戰局之中，出手奇快，一晃眼已將六人的兵器奪在手上。

馮千勝等人當場愣住，若非親身經歷，實不敢相信世間竟有如此武功！但見此人年紀輕輕，衣著樸素，丰神俊雅，眉宇之間有股濃濃的書卷氣，怎麼看也不像是個身懷絕技之人。過了半晌，才見莽漢陳慶問道：「你是誰？憑什麼管我們的事？」

馮千勝狠狠賞了一巴掌過去，對著那青年人躬身道：「裴……裴公子，俺三弟有眼不識英雄，請……還請恕罪則個。」

背後的人牆暴起一陣嗡響，議論不止，前頭的人興奮不已，紛道：「裴問雪、裴問雪，他真是頂頂大名的裴問雪？」有人喊道：「我見過他，哎呀！真是眼睛蒙上了豬油，當時竟沒看出來！」另一人道：「那有什麼稀奇？我在西安城至少見過他三次面，跟裴門主或有三分像，但茫茫人海中，若不顯一下本事，誰認得？」

這時人群已亂成一團，後面的人拚命想擠到前頭，紛道：「快讓開！快讓開！讓我瞧瞧。」靠山谷的一邊則有人叫道：「別急！別急！再擠下去，我就要掉下去啦！」

裴問雪一向行事低調，雖早享盛名，見過他的人並不多。由於家學淵源，自幼研讀許多經史書籍，自然會對歷史上最著名的古都西安心生嚮往，既然試劍大會將路過此處，便向父親要求提早動身。裴友琴公事在身，令他先行出發。

他一向好靜，知道自己一旦身分暴露，必將引來一陣騷動，不但難有寧日，更別想好好探究西安的古蹟舊城。因此一路上隱姓埋名，不顯武功，即使到了西安，也只祕密拜訪一趟樂遊苑，其餘的時間，多半混跡在一家簡陋的小客棧中，帶著幾本唐史，探訪城內諸多遺跡，因此見過他的人不少，卻只當成一個普通的腐儒迂生，絕想不到這個看似書蟲的少年竟有著一身驚世駭俗的功夫！若不是眼看著古家有危難，也不會輕易出手。

既然顯出真本事，就再也瞞不住身分。這是裴問雪第一次現身人群，引起的騷亂超過他原先預期，他笑了一笑，把兵器還給馮千勝道：「走吧！」轉身對古銀山道：「古老先生，咱們先讓讓，給後方的朋友先走。」

後頭推擠的人群一聽，果然安靜起來，一一從古劍等人的眼前魚貫走過，注目焦點自然都落在裴問雪身上，有的人指指點點，有的人含笑點頭而過，有的人經過時報上自己的字號姓名，也有人故意翻個觔斗，他都微笑以待。

走過一個十四、五歲的小姑娘，突然回頭怯生生的問：「我能瞧瞧包袱裡面的藏墨劍嗎？」

裴問雪笑著解開背包，取出一把長劍，許多人睜大眼睛細瞧，一人道：「這把劍既不黑也不暗，怎麼會叫藏墨劍？」

其他的人笑他孤陋寡聞，紛說：「這把名劍混合多種異礦製成，材質與眾不同。平常看來與一般的劍沒什麼兩樣，沾上鮮血之後，卻會變成黑色，故名藏墨。」

過了好久，才把人龍送走。古銀山緊握住裴問雪的手道：「裴公子，要不是您及時趕到，後果真不堪設想！……請受老朽一拜！」

裴問雪怎肯受拜？立即攔住道：「快別這麼說，大家都是百劍門，豈有見危不救之理？」

古銀山老淚縱橫，忍不住訴苦道：「不瞞您說，我這個孫婿的劍法是比他丈人當年還強了一些。但也只敢要求他在這次的試劍大會中，替咱們古家保住席位而已，哪還敢奢求金劍？卻不知是哪個瘋子喝醉了酒？竟在忘憂坊給咱們古家劍缽下了滿注！這可真是天大的誤會，就偏有一些賭鬼不信！從賭盤公布的那天開始，就難有安寧的時日。」

裴問雪道：「這點我或能理解，忘憂坊的賭盤一直是個問題。多年以來，我們裴家一直不贊成賭局介入；然而其他幾家主要劍門都說賭盤能讓試劍大會的場子更熱，有何不可？」

古鐵城道：「可真害慘了我們，這一路上山，可不知還有多少人準備攔路呢？」

裴問雪道：「既然如此，就由問雪陪各位上山，或許那些賭客，肯給胭脂胡同一點面子。」

有裴家的劍缽在旁相護，還能有什麼問題？古銀山終於放下心中的憂慮，頻頻說道：「那怎麼好意思？那怎麼好意思？太感謝了……」

這條儻駱棧道全長不過百餘里路，五人腳程不慢，天黑之前到達終點厚畛子。這小鎮依山緣河，亦是登太白山的起點，平日清幽靜瑟，如今聚集上千名等著上山的江湖豪客，熱鬧異常。

眾人一見裴家劍缽到了，紛紛簇擁而來，送上烤羊燻豬。裴問雪給大家面子，每家都拿一點，古劍等人沾上光，也因此得享佳餚。餐後便在樹林中覓地打尖，鋪上毛毯，席地而臥，四周跟著躺了一堆堆的人，只因裴問雪在此。

睡到中夜，古銀山將古劍搖醒道：「出事了！快起來！」

古劍揉著惺忪的眼，此時月光正被烏雲所蔽，只透出一點微弱的暗光，古劍隱隱約約瞧出父親的身影，卻不知他張口說話，不假思索的問道：「什麼事？」

古鐵城道：「方才不遠處有一聲小孩的慘叫，裴公子追了過去。留神些，今夜或許不平靜。」話剛說完，樹叢中突然竄出一條人影，天色暗黑瞧不清楚面容，卻在轉瞬間奔至眼前，一口氣連刺數劍，將古銀山、古鐵城和趙石水三人逼退，最後一劍斜刺古劍，既快又刁。

此人來路不明，不知善惡，這個時候可不能再留一手。古劍長劍橫削，準備架開對方長劍，這是「無常劍法」頗為精絕的一記妙招，架開來劍之後，便可順勢化守為攻。未料使到中途，在雙劍交碰之前的一剎那，右胸一陣疼痛，竟在一招之內中劍。他停靜不動，任由此人在身上點下重穴，心中卻是一陣冰涼：原來自己的劍法，還有這麼一個天大的漏洞！

若在大白天，就算此人的劍法再高一倍，也很難在短短幾招之內制伏古劍。但今夜霧重光微，極盡目力，仍只能隱約看出對手身影，對劍勢的判斷更是慢了一步。「無常劍法」本無常規，出招的時機及方位的拿捏全視來招而隨機應變，他又毫無聽聲辨器的本領，天光愈暗，反應自然愈慢。高手過招，所爭往往就是短短的一瞬，他敗得極慘，倒非偶然。

那人一手抱著古劍，一手仍持劍與另三人輕鬆對招，說道：「奇怪，你們家的劍缽武功稀鬆平常，怎麼有人押大注？」

趙石水叫道：「別亂來！你抓錯了人，我才是真正的劍缽趙石水。」

那人笑道：「那更好，限你在五十招之內打敗我來證明你真有奪金劍的本事。否則，別怪我……」說著作勢要在古劍脖子上橫抹一劍。

趙石水大驚，劍光忽長，朝著那人身上狂削猛刺！想到古劍的生死操在自己手裡，無形中激發他身體潛能，比起平日所練，還要強猛幾分。

卻見那人足不移位，左手仍抱著動彈不得的古劍，右手好整以暇的架開對手長劍，意態悠閒，嘴上數著：「一、二、三、四……」五十招一過，趙石水連個衣角都碰不到，那人把古劍解穴後擲回，揚長而去，隱沒在林中一角，傳回一陣笑聲道：「高估了你們，害我白跑一趟。」

眾人圍問古劍，古劍仍看不出他們說什麼話，只能說道：「我沒事……小心！」

斜地裡忽然又冒出一蒙面人，挺劍往趙石水右臂刺去，古劍長劍一劃，這次出劍仍顯倉促，雖勉強擋住來劍，劍勢已老。這刺客身軀看來瘦小，內力卻強，順勢絞了幾圈，稍施暗勁，將鑲玉劍甩飛，刺入十丈之外的樹幹中。

古劍飛奔過去，拔出長劍，轉身回來，另三把長劍都釘在附近的樹幹之上，爺爺和爹緊緊抓著受傷的趙石水，他站立不穩，持劍的右臂上被劃了一道長長的口子，行凶的刺客，卻早已消失無蹤。

有人將剛點燃的溼柴遞來，湊近一看，傷口頗深，血流如注，雖未傷筋骨，但不知要休養幾十天才能恢復身手，古銀山潸然落淚，哽咽著對圍觀的人眾道：「我古家實在沒有什麼……了不起的劍法！你們總該相信了吧！」

這時裴問雪抱著一個小童飛奔回來，眾人七嘴八舌的敘述方才之事，他立即將小童還給其家人，衝過去給趙石水點穴止血，同時黯然自責道：「古老先生，問雪年輕識淺，中了人家的調虎離……」

古銀山搶道：「這不能怪你，我輩俠義之人，遇到這種事又豈能置之不理？」

裴問雪從身上取出一瓶黑色藥膏，塗抹在傷口上，旁人道：「胭脂胡同的『七珍膏』，這可是療傷聖藥呢！」

古銀山忙道：「這怎麼好意思？」

裴問雪抹完後才說：「這藥雖可加速傷口表面癒合，但內部的發炎，不可能在數天之內完全復原。此人如此出手，似乎是蓄意不讓趙兄參賽。」

趙石水自受傷以來，始終忍痛默聲，聽到這裡卻忍不住流下淚來，古銀山亦老淚縱橫，仰天哽咽：「莫非是天意？我古家終究逃不出這場磨難！」

卻聽旁人道：「何不試試侯藏象？」

另一人說：「你開什麼玩笑？練劍的人以手臂最為要緊，給這傢伙胡整一套，有什麼三長兩短，豈不終生遺憾？」

那人說：「未必！我聽說侯藏象已經一個多月沒出差錯了。」

另一人笑道：「那怎麼可能？老兄，糊塗病是沒藥醫的。」

那人道：「是真的！據說他收了一個叫『胖姑』的徒弟；這姑娘外表富態，心思倒是十分精細，替他抓出不少疏失。」

古銀山正自惶然，聽到此處，彷彿在暗夜中看到一盞明燈，問道：「快說！要怎麼找他們？」

那人道：「他們已先行上山，這幾天恐怕有不少人排隊等著看診呢？」

裴問雪道：「咱們最好趕一趟夜路。能提早一刻治療，就多一分復原的指望。」

說罷立即收拾包袱，趙石水由古劍揹負，點了兩支火把，一行五人，往上山的路徑行去。

太白山高逾千丈，眾人自四百丈高之山腳登起，一路上林木深幽溪流潺潺，布滿奇花異樹怪石奇峰，即使是深夜也有其清美之處。只是山路陡峭，古劍等人顧著趕路，實無心思觀賞美景，走了兩個時辰，天光漸明，陽光的金輝透入密林，偶然朝上一望，山頂仍是一片銀妝素裹，「太白積雪六月天」，果非虛傳。

五人足不停步，山路愈走愈是崎嶇蜿蜒，又行了一個多時辰，轉一個彎，卻見許多人擠在山路上，不走也不坐，卻個個神情不悅，問他們怎麼不走？一個聲音洪亮的粗漢率先罵道：「怎麼走？聽說前頭是條狹窄的棧道，卻被一群瞎眼、斷腿的臭要飯擋住了去路，只能傻呼呼的等在這裡，氣死人了！」

裴問雪道：「殘丐不是壞人，怎會沒由來的擋路呢？」

一個藍衫書生道：「只怪他們當年太自不量力，竟和丐幫訂下試劍賭約，如今聽說丐幫劍缽范濬的劍法深不可測，勝算渺茫；恐怕是急了，便弄了一個逢廟必拜的朝山大隊，三步一拜九步一跪的走，只盼能感動上蒼神靈，出現奇蹟。」

古劍心想：「川陝之間，不是棧道便是崇山，即便是一般人也得大費周章；這群殘丐以這種方式苦行，實難想像其中的艱辛勞苦！」

裴問雪道：「諸位大哥能否借個路，讓在下去勸勸。」

那粗漢嗤之以鼻，問道：「你是誰？憑什麼讓你先走？」

裴問雪道：「在下裴問雪。」

眾人大驚，書生問道：「當真？」

古鐵城道：「當然假不了！在這個地方，還有誰敢冒充四大劍門的人？」

眾人一聽有理，紛紛退後半步，擠出一個走道，並向前傳話道：「大家讓讓，胭脂胡同的裴少俠來了！」

古劍等人跟著裴問雪穿越人群，轉一個彎，前方果然出現一條狹長的棧道，殘丐們有的眼盲，有的行動不便，一個接著一個排成人龍，緩慢往北走去，果然是每三步就伏地拜一次，每九步屈膝跪拜一次。尚未踏上棧道的，則一律朝南跪求各路英雄的諒解。

然而這些人沒什麼耐性，依舊謾罵個不停，聽到裴問雪來了，一個大鬍子壯漢立即抱怨道：「裴少俠，你評評理。這群殘丐打從昨天夜裡就來到這裡，不趁半夜無人時速速通過，卻偏偏挑上這個時候走這三里棧道，叫咱們在這裡呆呆的等，真是豈有此理！等這四、五百個殘廢一路拜跪過去，少說也得耗掉半天光景。」

一名斷臂殘丐道：「我們有試圖穿越，可是昨日夜裡起了大霧，伸手不見五指，再加上道路凹凸不平，護欄腐朽，走沒多遠，忽有落石滾下，兩位瘸了腿的弟兄受到驚嚇而掉落深谷之中，大夥只好撤退回來。」

裴問雪道：「原來如此！你們幫主和長老呢？」

一名瞎丐搖頭道：「長老們認為此行太過艱險，並不答應我們走這趟。」

大鬍子壯漢笑道：「還是殘幫四老聰明，嘿嘿！你們這些人想必是上輩子做了什麼壞事，這輩子才會變成殘丐，神明怎會保佑呢？」

瞎丐道：「李超，你也算成名人物，說話請自重！」即使是飽嘗羞辱的殘丐，也覺得這話十分刺耳。

大鬍子李超笑道：「哈哈！江湖上誰不知道我歪嘴李超說話從不遮攔。你們讓老子在這裡乾耗半天，不觸點霉頭，怎能消氣！」說完一群人都笑了，幾名殘丐心生憤懣，意欲起身理論，卻都被其餘殘丐拉住。

但見裴問雪對著發笑的人掃視一遍，柔和目光中帶著一種正氣凜然的犀利，笑的人一個接著一個閉嘴。笑聲方歇，裴問雪問道：「瞧你們個個衣衫單薄，身骨孱弱，怎能經得住山頂上的寒風溼露？」

瞎丐道：「咱們本來就不打算活著回去，只盼神明能看到咱們的誠意，保佑咱們的劍缽能替殘幫爭一口氣。」說話間仍有殘丐持續走上棧道，剩下的人愈來愈少，還沒走的人聽到這番話，個個目光含淚，神情肅穆，令人動容。

原本等得不耐煩的江湖豪客們紛紛說道：「你們慢慢走吧！」

殘丐們無不跪謝，一名瘸丐指著趙石水道：「感謝各位英雄成全，可是不曉得這位壯士身上的傷緊不緊急？」

裴問雪笑了笑，問道：「這條棧道，不會從頭到尾都這麼窄吧！」

身後一位老者說道：「裴公子說得是，這條棧道前窄後寬，前面幾十丈由於經常有落石崩落，便鑿壁為道，只容一人通行；過了之後，架木為道，寬逾四尺。若我沒記錯，四十年前上面也有一條便道，可通至寬棧道處，上山的人走上面，下山的人走下面，便不怕阻塞。可惜後來發生一次山崩，把通向上面的路給阻斷。」

裴問雪道：「謝謝老伯指點。」隨手撿起地上一根四尺長的竹竿，拔出長劍將竹竿削尖，縱身一躍，朝著山壁刺去。山壁是一整片頁岩，一般人即使用劍也很難刺入，他竟能以竹枝插入半尺，看得眾人瞠目結舌！裴問雪道：「各位大哥，能否幫忙取幾根竹竿過來。」

這附近就有竹林，眾人爭先過去，不多久便有十來根竹竿傳過來，裴問雪一一切斷削尖，每往前一尺往上一尺刺入一支，不多久便在峭壁上搭出一道竹梯。眾人歡聲雷動，會輕功的，把這些竹子當成梯子，一蹦一蹦輕躍而上；沒把握的，手腳並用的攀爬而上也不困難。

上方是一片草叢，眾人拔劍抽刀，很快開出一條新路，行不到百丈，果然有條往下斜的岔路通向棧道。後頭的棧道果然寬得多，殘丐們自動靠向外側魚貫而行，每走三步俯身一拜，每行九步屈膝一跪，個個莊嚴肅穆，虔誠靜敬，口中唸唸有詞，似在祈求神明。本來嘻嘻笑笑的一些江湖豪客也不禁為之動容，安安靜靜超越過去。裴、古等人還要趕路，走在前頭，慢慢遠離人群。

午時剛過，眾人來到山頂的「太白三池」。

太白三池上下鼎列，分別為「大爺海」、「二爺海」及「三爺海」，俱為冰川消退後在冰斗槽谷內集水而成之湖泊，水色藍碧，清澈如鏡，昨夜下了一場瑞雪，除了湖面以外一片銀白，更映出湖面藍淨之美。三座湖均為圓形、環堤，從天上往下看，好似三個裝水半滿的巨碗，長寬都超過三、四十丈。

樂遊苑派人分別在這三座湖及附近玉皇池之湖底打下無數木樁，搭出一條通往湖心的棧道，湖心處則建一個三丈正方的平臺，作為比試的擂臺。古銀山看了不住點頭道：「妙極！這湖大小適中，觀戰的人眾坐在前矮後高的環堤上觀看，彼此不會遮住視線；且利用湖水隔絕劍缽與觀眾，便不怕比試受到干擾。」

此處山高霧冷，平日人煙罕至，然因試劍大會即將在此進行，參與比試的劍缽希望早點來探勘會場，適應天候；要看熱鬧的人或是要做買賣的小販，不少人急著先來搶占好位子，儘管離試劍大會還有些許時日，然此時已是人聲擾攘，喧鬧不已。

在最顯眼的地方有人搭了一頂帳篷，篷外掛滿布條，寫著「華佗汗顏」、「扁鵲服輸」之類的詞語，任誰看了都知道，這正是「糊塗神醫」侯藏象的義診處所，若在兩個月前，這頂帳篷再舒適也沒人敢進來，如今排隊等著看病的人，卻有十來丈長，若要排在他們後面，可不知要等多久？

裴問雪略通醫術，一眼便瞧出這些人都沒什麼急症大病，問道：「咱們這有一位傷者需要盡速診治。各位朋友若無急難，能否先給咱們……」

這裡沒人認得裴問雪，話未說完，排在後頭的粗漢搶白道：「我賴九梟好歹也是西北道上有頭有臉的人物，還不是從清早排到現在？你算什麼東西？敢擠在老子前面！何況侯神醫一天最多只看六十名病患，讓你插在前頭，我豈不是得明天再來？」

裴問雪並未生氣，仍和顏悅色的說：「賴大哥說得沒錯，只是我這位朋友手臂受了重傷，若不盡速就醫，恐不利於復原；他是百劍門的劍缽，身負重任，還請賴大哥通融。」

賴九梟笑道：「他受傷打輸，與我何干？除非是四大劍門的人親自說項，否則就別再囉嗦！」

裴問雪向來不喜自曝身分，但如今為了讓趙石水順利就醫，只得說道：「不瞞您說，在下正是胭脂胡同裴問雪。」此話一出，聞者莫不大笑，此人看來文質彬彬，全無武林高手之氣勢，竟自承是裴問雪！

賴九梟揶揄道：「那我豈不是朱爾雅了？」眾人更是笑得厲害。

裴問雪並未發怒，仍微笑以對，籌思要如何顯露一下功夫好讓眾人相信自己的身分；古劍卻忍不住上前道：「他真是裴公子！」眾人笑得更響。

裴問雪往前踏了兩步，將古劍拉回道：「古兄，算了！」也沒生氣。

此時卻見帳篷裡一個姑娘走了出來，粗聲喝道：「外頭怎麼那麼吵？」她一開口，眾人立即閉嘴。古劍打量一下來人，這人眉毛橫粗，巨臉大嘴，身形雖略顯圓胖，倒也不算難看，瞧久了，自有一種喜趣。忍不住多看一眼，心中忽地跳了一下，總覺這對眼珠子十分熟悉。

那人見到古劍，也是隨之一愣，再湊過來近觀趙石水的傷勢，說道：「這傷口必須馬上治療，快送他進去。賴九梟，今天神醫心情好，想看六十一名病患，你有意見嗎？」

賴九梟立刻收起蠻橫的臉色，咧嘴陪笑道：「不敢！不敢！胖姑說得極是。」他曉得這個帳篷裡面可以沒有侯藏象，卻不能缺少這位「胖姑」，眼睜睜的目送古劍等人走入篷內。

過了一會，忽然有人發現，裴問雪方才踩的雪地，竟然全無足跡！忍不住叫道：「踏雪無痕！他真的是……裴——問——雪！」

進入帳內，侯藏象一見古劍便笑道：「難怪妳肯破這個例。」

胖姑啐道：「你別多話！快給人看病。」說也奇怪，這個胖姑明明是他的助手，卻對大夫不假辭色。

侯藏象道：「這有什麼好看的？他的手臂中了一般的刀傷，這七珍膏也沒抹錯，一個月內必能康復。」

古銀山急道：「侯神醫，石水是咱們古家的劍缽，試劍大賽可不能等咱們一個月啊！」

「原來如此！」侯藏象道：「你們先回去吧！我得再花工夫找找看，是否真有急效之藥。天黑後，請你孫子過來取藥方。」

眾人稱謝後離去，一出帳外，只見周圍站滿了人，全是來瞧裴問雪的，賴九梟等人更是急著賠罪。裴問雪無奈，一一拱手為禮，好不容易才走出人群。古劍思道：「成名人物雖然風光，但處處受人側目，也有諸多不便。」

忙了整個早上，大家也都餓了，山上處處有飲食攤子，古銀山執意要請裴問雪用飯，以答謝援手之恩，吃完午飯，才各自回到住處。

東道主樂遊苑在附近搭了一百間木屋，安置一百家劍門。其中四大劍門的居所最靠近試場，獨門獨院，長寬各有數丈，頗為氣派。其餘九十六家劍門則依黿、鼉、貔、貅、蛟、螭之順序排成六列，每列連棟十六間木房，古劍等人在最後一列螭劍門的第七家找到住處，門上一塊木牌刻著：「第九十一劍，成都古家」。這間木房約莫丈許長寬，有兩張大床、一張方桌和四張板凳，粗簡的以布幔隔成睡房與前廳，雖遠不如四大劍門的大宅，但在如此高山崇嶺上能搭出這種格局，已屬不易。

飯後古家人紛紛上床休憩，古劍躺在床上卻輾轉難眠，反覆在想：「那個胖姑到底是誰？怎麼有種似曾相識的親近之感？」好不容易睡著了，作了一個夢，夢境正酣，忽被爺爺搖醒，問道：「阿劍，如果石水不能比劍，得改派你為劍缽，心中可有準備？」

古劍心正亂間，隨口回道：「有侯神醫的藥，姐夫定能出賽……爺爺，我這就討藥方去。」一說罷起身便往「義診」的帳篷奔去。

來到篷外，夕陽斜掛，候診的人還有六、七位。古劍不斷搓手徘徊，心中噗噗亂跳，只盼天快快黑。賴九梟問道：「古少俠，您是回來抓藥嗎？何不走進帳內等待？」變成裴問雪的朋友之後，人們對他客氣多了。

古劍連忙搖頭道：「不不不！神醫要我天黑後再來，是我自己太閒，來早了！」話剛說完，卻見胖姑探出頭來，招手請古劍進篷。

一進篷便目不轉睛瞧著這個圓胖的姑娘，心中思潮洶湧：「是她！應該是她！她學會了易容術，把自己由瘦變胖，整張臉幾乎都變了模樣，唯獨那雙大眼珠是沒法子易容，這眼神太靈動明亮，別人做不來的……她說：『習武是殺人，習醫是救人。』一直想學醫術，終於讓侯藏象收下她這個女弟子……可是，一個美美的姑娘，為何無緣無故把自己妝扮成如此模樣？……她為何上來？是想看我比劍，還是找誰？……」一直這麼胡思亂想，胖姑一邊配藥，偶爾抬眼瞧他一下，露出淺淺的一笑，古劍一陣心跳，回一個傻傻的笑。

好不容易等人走光，侯藏象才笑道：「傻小子，你幹嘛一直傻愣愣的瞧著人家？胖姑雖胖，但好歹也是個黃花大閨女啊！」

古劍「啊！」的一聲，這樣的確失態，紅著臉道：「對不起！我總覺得妳似曾相識，是否……」

胖姑嚶然一笑，搖著頭說：「不是！」

侯藏象笑道：「人家既然起疑，妳就別再逗人啦！……我一再叮嚀：『眼睛瞇一些，眼神呆一點。』哪知妳一遇熟人，就全露了餡！要怎麼埋名隱姓？」

胖姑笑道：「露了就露啦！反正阿劍也不會害我。」

聽到這裡，古劍再無疑慮，脫口而出：「程姑娘……妳好嗎？」

這胖姑果然就是程漱玉，嫣然一笑，拉著古劍道：「我餓了，咱們出去吃一碗熱麵。」

外面就有許多飲食攤子，兩人坐下來互道情由。程漱玉一心學醫，下山後很快便找到侯藏象，花了一番功夫，這糊塗神醫一來不討厭她，二來辯不過她，禁不住她嬌聲軟語，終於答應收她為徒；古劍也大致敘述近況，交代了未參加試劍大會的緣由。

程漱玉聽完笑他「傻子」，問道：「到底你自己想不想參加試劍大會？」

古劍道：「我也不肯定，雖然現在心境輕鬆許多，但練劍如此辛苦，沒能在這裡得到驗證，的確有些遺憾。」

程漱玉道：「既然如此，就藉這個機會，把劍缽的資格給要回來吧！」

古劍搖頭道：「這樣做未免有些對不起姐夫，妳還是告訴我怎麼醫治他的臂傷吧！」

程漱玉道：「這座山北麓湯浴口的鳳凰溫泉，療傷治病極具奇效，被人譽為神泉，叫趙石水每日早晚浸泡一次，五日之內，必能讓傷口癒合。可是表面復原，並不表示內部完全無礙，如果你姐夫在試劍大會中三兩下分出勝敗，不會有事；但若遇到旗鼓相當的對手，在劍招之外膂力或內力拚得凶，或有可能將傷口再度崩裂。此時自泉水吸進皮肉裡的藥反而會變成毒，嚴重的話整隻手臂終生癱瘓！你要賭嗎？」

古劍搖頭，依姐夫的個性，即使有些冒險，也願意為古家犧牲，然而試劍大會場場惡戰，哪有不拚命的道理？到了這個地步，只能挺身而出，問道：「妳想瞧我比劍嗎？」

程漱玉道：「我喜歡看你比劍，卻不希望你參加試劍大會。」古劍不解的搖著頭，程漱玉抿嘴兒笑道：「我碰過太多的大人物，反倒只喜歡默默無聞，有點傻裡傻氣的古劍；等你變成了大英雄大劍客，還會理睬我這個小丫頭嗎？」

古劍笑道：「妳人雖胖了，心性還是調皮貪鬧。」

程漱玉咭咯咭咯大笑起來，忽然正色道：「阿劍！莫管旁人，現在最要緊的是問問自己，是否真想試一試劍？」

古劍默然，過了一會，緩緩點了頭。

回到木屋，爺爺劈頭就問：「藥呢？」古劍搖頭，古銀山和古鐵城沒說什麼，彼此互望一眼，各嘆一口長氣，失望之情溢於言表。

古劍安慰道：「孩兒一定好好表現，絕不讓您失望。」

二人依舊搖頭苦笑，古鐵城道：「我們對你失望已成習慣，那也不算什麼？」

古劍急道：「請您放心！孩兒的武藝，確有長足的進步……」

古銀山走來拍拍他的肩膀道：「別再說了！這是天意，我心中早有準備。」說罷吹熄燭火，逕自上床，不再理會古劍。

次日起古劍便留在居處專心練劍，古銀山和古鐵城看著他耍來耍去總是那一套亂七八糟的劍法，只能默默搖頭；然而剩下的時日有限，二人連開口指正都懶，心想：「反正無論怎麼做，這個笨子弟的武功也不可能在短短幾天之內，有什麼了不起的精進。」

接下來幾天，各路英雄陸陸續續來到山上，受人矚目的幾位劍缽，如洗劍園的崔榕、丐幫范濬、莫愁莊的朱爾雅等人只要一上山，總會引得眾人爭相圍觀注視。百花莊等四川三大劍門在三天後上山，一安頓好便來到古家，卻見古銀山憂心忡忡訴苦道：「孫女婿受傷，不得不改派古劍為劍缽。」

洪承泰等人面露驚色，心中卻頗為振奮，雖然自家劍缽不免因此而退降一名；但同為四川的劍門，自然也替古家高興，更想瞧瞧以古劍的本事，到底能搶到什麼劍？可惜他們都發過毒誓，不得將古劍在佛手上與四大統領那一戰透露出半點蛛絲馬跡，只好拿一些無關痛癢的話來安慰古銀山父子。

參加試劍大會的劍缽都得在六月二十七未時之前錄登完成，這天早上，古銀山再看一次趙石水的臂傷，確定他無法在短時間內復原，才帶著古劍來到上板寺，這間廟宇離大爺海不過數百步，自然成為試劍大會的理事處所。廟牆上貼滿參試劍缽的名單，祖孫二人報上姓名、鄉籍，掌事的隨即在第九十一格處寫上：「第九十一劍，四川成都古家。劍主：

古銀山；劍缽：古劍，辛丑年三月初九生。」

古劍大略瞧了一下，百劍門這邊除了第四行原來樂遊苑的格子留空之外，幾乎填滿了牆面；至於百劍以外的劍門，依先來後到的順序，填在另一面牆的紅紙上，卻比百劍門的名條長了近一倍，有人算了一下，吐舌道：「到目前為止，共有一百九十家劍門參與『求劍賽』，又比上次多出不少。」古劍關心幾位舊識，擠在人牆中找到了閭丘允照和郭綺雲的名字，卻沒發現魏宏風！

二人正要回去，忽然間有人喊道：「來了！來了！青城派終於到啦！」瞬時引起一陣騷動，眾人都想瞧瞧看魏宏風到底是什麼三頭六臂，紛紛擠到前頭，引頸圍觀。

只見商廣寒和邱廣平帶著數十名青城門徒浩浩蕩蕩走來。有人說道：「這商廣寒好大的排場，青城派現在不過是百劍外的一門，帶上來的人卻不輸四大劍門，好似這把金劍已在他們囊中之物。」另有人道：「明天抽籤，三天之後就要比試，他們竟然遲至今日才大搖大擺的來到，也真夠托大！」

古劍心念舊友，也擠在人群之中遠遠望著商廣寒和其餘門徒的身影。多年不見，魏宏風變得更加高大魁偉，胸厚膀寬，比常人還高出半個頭以上，行在眾人之中頗有鶴立雞群之姿。他留了一臉的長髯，雲鬢戟張，雙目炯炯，竟有懾人之光！只要一靠近，人們自動止住譏嘴，紛紛讚道：「果真是塊練劍的好材料！」

走在魏宏風身旁的一位白衣少女，肌光勝雪，眉目如畫，氣韻雅度，美而不俗。好事者相互打探，這是誰家的女兒？知道的人便說：「她是貝遠遙的孫女貝甯，魏宏風的師妹，川西出了名的美女，你沒瞧過，也該聽過吧！」這對麗人吸住多數人的目光，掌門人商廣寒倒成了配角。

見到貝甯，古劍心中更是百感交集，不由自主憶起當年在青城山上受她照拂的點點滴滴，真想衝過去喊一聲「貝師姐！」，但轉念又想：「當年我跳下斷崖後無消無息，想必他們還以為我不在人世，如今現身，未免太過突兀！不如稍後再過去敘舊，順道問問徐宏珉這個傢伙，是否依然留在青城？」見不到徐宏珉雖早在預料之中，仍不免有些許失落。

午後探聽到青城派借宿於拔仙臺上的八仙廟，正欲前行探望，卻見程漱玉走來，笑問道：「想不想去拔仙臺玩玩？」

古劍點頭稱是，問道：「今天不看診？」

程漱玉道：「這陣子老猴子沒出差錯，不小心把口碑打了出來，如今樂遊苑竟然請他擔當『會醫』，他興奮得睡不著覺，連夜下山採辦藥材，恐怕要到後天才能回來開診。我左右沒事，不如陪你走一趟，順便瞧瞧魏宏風和貝甯有什麼三頭六臂？怎麼一上山，就聽人談論個不停。」

古劍笑道：「他們忙得很，也不知能否見到一面？」

拔仙臺地勢寬坦，草木不生，石海廣布，然長年雲霧繚繞，頗有仙氣，在這方圓不過百餘丈的太白絕頂上，竟有各式廟宇十餘座。

還沒走到八仙廟，遠遠望見數百名乞丐圍在道清宮外，走近一瞧，全是殘丐。二人擠到前頭，只見郭世域一家三人和寇照東正在大廟門口與數十名道士爭論不休。韓翠道：「太羽，天下之人拜天下之神，你憑什麼不讓咱們進去？」

擋在廟門中央的一名手持拂塵的道士道：「本廟不過是一間小廟，怎容得下那麼多人？不如你們派三、五個代表上香，何必勞師動眾，非全數擠進來不可？」

寇照東道：「多數人留在外頭，這算哪門子的誠意？咱們從四川一路走來，逢廟必拜，不知拜了幾百間大小廟宇，可從來沒聽說哪間廟立下了這等規矩？」

太羽得意的道：「是沒這等規矩，只不過明天一早將有十來位武當派的英雄惠臨小廟，你們全數進來，確有諸多不便。」

道清宮的劍法，出自於武當一脈，講究的也是後發先至以柔克剛。太羽的師祖紫石道長少年時在武當學藝，因犯了清規被逐出師門，行至太白山欲開創太白一派。好不容易蓋完了這間道清宮，才發現不遠處靈梵寺的大智和尚，為了發揚少林武學，也欲開創「太白派」。於是幾十年來佛寺與道觀常為了爭取正名而相互較勁，逼得雙方廣收門徒，勤練武藝；可惜紫石道長當年太早離開武當，未能學到最高深的武功心法，以至於道清門人儘管練得辛苦，始終未能臻於化境。

藉著這次試劍大會，原來不太理睬他們的武當派竟主動求宿。巴結他們的機會來了，道清宮上下自然雀躍不已，為了迎接貴客，裡裡外外不知清掃了幾遍，務必要把客人伺候得服服貼貼。會上山觀劍的，不是武當派中的名宿高手便是少年英雄，只要博得他們歡喜，隨意透露幾句心法密技，便是受用無窮。

殘幫卻無人知曉這等緣由，他們一路免不了受人白眼，但被拒絕入廟朝拜倒是第一次。韓翠憤然道：「哪有什麼不便？昨日嫌我們身上髒臭，褻瀆神明，所有弟兄便到湯裕泉，連身帶衣洗個徹底。沒想到你們仍處處刁難，豈有此理！」

太羽身旁一名長鬚道士卻道：「乞丐就是乞丐，跳到黃河還是乞丐。誰曉得你們洗乾淨了沒？萬一留下什麼跳蚤、臭蟲，叫我們怎麼迎接武當山來的眾英雄？」

這話一出，立刻引得殘丐們群情激憤，紛紛叫罵起來。寇照東怒道：「太真，你說這話太瞧不起人！難道我們這麼多人，還不如幾名武當道士？」

那名叫太真的道士往前一站，仍趾高氣揚道：「太白山頂可不是比人頭的地方，這次要來的武當派眾高手，隨便挑一個也比我太真強過許多，而你們……不過是烏合之眾、老弱殘兵……」

這話太過欺人，眾殘丐更加憤懣難平！一名持劍少年越眾而出，正是寇照東的愛徒何晁榮，他短劍出鞘，劍尖直指太真的鼻子罵道：「你這隻狗眼看人低的雜毛，不如……」

「不如大家較量較量，只要貴幫有人能憑真本事打敗我們，悉聽尊便。」太真說話中也拔出長劍，這道士雖然一副目中無人的姿態，然長劍一出鞘，整個人便凝立不動，法度嚴謹。寇照東一見如此氣勢，已知愛徒遠非其敵手，本想將他拉回，然轉念一思，先讓他試試對手深淺也好，踩出去的腳又縮了回來。

何晁榮卻不知厲害，大喝一聲，開始便是一串急攻，腳步撲朔迷離，劍招既急又快，殘幫兄弟一片叫好！然而太真出劍看似不疾不徐，卻總能後發先至，封住對手去路。何晁榮的「迷蹤劍法」著重於腳步的變幻，然而卻似每一步都被對方看穿，提前堵死，他愈使愈感滯礙，腳步漸趨慌亂，不多時胸口已被長劍抵住，棄劍而敗。

殘幫三老心中一寒，沒想到名氣不算響亮的太白山道清宮也有兩下子，照這麼看來，殘幫上下除了郭綺雲之外，其他的人恐怕都難以獨自取勝。寇照東正欲趨前叫戰，卻見幫主郭世域率先跨了兩步，咿呀一句，拔刀便朝太真身上斫去。

郭世域心知對手並非泛泛，出手矯捷狠辣，刀法勁雄勢急，一開始便全力以赴。那太真卻不慌不亂，稍讓兩步，一劍劃去，帶出一股柔勁，便令大刀往旁讓偏，郭世域一刀劃空，立刻迴刀再砍，又被長劍壓住，就這樣他連攻數十招，每一招都是使到一半便被長劍壓制，始終無法使全。

太真雖然魯莽，論劍法不過略遜掌門師兄一籌，對於武當劍法中的後發先至，以柔克剛的要訣，已有幾分領悟；這一刀一劍的聲音差異分明，郭綺雲雖目不視物，卻比多數人心中雪亮，以父親的刀法想贏得一招半式，機會渺茫。然郭世域雖知必敗無疑，仍刀刀使足了勁，招招拚盡了命，目的不過是想讓寇照東多看出幾招玄機，並多耗對方一些氣力。

可是雙方鬥劍，愈是拚命愈是凶險，尤其父親這陣子勞累加上操心，身子已感病弱，哪堪如此耗力損心！郭綺雲目眶含淚，心急如焚，恨不得能下場代替父親。

然而她不行，試劍大會為了保護劍缽在賽前的安危，防止有心人為了特殊目的傷害劍缽，特將試劍大會會場方圓十里之內劃為「禁區」，任何人不論有什麼深仇大恨，均不得在這禁區內尋劍缽比劍，否則便是與整個百劍門為敵，後果不堪設想！但要讓人不可找麻煩，本身也須自律，因此亦嚴禁劍缽找人比劍尋仇，一旦被發現，立刻撤除比試資格。

郭世域刀法雖不如人，但他肯拚肯纏，倒讓太真一時奈何不了。碰到這等不要性命的對手，要傷人容易，但要傷得輕重適切，並讓自己全身而退，可就沒有把握。眼前這個對手雖然招式平平，然刀勁狠猛，若不慎被掃到，非死即傷，逼得太真也不得不打起十二分精神，仔細對付，過了六、七十招，終於忍不住罵道：「不過是比武較量，點到為止，你怎麼像瘋子一般亂砍亂……」話未說完，卻被師兄太羽打斷道：「師弟別說了。他是聾子啊！」師兄弟一番話引起一陣嘩然，郭世域再怎麼說也是一幫之主，卻公然譏他是「瘋子」、「聾子」，這等無禮言詞，不只殘幫，就連一旁看好戲的群眾也感不平！

在眾人議論聲中，卻見太真身子一讓，繞到對手身後，劍勢一轉，朝著郭世域背後點去。這一劍來得突然，郭世域轉身不及，只得向前疾奔，太真長劍不歇，如影隨形的追刺過去。郭世域最怕交手時看不見對手，感到背後白光若隱若現，不敢回頭，只得繞著一棵大樹死命狂奔！太真的「追風劍法」已有一定的火候，輕功更是遠勝，師兄一句話點醒了他，「追風劍法」正是天下聾子的剋星，只要能繞到他身後，聾子根本不知長劍追在何處，毫無還手的餘地，只能繼續前奔。

他現在予取予求，隨時能了結此戰，但他厭惡這幫不自量力的殘丐，眼見看好戲的人愈聚愈多，心想：「眼前這麼多江湖英雄，不趁此時多出點風頭，更待何時？」既生賣弄之意，長劍便窮追不捨，在他身後一尺之處，游移滑晃，如獅子戲兔般的耍弄對手。

郭世域無暇回頭，但無論他奔跑得有多快，仍感到太真的劍尖猶如附骨之蛆，緊緊跟在身後；他功夫不算頂尖，然從未被人戲耍得如此狼狽，身為兩萬名殘丐的幫主，豈能承受如此屈辱！想到這裡，忽蒙死志，一個定身急停……

太真沒料到郭世域如此烈性，本來亦步亦趨的跟著，如今對方突然急剎，想收劍已來不及，只能將長劍往左一偏，還是刺入左肩。

太真輕易打贏一幫之主，未見半個人拍手叫好，他拔出沾滿鮮血的長劍，仍不知自己犯了眾怒，兀自罵道：「找死嗎？若非我夠機靈，你還有命？」

郭世域嘶嘶嘎嘎的吼叫，誰也聽不懂他說什麼？忽然間拿刀要抹脖子，韓翠撲來搶去刀柄，硬將他拉了回去。郭綺雲跳了出來，長劍出鞘，直指太真鼻梁，卻被寇照東拉回，急道：「姪女冷靜！妳一出手，什麼都完了！」

郭綺雲早已淚溼衣襟，泣道：「可是爹爹受到如此羞辱，做女兒的豈能坐視不管！」

寇照東道：「那也該讓叔叔先去試試，若真不行，再作打算。」

郭綺雲卻搖頭不讓，她曉得寇照東的迷蹤拳法比起爹或娘還略高一籌，但卻很難在這道士身上討到便宜，只不過多一個人受辱罷了。

正自僵持，卻在人群中跳出一名啞丐，咿呀的大吼大叫，手持一把木劍，朝太真左肩刺去！

太真輕易打敗幫主，怎會將一個普通的啞丐看在眼裡？輕笑一聲，身子往右一讓，正欲避開來劍，未料啞丐手中的木劍突然中途轉向，從一個令人意想不到的方位刺來，極其怪異而巧妙！太真大吃一驚，還來不及變招化解，「啪」的一聲，對手的木劍卻應聲而斷。看看肩膀，被刺中的中府穴沒流血也不怎麼疼，不過是一點痲癢而已，心想：「一定是我在不知不覺中將真氣聚集至此，靠反震之力將這把髒劍震斷。」沒想到自己苦練已久的太極真氣已到了如此境地，他喜出望外，原本的惱怒之心盡去，得意之情浮現，在這麼多英雄豪傑的眼前，該是自己表現出泱泱大度的時候，笑道：「不管是怎麼個取巧占乖，總是你的劍碰到了我的身子。按照比劍的規矩，就算你贏吧！不過師兄那一關，可沒那麼容易。」說著轉頭望著太羽。

太羽向前跨兩步，對這啞丐道：「去借把像樣的劍來。」不等他說完，韓翠已把長劍擲了過來。啞丐才抓到劍柄，太羽立即刺出長劍，端是劍招凌厲，來勢嚇人，也想來個出其不意，試試虛實。

啞丐果然受到驚嚇，慌亂中跌了一跤，在地上滾了一圈才堪堪避過。太羽也算一派之主，自不想在這時候追刺一個寂寂無名的小殘丐。等啞丐站穩身子，再刺出一劍，這一劍看似緩慢，實則暗封啞丐乾、兌、離、震、巽、坎、坤七個方位。啞丐的眼神看似茫然，腳步卻移到艮位，隨手削出一劍，倒也平平無奇，太羽輕鬆架開，反手一記快劍，角度刁奇，眼看就要刺上對手左腰，一旁觀戰的殘丐們忍不住一陣驚呼：「小心！」

可這啞丐也是個聾子，叫得再響也是白搭，但見他隨意扭動兩下身子，竟在不知不覺中閃開劍勢，長劍忽交左手，歪七扭八的朝對手眉心刺去……這一劍看似胡亂，倒令人不得不應，太羽火了，長劍在半空中連劃十來個圈圈，守中帶攻，暗藏殺機，那啞丐只得跟著胡點亂刺，東閃西讓，卻也沒中劍……

忽聞後方一聲叫「好」！有人循聲回頭，稍遠處的一棵大樹上坐了兩名身穿白衣腰掛白劍的年輕人，竟是洗劍園的崔榕、崔柏，忍不住竊竊私語起來。武昌洗劍園在百劍門中排名第三，崔榕更是本次試劍大會的熱門劍缽之一，他一出現，眾人總免不了要多瞧幾眼。太真興奮的叫道：「我師兄的『圓極劍法』已到了爐火純青的地步！崔公子何不到前頭瞧個仔細？」

這二人都懶得理會太真，四目凝神觀戰，雙口輕聲交談。崔柏道：「堂哥，我看太羽的『圓極劍法』神似武當派的『太極劍法』，即使是武當派的高手，沒有二、三十年的功夫，也難有這等火候，怎麼您說他非輸不可？」

崔榕道：「你看不出那啞丐招招似愚實巧的手段嗎？十招之內，他已饒過太羽三次。」

崔柏搖頭道：「要戲耍一個人，功夫得比他高明數倍。殘幫之中，怎會有這等人物？」

崔榕笑道：「他不是殘幫的人。」

崔柏道：「就算他路見不平冒充殘丐幫忙，為何要故意藏拙？」

崔榕想了一下，在他耳旁輕輕說：「我猜他也是一個劍缽，可不能讓別人知道……希望他闖得進最後的『奪劍賽』，與我試一試劍。」

猜得沒錯，這啞丐正是古劍所扮，他和程漱玉見到殘幫又遭欺凌，基於義憤，決定出手管一管閒事；但如今古劍也是劍缽，郭綺雲不能做的事，他也不行。

於是二人找個殘丐換了一套破衣，經程漱玉的巧手妝扮之後，古劍很快變成一個陌生的啞丐，但一個尋常的殘丐若有一身驚世駭俗的功夫，不免引人疑竇，若是有心人追查起來，後患不小。因此他除了外表必須改得面目全非之外，也不宜顯露出太高明的劍招。至目前為止，偽裝得還算成功，除了崔榕之外，絕大多數觀戰的人以為這啞丐也沒什麼了不起的真本領，不過是靠了一點奇襲、幾記怪招和誤打誤撞的好運，來與太羽周旋。

在太白山上，太羽也算數一數二的高手，卻對一個向來瞧不起的小殘丐莫可奈何，連換了數種劍法，總不到幾招便被這啞丐的怪劍打斷，愈打愈是發毛！心想：郭世域怎會教出如此滑頭的徒弟？想到這裡心生一計，慢慢退到大樹旁，忽然兩步滑步，繞過樹幹，在啞丐身後竄了出來。

啞丐發現身後有人，一時亂了手腳，只知道一陣發足狂奔，兩人一追一逃，像極了方才郭世域與太真之戰，除了韓翠母女外，其餘殘丐都不禁憂心不已。

只見太羽愈追愈是逼近，啞丐愈奔愈慌，突然雙腳一絆，一個翻滾，左手本能的護住身子，右手順勢朝上一劃……

太羽正全速疾奔，眼看就要追上對手，這突如其來的變故卻讓他剎停不及，只能從頭上一躍而過……

剛跳過即感胯下一涼，人群中響起一陣爆笑，低頭一瞧，褲襠已被長劍劃破。太羽不禁漲紅了臉，瞧瞧這啞丐，一臉茫然，似乎還弄不清楚方才是怎麼贏了這一招？

雖然敗得莫名其妙，然眾目睽睽之下，太羽也不敢耍賴，雙腿夾緊，心有不甘的對著古劍說道：「太羽不輸無名之人，你這小子到底姓啥名誰？劍法邪門得很，倒是一點也不像聾瞎二丐教出來的徒兒。」

古劍還沒回應，卻見韓翠搶先答道：「他叫阿竹，為了替綺雲找個『陪練』，被我送到外頭學了幾年的劍。你敗得也不算冤，若不是他歷練不足過於緊張，根本不必弄得如此驚險。」言下之意，這個阿竹與郭綺雲的武功都遠勝於他，太羽聽進耳中更難心服。但打輸了是事實，揮揮手，示意讓殘丐們進廟上香。

好戲看罷，其餘人眾逐漸散去，殘丐們扶著郭世域，簇擁進廟，古劍這個殘丐得冒充到底，跟著眾殘丐一起入廟，程漱玉卻不便留下，正待離去，卻聞郭綺雲喊道：「胖姑娘請留步，能否幫我爹看個傷？」

程漱玉道：「我習醫不滿兩個月，功夫可還不到家。」

郭綺雲道：「姑娘冰雪聰明，又跟著侯神醫，兩個月贏過別人二十年。」

程漱玉笑道：「妳怎知我聰明愚笨？太抬舉我啦！」

郭綺雲道：「兩位都是舊識，他的腳步聲沒變，妳的似乎沉實了些……」

「行了！行了！我服氣啦！」她怕郭綺雲指名道姓的點出身分，趕緊打斷話頭。原來程漱玉跟著侯藏象學會易容術及轉聲法，自以為能瞞得住任何人，沒想到郭綺雲耳朵靈細，且不受眼睛干擾，從腳步聲猜出古劍和她真正的來頭。

程漱玉遞給郭綺雲一盒藥膏道：「這是外傷藥，但我看郭幫主眉頭鬱結，面色灰暗，似乎尚有其他的毛病。你們先拜拜，待會再跟你們回去瞧個仔細。」郭綺雲早發現父親身子大不如前，連忙稱謝。

殘丐們備好牲果，一人一香，跪地禱唸。古劍混雜在其中，見眾丐個個神情肅穆，態度虔誠，也跟著照做，與他們一起祈求上蒼，讓苦難的殘幫劍缽，打贏這場比試。

祭拜完畢，二人跟著殘丐來到跑馬梁，這個地方算是太白山上較為荒僻之處所。怪石嶙峋，草木不生，寒風卻是陣陣刺骨襲來。原來他們買不起帳篷、搭不出草寮，便用大石頭堆疊出一個巨大屏風。擋不住雨霧，只能勉強遮住一些風，生起火來，才稍稍感覺到一絲暖意。

韓翠與寇照東私語一會，把古、程二人的情況大略告知，才扶著郭世域，向二人拜謝道：「今日之事承兩位相助，殘幫上下沒齒難忘。」

古劍不宜開口，只能一勁搖手擺頭的示意，程漱玉笑了一笑，道：「謝我幹嘛？還不一定能醫好郭幫主呢？」趨前給郭世域把脈，皺眉道：「從這脈象看來，郭幫主恐怕是操勞過度，心力交瘁引起氣血鬱阻，再加上這山頂寒溼，陰氣襲身，就算沒有劍傷，早晚也得倒下。」

寇照東道：「姑娘所言甚是！不只幫主如此，咱們的弟兄個個衣著單薄，在這霧溼風寒的跑馬梁上，不知還能挨持幾天？」

程漱玉道：「從四川到這裡，沒有幾段好路，即使是一般人，也要大費周章。怎麼你們一次就帶了幾百個人，豈非自討苦吃？」

一名斷臂的殘丐道：「幫主和長老也說這條路崎嶇難行，叫我們別來。但聽說丐幫的劍缽武功極高，這場比試對我們而言，實在太重要了！綺雲姑娘的眼珠子絕不能白白犧牲，無論如何，我們都要盡一份心力。」

程漱玉笑道：「比武的不是你們，就算所有的殘丐全上了太白山，也幫不上一點忙呀！」

那殘丐搖頭道：「咱們發動所有的殘丐，參拜巴蜀境內大小廟宇，祈望能感動神明，助咱們殘幫打贏這一次比試。拜完後仍覺不夠踏實，又擔心四川的神管不住陝西的事，於是大夥瞞著幫主，掏出身上積蓄，組了一個五百人的進香隊伍，三步一拜，九步一跪，一路跪拜走來。我們相信心誠則靈，老天有眼，總會發現咱們的誠意。」

程瀲玉本想說這些殘丐太過天真，但見他們個個神情嚴肅，不禁也受他們的愚痴感動，心想：「愈是苦命的人愈信神佛，我又何必在這時候澆下冷水！」嘆口氣道：「沒關係，大夥總算都平安上山。」

卻聞韓翠也嘆氣道：「我們上了山才發現他們。這一路上，有人摔死有人餓死，也有人染上重病而死。上了山更慘，原本疲憊瘦弱的身骨哪堪終日寒風吹拂，武功底子稍差一點的弟兄，恐怕都不好過。」

程瀲玉放眼一望，果然有過半弟兄滿臉病容，道：「這山上有不少驅寒的草藥，明天我會採來，但郭幫主的病情較為急迫，可得勞煩您派人過來取藥。」

韓翠想了一會道：「綺雲，就由妳走一趟吧！」

寇照東卻道：「天就要黑了，綺雲是咱們的劍鉢，萬一有什麼惡人……」

韓翠道：「有何不妥？哪有瞎子怕晚上？天黑更好，還有誰打得過我女兒？」

於是三人告別群丐，往西行去。

第十六章　敘舊

三人暫別殘丐，並肩前行。程漱玉抓著郭綺雲的手，一路說說笑笑，來到忘憂坊時夜幕已垂，卻燈火通明。

忘憂坊是中原最大的賭坊，坊主皇甫和貴富可敵國，據說武功深不可測，縱橫黑白兩道。他們獲得四大劍門之許可，在此建造一座兩層木樓，上層作賭坊，下層為酒館，雖是臨時搭蓋，規模氣派卻與西安賭坊相差無幾。忘憂坊的餐點，在任何城市都是數一數二的靡貴，因運送不易，這裡的菜價倒要比西安高出一倍以上；然而百劍門中不乏富闊之家，竟是高朋滿座！

程漱玉直嚷肚子餓，攛掇古劍和郭綺雲進去，二人卻多所顧忌。程漱玉對郭綺雲道：「郭姐姐，小妹避難之時，承您照顧多日，如今小宴一餐有何不妥？」

郭綺雲道：「我家盡是一些殘羹剩肴，怎能和這裡比？何況本幫的規矩……」

程漱玉插口道：「過兩天您就要試劍，不補一補怎行？到了這時候，怎能再墨守成規？」

郭綺雲搖頭道：「我的肚子已經習慣冷飯剩菜，驟然換食，反而不宜。你們進去吧！我在門外等。」

兩位姑娘在門外僵持不下，古劍正自為難，卻見洪嬌蕊從酒樓走了出來，笑嘻嘻對著古劍說：「大哥，一道進來吧！再站下去，恐怕整個酒館的人都要認識你們啦！」

古劍容妝未卸，正欲問道：「妳怎麼認得我？」話臨到口中，想起自己仍是晌午那一身啞丐模樣，趕緊合上了嘴。

卻見程漱玉也問道：「妳怎麼認出來的？」

洪嬙蕊拉著古劍的袖口輕聲道：「上樓再說，紀草姐姐還在樓上，正有煩心的事想找他問呢？」程漱玉喜見盟友，也幫忙拉著古劍進去；郭綺雲無奈，只好跟著。

古劍一身殘丐妝扮，又和四位美貌姑娘同行，不免引人注目，紛紛指指點點。進了酒樓，紀草坐在角落，招呼小二添碗加菜，並搬來一扇屏風。眾人坐定，古劍略感窘迫，幸好他無須開口，任由四個姑娘各自報上姓名，其中程漱玉因不便透露真姓名，只以胖姑稱呼。四女均面帶微笑，也看不出來各自心裡想些什麼？菜已滿桌，洪嬙蕊請大家開懷進食，古劍見郭綺雲沒有動筷，也不吃了。

程漱玉扒了兩口飯菜，還未開口相詢，洪嬙蕊已先說道：「其實我們中午就想找大哥，卻讓胖姑姐姐捷足先登，我倆一時好奇，便跟在後頭瞧瞧……」講到這裡，忽然放輕聲音道：「連你們打敗那兩個雜毛老道的過程，都瞧在眼裡。」

程漱玉笑道：「好呀！原來妳們早就在跟蹤我們。」她本來擔心的是自己的易容術沒學到家，容易被人看穿，如今得知古劍並未穿幫，倒不為了被跟隨之事而生氣；反正古劍耳聾，自己的武功又不怎麼樣，沒能察覺被人跟蹤並不稀奇。

紀草躬身賠禮道：「真對不住，是我不好，這點小酒菜就算是……」

程漱玉笑道：「不要在意啦！至於紀姑娘有什麼麻煩，不妨直說。」

紀草忽然紅了臉，洪嬌蕊道：「大事不妙！紀伯伯要紀姐姐嫁給洗劍園的崔榕。」

程漱玉笑道：「這不挺好？崔榕武藝不凡，長得也夠英武，更無妻室，可是打著燈籠也找不到的乘龍佳婿呢？」

紀草道：「崔榕雖無妻室，但風流放蕩花名遠播，絕非佳偶。」

程漱玉笑道：「這可不能全怪人家，他家世好，功夫俊，哪個姑娘不喜歡？」

紀草道：「我就不愛他那一副自命不凡的德性。」

程漱玉道：「那妳喜歡什麼樣子的？」紀草低頭不語，臉頰更加紅了！

程漱玉笑道：「既然妳不喜歡，怎麼又會被人給瞧上？」

紀草心中不禁嘀咕：「這個人怎麼生就一副打破砂鍋問到底的嘴？」

洪嬌蕊說：「這門親事，是紀老爺和洗劍園園主崔釗兩人說定的。他們說紀姐姐和崔榕都是習武的料子，如能結親，生下來的娃娃必定稟賦非凡，再用心栽培，給他習練『極樂劍法』和『忘情劍法』，必能貫通兩套劍法之長處，或許來年可與朱、裴兩家的劍缽一較長短。」

程漱玉問道：「這樣不好嗎？」

卻見紀草猛搖頭道：「我不要！我不想要這樣！」

程漱玉又問：「崔榕怎麼說？」

紀草悻然道：「那個人只會嬉皮笑臉，說什麼我是樂遊苑十六金釵中最不溫柔的一位，若非父母之命不可違，壓根就不考慮！」

程漱玉道：「的確失禮，妳怎麼罵回去？」

紀草道：「還罵！我直接拔劍，先刺個窟窿再說！」

程漱玉道：「不行呀！他是劍缽，這一陣子，任何人都不得逼他比試。」

紀草道：「我不管！一招『飛花墜月』，刺他脖子，他低頭一讓，長劍直刺我右腰；我閃身以一招『微風拂柳』還擊，他長劍在胸前劃了一圈，架開之後，斜削我左肩；我再以『細雨紛飛』……」古劍不宜說話，只能不住點頭，表示她應招並未出錯。

她邊比邊說，講到第三十七招時，才見古劍猛搖頭。紀草沮喪的道：「就是這招使錯了，開始被他壓著打；別看這個人死不正經，出招可是又快又狠，我使盡了十二分的心力，就是無法扳個一招半式回來！不到百招便輸了。」

程漱玉道：「據說這崔榕早在兩年前就把家傳的『忘情劍法』練得滾瓜爛熟，行走於三江九省，會遍上百名高手，光論經驗就占了大便宜。紀姑娘初出江湖，能與他相持良久已經夠嚇人！」

紀草道：「那人也是這麼說，又道：『「極樂劍法」以縱橫開闔凌厲剽悍見長，在妳手中使出，倒有股說不出的柔勁，卻還挺管用的，在下不得不佩服令尊的修為。』」她說到這裡容色方展，又道：「我跟他說：『我的劍招，另有高人指點，跟我爹或爺爺可沒相干。』」

程漱玉問道：「這個高人是誰？」

紀草沒答，看著古劍續道：「他笑著說：『那妳拜誰為師？難不成是狐九敗？』我為了氣他，搖頭說：『說來這個人年紀跟你也差不多，不過指導我幾天而已。』」

程漱玉哂然一笑，對著古劍道：「原來有人專教美貌姑娘習劍。」古劍頗感困窘，除了傻笑之外，也不知該作何表示，卻見郭綺雲也紅起了臉。

紀草續道：「他半信半疑，問道：『是朱爾雅嗎……是裴問雪嗎……是魏宏風嗎……還是范濬？』他見我連著搖四次頭，又大笑著說：『我知道了，這個人不是姓莫名須有，就是姓吳名此人。』我說：『一山還有一山高，你以為普天之下，就只有你們幾個高手嗎？信不信由你，只是比劍的時候，可別給嚇破了膽！』」聽她說得有趣，眾人都笑了，正自開懷，卻見崔榕一步跨進酒樓！

另有三個少年與他同行，四人俱是高瘦身材，英氣勃發，無論長相、氣概都十分相近，一踏進門便引來無數目光，原來嘈雜的酒樓頓時安靜許多，有人指指點點，說那個是崔榕，那個是崔松、崔柏、崔槐。

洗劍園的四位英雄少年來到，小二豈敢怠慢，隨即趨前招呼。崔榕放眼一望，咧開笑嘴往這邊走來對著紀草道：「我們能坐嗎？」

紀草沒好氣的說：「那邊不就有個空桌，何必過來擠？」

崔榕笑道：「你們桌大人少，大家都是朋友，湊湊熱鬧不好嗎？我來介紹，這三位是在下的堂弟：崔松、崔柏與崔槐。」嘴巴還說不到一半，已經一屁股坐了下來。

古劍稍稍打量一下這四位堂兄弟，心想：「據說洗劍園家大族繁，崔榕也是經過一番激烈的競比，才從十餘位堂兄弟手中取得劍缽資格，這三位能同來觀劍，想必家傳的『忘情劍法』，也已練到相當火候。」

紀草分別指著四人道：「這位是洪嬌蕊……」

崔榕道：「百花莊唯一的千金大小姐，久仰！」

紀草道：「這位是胖姑……」

崔榕道：「了不起的女神醫，久仰！」

紀草道：「這位是郭綺雲姑娘……」

崔榕道：「殘幫的希望，久仰！」

輪到古劍，紀草道：「這位是……阿竹。」

卻見崔榕誇起大拇指道：「了不起！今天見您連戲兩位高手，可真是大開眼界。」

瞧崔榕一副玩世不恭的德性，笑嘻嘻點出每個人的來歷，眾人俱感訝異，古劍更是一驚，自認下午與太羽、太真鬥劍時偽裝得頗為逼真，沒想到卻瞞不過眼尖的他。

程漱玉笑道：「崔公子可真愛胡思亂想，當時我也在場觀戰，只覺得他贏得既狼狽又僥倖，倒瞧不出像什麼了不起的高手？」

崔榕卻道：「阿竹兄的眼神、吐納、舉止、神采，都有一股似有若無的沉穩之氣……」

程漱玉突然噗哧笑道：「我看是呆滯吧！」

崔榕搖頭道：「不！在下識人的功夫恐怕比劍法還強一些。阿竹兄，你沒報名試劍大會，可真是被埋沒啦！」說到尾處，眼神突然變得十分銳利，直盯著古劍說：「莫非您正是指點紀姑娘劍法的那位高人？」

古劍被他瞧得有些不自在，他不善說謊又不能承認，只好咿咿呀呀猛搖頭；卻見紀草冷哼一聲道：「你別亂猜！弄得人家不自在。」

崔榕聳肩笑道：「或許是在下胡猜亂想，還請諸位原諒……可是紀草姑娘，咱們倆人的賭約……」

話未說完，忽然「砰」的一聲巨響，一個身著青布舊衣的傢伙，以四腳朝天之勢從樓上重重摔了下來，落在古劍等人座位不遠處，他立即跳起，拍拍灰塵，涎著笑臉走來，竟是胡遠清！程漱玉一見此人，忍不住把嘴裡的飯菜給笑噴了出來。

胡遠清卻沒空理會她，輕輕一翻，跨過欄杆，一屁股坐了下來，問道：「什麼賭約？能否讓我參一腳？」說話時左手點了一下餐桌，一塊肉片便從盤中跳起，直往他嘴巴飛去，在他說完最後一個字時，剛好含住，咬了幾口，直道：「餓了兩天兩夜，連蒜味羊肉都變得清香可口。」原來他一上賭桌便不知日夜，非得輸到一文不名才捨得踏出賭場大門，這個時候往往已經餓得前胸貼後背，卻連買個饅頭的錢都拿不出來，久而久之，自然練成這種打秋風的絕技。正在吃飯的人看到這種絕活，大多一笑置之；萬一碰到小氣鬼，這可是肉塊自動送到嘴巴上，也拿他無可奈何，果然洪嬌蕊瞧得有趣，又幫他多點了一盤。

程漱玉笑道：「我瞧你方才摔下來時還一嘴的油香，怎麼剛吃過又餓了？」

胡遠清道：「那是一顆包子，才剛咬一口，就被那瘟神給搶了過去！」

程漱玉道：「山上什麼時候賣包子的，我逛了幾圈，怎麼一次也沒見著？」

胡遠清道：「為了這些包子，忘憂坊特別請來一位京城著名的包子師傅，然而高山上麵粉發不起來，只好在山腰上弄個房子，每日做好五十顆生包子派人背上山再蒸熟，專供在賭坊裡忙著下注而沒空用餐的豪客們充飢。數量有限，別說一般人買不到，你要是賭得不夠豪氣，還不一定有呢？」

卻聽洪嬌蕊笑道：「好極了！你可知那做包子的師傅叫什麼名字，改天請他多做一些，咱們每人各拿幾顆。」

胡遠清道：「就是那個城西張六哥呀！」

話說完卻見古劍與郭綺雲兩人同時身子一震，胡遠清道：「你們幾個都認識嗎？」

卻見程漱玉笑著轉個話頭道：「胡賭鬼，你先說為什麼被人一屁股踹下來？」

胡遠清道：「這不算什麼？不過是碰到一個老債主，向老子追討一點陳年舊債罷了。老子沒錢還，只好挨這麼一記。」說著又點了一下，把一尾醉蝦彈入口中，連頭帶殼一起嚼碎，吞入腹內。

程瀨玉道：「好歹你也算一代宗師，總該摔得的瀟灑些。」

胡遠清道：「不這樣，人家怎能消氣？這不算什麼，可惜的是，這瘟神早不來晚不到，偏偏在老子手氣正要轉旺之際冒了出來，那一把好牌，就這麼輸了去！」說到這裡，一臉的扼腕。

洪嬌蕊笑道：「是誰如此大膽？」

胡遠清一臉頹喪，搖頭道：「拜託拜託！別再提這瘟神！壞了我吃飯的興頭……喂！崔榕，剛剛你說要和誰打賭來的？」他急著轉移話頭，這次果然沒再彈菜入口。程瀨玉和崔榕等人都不禁露出揶揄的笑，似乎已猜出他命中煞星的身分來歷。

崔榕輕聲道：「這位紀草姑娘是樂遊苑十六明珠之一，劍法非凡，卻說指點她劍招的不是紀苑主父子，而是另有一名少年劍俠。在下聽了不禁興起好勝之心，便和紀姑娘訂下一場賭注……」

胡遠清睜大眼珠，插口道：「你要跟那傢伙比劍？這可好玩，賭多少銀兩？我能插個花嗎？」

崔榕道：「奉父母之命，在下和紀草姑娘將有婚約。我無所謂，然而紀草姑娘卻認定在下是個浮蜂浪蝶的公子哥兒，對這門親事多所抗拒。既然如此，不如便由在下與紀姑娘所說的少年劍俠比一場劍，若輸了必回去力退這門親事；反之若在下僥倖贏得一招半式，紀姑娘可得心甘情願的下嫁。」

竟然有人願把一生幸福當成賭注！古劍等人俱感驚詫，愣了一會才見程漱玉道：「父母之命難違，既然紀姑娘阻止不了，你又憑什麼抵擋這門親事？」

崔榕摺扇輕揮，笑道：「在下身為洗劍園的劍缽，總該有些好處；如若堅拒這門親事，長輩們也不好在這個時候苦苦相逼吧！」一個劍缽在「試劍」之前，說話自有分量，畢竟沒人敢在試劍大會即將開始之際，為了一些雜事，將他的劍缽弄得心神不寧，無心比劍。

程漱玉問道：「所以這場賭約，必須在試劍大會之前進行？」

崔榕點頭笑道：「一旦比過試劍大會，在下便和一般為人子女者相同，對於父母所指定的親事，毫無置喙的餘地。」

紀草低頭道：「所以我才會那麼急著想請那位少俠幫忙。」

胡遠清聽到這裡，忍不住拍手叫好，嚷道：「有趣！有趣！這賭法有趣極了，有誰要和我賭一把！」

話方說完，只聽見一聲清潤婉轉的語音說道：「胡賭鬼！你輸得只剩爛命一條，還拿什麼跟人賭？」

眾人不約而同往門邊望去，搖搖擺擺走來一位美婦，身穿絳紅絲綢緊身長衫，外套狐皮長褂，臉若桃花態柔容冶，據說她年逾四十，看來卻不過三十出頭。程漱玉對著胡遠清揶揄道：「你的瘟神來啦！」胡遠清一臉苦笑，冷不防打了一身寒顫。

這瘟神本名尤豔花，人稱尤寡婦，不知犯了什麼煞沖，幾年之內嫁了七次，卻也剋死了七個丈夫。偏偏她是一個不折不扣的大美人，京城裡的高官巨賈無不仰慕，儘管剋夫惡名遠播，卻總有不信邪的人，捧著大把銀子想娶她進門。於是她每嫁一次，便多了一大筆財產，如今在她名下，有一個大布莊、一座大染坊、一間大票號、一個大當鋪和一大筆田產，更有數不清的金銀珠寶。

儘管如此，一個女人最大的遺憾——無夫無子，卻是她內心最大的痛；然而一連害死七任丈夫，就算別人不怕，自己也沒有再嫁的勇氣。問了幾個命理師父，都說她柳眉倒豎，臉生異痣，生來一副貴極剋夫之命，除非能找到極端命賤之人，否則注定得孤寡一生。

命賤之人剋不死。什麼人的命最賤？是乞丐嗎？不！是賭鬼。

乞丐不過是身無分文，而賭鬼身上，卻總有一馬車的債，在還清以前，無論什麼天災人禍，全算不到他身上。聽說有個賭鬼何三，因欠債心煩，尋死了十七次都被救回，偶然一個機會救了某位富人性命，那富人便為他還清賭債報恩，他歡天喜地回家飲酒慶祝，卻不慎被一顆配酒的栗子給活活噎死。

於是尤豔花決心找一個最聲名狼藉的賭徒下嫁，當她發現胡遠清是個形容猥瑣舉止滑突的傢伙時，差點沒昏倒。

但這個其貌不揚之人，卻是全京城，整個中原，甚至可能是開朝以來命最賤，債最多的賭鬼。她勉強自己到忘憂坊觀察數日，卻慢慢看出興味，原來這個賭鬼雖然命賤運爛，倒也非一無是處。

至少他的賭品不差，平常生活儘管儉樸，上了賭桌卻豪氣干雲；運氣雖背，卻從不遷怒旁人，輸了更不賴帳。再看下去，發現這個賭鬼生性樂觀，從不為欠債發愁，總相信自己會有翻本的一天，言談自然有趣。尤豔花愈瞧愈不討厭，到後來竟然莫名其妙的喜歡上這個前世冤家。

可惜落花有情，流水無意。這種人財兩得的好事，一般人可是八輩子也碰不到一次，然而胡賭鬼的眼中只有骰子和牌九，再怎麼盛妝的美人，還不如「豹子」好看。尤寡婦生氣又無奈，為了吸引他的目光，索性下場學賭。這個女人原本就富，賭運又好得不像話，胡遠清很難不有所留意，慢慢的兩人熟稔起來。

自此以後，胡賭鬼偶爾輸急了想翻本，或被債主追得走投無路時，向尤豔花討個商量，從未被拒，未料卻是他惡夢的開始。

任憑債金日益增加，尤豔花從不急著要債，繼續無微不至照顧這個倒楣的賭鬼，日子久了，胡遠清就算再木頭，也該看得通透。然而胡賭鬼依然故我，無論對方如何明喻暗示，一律裝傻到底，絕口不提男女情事。

不了解的人看在眼裡，以為他怕被尤寡婦給剋死。其實胡賭鬼對賭博雖有一堆禁忌，對生死倒不怎麼在意，只怕有了家累的牽絆之後，再也不能無拘無束的進出賭坊，瀟灑下注。往後的日子只能半死不活的悶著，才是他最深懼的惡夢！

尤豔花並不死心，但也做不到什麼無怨無悔，這麼拖了兩、三年，態度忽變，不再擺什麼好臉色。她以債作脅，今天要他砍柴，明天要他扛米。興致好時，頤指氣使算是客氣；心情若差，免不了一陣打罵。妙的是胡遠清從不生氣，以他的修為，只要稍動一根指頭，便能送這悍婦歸天，但胡賭鬼除了死不肯娶，對於這位大債主的種種無理要求，從來不敢有任何違逆！兩人就這麼耗了多年，誰也沒占上便宜。

數月前胡遠清不聲不響的離開北京城，尤豔花突然少了一個消氣解怒的對象，感到十分不慣，便帶著幾個保鏢家僕，沿著各大賭場追蹤而來；然而胡賭鬼十分機警，幾次錯身而過，就是遇不到人。尤寡婦也不著急，知道凡是賭徒，絕不會錯過這二十年才一次的「試劍大賭會」，就當作遊山玩水，來到太白山上守株待兔。

胡遠清人一現身就被逮個正著。尤豔花悶了幾個月的氣，豈是隨便罵個幾句就算？方才那一記重摔，正是拜她所賜。

尤豔花隨意搬了一張凳子坐下，胡遠清勉力擠出討好的笑容說道：「豔花，您說得一點也沒錯。前一陣子背得很……」

尤豔花插口道：「你已經背一輩子啦！」

胡遠清道：「是是是！在下的確一文不名，但是最近左眼皮一直跳，顯然是時來運轉的徵兆，如果您肯再大發慈悲，周轉個幾千兩銀子……」

尤豔花又插口道：「你說會轉運，已經提了一千八百次，能否換個新鮮的詞！」

胡遠清嘿嘿一笑，接著道：「這次絕對是真的！前天我還夢到財神爺呢？他說看在我誠心誠意供奉他二十餘年的分上，打算派一位善良美貌的仙女來幫我呢！」

尤豔花嘻嘻一笑，對著同桌另四位年輕女子道：「誰是那位仙女呀？」

程潄玉等人不約而同微笑搖頭。

胡遠清道：「別再笑謔我啦！說到美貌善良，還有誰比得上您尤大姐？」

明知這是他常有的阿諛諂媚，尤豔花仍不免羞赧一笑，笑完卻立即繃緊臉道：「胡遠清，十萬二千六百五十二兩三錢八分的債還沒還清，你怎麼還敢開口借錢？」

胡遠清諂笑道：「所以才會想法子借錢，等小的翻了本，一定加倍奉還！」

尤豔花聽了什麼話都不說，只睜大兩顆鳳眼，直盯著胡遠清瞧！胡賭鬼忽感頭皮發麻，囁嚅的說：「妳想如何？」

「既然找不到人和你插賭，不如就由我來跟你玩一把！」尤豔花笑道：「若我輸了，所有的債一筆勾消……」眾人聞之無不吃驚，這個女人連怎麼賭都還不清楚，就下了一個曠古絕今的大注！

胡遠清差點沒跳了起來，問道：「妳可知怎麼個賭法？」

尤豔花搖頭。胡遠清只好把來龍去脈再轉述一遍，說完問道：「萬一妳贏了呢？」

尤豔花嫣然一笑，道：「只須你答應一事。」

尤豔花多年的心願，其實早已不是祕密，胡遠清不必多問，也猜得到她想要的是什麼。贏的話，十萬債務一筆勾消，那是何等的暢快？萬一輸了，卻得賠上自己後半生的自由歡暢。一向出手豪爽下注決不眨眼的胡賭鬼，面對這場有生以來最大的賭注，也不禁猶豫起來。

尤豔花見他遲疑不決，笑道：「怎麼？是不是太過刺激！你怕承受不了？」

嗜賭之人，追求的正是刺激暢快，胡遠清心念一轉，思道：「大不了一死而已，有何可懼？這麼刺激的豪賭可是千載難逢，今日若是退縮，必將抑鬱終生。」想通了把心一橫道：「賭就賭，有啥好怕？」話是這麼說，只不過聽見自己的聲音，高亢中帶點微微的發顫，也分不清是興奮多還是惶恐多。

尤豔花道：「江湖的事我不懂，就讓你先挑人吧！反正和你這個賭鬼對賭，想輸也難，賭法倒是次要。」

胡遠清本想先探聽崔榕的對手，估量比試雙方武功高下再押寶，然而聽尤豔花這麼一說，自己再這麼算計豈不顯得太過小氣？遂道：「既然如此，我就押崔榕得勝。」

崔榕笑道：「感謝前輩抬愛，但您怎麼不先問問看，在下的對手究竟是何人？」

胡遠清笑道：「如果我知道是誰和你比劍，隨便也可以推估個八九不離十，那還賭個屁！我胡遠清好歹也是個漢子，豈可占女人便宜？」

「胡前輩果然是個鐵錚錚的漢子，不像某些人，專愛占女子便宜……」紀草停下來盯著崔榕瞧，他卻裝不懂，只好繼續說道：「然而你們說了半天，若是那位指點我劍法的少俠不想比試，還不是白搭！」

胡遠清道：「說得極是，好姑娘，快告訴我他是誰？」

只見紀草搖頭道：「他未必願意露面，更難說是否同意比試。」說話時以眼角餘光瞧古劍，只見他半低著頭，似乎也陷入了長考。

卻聞胡遠清叫道：「不行！不行！賭客還沒散場，賭場豈能關門大吉？」

崔榕對著紀草說：「明日午時，在下在升仙石等，那兒離會場少說也有十來里路，無論他比不比試劍大會，都不違逆規矩；至於怎麼把他給請出來，可是您的問題，如果紀姑娘瞧在下愈瞧愈是順眼，怕他打贏而誤了您的好事，在下也欣然接受。」

紀草恨透了他的油腔滑調，啐道：「你放心，如果請不到人，我會從升仙石上跳下去！」

崔榕微微一笑，隨即斂容輕聲說道：「除此之外，還得請諸位幫忙保密，明日這場比試，除了在座諸位之外，不希望有多餘的人觀戰；且無論結果如何，均勿向他人透露。」畢竟他已是譽滿江湖的人物，一旦比試的消息走漏，勢將造成許多不必要的煩擾，這要求合情合理，眾人俱無異議。

古劍繼續裝聾作啞，心中卻暗嘆：「看樣子，這場比試是拒絕不了啦！」

次日早晨，巳時初刻，古劍翻開程漱玉的帳篷，郭綺雲、紀草和洪嬌惢早已在裡頭等著，不知誰說了什麼笑話，四位姑娘都是一臉的笑態可掬。

程漱玉取出易容用的百寶箱請古劍就坐，笑道：「不知古大英雄今日想扮成什麼模樣？」

古劍道：「非易容不可嗎？」

程漱玉道：「崔榕這傢伙太精，如果不換張臉去混淆他，很容易看出來昨天的阿竹就是今天的古劍，如果發現打不贏你，一狀告上去，說你身為劍鉢卻喬裝殘丐與人比劍，你就不用試劍啦！」

古劍道：「既然如此，就請大師傅出馬，把我弄得面目全非，什麼模樣都好。」

程漱玉二話不說，開始動手給古劍易容，但見她手腳飛快，搓、拉、黏、描，約莫一盞茶的工夫大功告成，拿一面銅鏡過來。古劍睜眼一瞧，見到的竟是一個鷹鼻、闊嘴、髯扎鬍、招風耳的陌生醜人，除了郭綺雲之外，另外三個姑娘都樂了！

程漱玉笑道：「我們一人選一個特徵，哪知全部湊起來，會變成這副德性？」

古劍只好無奈的攤手道：「好吧！就讓崔榕笑到肚子疼，我的勝算，又多了一分。」

五人在笑聲中步出帳篷，半個時辰後來到升仙石。此時已近午時，胡遠清、尤豔花和崔榕等四人都已坐在石上等著。

崔榕起身道：「這位莫非就是指點紀草姑娘武藝的那位少俠，不知該如何稱呼？」

紀草道：「我大哥不愛出名，更不愛比劍，若非我苦苦哀求，他絕不肯來；至於姓名來歷，不必多問……」

崔柏道：「我堂兄是何等人物？豈能與無名之人比劍！」

紀草道：「這是他的條件，如果你們不喜歡，就別比。」

崔榕笑道：「名號是虛幻，劍術才真實。既然閣下另有顧忌，在下也不敢強人所難；看來昨日與會的現在幾乎都到了，除了那位深藏不露的殘丐阿竹以外……」

程漱玉道：「他另有要事，不會來了。」

崔榕忽然斂起笑容，以銳利的眼神瞧著古劍，正色道：「既然如此，請賜招吧！」雙手握住劍鞘，拱手對著古劍行禮，這也是試劍大會時劍缽在比劍之前的禮儀，俗稱「拱劍為禮」。古劍回禮，觀戰諸人紛紛退後數步，讓出一塊方圓五丈之地。

二人凝立對視半晌，忽然間同時跨步拔劍，迅速交換十餘招後分開。崔榕笑道：「果然是高手，看來得把壓箱的本事給全拿出來。」說畢劍勢突變，疾如風，狂如雨，左刺右削，高躍低竄，劍招縱橫，隨勢而轉，宛若流水，渾然暢美。古劍一時之間也抓不出其劍招之理路，慢慢往後退卻。

升仙石是一塊矗立在懸崖之上，頭尖尾粗的巨大石塊，並不平坦。在此決鬥，一個不慎確有「升仙」的機會，和古劍一同前來的四位姑娘，看他一步一步往後退，各有各的憂慮。

紀草相信若是古劍能沉著應戰，崔榕沒那麼輕易占上風，就怕他乍逢強敵，為其盛名所迫，不免有些施展不開；郭綺雲以耳代眼，聽聲辨招，卻更能感受到招招間不容髮的凶險，古劍每遇一記險招，每退一步，她的心就忍不住的揪了一下。

程漱玉看過不少次古劍與人惡鬥，此番仍不免忐忑，轉頭瞧瞧押寶崔榕的胡遠清，卻也面色凝重，才放心了些；而洪嬌蕊完全不懂劍招，只曉得愈退就愈接近萬丈深淵，忍不住叫道：「別退了！懸崖就在你後頭！」說完才想到古劍還是個聾子啊！

胡遠清道：「別擔心！一時三刻還分不出高下。『忘情劍法』追求物我兩忘的境界，除非修為登峰造極，否則很難不受地物的影響。這傢伙一眼看穿其中關竅，其實以劍招而論他完全不落下風，節節敗退，不過是想將崔榕引至石尖處，讓其劍法難以盡情施展，更容易找到其劍招破綻之處。」

他說完不久，兩人果然停止往懸崖處移動，程漱玉道：「胡賭鬼，你雖下了大注，但也該維持中立，怎可說一些足以影響勝負結果的話？」

胡遠清道：「我的話影響不了什麼人。難道妳瞧不出來？這小子法度嚴謹，崔榕狂攻依舊，卻是難越雷池一步，顯然他已逐漸摸熟『忘情劍法』，有了把握，自然無須再退。」

這麼一說，換成洗劍園的人著急了，崔柏朗聲問胡遠清道：「您瞧這個無名無姓的傢伙究竟是什麼來頭？」

胡遠清笑道：「倒沒什麼了不起的來頭，若不是我曾經會過此人，恐怕也猜不出來。」

聽到古劍被識破，程漱玉略微一驚，隨即寧定，心想：「是我太過緊張，以胡賭鬼的修為見識，看過的劍法，豈有認不出來的道理？」

崔松道：「胡前輩果然見多識廣，您瞧他這劍法看來歪七扭八，卻又邪門透頂！到底是什麼劍法？」

胡遠清道：「別管人家劍法好不好看，能贏才是真高明。這小子也真不簡單，不過兩個多月，卻又頓悟良多，達到另一番境界！」

崔松又道：「就算是好劍法，難道沒有罩門嗎？」

胡遠清道：「這種劍法無跡可尋，全靠以心運劍，如果使劍者心不在焉、心亂如麻、了無鬥志或驚惶失措，跟一個不會使劍的人差不了多少；反之若身心都處在巔峰，信心、意志足夠，往往遇強則強，任何人想在他劍上討到便宜，都不容易。」

崔榕落了下風，崔柏等人均知「忘情劍法」一向以強攻猛進著稱，卻也最耗心力，如果未能在一、兩百招內分出勝負，接下去只會愈來愈難打。這胡遠清見多識廣，若願稍加指點或許能有助益；然而胡賭鬼雖然重押崔榕，但只要幫上一點忙，便是老千！他可不願為了勝賭，壞了他一向引以自豪的賭品，他們問了三個問題，他都答了，又好像什麼也沒說出來。

兩人轉眼激鬥百餘招，儘管崔榕妙招層出源源不絕，卻見古劍愈守愈是穩當，絲毫不讓，這時他已然瞧出，「忘情劍法」講究的不是精準剛猛，而是招招渾然流暢。崔榕畢竟年輕，精準有餘，但有時候招與招之間的轉換卻略顯猶豫，這其實不過是一點點的小小遲滯，一般劍客決看不出來，就算發覺，也未必能把握，但他碰到的是古劍。

起先古劍還以為自己看錯，心想對手是洗劍園的劍鉢，怎麼可能輕易出現破綻？不敢輕舉妄動。然隨著招數的增加，崔榕眼見強攻難進，急攻更切，反倒出現更多破綻。古劍看出對手的極限，益加鎮定，也不急著分出勝負，心想：「這個人好歹也是大大有名的劍鉢，如若這麼快就敗在我這個無名小子的手裡，打擊必定不小，可別影響他試劍的信心。」

古劍一時心慈，藏在劍招裡無形的鋒銳卻在不知不覺中略有減損。崔榕身經百戰，更早察覺這種變化，突然一個翻躍，跳到懸崖側，劍勢卻更盛！古劍有些措手不及，暫居下風，雖緊守不讓，然氣勢上已差了半截。

胡遠清樂得手舞足蹈，笑道：「對手武藝差距有限，最忌輕敵或容讓。這小子自己把一手好牌給玩壞，可怪不得誰！看樣子我胡遠清走了半輩子的華蓋運，這回可真要時來運轉啦！或許過一陣子，人們得改稱我為……」說到這裡，紀草、程漱玉、尤豔花都不約而同的瞪著他瞧，胡遠清不得不把「胡賭神」吞入口中。他永遠學不會隱藏自己的喜怒哀樂，這卻是賭徒的一大忌諱。

其實一場旗鼓相當的比試，彼此消消長長是很平常的事，只是古劍雖在紀草千求萬託之下，勉為其難的答應這場比試，心中卻無非勝不可的企圖。畢竟這不是真正的試劍大會，亦非生死交關的一戰，更隱隱覺得崔、紀二人頗為相配，若自己的一敗能讓他們結為連理，未必是件壞事。

既然求勝之心不強，賴以扭轉乾坤的那些奇招狂劍，就很難使得瀟灑自如。紀草慢慢瞧出其中關竅，忽感悲不可抑，掩面而泣，洪嬌蕊等人想趨前撫慰，卻也不知該說什麼。

崔榕掌控攻勢，很快使完兩百多招「忘情劍法」，又從第一招開始，他已使得順手，看起來比第一次更加凌厲勁急；而古劍卻反覆想著：「崔榕身為四大劍門之後，在試劍前輸給一個無名小卒，信心會不會大受打擊？我該全力求勝嗎？」比試競技，若無全力求勝之心，出劍難免拘縮，劍法的發揮勢必大打折扣。

只見崔榕一記快劍疾刺而來，古劍本能的轉身讓避，卻無意間瞥見紀草的哭臉，心中一震，心想：「紀姑娘怕是已有心儀的男子，真不想嫁他！我若沒贏，可真對不起她！」想到這裡，忽然發現崔榕劍招上有個明顯破綻，長劍圈轉，不守反攻，朝他胸口疾刺。

這招極為大膽，觀戰之人無不大吃一驚！有的人覺得這招太過冒險，有的人卻是瞧出了厲害！就在程、郭、紀、洪四女的驚呼聲中，兩人同時停住，長劍都抵在胸口！

沉寂片刻，胡遠清才拍手叫道：「妙極了！打得如此激烈，沒想到竟是一個平手的局面。」

卻聽尤豔花慢條斯理的說：「怎麼我這個大外行看得懂的事，您這個大行家卻瞧不出來？」

胡遠清臉紅了起來，道：「怎麼說？」

尤豔花道：「雖然兩人同時以劍碰抵對手，彼此姿勢卻大有不同。崔少俠這方顯然招式已老，再進一寸也難；而這位少俠腿彎臂曲，只要稍稍往前一送，嘿嘿……」

崔榕收劍笑道：「所言極是，如果這是一場生死惡鬥，此時在下恐怕無法站在這裡和諸位說話，這位少俠的劍法果然高出一籌，崔某輸得心服口服。」說完又對著紀草道：「紀姑娘請安心，在下若無法勸家父收回娶親之命，便從這裡跳下去。」說畢與古劍等人匆匆告別，帶著崔柏等黯然離去。

洗劍園四位少年寂然走了一段路，向來不太說話的崔槐卻道：「榕哥，這場比試，您為何不盡全力？」

崔榕停步說道：「你瞧出來啦？」崔槐點頭。

崔榕笑道：「那可有看出來我的對手也不怎麼認真嗎？」崔槐搖頭。

崔榕道：「此人劍法的確十分高明，恐怕不在我之下，如果參加試劍大會，必定是個強敵。」

崔柏驚道：「那怎麼辦？先有魏宏風、范濬、再加上這個來路不明的傢伙……」

崔榕道：「如無意外，這三個人都將打進五至八名，取得挑戰四大劍門的資格。依外界的看法，可能是最強的魏宏風先拿到挑戰的第一順位，為了保留體力，必定會選擇挑戰第四名，而樂遊苑這次不派劍缽，不用比而直接晉級；至於搶到第六名的人，不是范濬就是此人，你想，他們會挑戰誰？」

崔柏道：「反正搶進四大劍門之後，還要再循環比試一次，當然是先搶進四大劍門再說；而朱、裴兩家的劍缽，誰也不想碰，那麼自然是……」

崔榕道：「自然是先挑軟的柿子，那就是我。我們洗劍園的劍缽，向來爭不過胭脂胡同與莫愁莊的劍缽，這是事實，無須忌諱。」

崔松道：「所以這個來路不明的傢伙，是您的頭號勁敵，這個時候，當然不能把真本事全露出來。」

崔榕道：「這還不夠！方才比劍時我故意暴露一些破綻，這個人也夠狡猾，明明早就可以尋隙進攻擊敗我，卻故意容讓，想藉此看完兩百一十六招的『忘情劍法』，我將計就計，設計了十一個破綻，也等於留下了十一個引君入甕的劍招陷阱，等到正式試劍再碰到他……」

崔松笑道：「妙極了！到時候他預期你會再度露出這些破綻，想了一些怪招來對付，沒料到你另有良計，反而著了道！」

崔榕笑道：「除了他以外，三個月前我碰到了范濬，也留下了九招破綻。」

崔柏道：「原來榕哥不只劍法高出我們一截，就連心思也強了許多。」

崔松道：「難怪長輩們都對您讚不絕口，要我們好好學習。」

一片頌揚中，崔槐卻道：「這麼做似乎有些……勝之不武。」

崔榕本來面帶微笑的臉隨即沉了下來，黯然道：「確有幾分，可是阿槐，如果你是劍缽，難不成為了成全一個君子之名，而選擇做一個保不住洗劍園席位的罪人？」

古劍小贏半招，眾女子都頗為高興，紀草更是破涕為笑；唯獨胡遠清，原先預期的好運再度落空，後半輩子，都得在精明強橫的尤寡婦操控之下，過著富有而悶厭的日子。想到這裡，就算再樂天知命，也忍不住憂愁抑鬱！

卻見尤豔花聳肩插腰，得意輕慢的說：「胡賭鬼，賭輸了可不能賴帳喔！」

胡遠清道：「要做什麼？快說吧！別再消整我啦！」

尤豔花笑了笑！卻遲遲不開口，胡遠清突然覺得這裡靜得可怕，彷彿可以聽見自己怦……怦……怦的心跳聲，心想：「如果從這塊石頭跳下去，一了百了，不知算不算賴賭？到了陰間，不知有沒有賭場？」

卻見尤豔花東張張西望望，忽然指著不遠處山壁上一朵不知名的山花道：「幫我把那朵花採下。」

「什麼？」胡遠清以為自己聽錯了！

尤豔花嫣然一笑，說：「那麼高的山，想找到這麼鮮豔的花可不容易！我又不會輕功，只好叫你採花抵帳。」這話說出口，眾人無不吃驚！多年以來，尤寡婦費盡心思，花了大筆銀兩，不就是想逼胡賭鬼娶她嗎？怎麼現在好不容易逮著機會，卻用一朵鮮花了事？她以十萬兩作為賭注，贏了卻只叫人還一朵花！這朵花是高了些，可是就算拿出賭注的零頭來叫人剷平這座山頭，也還綽綽有餘。

眾人愣了一會，才見程漱玉笑道：「胡賭鬼！還不快去把花摘下，插在尤姐姐頭上。」胡遠清這才回過神來，三步作兩步飛奔過去，在山壁上兩個梯縱，伸手摘下鮮花，拿到尤豔花跟前，猶豫了半晌，始終不敢把花插在她頭上。

尤豔花自己把花抓來，插在左側髮髻上，笑道：「好看嗎？」

胡遠清傻笑了兩聲，耳根突然紅了起來，說道：「我先走了！」話語未畢，拔腿就跑。

跑沒幾步，橫地裡忽然冒出一人擋在前面，此人出現得實在太過突兀，再加上胡遠清正自心慌神亂，竟沒能閃開，「砰」的一聲，往後倒彈數尺，尤豔花噗哧一笑，這個與胡遠清撞在一塊的傢伙又高又大，與瘦小的胡賭鬼兩相對比，好似小孩撞到了大人，小孩彈開，大人卻動也不動。

胡遠清定神一瞧，斥道：「向痴子！你怎麼也來了？」

這個人滿臉鬍髭，看不出多大年紀，一臉憨醉，怪異的笑道：「這是什麼話？天下的好漢都上太白山，卻只有我向四海不行？」話一說出，眾人無不驚詫！眼前這位不修邊幅的醉漢，竟是名震天下的酒俠——向四海！

向四海乃「滄浪劍法」唯一傳人，武功極高，行俠仗義多年，助過不少人，卻也傷過不少人。當年的一場遽變，他的父母慘死在史無涯劍下，儘管凶手在眾目睽睽之下墜落深崖，但他沒見著屍體就是不肯死心，上天下地的尋找仇家。

酒俠平日為人任俠好義豪邁落拓，但一聽到有關於仇家的人與事，卻往往變得發狂若瘋，不可理喻！早年有人叫他「瘋俠」，但這個「瘋」字也犯了他的大忌，許多人因此被打掉滿嘴的牙，後面的人得到教訓，改稱為「酒俠」，他本愛飲酒，倒也貼切。

胡遠清哈哈道：「沒有的事，你是好漢中的好漢，當然可以上來……您自個慢慢喝吧！咱們有事先告退。」他深知這個人不喝酒時謙恭有禮溫文敦厚，一旦三杯黃湯下肚卻完完全全變了一個人。在場的這些人，萬一有個不知情的說錯話惹毛這酒鬼，後果可不堪設想！交代了兩句便欲帶著眾人離開。

卻見向四海伸直雙臂攔在道前，說道：「你們怕什麼？我不過有滿腔心事，想找人聊聊罷了！難道還會吃人？」

胡遠清笑道：「既然如此，就由我老胡陪您解悶，古劍，麻煩你帶著其他人先走。」這傢伙武功本高得嚇人，喝醉之後又更加可怕，他和古劍或能自保，卻沒把握護住其他的人，比手勢又作眼色，示意眾人快走。

卻見向四海一屁股坐到地上，號啕大哭道：「只怪我爹娘死於非命……留下我一個人孤伶伶，空有一身武功……卻找不到仇人；滿腹心事，卻找不到有人傾聽……世人都和你們一般，表面上對我滿口恭維，私底下卻怕我、同情我……你們走吧！我死不了！胡賭鬼，你也一起走吧！反正你滿腦子的牌九、骰子，跟你談心事就像對牛彈琴，能有什麼興味？」

沒想到一個堂堂七尺壯漢，竟能如此說哭就哭，眾人倒不忍離開，尤豔花示意大家坐下，笑道：「我們不走，向大俠有什麼話，儘管說吧！」

向四海又啜泣好一陣子才擦去眼淚道：「這次試劍，明善大師叫我別來，他說那瘋子已死，觀劍只會讓人觸景生情更加痛苦，喝更多的酒，鬧更大的事！不如好好唸佛，反正什麼恩怨情仇都是空，榮華富貴盡如煙。他說得倒輕鬆，我又不是有道高僧，如何勘破？「灰纓道長卻說心底的傷與肉體的傷沒什麼不同，如果包得密密實實，全不透氣，永遠都好不了！要我上山來面對一次試煉……這算什麼心魔？史無涯殺了我爹，難道不能恨他嗎？」他花了好大的氣力才把「史無涯」三個字說了出來，眼神充滿了難以壓抑的恨意，拿起酒壺吞下一口烈酒，續道：「他們又說……」

在座諸人多少都知道喝了酒的向四海，只要一聽到「史無涯」三個字就會發狂，唯獨天真爛漫的洪嬌蕊因此事過於淒慘，從未有人忍心與她談及，聽向四海兩度提及此人，忍不住問道：「誰是史……」

話還沒說完突然一粒急速飛來的石頭，打中她的啞穴，這粒飛石，自然是發自胡遠清之手，他十分了解喝醉之後的向四海向來是喜怒無常，劍法更比平常還狂快幾分，若不慎說了什麼話刺激到他，恐怕沒什麼人擋得住？出手後笑道：「可是他在重傷之下落入萬丈深谷，必死無疑，再恨又有何用？」

向四海回道：「不！我找了七天七夜，就是尋不到任何屍骸。後來我自己試跳一次，那斷崖雖深，但底下正有一片竹林，稍微用點輕功，落在彎曲的竹幹上，大傷可變小傷。」他把剩下的酒一飲而盡，隨手扔下山谷，續道：「定是有人把他救走，設法醫治他的病，如果他不死不瘋，你們猜他會做什麼？」

紀草道：「這個人消聲匿跡了二十年，就算沒死，恐怕也瘋了！如果瘋得不夠慘，殺死……」話說到一半，身旁的胡遠清飛快出手，點了她的啞穴。

青城派的點穴頗為獨到，紀草只覺得除了喉頭似乎有什麼東西哽住之外，全身均無異樣。然而她以雙手在咽喉附近弄了半天，卻始終解不了穴。卻見出手的胡遠清一副沒事的樣子，嘻著臉對向四海道：「別談這些陳年舊事，你的酒沒啦！不如咱們上忘憂坊喝個痛快！」

向四海聽到有人肯陪他喝酒，面露喜色，才掙扎著爬起，卻又搖頭道：「不行！不行！我前天才在那裡打傷兩個人，負疚不已才躲到這裡喝悶酒，也算面壁思過。可是你們不讓我清靜，交劍之聲一波一波傳入耳裡，我聽這聲音似非庸手相鬥，禁不住好奇前來，比試已近尾聲。小子！你的劍法跟誰學的？總覺得有似曾相識之感！」

古劍還沒答話，又見胡遠清搶著說道：「別鬧啦！三杯黃湯下肚，無論什麼劍法看起來都差不多。」搭上向四海的肩膀續道：「這幾個黃毛小兒沒什麼意思，不如咱們去找個清靜的地方，邊賭邊喝酒。」

向四海惺忪著眼道：「你還有錢賭嗎？」

胡遠清嘿嘿笑道：「今天正好沒帶，但咱們不妨以酒為注，輸的人喝下一杯酒，看誰先醉倒？」

向四海笑道：「這個賭法倒是新鮮，也只有你這個大賭蟲想得出來。」

看著兩個人互相攙扶，邊說邊笑，慢慢步離眾人視線，古劍道：「他的左手怎麼老藏在袖子裡面？」

尤豔花道：「據說二十年前被史無涯一劍削斷手腕之後，就變成如此模樣了！」

程潄玉道：「所以他弄個長長的袖子藏起來，以免自己看了一次又難過一次！」

尤豔花點點頭，又道：「我得跟去瞧瞧，萬一這兩個人都醉得胡天胡地，不知會發生什麼事？胡賭鬼雖然討人厭，但欠我的銀兩沒還清以前，可不能莫名其妙的被打死。」說畢露出狡黠的笑臉，逕往兩人後頭跟去。

剩下古劍和四位姑娘，其中紀草和洪嬙蕊指著喉頭，對著古劍比手畫腳，程潄玉問道：「你能解青城派的獨門穴道嗎？」

古劍搖頭，他的點穴習自武當派，且只會解簡單的穴道。

程潄玉道：「那怎麼辦？」

古劍道：「胡遠清沒有惡意，再過三、四個時辰，穴道應能自解。」

程漱玉道：「如果不行呢？」

每個門派都有其獨特的點穴手法，大部分的點穴並無傷人之意，被點者即使未再解穴，經過一段時間仍能自解而無恙；卻有少部分手法十分霸道，不但解穴不易，若未能由點穴者給予解穴，即使後來穴道自通，也會留下一些傷病。青城派的點穴手法，據古劍所知，會不會對人造成永久的殘害，全憑點穴者出手的輕重。胡遠清不是壞人，照說不會使出重手，但方才兩次出手均十分緊急，難保不會有任何閃失。

古劍考慮了一會，說道：「只好跑一趟八仙廟了。」

程漱玉興奮道：「你快把臉上的藥水洗掉，咱們瞧瞧魏宏風和貝甯去！」

八仙廟是拔仙臺上眾多寺廟中較大的一座，卻被青城派給全包了下來。門口站著兩個青城門徒，古劍仔細一瞧，認出來是潘宏聲與郭宏宇，趨前說道：「潘師兄、郭師兄，能否讓我們……」

話未說完，卻見潘宏聲問道：「你是誰？怎麼認識我們？」

古劍囁嚅的道：「在下……在下成都古劍……」

潘宏聲不耐道：「什麼成都古劍？我可從來沒聽過這號人物……」

古劍道：「在下多年前也曾和兩位師兄共同學藝，師父給我取名古宏劍……」

這話一出，潘、郭兩人差點沒跳了起來！再仔細打量一番，郭宏宇道：「難怪有七分面熟，一時之間，卻一直想不出來；可是當年你不是已經跳下斷崖，屍骨無存了嗎？」

古劍道：「跳崖是真，只是沒有順利的死掉。」

潘宏聲道：「原來如此！咦！好像成都有一個叫古家劍法的劍缽也叫古劍，莫非……」

古劍道：「正是在下。」

話一說出，兩人同時大笑！

古劍耐心等兩人笑完才道：「請問魏師兄和貝師姐在嗎？」

潘宏聲斂起笑容道：「千萬別再叫我們師兄，想必你也明白，如果當年你沒跳崖，掌門師伯一定趕你出去。」

古劍道：「兩位大哥說得沒錯，在下此次前來，並非想重入師門，而是想探訪故舊，請問魏師……魏大哥和貝……姑娘在不在？」

郭宏宇道：「想來這裡瞧大師兄的人太多啦，不勝其煩，掌門師伯要我們守在這裡，未經他允許，誰都不能探訪；至於貝師姐正陪著大師兄在裡頭練劍，也不便出來。」

程漱玉道：「我們也不是非見他們不可，只是這兩位姑娘被青城派的高手點中啞穴，不知貴派還有誰能解？」

潘宏聲仔細瞧了紀、洪二人道：「下手之人功力似乎不低，你們到底得罪了誰？」

程漱玉道：「除了胡遠清這個死賭鬼，難道還有別人？」

潘宏聲笑道：「說得也是。可是本派的啞穴需從膻中穴解起，如果兩位姑娘不介意……」

膻中穴在雙乳中間，程漱玉道：「當然介意！兩位大哥生得如此俊，心地想必是好的，拜託幫個忙，請貝姑娘出來一會！」

潘、郭二人見了紀、洪二女的美貌，還真難拒絕，但又不敢違背掌門人的命令，互視了一眼，終究不敢作主。

郭宏宇道：「我去問三師兄。」走進廟內找人。

過了一會，傳來擾攘的人聲，走出來十餘人，以江宏漢為首，加上柯宏升、鐘宏達、錢宏亮等等，古劍定睛一看，全是當年天龍門及地虎門的眾位師兄，躬身施禮道：「在下古劍，向各位大哥問好。」這身段、手勢及語意，全是青城派師弟向師兄每日初見行禮問好之禮儀，只是把「師兄」兩字改成「大哥」。

江宏漢第一句話仍開口問道：「你真是當年的古宏劍？」

古劍點頭稱是。

江宏漢又問：「有一個古家劍法的劍缽，叫什麼古劍的，也是你？」

古劍依舊點頭默認，卻引起一陣訕笑，錢宏亮道：「你們家除了你，當真沒有其他練劍的年輕人？」

古劍道：「本來應由我姐夫趙石水參賽，卻在幾天前受了傷。」

青城眾徒不禁露出輕蔑的微笑，有的道：「這麼看來，我們幾個也能當百劍門的劍缽囉！」有的說：「拜託你別說待過青城，更別說認識咱們。」一旦有人起了頭，就有人接著冷嘲熱諷下去，把古劍說得極為不堪。反正那是以前的事，古劍倒不生氣，心想：「貝師叔公死得太早，這些人在商掌門的帶領之下，只顧練劍，忘記修口德。」

古劍釋懷，卻見紀草突然抓起狂來，以指作劍，連點了數名青城門徒的啞穴。原來她被胡遠清糊里糊塗的點中啞穴，早已憋了一肚子氣，見這些人一副愛理不理的樣子，再說一堆莫名其妙的話調謔古劍，實在令人厭憎！她口不能言，滿肚子的氣正無處發洩，終於按捺不住。

江宏漢等人萬沒料到會有如此高手與古劍同行，震驚之餘，紛紛拔出長劍，朝她身上招呼，紀草也不甘示弱，拔劍相迎。

「住手！」短短兩個字，渾厚而剛強，眾人不由自主的停劍，一男一女從廟內走出，男的身形俊偉，肩寬膀厚，一臉的粗獷豪邁；女的肌光勝雪，容顏姣美，舉止端莊，正是魏宏風和貝甯。

青城眾徒紛紛收劍，齊聲行禮道：「大師兄、二師姐安好！」

魏、貝二人分別回禮道：「大家安好！」「各位哥哥安好！」

本來排在前頭的江宏漢，也變成貝甯的師弟，原來她的天分高，武功進境後來居上，逐漸超越其餘比她年長之人，依現今的青城門規，武功高者為師兄、師姐，因此成為僅次於魏宏風的二師姐。但她十分謙和，自知年紀較多數人為輕，尊稱眾師弟為「哥哥」。

古劍乍見故人，心情激盪，向前一步行禮道：「風師兄！貝師姐！」又忘了自己已非青城門人。

魏、貝二人滿腹疑竇的瞧著古劍，只覺得這個人似曾相識，還沒想通怎麼回事，卻聞柯宏升道：「這個人叫古劍，來自成都，自稱是……」

話未說完，貝甯突然拍手叫道：「你是阿劍？」

古劍滿肚子的話想說，此時卻一句也說不出口，只能點頭稱是。貝甯粲然一笑，隨即又嘆道：「這些年來，一定過得很辛苦吧！」想起古劍在青城的日子，目眶微溼，也不知是喜樂多還是感傷多一些！

這麼多年不見，貝甯依然如此關心他，古劍十分感動，哽咽答道：「還好！」

魏宏風道：「進來坐吧！」

江宏漢卻道：「師兄，掌門師伯有交代，未得他允許，不准任何人進去。」

貝甯道：「古宏劍不是外人，師父還沒正式將他逐出門牆呢！」

古劍不願為難他們，說道：「沒關係，在這個時候前來打擾，確有不妥！今日有幸能見到兩位，心願已足！」

程漱玉笑道：「我們有兩位姑娘被胡遠清點了啞穴，聽說古劍認識你們，就逼著他帶路。也不知那死賭鬼點的啞穴狠不狠，想請貝姑娘幫忙解穴。」

貝甯道：「我來試試！」便在兩人胸口膻中穴各點了一次。

紀草穴道甫解，斂衽一禮道：「多謝！」說完自動去給那幾個點上啞穴的青城弟子解穴，並一一賠禮。古劍心想：「紀姑娘平常雖然有些任性，但畢竟是大家閨秀，真正遇上好人，還是明曉禮數。」未料她剛賠完禮便回頭對魏宏風道：「魏大哥！聽說您的『尋龍劍法』已經練得出神入化，不知與胡賭鬼比起來如何？」

這問題來得突兀，魏宏風愣了一會才答道：「胡先生乃前輩高人，在下就算涉獵『尋龍劍法』，論火候也遠遠不如。」

紀草道：「不瞞您說，我是樂遊苑十六金釵中唯一得到『極樂劍法』真傳之人……」

江宏漢道：「難怪方才一出手，就讓大夥吃癟。」

紀草道：「多謝誇獎！但我被胡老頭突襲得逞點了啞穴，很不服氣，真想試試貴派的『尋龍劍法』，是否確如傳言所說如此厲害？」她面帶微笑盯著魏宏風不放，目光中竟有挑釁之意。

魏宏風道：「姑娘如果不服氣，理應再找胡前輩較量才是。」

紀草道：「這個死賭鬼不知躲到哪兒，只好找上你；說句老實話，方才你若出來晚一些，這幾個師弟們，恐怕……難道你怕輸？」

「胡說！」柯宏升斥道：「你們身為主辦劍門，難道不知試劍大會的規矩？這個時候，魏師兄怎能與妳比劍？」

紀草道：「這裡不方便，可以到升仙石去比，不瞞您說，比起其他三大劍門的劍缽，小妹的劍法可能略遜一籌，如果你連我都怕，那就別妄想搶進四大劍門，不如趁早回青城山，追鹿趕狼去吧！」「逐鹿劍法」與「驅狼劍法」正是青城派最粗淺的兩套劍法，她不斷以言語挑釁，魏宏風並不在意，卻有許多青城弟子忍不住叫罵起來。有的人手按劍柄，若非看在樂遊苑的分上，恐怕已拔劍相向。

古劍把紀草請到一旁，輕聲道：「不可對風師兄如此無理！」

紀草動唇不出聲道：「我這麼做，還不是為了你。」

古劍道：「這什麼意思？」

紀草道：「別忘了你也是劍缽之一，日後爭名排位，早晚得過他這一關。不如讓我和他先打一場，你瞧仔細些，說不定可以發現『尋龍劍法』的若干破綻，來日正式比試，不就多了一分把握。」

古劍輕聲道：「別傻了！風師兄是個天生的習武奇才，他的『尋龍劍法』就算讓我看一百遍，恐怕也找不到什麼漏洞。何況他對我有授劍之恩，若真碰到，讓他贏一場又有何妨？妳快去賠禮，不可胡鬧！」

紀草吐吐舌頭，這麼一來，魏宏風豈不成了自己未記名的師祖？過去作了一個揖，道：「不比啦！算我大嘴說錯話，向您賠罪！」

魏宏風報以微笑，表示一點都不介意，但其他的人卻不甘這麼就算，鐘宏達道：「妳以為這樣就算了嗎？」

紀草兩手一攤，道：「不然你想怎樣？你們的大師兄不便出手，由誰來教訓我？」

鐘宏達道：「應付妳不須大師兄出馬，二師姐就可以讓妳俯首認輸。」

「沒這回事！」貝甯急道：「紀姑娘不過是一番玩笑話，何必在意？」

錢宏亮道：「二師姐若不出手，別人還以為咱們除了大師兄之外，再無能手。」

柯宏升道：「人家既然欺到頭上來，咱們可不能示弱；否則傳揚出去，都說咱們青城派不過是個紙老虎，任誰都可隨意消遣，再拍拍屁股走人？」

貝甯道：「習武之目的不在於爭強鬥氣，我們練得高興就好，人家怎麼說，又何必掛在心上？」

錢宏亮道：「師姐您練『尋龍劍法』也好一陣子，難道不想找個對手試試？」

這話說出，紀草、古劍等人無不吃驚！尤以古劍為甚。在他印象中，小時候的貝甯對於詩琴書畫甚至女紅的興趣，都要比舞刀弄劍來得高。貝遠遙在世時，也從不逼她練劍，所以當年的劍法跟其餘師兄弟相比，並不算突出。未料幾年不見，不但超越幾名師兄，躍居為僅次於魏宏風的二師姐，更提早練了『尋龍劍法』！而青城派的女弟子向來不多，練成『尋龍劍法』的更是從所未聞！

原來貝遠遙死後，商廣寒看出貝甯的潛力，不斷告訴她：若要為死去的爺爺報仇，只有勤練武藝，並收她為徒，讓她和魏宏風一起學劍，果然貝甯的劍法因此而一日千里，並於數年後開始學習『尋龍劍法』，只是這套劍法實在太過艱深，兩、三年的功夫，還談不上融會貫通，駕御自如。果見貝甯道：「我還沒練熟呢！怎見得了世面？」

紀草向前走兩步，對著貝甯笑道：「貝姑娘幫我解了啞穴，小妹正愁不知該如何回報？如能陪您練上一段，正是莫大的榮幸。看劍！」不等對方婉拒，拔出長劍，逕刺貝甯眉梢。

這一劍來得突然，貝甯不得不應，仍試圖勸和道：「別比了！我還做不到收發由心，萬一有什麼輕重拿捏不妥，豈不遺憾！」

這是由衷之言，聽在紀草耳裡，卻以為對方瞧不起人，將「極樂劍法」使得愈加凌厲，說道：「妳儘管使出絕招，若真能傷得了我，也是我自己心甘情願，絕不怨人！」

貝甯在轉瞬間變了數招，並道：「別這麼說，紀姑娘的『極樂劍法』剛中帶柔，變幻莫測，小妹恐須多學幾年才跟得上。」

兩人邊說邊練，都是輕翔靈快的劍路，猶如兩隻彩蝶翩翩飛舞，煞是好看，紀草道：「貝姑娘不愧為貝遠遙前輩的後人，年紀輕輕，已將『襲豹劍法』使得如此迅捷刁鑽，小妹若不全力施為，恐怕難以招架！」說完劍勢更盛，招招搶攻，貝甯頓感壓迫，留神密守。

拔仙臺上本就人氣極旺，聽說兩個貌美姑娘打得精彩，很快就圍滿觀看人潮，後來的人弄不清楚，紛紛詢問前頭是怎麼回事？在得知是樂遊苑的千金大鬥青城派女弟子，更是睜大眼睛。此時整個武林的人，幾乎都在這座山上，只要任何人小輸個一招半式，很快便會傳遍整個江湖。

貝甯與紀草兩人以快打快，瞬間交換了百餘招，紀草逐漸熟悉「襲豹劍法」，出招運劍益發大膽，慢慢占了上風。畢竟樂遊苑的「極樂劍法」也是天下著名劍法之一，貝甯以「襲豹劍法」相抗不免稍吃了虧，拖得愈久愈不利！這個節骨眼上，青城派實在輸不起這個面子，江宏漢忍不住心急喊道：「師姐，用『尋龍劍法』！」

『尋龍劍法』在江湖上是出了名的深奧難學，全場轟然，許多人難以相信青城派除了魏宏風之外，竟還有年輕弟子學會了？有人忍不住說道：「青城派就愛虛張聲勢，她如果真會使，早就拿出來用囉！」

貝甯忙於應付對手一波波的劍勢，即使聽到一些雜言雜語也無法分心回話，她很清楚自己的『尋龍劍法』離控卸自如的境界還差得遠，可以打贏，卻很難保證不傷人；但若讓了這場比試，不但師父不悅，更觸了師兄參賽的霉頭。

紀草卻是一心想要逼出她的『尋龍劍法』，劍光連閃，嗤嗤急響，貝甯應得愈發緊迫，緩步退到牆邊，忽見對手一記絕妙的狠招凌空襲來，心中只想到『尋龍劍法』中的一招「擎天怒火」可擋，但這招太過強霸，稍有不慎，極有可能造成難以彌補的傷害。

她心思電轉，心想不過是一場比試，難道勝負就這麼重要，值得為此傷人？善念一生，正打算棄劍認輸，忽聞魏宏風道：「化龍點睛。」貝甯從不懷疑師兄的本事，想也不想，劍尖輕轉，對準對手左眼。這記妙招看似狠毒，其實不難避讓，紀草一個翻轉閃開，準擬迴劍再攻，又聽魏宏風道：「幻雲藏龍。」只見貝甯似迷似幻，抓不清來勢的一劍跟著刺來，倉促間猛刺數劍，回了一招「風雨交加」，卻被貝甯反客為主，欺了上來。

此時紀草應以「極樂劍法」中的「迷離仙境」這招回應才對，畢竟她經驗火候還嫌不足，碰到真正深奧玄妙的絕招，一時之間，很難果敢的使對招式，曾經指導過她的古劍看在眼裡不免心癢，心中浮起了出言指導紀草與魏宏風一拚的念頭。可是轉念一想，紀草是來胡鬧的，她的對手卻是「貝師姐」！因此這個想法稍蹤即逝，始終沒有開口。只見貝甯妙劍連連，紀草節節敗退，不到十招，勝負已分，也沒傷人。

拔仙臺響起了震天的掌聲，試劍大會辦了多次，少見女劍缽參賽，就算有也難達頂峰。這次同時看到兩名外貌清美劍法出眾的少女鬥劍，精彩絕倫之外尚有一種柔美情境，觀者莫不大呼過癮，這場小試劍，勢將成為這幾天人們茶餘飯後的話頭。

貝甯收劍行禮，謙道：「紀姑娘劍法高明，小妹贏得僥倖至極。若非師兄指點，恐怕也……」

「輸就是輸，別替我找理由！」紀草噘著一張傲嘴，收起長劍，以充滿失望的眼神瞧了古劍一眼，逕自離去。

洪嬌蕊喊了一聲：「等我！紀姐姐。」追了過去。

古劍一時之間，也不知該如何解釋，心想：「幸好程姑娘都看在眼裡，她能言善道，定能幫我說個明白。」一轉頭才發現程漱玉早已不見芳蹤！

郭綺雲道：「方才比試正激烈時，只聽見她匆匆離去的腳步聲，什麼話也沒說。」

古劍心中納悶：「怎麼最興沖沖想來的人，卻最急著走？」不知怎麼，突生一股莫名的陰霾。

郭綺雲道：「你和貝姑娘多年不見，該有一肚子的話吧！我不打擾，也該走了。」

古劍道：「山路崎嶇，要不要送妳一程？」

郭綺雲淺淺一笑，搖頭而去，只見她單薄的身影，漸漸消失在人群之中。

古劍還有許多話想說，好不容易等到人群逐漸散去，忽見有人指著遠方喊道：「回來了！掌門師伯恐怕得到了消息，正趕著回來！」順著眾人目光看去，果見商廣寒攜著眾師弟，正快步走來。

古劍忽然憶起往事，思道：「在這些人眼裡，我還是那個愚蠢無用的『古宏劍』，何必再多所牽扯？」也不道別，轉身欲離，走不到幾步，赫見貝甯搶在前面道：「要走了？」

古劍苦笑道：「大家都在山上，不怕見不到面，等哪天妳不忙了，再來敘舊。」

貝甯體諒他的尷尬處，還以微笑道：「不要忘了！」

幾個姑娘晃眼間走得一個不剩，古劍忽然覺得慌盪盪，紛亂亂，卻理不出什麼頭緒。信步緩行，回到木房，一進門便見祖父、父親和姐夫三人圍桌而坐，桌上除了酒壺、酒杯之外，還放了不少廟裡求來的平安符。

古鐵城混著酒氣，一臉不悅的道：「別家的劍缽上了山還是天天閉門習劍，只有你整日悠悠忽忽的閒晃。」

古銀山道：「罷了！他這點本事，碰到誰也枉然。剩不到幾天，有時候放鬆心情應戰，倒也未必吃虧。」

古鐵城道：「爹，難道您沒聽說此次的『求劍賽』藏龍臥虎，高手如雲？」

古銀山道：「我當然知道，丐幫和青城不說，遼東的『長劍門』，山西的『快劍六十七』及咱們的朋友『白晶堡』，都是盛名已久的武林世家，昨天又聽說殘幫的一個陪練，連敗道清宮的太羽、太真；若真如此，殘幫那位女瞎丐恐怕也不容忽視。」

趙石水道：「算起來也不過六個強手，阿劍排在螭蚊劍第七位，恰可避開他們。」

古銀山搖頭道：「歷年試劍，總會冒出一些異軍突起的劍缽，從默默無聞到一鳴驚人，除非他們籤運不好撞在一塊，不然……」

趙石水心知爺爺只要一開口，便會嘮叨個不停，想給古劍解危道：「阿劍渴了嗎？要不要也來一杯。這壺五糧液香醇濃郁，是閭丘少爺親自抱來的，還說特別要請你嘗嘗。」

古鐵城道：「這對父子在這裡等了半個時辰，我們只好陪著喝，沒想到他們白晶堡名噪一方，真碰到大比試，也免不了憂煩。」

到了這個時候，哪個劍缽不煩躁？古劍拿起酒杯，一口吞進腹內，只覺得肚子彷彿快燒了起來，心中更加五味雜陳，他酒量本差，空腹喝下一杯濃烈的香酒已醉了七分，頭暈目眩看不出爺爺和爹在絮叨什麼？突然覺得心煩意亂，搶了桌上的酒壺往嘴裡灌，咕嚕幾聲便被搶走，卻見爺爺和爹氣得更加臉紅脖子粗，指著自己罵將起來！古劍帶著醉意，突然有種不吐不快的鬱悶，大聲道：「你們放心，我的功夫大有長進，絕不會再給你們丟臉！不管碰到誰都不怕……」換成古劍發洩個不停，古銀山和古鐵城面面相覷，對趙石水道：「他喝醉了！扶上床吧。」古劍掙扎著上床，繼續吵嚷一陣才沉沉入睡。

睡到中夜，忽感耳朵搔癢，睜眼一瞧，燭光隱隱中站在眼前的卻是程漱玉，一手拿著燈籠一手抓著羽毛笑吟吟道：「睡飽了嗎？有事請你幫忙。」

古劍問道：「現在什麼時辰？」

程漱玉道：「大概三更末四更初吧！」這個人先是不告而別，又在最不該來的時辰擾人清夢，然而瞧著她甜甜的笑臉，古劍卻也生不起氣來。轉頭看看熟睡中的家人，躡手躡腳下了床，程漱玉道：「他們吸了我的迷香，不睡滿三個時辰，就算拿刀子砍也不會醒！」

古劍搖頭道：「我以為妳跟侯神醫學的都是正經醫術呢？」

程漱玉笑道：「這招再正經不過，有很多人怕針怕刀，非把他先弄得昏昏沉沉不可。」

古劍道：「我也被妳弄得迷迷糊糊！」

程漱玉道：「你是說下午的事嗎？」

古劍道：「我只是想不透，怎麼原本最興沖沖想看英雄美女的人，卻無聲無息的溜了！」

程漱玉道：「先坐下讓我幫你改頭換面，再告訴你原委。」說著打開桌上的一口箱子，拿出各式藥材，一邊動手一邊說：「我看到錦衣衛。」

古劍心中一震，隨即冷靜下來，道：「他們在此出現，或許只是單純的觀戰。」

程漱玉道：「沒錯，四大統領也算是武林中人，想觀賞試劍大會也是人之常情，不過江湖上與錦衣衛有恩怨的人不在少數，只要這些爪牙一出現，很多人都會沒心情觀戰。因此四大劍門必會請他們承諾，保證試劍期間不抓逃犯不傷人。」

古劍道：「有百劍門保護，即使是錦衣衛也不敢輕舉妄動，妳該可以安心。」

程漱玉搖頭道：「他們若沒想做什麼惡事，怎會易容而來？這妝全是蕭乘龍親自化的，要不是劉易風這死胖子和金克成的鷹勾長鼻難以遮掩，我也未必能輕易識破。」

古劍道：「這四個人不是都答應不再抓妳？」

程漱玉道：「狐知秋也來了，他可沒答應放我一馬。這個人不但是天下第一劍狐九敗的弟弟，更是蕭乘龍這群鷹爪的頂頭上司，錦衣衛的頭號人物，無論武功、智計都遠遠超過四大統領。蕭乘龍他們回京之後必定會弄個死屍，謊報我已死，但這事瞞得了皇上，卻瞞不住他……古劍，如果他真要抓我，你不要管！」古劍沒說什麼，心中卻十分明白，無論狐知秋是什麼三頭六臂，都不可能眼睜睜看著她受難而不理。

這時銅鏡上的自己，已經變成另一個陌生的人，古劍問道：「妳要把我扮成誰？」

程潄玉道：「狐知秋呀！」

古劍道：「難怪有幾分像狐九敗前輩，莫非妳要我扮成他的樣子做壞事？好讓他被百劍門趕下山。」

程潄玉笑道：「錦衣衛是陷害人的行家，想陷害他們的頭頭恐怕沒那麼容易。其實剛好相反，我要你扮成他的樣子做件好事。」

古劍愈聽愈是迷糊，搖頭示意不懂。

程潄玉道：「那些殘幫的朋友正受寒氣所苦，我想替他們找些禦寒草藥，但他們來的人太多，衣著過於單薄，住處風大，待的時間又長，一般的草藥，根本不夠吃。除非有驅寒聖品龍鬚根，否則這群寧死不肯下山的殘丐，一場試劍下來，恐怕活不到一半。」

古劍道：「山上有這種藥嗎？」

程潄玉道：「在一線天附近有一株，這龍鬚根露一藏九，我發現時，光是露在土上的至少就有十來斤，是罕見的巨株，可惜被一塊千餘斤重的巨石壓住。」

古劍道：「管它有多重，多叫幾個壯漢搬不開嗎？」

程潄玉道：「已經有人在弄了，京畿藥神莊的李光拔帶著家人，趁著夜半無人之際掏挖巨石，欲將這種稀珍藥材據為己有，批售圖利，我和他商量半天，竟連一根鬚毛都不肯給！」

此時古劍已妝扮妥當，看著鏡中冷峻孤岸的陌生人，說道：「妳要我扮成狐知秋去找他索藥？」

程漱玉笑道：「正是，你愈來愈機伶了！即使在京城，親眼瞧過狐知秋的人不多，卻沒人不怕他。據說狐九敗與狐知秋兩人無論長相或神情都頗為相似，你與狐九敗相處過一陣子，想必對他的舉手投足頗為熟悉，盡力揣摩其言行舉止，反正夜色昏黑夜霧濃重，一般人也不易分辨。」

古劍道：「可是我聲音學不起來。」

程漱玉道：「盡可能少講話。非說不可時，由我出聲，你感到指頭被人用力捏住時，配合開口佯裝說話。」說著從箱中拿出一件黑色的勁裝道：「到外面換上這一件，等我出來。」

古劍依言更衣，約莫等了半炷香才見一個大胖子走了出來，像極了劉易風。古劍嘆氣道：「好端端的一個清秀佳人，卻偏愛裝胖子。」

程漱玉笑道：「胖子的工雖多，但都長得圓臉肥脖，好學容易做。」

「快點！快點！都四更天了，你們還在慢慢磨蹭！可知這條龍鬚根值多少銀子？要是等到天亮之後還挖不出來，這路上人來人往，若再被哪個行家發現要跟咱們爭搶分奪，可就麻煩啦。」說話的是藥神莊莊主李光拔，一臉的焦躁緊張！

大公子李德金邊挖邊喘著道：「已經挖得差不多鬆了，可是這石頭比原先的預估大了許多，光憑咱們五個人未必推得開。不如把露出來的根鬚切掉，泥土埋回去遮掩，今晚再多叫幾個人手。」

李光拔斥道：「笨蛋！你忘了稍早那個胖姑娘嗎？她向我分藥不成，定會找人回來搶藥。」

三少爺李德水道：「她是什麼來歷？怎麼爹沒想到……」說著用藥鋤比了一個殺人的手勢。

李光拔搖頭道：「你不想活了？如今這座山等於是百劍門管轄，任何人有個三長兩短，他們掀翻了這座山也會把凶手給找出來。」

二兒子李德山高舉一個大榔頭道：「讓我試試把這腰細頭粗的石頭碎成兩半。」

李光拔道：「你們內力不足，光憑蠻力，還沒擊碎，已經把這山上的人全給吵醒。」說著雙手搶下大榔頭，屏息運氣，一聲悶喝，對著巨石較細處連擊三次。然而這顆巨石最細的地方也超過一人合抱，石質堅硬，任他打得雙臂發麻卻紋風不動，不過多了一點缺口。李光拔不肯放棄，重新提氣挺腰，才舉起榔頭，卻不知什麼時候背後多了一個人，一手搶下榔頭，推開自己，躍向半空，連人帶著榔頭急轉三圈，重重擊在巨石之上，再飄然落下。過了半晌，才聽到一聲碎裂，巨石竟由上而下，碎成兩半。

原來這石頭未必在細處最弱，擊碎的祕訣在於是否順著石紋施力。然而無論如何，眼前這位冷峭嚴峻的中年人確已展現出深厚的內力。李光拔不敢怠慢，鞠躬道：「在下京師李光拔，感謝高人相助，敢問閣下是何方……」

「笑話！」站在中年高手身旁的胖子厲聲道：「既然是京師人氏，怎麼不識『狐頭子』？」

這兩人正是古、程二人假冒的狐知秋及劉易風，古劍抓住機會顯露一身深厚的內力，再加上程潄玉維妙維肖的擬音術，令人不得不信。李光拔這一驚非同小可，連忙帶著幾個兒子跪道：「草民有眼不識泰山，還請狐大人、劉大人原諒則個。」

程潄玉道：「起來吧！你怎知道我是誰？」

李光拔等人這才敢起身，道：「劉大人前一陣子常來買藥，與小的有數面之緣，難道忘了？」

程潄玉道：「過去的事別提啦！我問你，為何三更半夜來這裡劏土擊石？究竟想挖什麼寶物？」

李光拔猶豫了一會才道：「不敢欺瞞二位大人，石頭下面有一株龍鬚根，固精去寒頗具神效。」

程潄玉道：「是嗎？聖上這幾年身體微恙，御醫說恐是寒氣侵體，卻始終沒能根治。這龍鬚根如果真有神效，進貢朝廷的人，必有數不完的榮華富貴。」

李光拔眼睛亮了起來，他本來就有打算將取到的龍鬚根切一半進貢，以換得一官半職，只是不曉得皇上需不需要，直道：「小的一介草民，榮華富貴實不敢想，但聖上的龍體關係著天下蒼生，若真能有所獻貢，豈敢藏私？」

程漱玉笑道：「好極了！快把它挖出來瞧瞧。」

這石頭變輕後續便容易了，李光拔父子七手八腳將巨石推開，很快把龍鬚根給挖了出來。這龍鬚根身形彎曲，果然頗有龍形，身比腿高，鬚比臂長，程漱玉點頭道：「若整株呈給皇上，必定龍顏大悅！」

李光拔臉色略變，道：「這……皇上恐怕……用不了這麼多。」

程漱玉捏著古劍的手指，偏過頭以一種冷酷的聲音道：「李光拔！你有幾顆腦袋，敢把切過的東西進貢給皇上？」

狐知秋的長相本來就令人不寒而慄，再配上這等聲音，李光拔從未見過如此威嚴的大官，差點沒再跪下去！點頭如搗蒜的說：「是！是！是！草民立即派人包裝妥當，送入京城。」

程漱玉道：「你打算找哪一家鏢局護送？」

李光拔道：「還未想到。」

程漱玉搖頭道：「這座山上到處都是武林高手，若沒有兩手功夫，想把這麼珍貴又這麼大的東西平平安安的送下山，可不容易。」

李光拔總算機靈，想到這時候該做個功勞給狐知秋。恭道：「大人所言甚是，這麼貴重的東西，若要萬無一失的送到京城，只好斗膽拜託兩位大人……」

假劉易風假裝不敢擅自決定，轉身恭敬的請示假狐知秋，古劍卻故意遲延了一會才點頭，程漱玉道：「好吧！給皇上辦事，也不能計較麻煩。」

李光拔道：「兩位大人住哪兒，我們給您整理好再送去。」

程漱玉道：「我們正在辦一件重要案子，不能輕易洩露身分。」

李光拔道：「我們絕不說。」

程漱玉道：「我們的住處，你們還是別知道的好。」說著把龍鬚根接下，扛在肩上，和古劍大搖大擺的離去。

夜色迷濛，誰也沒發現古劍所擊碎的巨石，長得像一尾翱翔九天的飛龍。

兩人將藥材直送跑馬粱，郭世域識得此乃珍稀藥材，咿咿呀呀卻表達不出謝意，欲下跪磕頭又為古劍所阻！郭綺雲往前緊緊抱住程漱玉，輕聲道：「謝謝妳！」片刻後程漱玉取出手巾，替她拭去淚痕，簡要說明取藥經過及用藥之法後告別。

程漱玉做了一件得意之事，一路上哼著小調和古劍並肩而行，途經大爺海，二人走到水邊洗臉卸妝，洗畢程漱玉心血來潮，要古劍陪她登上湖中的「試劍臺」上坐看日出，這時天才矇矇亮，星光熹微下的湖面澄碧無波，只見繁星漫天，碎石環繞，一片荒靜，彷彿天地間只有彼此二人。她取出手巾，輕輕幫古劍擦去臉上水珠，不知怎麼，淚水卻突然不聽使喚的涔涔流出！

前一刻輕快暢意，這一刻卻潸然落淚，古劍實搞不清楚怎麼回事？問道：「有心事嗎？」

這話一出，程漱玉的悲傷卻更難抑止的痛哭起來。過了良久，才察覺自己的失態，道：「你不要再見我啦！」說完起身，頭也不回的跑開。

古劍被她這麼一弄，心情也是五味雜陳，悶著走回木房，家人都還熟睡，和衣躺下，心中思潮起伏，好不容易才睡著。

不知睡了多久，醒來時但見楊放、洪子揚、洪嬌蕊站在床前，洪嬌蕊笑道：「所有劍缽都緊張得難以入眠，只有你老神在在，睡到太陽曬屁股還不知醒。」

古劍道：「現在什麼時辰？」

洪子揚道：「快午時啦！」

古劍立即起身回道：「我爺爺他們呢？」

洪嬌蕊道：「古爺爺、楊爺爺和我爺爺幾個人先到忘憂坊喝茶，等待閭丘公子的好消息。」

古劍道：「什麼消息？」

楊放道：「你忘了嗎？今天是允照抽籤的大日子呀！咱們四家結盟，說要互相激勵的。所以想找你一齊去幫他壯點聲勢。」

古劍恍然大悟，今日是六月三十，百劍外的劍門需在今日抽籤決定「求劍賽」的分組，籤運好壞極為重要，道：「別誤了閭丘兄的大事，快去拔仙臺！」

四人來到拔仙臺時，廣場上已站滿等著抽籤的劍主、劍缽和關心的人。雖然大多數的人早已明白「求劍賽」抽籤和比試的辦法，為了避免無謂的爭議，主辦劍門樂遊苑仍由紀青雲親自對著眾人解說道：「這次的求劍賽和以往一樣，參加劍門的劍主依報名的先後次序上來抽取竹籤，總計一百九十二家劍門分成天、澤、火、雷、風、水、山、地、乾、兌、離、震、巽、坎、艮、坤十六組，每組恰好是十二家劍門，參賽的劍缽以單敗淘汰的方式擊敗其他家劍缽，成為該組的『劍首』，方能取得參與『爭劍賽』的資格。關於這點，諸位劍主、劍缽有沒有人不清楚？』說完環視一圈，未見任何人表示異議，向身後比個手勢道：「開始了！」

眾人眼睛一亮，從後頭魚貫走出十六位體態裊娜的妙齡少女，正是樂遊苑十六金釵，但見她們手上各拿十二支竹籤，步履輕盈的走到眾人前方，攤開手上竹籤正反兩面供人檢視。這麼做是讓參賽者親自檢視，證明每支竹籤的外表一模一樣，絕無徇私舞弊的可能。其實大多數的人都相信試劍大會的公正權威，沒有幾個人認真察看，倒是趁此機會多瞧幾眼美貌姑娘的人多一些，有些紈褲子弟為了更靠近的瞧看，明明不是劍缽也擠到前排，儘管有些人稍稍無禮，姑娘們仍面帶微笑；唯獨紀草始終臭著一張臉的，誰敢多瞧一眼，準會被她回瞪得無地自容。

洪嬌蕊見狀，對古劍罵道：「瞧你把人家氣成這樣，還不去賠禮！」硬把他拖至前排。

紀草走到尾巴見到古劍，忽把竹籤收束起來，對準他腦門拍了下去，斥道：「你不是求劍賽的參賽劍缽，過來湊什麼熱鬧！」一旁人看到無不大笑，連紀草自己也忍不住噗哧一笑，只有古劍尷尬摸著赤辣辣的腦門，還是弄不太清楚怎麼回事？

十六位姑娘走過一圈回到臺上，依序將竹籤扔進一個大竹筒中。紀青雲拿起竹筒，不住上下左右翻轉搖晃，確認所有的竹籤完全混勻，在桌上重重一放，後退一步。一個樂遊苑的年輕家僕拿著一本名簿朗聲讀道：「請山西八爪劍門孫福亮劍主準備抽籤。」

一個老者上臺，雙手合十，口中唸唸有詞一番，才謹慎的夾起一支竹籤，自己看了一眼，交給身旁的紀青雲，朗聲唸道：「八爪劍門孫真抽中澤組第九劍門。」緊接著一名老學究跟著唱名一遍，大筆沾墨，在牆面上第二張紅榜紙的第九行寫下「八爪劍門　孫真」六字。

境外之城 126

武林舊事・卷二：亡命江湖

作　　者／賴魅客
企畫選書人／張世國
責 任 編 輯／張世國
發　行　人／何飛鵬
總　編　輯／王雪莉
業 務 經 理／李振東
行 銷 企 劃／陳姿億
資深版權專員／許儀盈
版權行政暨數位業務專員／陳玉鈴
法 律 顧 問／元禾法律事務所　王子文律師
出版／奇幻基地出版
城邦文化事業股份有限公司
台北市 104 民生東路二段 141 號 8 樓
電話：(02)25007008　　傳眞：(02)25027676
網址：www.ffoundation.com.tw
e-mail：ffoundation@cite.com.tw
發行／英屬蓋曼群島商家庭傳媒股份有限公司城邦分公司
台北市 104 民生東路二段 141 號11 樓
書虫客服服務專線：(02)25007718・(02)25007719
24 小時傳眞服務：(02)25170999・(02)25001991
服務時間：週一至週五09:30-12:00・13:30-17:00
郵撥帳號：19863813　　戶名：書虫股份有限公司
讀者服務信箱 E-mail：service@readingclub.com.tw
歡迎光臨城邦讀書花園 網址：www.cite.com.tw
香港發行所／城邦（香港）出版集團有限公司
香港灣仔駱克道 193 號東超商業中心 1 樓
電話：(852) 2508-6231 傳眞：(852) 2578-9337
馬新發行所／城邦（馬新）出版集團
【Cite(M)Sdn. Bhd.(458372U)】
11, Jalan 30D/146, Desa Tasik,
Sungai Besi, 57000 Kuala Lumpur, Malaysia.
電話：(603) 90578822　　傳眞：(603) 90576622

封面版型設計／Snow Vega
排　　版／極翔企業有限公司
印　　刷／高典印刷有限公司
■2022 年（民 111）1 月 4 日初版一刷
■2023 年（民 112）8 月 16 日初版2.3刷

售價／399元

國家圖書館出版品預行編目資料

武林舊事・卷二：亡命江湖／賴魅客著 —初版—
台北市：奇幻基地出版；家庭傳媒城邦分公司
發行；2022.1（民 111.1）
面：　公分 .--（境外之城：126）
ISBN 978-626-7094-02-0（平裝）

863.57　　　110019552

ISBN 978-626-7094-02-0

Printed in Taiwan.

廣　告　回　函
北區郵政管理登記證
台北廣字第000791號
郵資已付，免貼郵票

104台北市民生東路二段141號11樓

英屬蓋曼群島商家庭傳媒股份有限公司城邦分公司 收

請沿虛線對摺，謝謝

每個人都有一本奇幻文學的啓蒙書

奇幻基地官網：http://www.ffoundation.com.tw
奇幻基地粉絲團：http://www.facebook.com/ffoundation

書號：1HO126　　書名：武林舊事．卷二：亡命江湖

請於此處用膠水黏貼

讀者回函卡

謝謝您購買我們出版的書籍！請費心填寫此回函卡，我們將不定期寄上城邦集團最新的出版訊息。

姓名：________________ 性別：□男 □女

生日：西元________年________月________日

地址：________________

聯絡電話：________________傳真：________________

E-mail ：________________

學歷：□1.小學 □2.國中 □3.高中 □4.大專 □5.研究所以上

職業：□1.學生 □2.軍公教 □3.服務 □4.金融 □5.製造 □6.資訊

□7.傳播 □8.自由業 □9.農漁牧 □10.家管 □11.退休

□12.其他________________

您從何種方式得知本書消息？

□1.書店 □2.網路 □3.報紙 □4.雜誌 □5.廣播 □6.電視

□7.親友推薦 □8.其他________________

您通常以何種方式購書？

□1.書店 □2.網路 □3.傳真訂購 □4.郵局劃撥 □5.其他

您購買本書的原因是（單選）

□1.封面吸引人 □2.內容豐富 □3.價格合理

您喜歡以下哪一種類型的書籍？（可複選）

□1.科幻 □2.魔法奇幻 □3.恐怖 □4.偵探推理

□5.實用類型工具書籍

對我們的建議：________________

____

____

為提供訂購、行銷、客戶管理或其他合於營業登記項目或章程所定業務之目的，英屬蓋曼群島商家庭傳媒（股）公司城邦分公司，於本集團之營運期間及地區內，將以電郵、傳真、電話、簡訊、郵寄或其他公告方式利用您提供之資料（資料類別：C001、C002、C003、C011等）。利用對象除本集團外，亦可能包括相關服務的協力機構。如您有依個資法第三條或其他需服務之處，得致電本公司客服中心電話 (02)25007718請求協助。相關資料如為非必要項目，不提供亦不影響您的權益。

1. C001辨識個人者：如消費者之姓名、地址、電話、電子郵件等資訊。
2. C002辨識財務者：如信用卡或轉帳帳戶資訊。
3. C003政府資料中之辨識者：如身分證字號或護照號碼（外國人）。
4. C011個人描述：如性別、國籍、出生年月日。

請於此處用膠水黏貼